U0934616

007
JAMES BOND
太空城
[英] 伊恩·弗莱明 (Ian Fleming) 著
陕西师范大学出版社

第1章　红色电话呼唤

震耳欲聋的两声枪响几乎是同时从两支38毫米手枪中发出的。

猛烈的枪声撞击在地下室的墙壁上之后，又在屋子里回荡，直到最后才渐渐消失。詹姆斯•邦德冷静地观察着屋子内飘浮着的硝烟。在屋子中央吊着的通风扇正在飞速旋转，驱除屋内弥漫的烟雾。他刚才掏枪和射击的动作极其迅速，几乎没有一丝迟滞与间隔。他现在仍然回想着这两个高度连贯的动作，为自己的反应如此快速而感到自豪。他取下“科尔特”式侦探专用手枪的弹匣，使枪口对着地面，等候着穿过昏黑的靶场并从二十码开外向他走来的射击教官。

射击教官脸上洋溢着笑容，离他越走越近，。邦德有些纳闷：“别得意，你可是已经被我击中了。”

“我不过是住进了医院，然而你却送了命，先生。”射击教官开玩笑似地对他说。

一个半身人像靶和一张明信片大小的偏振胶片分别拿在他的左右手里。

他把胶片交给邦德，之后两人一起转身走到他们身后的一张桌子旁边。桌上放着一盏罩着绿色灯罩的台灯和一副大号放大镜。

邦德拿起放大镜，俯身认真观察着胶片。这是一张用闪光灯拍摄的照片。

有一层模糊的白光在他右手周围。他小心翼翼地把放大镜移向他黑色茄克的左边。发现有一线细微的光亮从正对他心脏部分的中央透出。

射击教并未说话，而是又把白色人像靶挪动到灯光下。一个三英寸见方的黑色靶心在人像靶的正中位置。邦德枪弹击穿的裂痕在靶心下方偏右约半寸的地方，隐约可见。

“你击中了左胃壁，子弹从背部穿出，并不能算致命伤。”射击教官面面无表情地说。他掏出一支铅笔，草草地在人像靶的边上演算起

加法来。“赢了你二十环，你欠我七先令六便士。”

哈哈大笑的邦德一边数点着手里的几枚银币，一边说：“下个礼拜咱们的赌注翻倍如何啊？”

“我倒是怎么都行，”射击教官说，“总之你是不可能赢得了机器的，先生。但是，你可以在莱明顿枪上下些功夫。那是前段时间刚推出的可以装二十二发子弹的新产品，这就表明在规定的八千环中你至少可以赢得七千九百环。你一定要把大多数靶心击中。”

“无论使用什么枪，我都要赢你的钱。”弹匣中没有打完的子弹被邦德倒在掌心里，连同枪一起搁置在桌子上。

“下星期一再会。还是按以前的时间怎么样？”

“10 点钟就可以，先生，”射击教官一边答复，一边把铁门上的两个把手拉了下来。他脸上带着笑容，看着邦德的背影从走廊穿过，在楼梯口消失不见。他对邦德的射击技术很满意，但是又不能让邦德知道，在情报局里他已经是最出色的射手了。

只有局长和参谋长对这事才有知情权。邦德每次练习射击后，无论是白天还是晚上，瞄准慢射或拔枪快射，死射或伤射，在射击之后都需要做成记录，送交局长和参谋长阅知后，使之在邦德的机密档案中得以记录。

邦德沿着楼梯来到装饰有绿色粗呢的地下室大门，推开大门朝电梯间走去。在摄政公园边上一幢灰色的大厦里面设置着秘密情报局总部。电梯会把他载到这幢大厦的第九层。邦德对自己刚才的射击记录感到很满意，但并没有因此得意忘形。他那扣扳机的手指插在衣袋里，反复地做射击动作，同时心中不断回想着刚才连发快射的情形，琢磨着如何能够抓住战胜机器的那一刹那。那个机器装置极其复杂精巧。当他站在地上粉笔划定的圆圈里射击时，在三秒钟内这套精巧玩意儿能弹出并把人像靶收回，同时用一支 38 毫米装着空弹匣的手枪向他还击，将一束光线射到他身上，并且把这情景快速地拍摄下来。

电梯门可以说是无声无息就打开了，邦德走了进去。开电梯的工人朝邦德礼貌地报以微笑。他并不反感邦德身上的火药味，这使他时常回忆起当年在军营中度过的时光。

假如光线能够再强一点儿就好了，邦德默默地想着，然而局长的意见是，凡是射击训练都需要在最不利的情况下进行。局长的意图是想要让他手下的所有情报员个个成为全天候式的神枪手，而与射击者对射的机器装置和昏暗的光线是尽其所能地对现实情形最逼真的复制。依照他的话说，“在一块硬纸板上打出出色的成绩并不能说明什么问题。”

电梯缓慢地停下。邦德从电梯里走出来，走进一道装有隔音装置的走廊，加入到了这个被忽开忽闭的门、拿着文件不断往返的姑娘和轻微的电话铃声搅得忙忙碌碌的世界。他不再继续他的射击回忆，而是打算在总部里开始他的日常事务。

他直接走到右边最后的一扇门。和他经过的其他房门没什么不同，这扇门同样没有什么标志，甚至都没有门牌号码。这里都是隔离办公的房间，外人不允许参观，就算是隔壁的工作人员也不可以随便进入。

邦德敲了门之后就站在门口等着。他看一下手表，已经是 11 点。星期一是最让人烦恼的，要在一天之内把两天来的公文摘要和往来文件通通整理一遍。而周末又是最繁忙的日子，也最容易出乱子。每周按常规惯例来自华盛顿、伊斯坦布尔和东京的文件袋大多已经按时送到，并且已经分拣出来。仅仅是这些东西就足够使他忙得不可开交了。

他的女秘书微笑着站在打开了的房门边。只有每天的这个时候，邦德才能感到有一丝快慰，即便这快慰是那样的短暂。“早上好，丽尔。”

看着邦德的衣服，她那欢迎的笑容中原本就不多的热情瞬间降低了十度。

她对他说，“把上衣给我，衣服上的火药味真够呛人的。请不要叫我丽尔，你知道我不喜欢别人这么称呼我。”

邦德把衣服脱下来，她接过衣服把它挂在窗前的衣架上。

她身材高挑，肤色稍黑，给人一种含蓄而完整的美感，情报局和大战中的五年生涯又给这美感增加了一层冷若冰霜的外壳。邦德对她非常了解，劝诫过她很多次：要么她立即结婚，或者是找个情人，否则她那公事公办的作风会把她的青春葬送掉，最终加入那支由众多嫁给职业的女人们组成的浩荡大军。

邦德非但言传而且身教。他和00处的另外两名成员曾经多次分别对她的贞操观进行过猛烈的攻击。她以毫无区别的凛然的傲气把他们三人打发走了。为了挽回自己的一点面子，私下里他们就把她这种做法归结为性冷漠，第二天她向他们表示一点小小的关切和温情，向他们表明这一切都是她的过错，希望他们不要见怪。

自然，他们并不知道她那冷漠的外表下所藏的一颗爱心。每当他们身处危险境地之时，她总是忧心忡忡。她对他们三人都比较有好感，只是她不希望和随便哪一个有可能在下星期就葬送性命的男人发生感情纠葛。她已经在情报局总部工作五年了，极其了解这份工作的恐怖与不择手段。她见过那么多抱着圆满完成任务的信心含笑而去的人，最终却仅仅是有去无回，甚至连尸首都见不着。那么多次，当她把手伸出去说："祝你成功"，但心里却在感叹："你最多只剩下七天的生命了！"正因为这样，她自己没有胆量去爱，也同样害怕去接受别人的爱。她很矛盾，只能在惶惑不安中消磨掉自己的时间。但现在，她很明白，她需要作出最终的抉择了。

她的所有本能都在提醒自己应该从情报局中退出来。但是，一想到情报局把自己培养多年，倘若辞职而去就和背叛是没有什么区别了。她不会让自己去做那样的事情。

这时，她从窗边转身离开，一脸严肃的表情。她下身穿一条蓝底黑点的长裙，上身穿着一件桃红底夹白色条纹的衬衣，。

邦德微笑着看着她的灰色眼睛，"我叫你丽尔只是在星期一，在其他时间里我都叫你波恩松贝小姐，但是我一定不会叫你劳埃丽娅。听起来这名字有些刺耳，没那么正派，对你来说尤其不适合。有信件吗？"

"没有。"她草草地答复了一声。然后，又用稍稍缓和一点的口气说："不过，有不少公文在你的办公桌上。虽然没有急件，但数量也不少。呃，'粉葡萄'那儿说008 已经逃出来了，目前正在柏林休养。一定没猜到吧？"

邦德快速地地扫了她一眼，"你是何时听到这个消息的？"

"半小时以前吧。"

邦德转身进入侧门，里面是一间比较宽敞的办公室。摆放着三张办公桌，分别属于008 ，0011和邦德三个人。三人之中，要算邦德年龄最大，资格最老，经验最多。他随手把房门带上，走到窗前，聚精会神地望着窗外摄政公园内暮春的绿荫。这样说来，比尔最终还是成功，并且逃了回来。在柏林休养听起来可不能算是好事，他一定伤得很严重。不过，现在也只能等着从大楼里仅有的泄密渠道——女秘书休息室——传出来的消息。负责保密工作的官员们对女秘书休息室的泄密现象敢怒而不敢言，只好气愤地把这个地方叫作“粉葡萄”。

邦德在办公桌前坐下来叹了口气，手指轻轻敲击着桌面的玻璃板，心中反复揣摩着，思索着：0011 到底怎么样了呢？他在两个月前单枪匹马闯入新加坡的“肮脏之地”，至今杳无音信。而他自己——007 号特工邦德，情报局里仅有的三个获得 00 代号的特工之一，现在却坐在宽敞舒适的办公室里整理公文，挑逗女秘书。邦德心中禁不住生出一阵烦乱之心。

他耸了耸肩膀，冷静下来打开最上面的一个文件夹，一张波兰南部和德国东北部地区的详细地图装在里面。连结着华沙和柏林的是一条醒目的红曲线。一份打字机打出来的长备忘录被附在地图的上方边缘处，标题是“主线：从东方到西方的最佳逃亡通道”。

邦德把他的黑色枪式烟盒和黑色打火机掏出来，一起摆到桌上。这种烟盒是一种防身武器。外表与普通烟盒没有什么区别，内部构造除盛烟之外，与手枪无异，但只能够发射一发有效射程为两米的子弹。他拿出一支烟，用打火机点燃了。这是格罗士威勒街上的莫兰家特别为他制作的“马斯多尼安”牌香烟，所有香烟的末端都有三条金线环绕着。在铺了座垫的转椅上他端正地坐稳了身子，开始低下头认认真真地去研究文件。

对于邦德来说，一天的工作才“真正”开始。典型的平淡无味的日子的开端。在一年的日子里，那种需要他发挥自己的特殊能力才能完成的任务仅仅只有两三件。实际上，自从诸多艰难的海外任务顺利完成后，邦德大多数时间都在忙于内勤，工作特别轻松。自己的例行公事每天大约六小时左右，剩下的时间由他自己随便支配。有的时候他在机关食堂吃午饭，但最近一段时间大多是在饭馆中吃上等饭菜，晚饭后无事可做，就约上几个亲朋好友搭伙玩牌，或者找女士们随便聊聊天。周末则在距离伦敦不远处的某家高级俱乐部玩大赌注的高尔夫球。

情报工作的特殊性决定他没有法定的节假日。但是去除必要的病假之外，常常在每次执行完任务后他还能请到两个星期的假。他每年的固定收入大约是一千五百英镑，这是行政机构中负责官员的年薪。除了这个，他每年额外还有一千英镑的生活津贴。每当执行任务时，他都可以无所顾忌地花公家的钱。这样，即便他不出差，凭借每年两千五百英镑的收入，他也足可以过得很滋润了。

他有一套别致舒适的公寓，就在国王大街南端附近。常常都是由一位年纪较大的名叫“梅”的苏格兰管家看守着。他还有一辆车，是1930年出厂的宾利轿车。邦德对这辆车特别爱惜，精心保养。倘若他心血来潮，就能够让它一小时跑上一百公里。这就是邦德的家以及他的全部家产。

所有的钱都被他花在这些家产上面，因而，他打算一旦自己不幸因公殉职，就把房产全部留给管家，假如侥幸自己还活着，那么，就在自己的房里靠政府的退休金生活。

政府规定，退休要到四十五岁。但是，一旦情绪低落，他就会想：或者等不到四十五岁的规定年限他就会把自己的性命搭进去的。

这也难怪，他被编到“00”组的名单中到现在为止已经八年了，他已经不知道经过过多少次九死一生了。也正因为这样，除非万不得已，否则总部为了表示对他的慰劳之意，都是安排他做现在这种轻闲的半休式的工作。

当邦德把那份有关“主线”的备忘录上的细节记完时，已经有五个烟头被熄灭在硕大的玻璃烟缸里了。他合上眼睛，思考了一阵，之后把地图放回到文件夹。他握着一支红色铅笔，看了一下文件封面上的呈阅名单。名单都是用一些字母和数字表示的，开始先是局长，接下来是参谋长。在封面上他写上“007 ”，最后就把文件放进标有“送出”字样的公文格。

到中午十二点了。从文件堆里邦德取出第二份文件。打开看了一下，送来的地址是北大西洋公约组织监听局，上面标着“仅供参考”几个字，标题是“发报的特征”。

邦德抓起剩下的文件，迅速地浏览了一下每份文件的首页。它们的标题是这样的：X光探测器——查处违禁品的器械。菲乐朋——日本杀人毒药。列车上潜在的隐匿场所〈第三号，德国〉；暴力行动方法

〈第六号，绑架〉；通向北京的五号通道；美国“雷神”飞机的照像侦察〈海参崴〉。邦德早已对这些类似的文件内容见惯不惊。00处，也就是他所在的地方，关心的不过是背景情况。诸如这样的情况，包括最新发明的毒药以及武器的情况，整个情报局里可能只对他们三个人会具有某些益处。因为整个情报局里职责包括暗杀的只有他们三个人，换句话说，也就是他们任何时候都有可能接受去杀人的命令。

邦德再一次阅读那份自北大西洋公约组织送来的文件。“每一个报务员的不经意的动作都会使其发报风格受到影响，并且这种风格一定会通过他那独具特点的‘发报手’表现出来。这只‘发报手’，确切地说是发报信息的个人风格，极其容易被众多接受过收报训练的人所察觉，同时也能够被极其敏感的机械装置所辨别。比如，1943年，美国监听局根据这一理论追查到一个敌方情报站，这个情报站就设在智利。负责此站的是一个代号叫‘彼德罗’的德国青年。智利警方把这个情报站包围了，然而叫‘彼德罗’的青年却逃脱了。一年以后，监听专家们准确无误地探查到了一座非法电台的位置，并且能够识别出发报者就是‘彼德罗’。为了掩饰他的‘发报手’，他改换成用左手发报。但是即便如此，这个方法依然没有奏效，他仍旧被捕获了。”

“最近北约组织监听研究机构正在研制一种‘扰频器’。这种‘扰频器’能够装置在发报者的手腕上，巧妙地干扰控制手部肌肉的神经中枢。但是……”

就在此时，电话响了。有三部电话被安置在邦德的办公桌上。外线电话是黑色的，通往总部各部门的公务电话是绿色的，通往局长和参谋长办公室的专线是红色的。此时正是红色电话那熟悉的鸣叫声响起在寂静的房间里。

通话的对方是参谋长。

“你能够立即来一趟吗？”参谋长亲切的话音从电话听筒里传来。

“局长有事？”邦德询问道。

“是的。”

“可不可以先给我透漏一点线索？”

“也可能是想念你了，所以想马上见到你。”

“那好，我马上就来。”邦德答复了一声，放下听筒。

他把上衣穿好，通知秘书他要到局长那里去，不需要等他。说完他就从办公室走出来，顺着走廊朝走向电梯的方向。

在等待电梯之时，他回想起曾经也发生过这样的事情：在一个无事可做的日子，突然红色电话打破了寂静，使他离开这个世界，投身到另外一个世界中去。

这次是因为局长“想念你了”才去的，也可能局长见过自己后，又要举行一次送行宴会了。是去开罗？是去新加坡？还是去南美呢？嗨，管他呢，随便。他耸了耸肩膀。

星期一！也可能真的可以得到他所盼望的一切。

电梯停在他面前。“到十层，”他一面说着一面走进电梯。

第2章　非凡的事迹

这幢大楼的最高一层就是十层。通讯部门占据着大部分的房间。有三座天线塔树立在房顶平台上，天线塔下有一台无线电发报机，那是全英国功率最大的无线电发报机。

一块青铜铭牌放置在大楼门厅里，十分醒目，它提示着本幢大楼都有哪些用户。这个“无线电检测股份有限公司”的伪称掩盖了楼顶平台上搁置的三座天线塔的真实意义。除此之外还有：“环球出口公司”，“迪拉利·布劳斯股份有限公司（1940）”，“综合公司”以及“问讯处（E ·特威宁小姐，帝国荣誉军官）”。

倒是的确有特威宁小姐这么个人。四十年前，她做着和如今的劳埃丽娅·波恩松贝小姐相同的工作。现在她已经退休了，在最底层的一间小办公室里坐着，从事着零零散散的工作，例如撕贴通知、帮房客上税、礼貌地拒绝推销员以及那些打算出口货物或者是修理电器的人等等。十层楼上大多数时间都是寂静无声的。

邦德从电梯里出来就拐向左手边，顺着铺有地毯的走廊向局长的办公室方向走去。绿色的粗呢蒙在局长办公室的门上。

他并未敲门，而是径直推开了那扇绿色的门，朝着门廊走进了倒数第二间屋子。

莫妮潘妮小姐，也就是局长的私人秘书，正在打字。听到有脚步声，抬起头，对着他微微一笑。他们俩相处得比较可以，她明白邦德欣赏她的相貌。今天她的打扮与邦德自己的秘书差不多，只不过不同的是，她的衬衣是蓝色条纹而已。“穿新衣服，潘妮？”

她笑出了声，说道，“劳埃丽娅和我光临了同一家商店。因而我们两人用抽鉴的方法决定颜色，最后我抽中了身上这件蓝色条纹的。”有人轻轻咳了一声，参谋长走了出来，他和邦德的年龄不相上下。一丝稍带调侃意味的笑意挂在他那张苍白、疲倦的脸上。

“别胡扯了，局长在等你呢。谈完之后一块吃午饭如何啊？”“没问题。”

邦德回答完之后转身走进莫妮潘妮小姐旁边的房间，并把门带上。莫妮潘妮小姐抬头瞟了参谋长一眼，他摇了摇头。“我认为应该不可能是公事，潘妮，”

参谋长说，“也可能是局长心血来潮就召唤他来了。”他又转身回到属于自己的办公室，继续埋头做他的工作去了。邦德推开门走进屋时，坐在大办公桌前的局长正在点烟斗。他挥动燃着的火柴，含含糊糊地指了指一侧的椅子。邦德走到椅子前坐了下来。

局长长长地吸了一口烟，然后透过烟雾目不转睛地盯着邦德约半分钟。在他面前是一张铺着红色皮革的桌子，他随后就把火柴盒丢在桌子上。

“请假出去玩得愉快吧？”他忽然问道。

“的确不错，局长阁下，谢谢您。”

“我看得出来，你那被太阳晒黑的皮肤还未褪色呢。”局长脸上一幅满不在乎的神色。他并不是真的不舍得给邦德准假，他的不满来自于所有领袖人物所共同具备的清教徒以及苦行僧的精神。

“局长阁下，是这样的，”邦德含含糊糊地回答着，“那是由于靠近赤道的关系，天气实在太热了。”

“嗯，”局长哼了一声，又说;“的确热，但是这次休养肯定是值得的。”

局长冷若冰霜地地鼓起眼睛，“希望你的黑皮肤早点褪色，在英国，皮肤黝黑的人很多时候是会让人起疑心的。他们或者是东游西逛无所事事，或者就是在太阳灯底下烤黑的。”他把烟斗朝一边抖了一

下，脱离了这个话题。

打量了一阵邦德之后，局长继续把烟斗放回口中，心不在焉地吸着。烟斗已经熄灭很久了，他又重新伸出手去取火柴，漫不经心地把它再次点燃。

“看来，我们总算能够得到那批金子了。海牙法庭尚且存在一些非议，然而阿森艾姆可是个非常出色的律师。”

“不错，”邦德应付了一声。

他们沉默了一会儿没说话，局长聚精会神地关注着自己的烟斗。远处伦敦城中车辆的喧嚣声隐约透过敞开的窗户传来。一只拍打着翅膀的鸽子落在窗棂上，过了一会儿又展翅飞走了。

邦德想尽办法要从那张历经沧桑的脸上看出点儿意图来。他对这张面孔非常熟悉，并且对它忠心不二。但那一双灰色的眼睛波澜不惊，即便是他那每逢焦虑紧张就会青筋暴起的太阳穴也只是微微起伏，使他无法察觉出任何迹象。

突然，邦德看出局长好像是有难言之隐。他似乎是不知道该从哪儿说起。邦德打算帮这位情报局的首领摆脱困窘。他挪动了一下身子，从局长身上转移开自己的目光，关注着自己的手，懒散地抠着指甲。

局长抬眼望着邦德，清了清嗓子。

“现在你都在做一些什么样的工作？有特殊的任务吗，詹姆斯？”局长声色不动地问道。

“詹姆斯”，这样称呼邦德可是与以往不同的。按常规惯例来说，局长召见他时开始都是先说话，不叫名字。仅仅在有必要时，才用他的身份编号——007，或者直呼7号。像今天这样叫他的教名是以前从未有过的。

“也不就是处理文件，履行日常事务，练习射击课程罢了。”邦德诚恳地回答，“您是想让我做什么事吗，先生？”

“事实上的确是这么回事，”局长冲邦德皱了皱眉头，“但是，这件事确实和情报局没有什么关系，差不多就相当于是桩私事。我经过深思熟虑，觉得只有你能够帮我这个忙。”

“当然没问题，先生。有事您尽管开口好了，我一定会尽力而为。”显然邦德极其兴奋。

终于摧毁了坚冰，这让邦德感到一身轻松。可能是老人家的哪一位亲属遇上了什么麻烦事，但他又不愿意请苏格兰场帮忙。难道是讹诈？有这个可能，也可能就是毒品。局长会选中他来处理这桩事情使他很高兴。对他来讲，这是一项非常大的荣誉。而在局长这一方来说，对政府财产和私人财产之间的区别和界限他从来都是一丝不苟的。为了一桩私事而动用邦德，在他看来这与偷窃政府的钱财是没有什么区别的。这可能就是他颇费心思，不愿开口的原因吧。“我预料到你会这么回答的。”局长的嗓子有些喑哑，“不会花费你太多的时间，只要外出一个晚上就已经足够了。”他稍作停顿，“呃，你听到过有关雨果·德拉克斯爵士这个人的传闻吗？”

“听说过。”局长提到的这个名字使邦德感到非常吃惊，“几乎所有报纸都会报导些关于这个人的事情。《星期日快报》正在连载他的生平事迹。似乎这个人来头不小呢。”

“我明白，”局长简单地说了一句，“把你从报上看到的那些事实说给我听。我很希望听听你对他的看法以及见解，以作为我了解此人的参考。”有那么一段时间，邦德注视着窗外，企图理清自己的思路。局长不喜欢听杂乱无章的谈论。他很讨厌对方说话离题太远，哼哼哈哈。他欣赏干脆爽快，一语中的之谈，容不得含糊其词，让他听起来大费周折。

“先生，是这样的。”终于，邦德开口说话了，“首先这个人是位民族英雄，受到很多公众的仰慕。我认为他的地位不低于杰克·霍布斯或戈登·理查兹。人们是发自内心地喜爱他，认为他是个超人。虽然他的外貌并不出奇，脸上满是战争时留下的伤痕，嘴比较大，甚至有些故作姿态，不过假如谈及他对国家的贡献时，那就该另当别论了。假如你想象一下他花自己的钱为国家做的事大大超出了任何一届政府的能力范围，那么你就会觉得，即便是让他当首相也没有什么过分的。”

邦德发现那双冷冰冰的眼睛似乎蒙上了一层寒霜，但是他故意对此不加理会。他要畅快淋漓地表达出自己对德拉克斯所做出的成就的羡慕。“总而言之，先生，”他仍旧稳重地说道，“看来许多年来，正是一个刚刚过了四十的人使得我们这个国家免遭战祸。对于他来说，我和大多数人有着同样的感受。但是，直到现在为止依然无人能解开

他的身份之谜。这对大众来说的确深为遗憾,但我并不认为这有什么值得奇怪的。即使他终日寻欢作乐,但看上去倒有点像是孤孤单单。”

局长漠然地笑了笑,“你所说的这一切就仿佛是从《星期日快报》上照搬下来的。他无疑是位非凡的人物,但是,他都有些什么非凡的业绩,或许你比我知道得更多,不如都说给我听听。

“好的,先生。但是报上的事实的确不容易站住脚。”他再一次凝望着窗外,聚精会神,整理好自己的思路,然后转过身来看着局长。“1944 年冬天,德国人从阿尔丹尼突围时,把大批游击小分队以及破坏小组留了下来,并为他们起了个恐怖的名字——狼人,令他们恣意进行各种各样的破坏活动。这些狼人比较擅长蒙蔽对方,伪装自己,掌握着各种敌后藏身的技巧, 甚至在我们的部队和盟军攻克阿尔丹尼、横渡莱茵河之后的大部分时间里,他们中的某些人仍然没有停止活动。有的潜藏各地,有的加入联军服役,负责野战医院里的救护工作或者充当司机。这些人在背地里干了很多坏事,例如暗杀受伤的官兵并毁尸灭迹等等。

“在他们的战绩中,有一件显赫的奇功,就是将盟军的一个后方联络指挥部炸毁。‘增援部队协调部’是这类指挥部的正式名称,它是混合单位,组成成员来自盟军各国:来自美国的信号兵,来自英国的救护车驾驶员等等,一起组成这个流动单位。本来‘狼人’们是打算炸掉食堂,然而战地医院也在爆炸时跟着一起遭了殃。一百余人在这次灾祸中死伤,对死伤者身份的辨识成了一件非常困难的工作。德拉克斯就在这些人中,他被炸飞了半边脸。有一年之久的时间里他完全丧失了记忆。到最后人们仍然弄不清楚他到底是谁,就连他自己也不清楚。身份无法验证的死伤者一共有二十五个,美国人和我们都无法辨识。他们有的是肢体不全,有的是不具备任何使人信服的证明材料。一年以后,当一个名叫雨果·德拉克斯的无亲无戚的人,被人们在盟军的情报机关的旧档案中查到——一位战前在利物浦码头工作过的孤儿——时,他的脸上表现出某种关切之情。另外,名单上的照片以及身体特征也多多少少地与他受伤前的情形相一致。从那时开始,他开始回忆起过去的一些简单事情,病情慢慢好转。医生们特别为他自豪。到了后来,战时委员会找到了一位曾经和这个‘雨果·德拉克斯’同在一个突击队里服过役的人,他在医院看过后,证明了那个病人就是德拉克斯。事情就这样结束了。后来报界的大力宣传也没有因此而引出另一个德拉克斯来。因此，1945 年底，他最终以这个名字复员，得到了一笔复员费，并且可以终身享受残废军人的津贴。”

“但是他仍旧说不知道自己是谁，”局长把他的话打断，“他是‘长剑’俱乐部的会员，我常常和他一起玩牌，吃完饭后同他一起聊天。他谈到有的时候会有一种‘强烈的怀旧感’。所以经常去利物浦，努力地想回忆起他的过去。”

邦德的眼睛睁得越来越大，这个迹象表明他对此人产生了浓厚的兴趣。差不多在战后有三年的时间，他似乎销声匿迹了。后来，关于他的传闻被英国商界从世界的各个角落搜集到。最先传出他的消息的是金属市场。他似乎是找到了一种被称为‘铌’的矿砂，这种矿砂非常稀有、昂贵，很多人都希望把它占为己有。它具有高得出奇的熔点，假如没有它就不会生产出喷气式飞机的引擎。在世界上这种矿砂特别稀有，每年开采出的总量仅仅只有几千吨，而且大多都是尼日利亚锡矿的伴生矿。一定是德拉克斯很早就已经估计到不久将会出现的喷气式飞机时代，因而他走在了大众的前面。不知道他是如何搞到万英镑的，他在 1946 年购买了三吨铌矿砂，每吨大概值三千英镑。他把这批货转卖给了一家急需这种原料的美国飞机公司，净赚了五千英镑。从那以后他就主要做这种矿砂的买卖。六个月，九个月，一年。三年后他已垄断了铌矿市场。但凡用铌的人都得去向他求购。从那以后，他开始在其他方面投资，如虫胶、波罗麻、黑胡椒，只要是能赚钱的行当他都会去干。不用说，他是一个幸运的人，是越来越兴旺发达的商品潮流中的幸运儿。当然，他也有极为窘困的时候，但是，他总是有灵活的办法度过难关。不管什么时候，一旦他赚了钱，他就会立马开始再生产。

比方说，他首先在南非购得废弃的矿山。由于这些矿山含有的铀矿石正在被重新开采，因而无须怀疑这又是一个发财的途径。”

局长叼着烟斗，看着邦德，静静地倾听着邦德所说的这一切。

“毋庸置疑，”邦德沉醉在自己的述说中，“德拉克斯的鼎鼎大名不断地传到商人们的耳朵里，所有这些都令伦敦商界大感迷惑，不知道到底是怎么回事。不论他们想要什么，在德拉克斯那里总能买到，同时价格也总是远远高出他们所预料到的。有传闻说，他的生意都是

在丹吉尔成交的。那个地方是自由港，免税，并且也没有通货限制。他的财产到了 1950 年已无法统计，于是他又返回英国，开始挥霍自己的财产。他挥金如土。他住着最华丽的住宅，开着最精良的汽车；拥有最漂亮的女人，大歌剧院的包厢，获奖的马群以及花木，两艘游艇；他还对‘行走者杯’球队加以赞助；捐赠十万英镑给水灾基金；在阿尔伯特大厅为护士们举办大型舞会等等。每一个星期他都引人注目地出现在报纸的头版头条上。虽然这样但他却越来越富有，人们也希望他越来越富有。这说起来好像是天方夜谭，然而却又实实在在地出现在生活之中。因而人们很受鼓舞。在短短的五年之内，一个利物浦的伤兵就能干出这样的事业，那么他们或他们的儿子又怎么可能不会成功呢。

“之后，他出乎所有人意料地给女王写了那封大胆的信：‘尊敬的陛下，请原谅我冒昧地……’于是第二天的《星期日快报》上的头版标题是这样写的：《冒昧的德拉克斯》，这篇新闻报道了他是怎么打算把他在铌矿砂上的所有股份捐赠给大英帝国，打造一枚射程甚至可以遍及欧洲所有首都的核导弹，作为对那些想要轰炸伦敦的人的直接答复。他想要从自己腰包里掏出一千万英镑；并且他已经画好了导弹的设计图，正在找寻能够制造这种导弹的人。

“后来这事拖延了几个月，人们都已经等得不耐烦了。在议院方面出了点问题。一些议员甚至建议女皇通过投票表决的方式决定赞同与否。后来首相宣布专家们已经认可了导弹的设计，出于对不列颠人民利益的考虑，女王赞同接受这份礼物，同时以爵士荣誉作为对赠献者的回赠。”

邦德停顿下来，几乎已经完全神往于这个非凡人物所经历的事迹之中。

“是的，”局长说道，“我仍然记得报道那事的标题就叫《我们时代的和平》，说来已经是一年前的事了，现在导弹工程就要结束了，名字是‘探月’号吧。”他再一次陷入沉思当中，神情专注地望着窗外。

他收回视线，越过桌面，盯着邦德。

“就这些了，”他慢慢地说，“我并非比你知道得更多，一个传奇的故事，一位神秘的人物。”他打住话头儿思考了一下，“仅有一件事……”局长用烟斗尾部轻轻敲打着牙齿。

“是什么事情，先生？”邦德询问道。

局长好像在犹豫是否应该说出来，他和蔼可亲地看着坐在对面的邦德。很长时间之后，才说：“雨果·德拉克斯爵士在牌桌上不严守规矩！”

第3章　牌桌花招

“您的意思是他玩牌作弊？”

局长皱了一下眉头，“可以这样说。”他又干巴巴地加上了一句，“在玩牌时一位百万富翁竟然会作弊，难道你觉得这不值得奇怪吗？”邦德抱歉地笑了笑，“也没有什么奇怪的，先生。根据我的了解，有不少特别富有的人在打牌时都喜欢作弊。但是，基于我对他的印象，德拉克斯应该不至于这样做。这的确有点难以想象。”

“问题的关键之处就在于，”局长继续说道，“为什么他要这么做？因为，毕竟玩牌作弊同样可以毁掉一个人。在所谓的上流社会里，单单这件小事就足以让你声名俱毁，无论你是谁。德拉克斯的骗术比较高明，到目前为止还没有被什么人发觉过。事实上，我认为除了巴西尔顿以外，根本就不可能有人怀疑他在牌桌上会耍什么阴谋。巴西尔顿就是‘长剑’俱乐部的主席。这个人耳听六路，眼观八方，江湖经验特别丰富。他曾经来找过我。他朦朦胧胧感觉到我和情报部门有某种关系，以前他遇到一、两次小麻烦时我也曾帮过他的忙。这一次他又来找我帮他的忙，说他不希望在自己的俱乐部中会有这种不体面的事出现。自然，首先他是企图阻止德拉克斯干蠢事。和我们大家一样，他也极其推崇德拉克斯，生怕弄出点什么差错来。假如发生了，你就没有办法防止这类丑闻的传播。俱乐部会员中有很多下院议员，用不了多长时间这事就会成为下院会客厅里谈论的话题的。然后，那些传闻作家们就会添油加醋夸张地用它大做文章。另一方面，纵然巴西尔顿有令他悬崖勒马之意，但又考虑到吃力不讨好，生怕发生什么不幸事件。所以，他特别矛盾，来征求我的意见。经过深思熟虑，我觉得巴

西尔顿的考虑也并非没有道理。因此，”局长果断地说，“我打算尽自己的最大努力帮他的忙，并且，”他直视着着邦德，“把这件事情交给你来处理。你是情报局里玩牌玩得最好的牌手，”他淡淡一笑，“是否需要再温习一下你的赌场技能。我依然记得我们花过不少钱让你学习在打牌时如何作弊，那似乎还是战前你在蒙特卡洛追逐那伙罗马尼亚人之前的事情呢。那次你可真是出尽了风头啊。”

邦德漠然笑了一声，“我是跟斯蒂菲·埃斯波西托学的，”他继续说道，“那家伙是个美国人。他让我一星期里每天练习十个小时，跟随他学习一种打牌的绝技。那时候我还因为这个曾写过一份详细的报告。斯蒂菲在玩扑克牌上的确有独到之处，他精通牌戏中的任何一种招数：比如，怎样增加‘A ’牌的数目，使一副牌因为这个而失去效用；在大牌的背面用剃须刀搞点小动作；配备一些巧妙的小玩意儿；手臂按压装置，也就是一种装在袖子上并且能够自动送出纸牌的机械装置；还有打边器，它能够使一副牌的两边得到均匀的修剪，不会多一毫米，然而在你想要的牌上它可以留下一处小小的凸起部份。另外还有反光器，也就是把非常微小的镜子镶在戒指上，或者安置在烟斗的下端。这些鬼把戏没有一样能能够瞒得了他，而他所会的特技，别人却不一定知道。事实上，”邦德诚诚恳恳地说，“正是他关于‘反光物件’的教导帮助我得以完成了蒙特卡洛的那项任务。赌场里收钱的那个家伙使用了一种用特制镜子才可以识别出来的墨水。斯蒂菲是一个非同寻常的人。从他那里我的确是受益匪浅呢。”

“嗯，听起来还的确是十分专业呢，”局长评价了一番，“换句话说，这种活路需要每天练习好几个小时，也可能需要一个和他同谋的人，我不认为德拉克斯在‘长剑’俱乐部里就是这么做的。但是事实谁又知道呢？这事的确很奇怪。他的牌术不见得如何高明，出牌也并不干脆利索，而且有时还会犯规，但他每次都准能赢。并且他仅仅只打桥牌，常常能在叫牌之后再加倍，并且靠着出小牌而获胜，这就有所不同了。他一直是个大赢家。‘长剑’俱乐部里的赌注特别高。自从他加入这个俱乐部以后，在每周的结算中他一直没有亏过。世界上最出色的牌手，俱乐部里也有几位，可是连这些世界上最出色的牌手在几个月中都无法保持这样的记录。人们不经意地讨论着这件事情，我认为巴西尔顿为此事采取某些必要措施是应该的。你觉得德拉克斯所采用的是什么样的作弊手法？”

邦德的肚子早就已经开始饿了。参谋长也肯定在半小时前去吃饭了，他是不可能等他的。他本来有机会能够和局长谈上几个小时作弊手法的，而局长似乎也表现出浓厚的兴趣，既没有饿意，也没有任何倦容，他必定会认真地倾听所有的细节，并把它们铭记在心里。但是邦德已经饿得直往肚子里吞咽口水了。

“如果他并非一个职业作弊者，先生，同时他不会以任何方式修饰纸牌，那么他就只剩下两种选择。一个是偷偷看牌，另一个就是和他的对家有一套暗号。他是否常常与同一个对家玩牌？”

“平常未必。但星期一和星期三允许带客，允许你和你的客人做对家。德拉克斯差不多每次都带着一个叫梅耶的人。那是个犹太人，机灵敏捷，是他的金属经纪人，牌也玩得很出色。”

“也许看看他们打牌之后，我就能瞧出点什么苗头来。”

“我也正是这么想的。不如我们今晚就去，你觉得如何？不管结果怎样，至少在那儿你可以吃上一顿美味可口而又丰盛的晚餐。我们六点钟在俱乐部会合，先玩一会儿皮克牌，让我从你那儿赢上几个钱，之后咱们再去看一会儿桥牌。吃过晚饭之后，我们与德拉克斯以及他的朋友一起玩一玩，瞧一瞧他们的手法。星期一他们常常去那儿的。你觉得怎么样？难道我真的没有打扰你的工作吗？”

“当然不会的，先生，”邦德咧嘴笑道，“我自己倒也很希望能去那地方玩一玩，就当是度假了吧。假如德拉克斯果真在作弊，那么我以为，只需要让他自己清楚已经被人识破了，这就应该可以了吧。我可不希望看着他始终无法摆脱困境。这样可以吗，先生？”

“可以，詹姆斯。多谢你的帮助。这个德拉克斯，真是让人无法摸透。但是我所担心的并非是他本人，而是那枚导弹。我可不希望让它遇上什么麻烦。或多或少德拉克斯就等于是‘探月’号。好了，就说到这里吧，六点见。不必太注重着装。咱们也没有必要非要穿得整整齐齐才去吃饭。最好你现在马上就去温习一下你的牌技，用砂纸去把你的手指尖打一打，或是其他的你们这伙作弊的家伙不得不做的事。”

邦德冲局长淡淡一笑，作为回答，然后就站起身来，朝门外走去。看来和局长的这番谈话总算没有留下任何阴影。看来今天晚上不至于过得平淡无味了。

他的脚步突然变得轻快起来。

局长的秘书仍然在办公桌前坐着。两块三明治和一杯牛奶在她的打字机边上放着。她机敏地关注着邦德,然而从他的表情中无法观察出任何东西来。

“我估计参谋长一定是走了。”邦德说。

“已经走了差不多有一个小时了,”莫妮潘妮小姐的话音中带着一丝责备的语气,“这个时候已经两点半了。或许他已经用好餐,马上要回来了。”

“在食堂关门前我赶到那里去吃吧,请转告他我下次再请他。”他冲她微笑,大步迈上走廊,向电梯的方向走去。

官员食堂里仅仅只剩下几个人在用餐。选了一张空桌子之后邦德坐了下来,点了一份烧鱼,一盘生菜拌鸡丁,一份烤面包片,以及小半瓶饮料和两杯黑咖啡。饥饿的邦德一阵狼吞虎咽过后,三点钟回到自己的办公室。他回想了一下局长所交代事项的准备工作,之后又急匆匆地读完了那份北约组织送来的文件,同秘书道别,并告诉她他晚上在什么地方。四点三十分他从大楼后面的雇员修理间将自己的轿车取出来。

“似乎增压器有点儿什么动静,先生,”对邦德说话的是过去在皇家空军中做过事的机械师,他把邦德的车,特别是他的轿车看成是他自己的财物。“如果明天吃午饭时不用车的话,就把它送到这里来吧,我觉得应该把消声器修理一下。”

“谢谢你,那就这么定了。”邦德无声无息地把车从修理间开出来,穿过停车场之后驶入贝克街。车尾喷出一串噗噗作响的废气。

他十五分钟后就到家了。车被他停放在小广场上的梧桐树下,打开公寓房门——那是建于摄政时期的公寓房门,走进起居室,里面摆满了各类书籍。寻找了一段时间之后,他从书架上抽出来一本《斯卡尼纸牌技巧》,丢在宽敞的窗边那豪华的帝政时代写字台上。

他走进自己的小卧室,卧室里贴着白色和金色的墙纸、挂着深红色的窗帘,邦德脱下身上的衣服,有些零乱地放置在双人床那深蓝色的床罩上。之后走进浴室冲了“上岗”之前的淋浴。洗浴完擦干之后,又在镜子面前修面梳发。

那双反射在镜子里的灰蓝色的眼睛从镜子中凝望着他,显得格外有神，也显得极其兴奋。那张清瘦、冷峻的面孔上依旧是那副永远不知疲倦、永远不认输的神色。他迅速、果断地抹了一把下巴，用发梳不耐烦地把垂在右边眉毛上的一缕黑发撩开。修整完毕之后，他又在腋下和脖子上喷洒了一些香水，然后再次走进卧室。

十分钟之后，他已经打扮完毕了：时髦的白色丝绸衬衣、深蓝色的海军哔叽裤子、深蓝色的短袜、又黑又亮的皮鞋，此外，他还在衣领上系了一朵黑色的蝴蝶结。他桌上摊放着斯卡尼那本关于桥牌作弊技法的神奇的指南。

半小时中，他参照着书中关于具体技法的章节握着手中的牌进行试验，试过之后再看，看过之后又试。当他演习着关键性的"机械动作"、"藏牌动作"和"废牌动作"时，他兴奋地发现他的手指特别听话，甚至到了出神入化的境地。即便是在做非常复杂的单手"废牌动作"时，纸牌也没有发出任何不该有的响声。

他对自己的牌技十分满意。

五点三十分。他把牌摊到桌子上，合上了书。

他走进卧室，在宽大的黑色烟盒中装满了香烟，之后又把它放回裤袋里，然后，把上衣穿上，再查验了一下皮夹子中的支票本。

他在那里考虑了片刻，随后挑选了两块白色的丝绸手帕，认认真真地把它们地叠起来，再分别装进上衣两边的口袋里。

一切准备妥当，他把一支香烟点燃，又走回起居室，在写字台前的高背椅中坐下来，希望这样做可以松弛一下紧张的神经。他遥望着窗外空旷的广场，想着马上就要开始的这个夜晚，想象着名叫"长剑"的这家也许是世界上最有名的纸牌俱乐部，今天晚上可能就要有好戏上演了。他禁不住笑了起来。

"长剑"俱乐部始建于1776年，位于圣•詹姆士大街。似乎是从一开始它的发展就非常顺利。到1782年已经算是小有规模，同时开设了四、五张奎兹牌桌，还有惠斯特牌以及皮克牌，另外还有一张骰子桌。此后，"长剑"开始大规模增加设备，专门用作赌徒们聚赌的特制桌子从八张增加到二十张，其余的游艺部门也是这样。到了1960年，俱乐部旧址翻新扩大，营业部门也开始增多，俱乐部越来越繁荣。到现在为止，它可以算得上是伦敦级别最高的俱乐部。它的会员数量一直控制在二百名以内，所有会员候选人都需要具备这样两个条件才

可以入选：一个条件是具备绅士风度，另一个是具备十万英镑现金或者是业经担保的证券。

除了赌博，“长剑”的服务规格也是无与伦比的。拿饮食来说，这里所有的美食和美酒都是伦敦最高级的，而且不需要帐单，每个周末从赢家所得的款中按比例扣除饮食方面的一切花销。因而即使每个星期每个人约摸有五千英镑在牌桌上易手，但也不至于让他们有太重的负担，输家也一样会因为得到了某种程度的补偿而感到满意。

“长剑”的雇员也是出类拔萃的。餐厅中的几名女招待风姿迷人，就算她们被一些年轻的会员暗地里带入上流社会的社交场合，也不会显得低人一等。

还有一些繁缛细节能为这里的豪华更添光彩。俱乐部里仅仅流通崭新的钞票和银币。假如俱乐部的某个会员玩了整整一个晚上，那么他剩下的钞票和零钱就会被换成新钱。全部报纸都需要用熨斗熨过才能送到读报室。卫生间以及卧室里常备的香皂和化妆品都是由佛劳里斯公司提供的；门房有和莱德布洛克直通的专线电话；在每个重要的赛马会上俱乐部都包有专席，不管是洛德赛马会，汉利赛马会，还是威姆布利敦赛马会；旅行在国外的会员还拥有所有国家首都第一流俱乐部的当然会员资格。

总之，作为对每个人一百英镑会费以及每年五十英镑例行会费的补偿，“长剑”俱乐部让会员们享受到了维多利亚时代规格的豪华奢侈，并且每年也为人们提供了毫无抱怨地输赢二万英镑的机会。

一想到这些，邦德就特别盼望今晚能够爽快地玩一场。他去“长剑”玩过的次数在这一生中真是屈指可数。上次他在那里玩一局赌注非常高的扑克牌时还吃了大亏。然而，一想到今晚有下大赌注的桥牌，立马就可以倒倒几百英镑时，他便有些等不急了。

不用说，还有那桩关于雨果·德拉克斯爵士的小事，可能今天晚上就会因为这个而呈现一点额外的戏剧色彩。

差五分六点时，外面响起了轰隆隆的雷声，似乎是很快就要下雨，天色也突然阴沉下来。驾驶着他的宾利轿车，邦德朝着“长剑”俱乐部的方向急驰而去。

第4章　露出马脚

那辆宾利轿车被邦德停放在距离“长剑”俱乐部比较远的一处停车场上，之后他下车绕着一条小巷走到帕克大街。最后站在“长剑”的斜对面，打量着那亚当式的“长剑”俱乐部的正面建筑。在暮色中它显得尤其优雅。深红色的窗帘拉在底层入口处两边的窗户上，穿着制服的侍者的身影闪动了一下，把大门进口上方的三扇大窗户的窗帘拉上了。从中间那一扇邦德看到了两个人的脑袋和肩膀。那两个人都躬着身子，看来正赌得兴致勃勃。邦德猜想他们可能是正在玩十五子游戏。

他还看见了一盏发着亮光的吊灯，那是照亮所有宽敞的赌博室的三盏吊灯之一。

邦德打算走进去。穿过了大街之后，他径直朝大门走去。他把转门推开，走到样式陈旧的门房前，看管门房的头儿是布莱维特，他既是大多数会员的顾问和朋友，也是“长剑”俱乐部的管理人。

“布莱维特，晚上好啊。上将到了吗？”

“晚上好，先生，”布莱维特说道，他清楚只要邦德一来，那就必定是要玩牌的。

“上将已经在牌戏室里等着你了。听着，伙计，把邦德先生领到楼上的上将那里去。祝你愉快！”

走过地上铺有黑白大理石的大厅，穿制服的小听差带着邦德登上装着红木栏杆的宽楼梯。之后他把楼梯顶端两扇大门中的一扇推开，让邦德进去。宽敞的屋子里并没有太多的人。邦德瞧见局长自己在中间那扇窗户下面坐着，独自一个人玩着单人纸牌游戏。邦德把小听差打发走，踩着厚厚的地毯向里面走去。他闻到有种呛人的雪茄烟的味道，轻微的声响从三张桥牌桌上传来，哗啦啦的骰子声也从那看不见的十五子游戏桌上传了过来。

“你来了，”发现邦德走了过来，局长和他打了声招呼，并挥手向

牌桌对面的那把椅子指了指。“等我玩完这一把吧，我这几个月以来还没有赢过坎菲尔德这家伙。你想喝点什么吗？”

“不必了，谢谢。”在椅子上坐下之后，邦德点起一支香烟，兴趣盎然地瞧着局长玩牌时那副全神贯注的的样子。

在伦敦，局长可以算得上是众所周知的人物。差不多每个人都知道一位麦耶上将、麦耶海军上将司令、英国皇家海军退役的高级将领。但是，多数人认识的是他的官阶、他的过去、他的地位，而如今作为英国秘密情报局的局长这个头衔，知道的人却没有几个。现在，坐在那里的局长打扮得就如同圣•詹姆士大街上任何一家俱乐部里的任何一名会员一样。深灰色的西装，硬铮铮的白领子，带着白点的深蓝色蝴蝶结在脖子上松松地系着，机敏智慧的水手面孔，长着一双清澈、敏锐的水手眼睛。一个小时前他仍然在运筹帷握于如何对付英国的敌人，这真是一件让人难以置信的事；也很难令人信服就在这个晚上，他的手上会沾上新的血迹，也可以说是他的意旨——完成一次出色的偷窃和令人讨厌的讹诈。

同局长坐在一起，当然会引得别人的关注而多看邦德几眼。从他的着装来看，没有什么人会不把他看做一位财主，或者看成是贵族式的人物，也有可能看成是来自外国的观光富商。

连邦德自己也明白自己身上有一股外国味，并非地道的英国派。他很明白自己的个性太外露、太坦率，与英国人含蓄的传统不相符合。但他并没有把这事看得如何重要。在他看来，要紧的是国外，他决不可能在英格兰找工作干，也不想要离开情报局的管辖范围。况且，今天晚上到这里来也不过是为了消遣，伪装对他来说是不需要的。

自己玩了一阵后，局长哼的一声把牌丢到桌上。邦德抓住机会把牌拢到一起，同时本能地演习起斯卡尼洗牌法来，将两叠牌以飞快的动作弹在一起，竟然没有一张飞到桌外。他把牌码好，然后推到一边。

局长冲一个正忙着的侍者点点头，“请把皮克牌拿来，泰勒。”

侍者弓着身子退下去了。很快送上来两副薄薄的新牌。他把牌上拴着的带子解下来，把纸牌以及两个记分器一起放在桌子上，然后在一旁侍立。

“拿一杯加苏打的威士忌来给我，”局长对侍者吩咐道。然后对邦德询问道，“难道你真的什么都不想喝吗？”

邦德看了一下表。时间已经是六点三十分了,"那就给我来杯马提尼酒好吗？再掺点伏特加,然后别忘了放一大片柠檬皮。"

"不是上等酒啊,"局长在侍者走开后短短地评论了一句,然后又轻声接着说:"在我们的朋友出现之前，让我们再来玩几把输赢较小的,以避免别人起疑心。"

他们的皮克牌游戏大约玩了半个小时,对于这种牌,玩得熟练者总是会赢,即便牌稍微差一些也没有什么大碍。最后,邦德带着笑容数出三英镑钞票。

"这些日子我玩牌总是不走运,玩一次输一次。我还一直没有赢过你呢。"

"这全靠记忆和熟练,"局长对自己的牌技极为满意,将加了苏打的威士忌一口喝干了。"现在我们一起到那边去看看。我们的朋友已经在巴西尔顿那张桌子上开始玩了。他们进来已有差不多十分钟了。假如你看出点什么眉目来,就朝我点点头,我们到楼下去说。"

他站起身,邦德随后也跟着站了起来。

屋子那一头的人慢慢增多起来,五、六桌桥牌正在火热地进行。正当中那盏吊灯下有三个玩家围坐在圆形的扑克桌边，他们正在把筹码数成五堆,等待着只要再来两个玩家就可以开始玩了。腰子形状的贝拉牌桌依然空着,晚饭之前可能不会有客人,吃过晚饭后可以用它来玩"铁轨"牌。

邦德在局长身后紧紧跟随着，饶有兴味地观赏着牌戏室里的一切。手里托着酒盘的侍者在桌子之间穿梭来回。叮叮当当的碰击声从盘中的酒杯中发出。有人在轻声细语地谈话,也有人偶尔发出喝彩声和欢笑声。映着灯光的蓝色烟雾徐徐上升。所有这些气味令邦德的神经受到刺激。他如同嗅到了猎物的猎狗一样,鼻孔也禁不住一动一动的。他跟随局长向屋子的那一头走去,加入到了玩牌的人群之中。

他们两人肩挨着肩,心不在焉地从这张桌子踱步走到那张桌子,嘴里不停地和玩家们打着招呼,不知不觉中已靠近最后的那张桌子。这张牌桌挨着宽大的亚当式壁炉,一幅油画挂在壁炉的上方。

"加倍,见你的鬼。"背朝着邦德的那位玩家乐呵呵地大声吼叫着。邦德漫不经心地注视着那长着一头浓密红发的说话人的脑袋,但他现在仅仅只能看到他的后脑勺。然后,邦德把视线移向左边,看见

了正靠在椅子上的“长剑”俱乐部的主席巴西尔顿爵士，他垂着眼睛专心致志地紧盯着手中的牌，那推牌的手忽而探出，忽而收回，就如同握着什么珍奇宝贝一样。

“我的手气的确不错，因而我必须再加倍，亲爱的德拉克斯，”他说着，之后又朝着对家看了一眼，“没关系的，汤米，这次我负全责，输了的话可以算在我头上。”

赌资搁在桌子中央。德拉克斯笑了几声之后，又停了一阵，然后说：“这次你赢了四百英镑。恭喜你了。”巴西尔顿把钱收过来，再接牌，发牌，四个人依然继续玩下去。

点燃一根香烟之后，邦德挪动到德拉克斯的背后，关注着他的双手动作。正在他对德拉克斯为何不施用手脚而感到奇怪时，他听到局长的声音在他耳边响起，“我的朋友邦德中校您还记得吧，巴西尔顿？我们今晚到这儿来就是想玩几把。”

巴西尔顿仰起头对着邦德微笑，“晚上好啊。”他的手从左到右围着桌子划了一圈，很快捷也很简便地介绍道：“这三位分别是梅耶，丹吉菲尔德，德拉克斯。”三个人随着声音向邦德看去，邦德也冲他们礼貌地点点头。

“这位就是麦耶上将，我想大家肯定早已久闻大名了，”巴西尔顿接着补充了一句。

在椅子上的德拉克斯侧过身子。“啊，上将，”他兴味盎然地招呼着，“很荣幸和您在一起，上将。需要来一杯么？”

“不用了，谢谢，”局长微微一笑，“刚刚已经喝了一杯。”

转过身后，德拉克斯又抬眼望着邦德，邦德看见了一双漠然的蓝眼睛和一绺红胡子。“你需要来点儿吗？”他随便问了一声。

“不需要，非常感谢。”邦德回答道。

德拉克斯又转回身子，把他的牌拿起来。邦德关注着那双粗大笨拙的手分别把牌排好。

然后围着牌桌邦德绕了一周，从每一个角度对德拉克斯进行观察。他看出来德拉克斯理牌的方法与大多数玩家是不一样的，他并非是把牌分成四组，而是仅仅只分成红色和黑色，也不分什么大小顺序，而是随便胡乱穿插。并且他圈着双手，使得立在一旁看牌的闲人无法看清楚他手中的牌，也让他的邻家摸不着头脑。

邦德明白，这种“大智若愚”式的行为，也正是他的厉害之处。

走到近旁不远处的吸烟台，邦德掏出香烟，在镶在银制壁炉栅中的煤气喷嘴上把香烟点燃，然后装成很散漫的样子东张张西望望，从而避免引起别人的注意。

从他站定的地方能够看见梅耶的手。再向右走一步，又能够瞅见巴西尔顿的手部动作。而雨果·德拉克斯爵士则恰恰是面对他的视线。他认真地观察着德拉克斯，表面上却只是装出一幅饶有兴味地观看其他人打牌的样子。

德拉克斯给人一种魁梧高大的印象，他约有六英尺高，肩膀出奇地宽。在他四方形的脑袋上浓密的红发从中间分开。虽然右耳整过形，但看上去仍然比左耳难看很多。而那只右眼明显就是手术失败的产物，因为用来重造上下眼皮的移植皮肤已经萎缩，因而看上去要比左眼大得多，并且严重充满血丝。

最令人关注的是他那浓密的红色胡须。这些胡须一直连接到他的耳朵根上。非但遮盖了他右边大半个面颊上那难看的褶皱皮肤，而且还起到了另外一种效果；那就是它还遮掩了德拉克斯天生的凸出下巴以及暴出嘴外的上牙。邦德思考着，这或许是由于孩提时代咂手指的原因。胡子把这些“鬼牙齿”遮住了，仅仅在他放声大笑时，才使这些牙齿露出了它们本来的面目。

高大的身躯，方方的脑袋，一大一小的眼睛，红色的胡髭与头发，参差不齐的牙齿，粗糙而又宽大的手掌，就是这位伦敦的牌界怪杰、铌矿权威的组合。

倘若邦德并非事先了解德拉克斯的本事，他对德拉克斯的印象很可能就是粗鲁、暴戾、多嘴多舌、头脑简单。实际上，邦德觉得自己对他的这种印象多半是由于德拉克斯刻意模仿摄政时代后期公子哥的做法所导致的——一个毁了面容的势利鬼无伤大雅的矫揉造作。

邦德仍旧认真观察着。他发现德拉克斯很爱出汗。窗外雷声阵阵，说明这是个凉爽的夜晚，但是德拉克斯却总是不断地用一块印花的大手帕擦拭着额头和脖子。他不间断地吸烟，一支刚刚抽上十几口的佛吉尼亚香烟就被扔掉了，而且马上就伸进上衣口袋里，从五十支装的香烟盒里再取出另一支来。他没有让他那双手背上长满红毛的大手停止过一刻，那双手一会儿摆弄摆弄纸牌，一会儿摸摸在他前面

牌桌上的银制扁平烟盒旁边的打火机，要么就揉揉脑袋边上的头发，或者就用手帕擦拭脸和脖子。有时候，他还会把一个手指头贪婪地伸进嘴里，牙齿咬着手指甲玩。虽然是在远处，但邦德仍然能看见他的每个指甲都已经被咬得露出了下面的生肉。

那双手极为粗大有力，然而大拇指却特别难看。邦德研究了一会儿，最后终于发现它们长得比较奇怪，竟然跟食指最上面的关节相齐平。

最后邦德把视线转向德拉克斯那身华丽、高雅的服饰：带着深蓝色条纹的薄薄的法兰绒西装，西装两边都装有胸衬，袖口向上翻起。衬衣是白色、硬领、丝质的。小小的灰白方格图案恰到好处地在他那条黑领带上点缀着，衬衣袖口的链扣外观看起来比较优雅，有点像是卡特尔公司的产品，手腕上系着黑皮表带的纯金的帕特克·菲利浦手表。

到现在为止，邦德仍然没有看出德拉克斯的任何破绽。他再一次将一支香烟点燃，专心地关注着牌局的进展，依靠他的潜意识来适应德拉克斯的外表，从而对其举止中那些富含意味、有助于揭开他的作弊之谜的细节作出分析。

牌在半个小时后已经玩完了一圈。

“该轮到我发牌了，”腰缠万贯的德拉克斯财大气粗地说，“玩了这么长时间，我们的分数确实不错。喂，马克斯，看看你能不能弄到几张 A 牌，我实在不喜欢总是独自一个人唱主角。”他熟练、镇定地发着牌，并且不断地和其他的人开着极为刻薄的玩笑。

“刚才的那一圈玩的时间实在太长了，”他对着此刻正坐在他和巴西尔顿中间、正在抽着烟斗的局长说。“实在对不起了，一直让你坐在一旁看。晚饭后和你们一起赌一把，如何啊？我和马克斯对你和你的这位中校朋友。真是对不起，我不记得你的名字了。牌玩得怎么样？”

“邦德，”局长说道，“詹姆斯·邦德。还算可以吧，我认为我们还是比较乐意的。你认为呢，詹姆斯？”

邦德目不转睛地盯住发牌人那低下的头和他那稳重移动的手。哈，你这个混蛋，抓住你了。终开露出马脚了！是个反光器，并且是一个不怎么样的反光器。在行家的牌桌上这种东西用不了五分钟就会被人识破。局长把头抬起来，与对面的邦德面面相觑，发现邦德眼中流露出了确信的神色。

“没问题，”邦德显得异常兴高采烈。“我想肯定没有比这更好的了。”

他的脑袋不为人注意地稍稍摆了一下，对局长说：“你不是告诉我晚餐之前还有一个余兴节目吗？我倒是希望借以调剂调剂，也算是不枉此行。”

局长点点头，“的确是有这么回事。那就走吧，最精彩的节目就在秘书的私人办公室里上演。巴西尔顿过一会儿可以下楼来为你和我弄杯鸡尾酒喝，再通知我们这场生死决斗到底是谁胜谁负。”他起身站了起来。

“想要做什么随便你们，”敏锐的巴西尔顿瞥了局长一眼，说道，“把他们俩打发掉之后我马上就下来。”

“那不如我们就在九点左右开始吧，”德拉克斯一边说着一边仔细打量了一下局长和邦德。“你应该带他去瞧瞧为漂亮姑娘们所下的赌注。”他收起手，“我好像是注定要赢似的。”他瞅了一眼自己手中的牌后说道，“三点，不叫将牌。”之后得意忘形地瞟了一眼巴西尔顿，“你可得认真衡量衡量啊。”

邦德跟在局长身后，两人一同走出房间，走下楼梯，他们悄无声息地走进秘书室。房间里的灯没有开，局长把电灯扭亮，坐到堆得满满的写字台前的转椅上，他面对着邦德转过椅子。邦德掏出一支香烟，站在空空的壁炉边缘。

“有什么发现吗？”他抬起眼睛看着邦德问道。

“是的。他的确是在作弊。”“噢，”局长不动声色地回应了一声，“那么他是作弊的呢？”

“他在发牌的时候多了一只眼。”邦德答道，“他放在面前的那只银烟盒你观察到了吗？在差不多一个小时的时间里，他吸了将近二十根香烟，然而他自始至终却未从那个烟盒里取过一根。原因比较简单，他不想在烟盒的表面留下任何手指的痕迹。那是擦得铮亮的纯银的烟盒。当他在发牌的时候，用左手握住牌的大约四分之三的面积，再以差不多三十五度左右的角度，让其悬置于烟盒内侧的斜上方，最后再一张一张地把牌发出去。所有的牌都一一映在烟盒上，和镜子没有什么区别。而作为一名出色的生意人的德拉克斯，他有着超凡的记

忆力，无论谁得到了什么牌，他都记得一清二楚。你是否还记得我给你讲过的那些关于‘反光器’的话？这不过就是那种镜子的一种翻版。怪不得他常常出人意料地以小吃大。在四圈牌中总是会有一圈清晰地知道每一张牌，这可并非是一件小事，他一直在赢也没有什么令人惊讶的。”

“但是为什么他这么做却没有被人察觉呢？”局长反驳道。

“目光向下在分牌的时候是极为自然的事，所以这个动作一般不会使别人对他起疑心，没有人发牌时不是这样的。同时他的手掌比较大，能够为他恰到好处地遮避，再加上他爱说用以分散别人注意力的俏皮话。因而，每次都能成功地掩过其他人的耳目。”

门被推开之后，巴西尔顿走进屋来。他带着满腹怒气，回手把房门掩上。“可恶的德拉克斯总是不让人得手。”他发泄着心中的怒气，“他就像能掐会算一样。比如有四五次我明明已经拿到了好牌，他偏偏不跟。所以气得我只能干瞪眼。”他使自己的怒气平息了一下，“怎么样，上将，你的朋友瞧出来什么眉目了吗？”

局长对着邦德做了个手势，之后邦德把刚刚对局长讲过的那一番话又重复了一遍。

巴西尔顿爵士听着邦德所讲述的话，面孔显示出他越来越愤怒。

“这个混蛋东西！”邦德刚刚说完他就立马发作起来，“真是见他的鬼，他这么做到底是出于什么原因呢？他可是个实实在在的百万富翁。他的钱多得都不知道应该怎么花。看来他的这场丑闻还真是躲不过去，这件事情我只能向委员会实话实说了。已经有很多年没有发生过此类作弊事件了。”他在屋子里迈着步子踱来踱去，反复考虑，然而一想到德拉克斯自身所代表的重要意义，很快俱乐部的利益就被弃置在一边。“听说他的那枚导弹很快就要发射了。每周他都要到这里来上一、两回，只不过是想让自己放松一下。天哪，那么多人把他当作是民族英雄！真恐怖。”

巴西尔顿在室内立起身来回踱了一阵之后，转身面对着局长，对他露出了求助的神色。“既然这样，米勒斯，那么你认为现在我要怎么做才好呢？在这个俱乐部里他已经赢了不少于一万英镑了，而别人却输掉了这么多。就比如今天晚上吧，我的输赢倒是没有什么关系，但是丹吉菲尔德呢？我知道最近他在股票市场上遇到了一些麻烦。这件事除了向委员会报告之外我不清楚还能有什么更好的办法。而你当然能想到向委员会报告后将会出现怎样的情形。委员会里一共有十个人，难免不会有人泄露出去。假如一旦泄露出去的话，那么舆论界不闹个天翻地覆才怪。人们提醒我说，如果没有德拉克斯的话就不可能有‘探月’号。报纸上也曾报道说国家的一切未来就系于这枚导弹之上。要知道它可是“大英帝国”的新希望！这可真是他妈的一桩棘手的事情。”他停顿了一下，又将乞求的目光首先投在局长身上，然后又把目光转向邦德。“难道就真的没有什么别的补救办法了吗？”

邦德把烟蒂吐掉，“的确是应该教训教训他。”他镇定地说，“意思也就是说，”他轻轻一笑，又补上一句，“只要‘长剑’支持我，我就一定有办法。”

“你想怎么做就怎么做吧。”巴西尔顿果断地说道，“你到底想到了什么法子？”

邦德的自信令一线希望之光从他的眼里闪过。

“我是这样想的，”邦德说，“我有办法让他知道我已经把他的花招识破了，并且我要用他的花招以毒攻毒，赢他一笔，好好教训教训他。不过当然，那样的话梅耶也会跟着他倒霉。作为德拉克斯的对家，他就要输掉自己的一大笔钱。这有什么影响吗？”

“这倒没有什么关系，”巴西尔顿说。看起来他比刚才轻松了很多，已经准备就绪接受任何可以解决问题的办法。“他一直凭借德拉克斯为他撑腰，和德拉克斯做对家使他没少赢钱。难道你不认为……”

“不，”邦德把巴西尔顿的话打断，“我敢保证梅耶是彻底被蒙在鼓里的，虽然德拉克斯所叫的一些牌会令人吃惊。”他转向局长，“你认为这样可行吗，先生？”

第5章　美味佳肴

邦德随着局长在八点钟进入了富丽堂皇的“摄政餐厅”。这个餐厅是“长剑”俱乐部中最为讲究的一部分。

在餐厅正中有一张大餐桌，巴西尔顿正坐在餐桌的主位，在他的身旁有两个空着的座位。局长假装并未听见他的招呼，径直朝着餐厅里端的那一排小餐桌走去。他挥手示意邦德坐在一把椅子上，之后自己坐在邦德的左侧，使自己背对着其余的人。

手里拿着两张菜单的餐厅领班招待已经站在了邦德的身后，把手中的菜单一份放在邦德的面前，另一份递给了局长。“长剑俱乐部”几个烫金大字印在菜单的上端，下面则是满满当当的菜名。

“不需要每个菜名都看。”局长说道，“当然，除非你还没有想出来自己到底想吃什么。这个俱乐部的头条规则、也是最妙的规则就是，只要是俱乐部成员都可以随便点菜，即使菜单上没有。只不过，他需要照价付款。今天也不例外。仅有的不同之处是，今天你可以不必花钱。想吃什么，你就点什么，不必有所顾忌。”他抬起头来看着领班问道，“贝尔加鱼子酱有吗？”

“当然有了，先生。而且还是上周刚进的货呢。”

“那好，那就来一份吧。再来一份上等火腿，一份辣味腰子，另外再来一些青豆、土豆和草莓。你呢？想要点什么，詹姆斯？”

“我非常爱吃地道的烟熏鲑鱼，”手指着菜单的邦德慢条斯理地说道，“羔羊片，蔬菜和你的一样，但是芦笋烩香肠味道也挺不错，最好还能再加上一份菠萝。”说完，他把菜单轻轻地一推，使自己的身子仰靠在椅背上。

“你总算点完了，谢天谢地。”局长抬起头来望着领班，“你都记下了吗？”

“已经记清楚了，先生。”领班微微一笑，“不如您再来根髓骨如何？很新鲜，那是今天才进的货。我特意留了一根给您。”

“那的确是个好主意，你知道那东西我爱吃的。这玩意儿虽然对我身体没有什么好处，可我总是忍不住想吃。天知道为什么我今晚要在这儿穷开心。能把格尼蒙里叫过来来一下吗？”

“当然，他就在那里。”领班说完之后，便冲着那位司酒走去。

“格尼蒙里，你好。不如来点伏特加吧？”局长转过身去，对邦德说道：“这可并非是你用来兑鸡尾酒的那种东西，而是战前生产的沃尔夫斯密特牌伏特加，是从里加搞来的。怎么样，和你那些地道的熏鲑鱼挺配的吧？”

“真是太棒了。”

“还需要来点什么？不如来点香槟怎么样？我倒希望喝点红葡萄酒。格尼蒙里，给我弄半瓶 34 年出的罗斯锡德牌红葡萄酒。不必担心，詹姆斯。我已经老了，不再喝香槟对我的身体是有好处的。还有上等香槟吧，格尼蒙里？不过，詹姆斯，你常提起的那种酒这儿可没啊。好像在英国不流行喝那玩意儿。那叫什么来着？是叫‘塔蒂基’吧，詹姆斯？”

邦德笑了笑，对局长的记忆力大加赞赏，“是的。不过那也只是我一时的爱好罢了。事实上，今晚我倒是特别想喝香槟。不过看起来我似乎是该请格尼蒙里一起来喝一杯。”

这话特别使格尼蒙里感到开心。“先生，假如不介意的话，我提议您还是来点 46 年出的帕里格龙牌香槟。在法国这种酒只有用美元才能买到，而在伦敦市场上是极难买得到的。这可是来自于纽约‘摄政’俱乐部送来的礼物。主席特别爱喝这玩意儿，经常吩咐我随时把这种酒准备好。”

邦德微笑着，表示并不反对他的提议。

“就这么决定了，格尼蒙里。”局长说道，“现在就去取点帕里格龙牌香槟来，可以吗？”

就在这时，一盘新鲜烤肉和一盘黄油由一位女招待端了过来。当她弯下腰来把东西放在桌上时，她所穿的黑色裙子在邦德的手臂上轻轻摩擦了一下。邦德抬起头，瞅见一双发亮的媚眼藏在那舒展的刘海下面，并且朝他飞快地暗送秋波。当她转身离开时，邦德的目光紧追不舍地随她而去。她腰肢上所系的白色的蝴蝶结、挺直的领口、袖口都使邦德回忆起战前巴黎一度流行的时尚。那个时候，巴黎的姑娘们都穿着这种拘谨但却又诱人的服装。

局长也从邻座进餐的人身上把自己的目光收了回来。“为什么你对香槟如此感兴趣？”

“呵，假如您不反对的话，今晚我还真想多喝几杯。带着几分醉意赌牌的确有助于渲染气氛。这台戏要想唱好，还得千万请你多多合作。若是到时候我有些显得失态，你没有必要为我担心。”

局长耸耸肩，“你真不愧是个货真价实的‘花花公子’，詹姆斯。只要不至于误事，你就放开你的海量喝吧。不如先来点伏特加吧。”

局长为邦德倒了一杯酒。邦德洒了一些胡椒在酒里。胡椒渐渐在杯底下沉，一些胡椒微粒仍然在上面漂浮着。邦德把浮在面上的胡椒用指尖拢在一起，端起杯来把酒慢慢地喝掉，再把残留着胡椒残渣的空杯子放回到桌上。

局长用难以理解和几分嘲笑的目光瞥了他一眼。

邦德淡淡一笑，“这是我在驻莫斯科大使馆的时候，从俄国人那里学来的一个方法。因为这种酒里常常含有一些杂醇油，那是一种对身体非常有害的物质。苏联人都懂得要在这种酒里洒上一些胡椒，这样就可以使那些杂醇沉淀。后来渐渐地对于这种味道我已经习惯而且也成为了一种嗜好。不过在沃尔夫斯密特牌伏加特里也掺些胡椒似乎显得有点对它太不恭敬了。”

局长会心地一笑，“只要你不再往巴西尔顿最喜欢的香槟里撒胡椒粉就行了。”

从餐厅里端传过来一阵哄堂大笑。局长扭头过头去看了看，也没说什么，又继续埋头吃他的鱼子酱。

“你认为德拉克斯这人怎么样？”他一边吃着一边问道。

邦德从他旁边的银盘子里叉了一块熏鲑鱼，嚼了一阵，又抿了一口酒，然后不紧不慢地说道：“我想应该没有人不厌恶他那副尊容和野蛮霸道的德性。不难看出来，他与我所想象的没有什么太大的差别，他非常精明而又能干，残忍冷酷、血气方刚再加上放肆大胆。我对他能想方设法地达到自己的目的不表示丝毫的怀疑。只是有一点还没弄明白，为什么他还有这种不良嗜好呢。显然这种自欺欺人的把戏是与他的身份不相匹配的。究竟他这样做是想证明什么呢？也可能是企图证明天下没有什么事情可以难倒他吧？在牌桌上他太过于紧张了，对他来说这好像并非一种游戏而似乎是想让自己的能力借此得到证实。你没注意到他咬指甲时的样子，把肉都咬白了，并且他还止不住地出汗。他肆无忌惮地开着些刻薄的玩笑把大家弄得都很紧张，因为他的玩笑里暗藏杀机。他犹如弄死一只苍蝇一样地把巴西尔顿打发走。我再也不忍看下去。他那方法实在令人忍无可忍。即便对他的对家他也没有什么客气，仿佛别人都是该清除的垃圾一样。如果不是亲眼看见，我真是难以置信，他就是那个赫赫有名的民族英雄啊！虽然他和我没有什么过节，但我今晚还是想给他点厉害看看，”他朝局长笑了笑,“假如能成功的话。”

“你的意思我明白。”局长点点头,“对他你不必讲什么客气。先不论他的出身和他现在的地位如何，但他毕竟是从利物浦那种三教九流龙蛇混杂的地方来的,身上难免要带着一股地痞流氓气。我们这样看并非是势利眼。我倒确实想让‘长剑俱乐部’和利物浦的人都看清楚,他仅仅不过是个徒有虚名的东西。既然他能在桥牌桌上作弊,就难保不会在其他场合一样行骗。我猜想,他肯定是从欺诈中捞得了很多便宜,以致成了现在的暴发户。”

正聊着天,又上来了下一道菜。局长微微停顿了一下,酒也被送来了,香槟被放置在放了冰的银盘里,局长要的半瓶葡萄酒装在小小的沃特福瓶里。

侍者等候着他们说了几句赞扬的话才离去。过了一会儿,他朝他们走来手里拿着封信。

“邦德先生是哪一位？”

邦德接过信打开来看,有一个很小的纸包在信里面,邦德小心翼翼地在桌子下面把它打开。里面是一些白色的粉末。邦德把这种粉末放在桌上,用一把银制水果刀的刀尖小心翼翼地挑起一点粉末,伸手拿起香槟酒杯把粉末抖进酒里去。

“你这又是在做什么？”局长好奇地看了一会儿,忍不住问道。

邦德脸上呈现出一副极其泰然自若的表情。需要在今天晚上工作的是他自己,而并非局长。邦德心里对于这一点很清楚。他做事之前总是考虑再三,尽自己最大努力把每一步都想得很到位。在事情的发展过程中如果事情出现什么意外的话,那肯定不是由于他失算,而是实在没有办法。

“这是专治花粉热与重伤风的特效药,名叫安非他命,这是我在进餐前专门打电话给我的秘书,要她特意到总部的诊所弄来的。这东西对我今晚工作时保持头脑清醒非常有利，而且能够使人的信心增强。”说着,他又用叉子在杯子中搅拌了一下,以便让药粉在酒里溶化。然后他拿起酒杯,一饮而尽。“药味太浓了,但是香槟的确不错。”

局长被他逗得笑了起来:“你的名堂也确实是不少。好啦,再多吃点菜吧,炸肉排的味道怎么样,还可以吧？”

“棒极了,我用叉子来解决。世界上最好的烹饪就是英国最好的

烹饪，特别是在当今这个时候。能顺便问一下吗，今晚我们下什么赌注？大小我不在乎，也不过是以赢他为目的，让他的好运结束在牌桌上。我希望能让这家伙今晚多输些。”

“德拉克斯愿意把它叫做‘一比一’的注，”局长边吃边说，“假如你不知内情的话，还会认为这不过是个小赌注。但事实上它指的是一百美元一张的钞票或一百英镑一盘的赌注。”

“哦，这样啊，我明白了。”

“不过相比较而言，他更喜欢二比二甚至三比三的赌注。他在‘长剑俱乐部’总的算起来，平均一盘是十分，那么一比一的赌注就是二百。这儿所有的赌客都喜欢把赌注下得大一点。他们中包括形形色色的人。英国一流的好手也在其中，但有些也实在令人头痛。你必须装出一副对输赢毫不在乎的样子。比如说，现在坐在我们背后的那位比勒将军，”局长朝那位将军所坐的方向侧目看了一下，“简直没长大脑。每逢周末就得把好几百英镑输掉，可他一点儿也不在乎。简直就是没有良心，从来不赡养任何人，大把大把的钱都用来胡花。”

送髓骨的侍者打断了局长的话。这根用洁净的餐巾包着的髓骨竖立在银制餐盘上，一把银制的髓骨掏子在旁边放着。

吃完芦笋后，邦德不想再吃任何东西了。他把剩下的最后一点冰镇香槟倒进杯子里，大口喝了起来。此刻的他，感到十分惬意。香槟和药粉的效力大大超过了那些美味的佳肴。他颇感兴趣地开始观察整个餐厅。

餐厅里亮如白昼，大约有五十多位进餐者。他们大多都是身穿晚礼服，显得极其悠然自得。美味的饭菜和醇香的美酒使得他们胃口大开，兴致勃勃地谈论着赌局上的事，每个人都希望自己在牌桌上能够大满贯。他们之中自然也有奸邪之徒。有的人秉性卑鄙下流，有的贪婪成性，有的专门在家里虐待妻子，有的生性胆小懦弱……但他们却装模作样地在这间富丽堂皇的大厅里，装出一副绅士派头。

在大厅角落的冰冻台上，有龙虾、馅饼、肉块等食品在那里堆放着。一幅幅大型油画在墙上挂着。还有沿两边侧墙的那一幅幅镶了金边的版画。珍贵的作品中的每一形象都表现出一种妙不可言的淫邪和魔幻色彩。一些由垂枝和花瓶组成的石膏浮雕装饰着大厅顶部的四边，精巧的都铎王朝时代的玫瑰图案镌刻在这些垂枝和花瓶浮雕中间的条形壁柱上。

炽烈的光彩从大厅中的枝形水晶吊灯中放射出来，映衬着大厅里洁白的丝绸桌布和乔治四世时代发着铮亮光辉的银具。在所有餐桌上都放置着一个烛台，有三支蜡烛在烛台上面燃烧着。一轮微红的光圈形成于金色的烛光顶部，令所有进餐者的脸颊上都显示着温馨。他们那透露着一股股寒气逼人的敌意的眼睛和畸形的嘴唇都显示着他们的冷酷与残忍。所有这些都在这温馨融洽的气氛下暂时化解了。

邦德非常喜欢这种让他感到温情脉脉的典雅的气氛。他细细地品味着杯里的香槟酒。

此时，已经有几组人散去了，他们一边朝门走去，一边仍然还在互相挑战，下赌注，彼此督促着坐下来开始聚赌。带着梅耶的雨果•德拉克斯先生走到局长和邦德所在的桌旁，满是胡须的那张面孔透出马上参战的兴奋。

“先生们，是否已经准备好用来上供的贡品了？”他张开嘴奸邪地一笑，用手指着自己的咽喉，“告辞了，我们要先去把刀磨锋利一些。你们可得做好精神准备。”

“马上就来。”局长比较恼怒地答道，“你赶紧去准备好牌吧。”

德拉克斯笑了，“我们可没有必要做任何手脚。那好，迅速点。”说完之后，转身冲着门外的方向走去。带着些犹豫神色的梅耶朝邦德和局长笑了笑，随后跟着出了门。

局长不以为然地看着他们出去，之后对邦德说，“我们需要弄点咖啡和白兰地。你作出决定没有？”他问邦德。

“我需要让他先吃饱了然后再动手宰他。总之我和他之间必定有一番生死搏杀。你可别为我担忧。”邦德对局长说道，“开始我们得踏踏实实地打上一阵子，伺机而动。我们得在他发牌时加倍当心。当然，他没有办法换牌，也不可能发给我们那么多好牌。但是他一定有几手出色的花招的。你不会反对我坐在他的左手边吧？”

“当然不会了。除此之外还有什么吗？”

邦德寻思片刻，“另外还有一件事，先生。请您多多关注我的一举一动。时机到了的话，我会从我的口袋里掏出一块洁白的手帕来，那就意味着，你需要打一手九点以下的牌。让我来叫那一手牌你不会介意吧？”

第6章　牌桌风云

德拉克斯和梅耶正坐在那里等候着他们。他们在椅子上半躺着，嘴里抽着哈瓦那雪茄烟。

咖啡以及大瓶大瓶的白兰地就在他们旁边的小桌上摆放着。当局长和邦德到来时，德拉克斯正在撕一副新牌的包装纸。并且他已将另一幅牌在此之前摆成了扇形，放在他面前的绿呢台面上了。

“啊，二位终于来啦！”德拉克斯说道。他的身子向前倾着抽出一张牌，其余的人也抽了牌。德拉克斯抽牌成功，仍然在他原来的位置上坐着，他挑选了那副红牌。邦德在德拉克斯左边坐定。

局长跟刚好经过的一个侍者打了个手势，说道：“来点咖啡和俱乐部白兰地。”

说完之后，他把细长、黑色的方头雪茄掏出来，递给邦德一支，邦德没有推辞。然后，局长把红花色牌拿起来，开始洗牌。

“打算下多大的赌注？”德拉克斯望着局长探问道，“是一比一呢？还是多一点？

我非常愿意陪你下到五比五。”

“一比一对我来说，就已经足够了，”局长说道，“那么你呢？詹姆斯？”这时德拉克斯插了一句嘴，尖声问道：“我想对于赌多少你的客人心里应该有数吧？”

邦德冲局长望了一眼，转身对德拉克斯微笑着说道：“对我来说，多少都没有关系，那需要看你希望从我这里赢走多少？”

“我想让你输得精光，直到分文不剩，”德拉克斯亢奋地说道，“你到底能出多少？”“假如我真的分文不剩时，我自然会让你知道。”邦德突然下了决心，接着说道：“既然你刚刚说五比五是你的极限，那么不如我们就五比五吧！”

他的话刚一出口，就已经感到后悔了。五十英镑一百分！五百英镑的惊人赌注！假如四盘全输，那他两年的收入顷刻间就化为乌有，同时还难免当众出丑，让所有人看他的笑话。如果没有足够的钱时还得向局长借，但局长也不是什么超级富翁。他突然想到这出戏极有可能是一发不可收拾，额头上禁不住冒出了颗颗亮闪闪的汗珠。那该死的安非他命药已经起作用了！不过，屋子里的人这么多，这个污言秽语的杂种德拉克斯却非要拿他作为讥讽的对象，这着实让他难以平息心中这股怒气。

再三考虑后，邦德心里忐忑不安。今晚他本来没有什么公务。到这里来不过就如同是演一出社会哑剧，对他本人来说是没有什么意义的。就连局长也不过是偶然才被拖下水，参与了这场赌局。而此时他莫名其妙地卷入了这场与面前这个百万富翁的决斗，这场把自己全部财产拼进去的赌博不为什么别的原因，只是因为看不惯此人的恶劣行为而企图教训他一番。但是如果教训不成玩火自焚呢？邦德深深感到自己刚才太过于冲动。在以往来说这种冲动是难以想象的。这纯粹是由于香槟酒和安非他命药起作用而捣的鬼！绝不会再有下一次！

德拉克斯盯着邦德看，脸上显示出讥讽而又难以确信的神色。他又调转身来看着正心不在焉地洗牌的局长，嘴里毫不留情地问道："我认为你的客人应该不会说话不算数吧！"

邦德看到局长洗牌的手稍稍停顿了一下，从脖子到脸"唰"地一下都红了。当他接着洗牌时，邦德观察到他的手非常稳重。他抬起头来，不紧不慢地把咬着的方头雪茄取下来。他语调出乎意料地平稳，缓慢地说："假如你话里的意思是'我是否能够担保我客人所说的话算数'，那么，我的回答是'当然'。"

他把牌用左手切开递给德拉克斯，把烟灰用右手弹在桌子一角的铜烟灰缸里。烟灰遇水时邦德听到了其所发出的微弱的嘶嘶声。

德拉克斯斜眼瞟着局长。他赶紧拿起牌答道："那当然，那当然，我并没有什么别的意思……"还没等把话说完，他就对邦德说，"就这样吧！"然后对着邦德好奇地上下打量。过了一会儿，他转向自己的同伴问道："梅耶，我们下五比五的赌注。你的意见怎么样？"

"我想我一比一就已经足够了，哈格尔。"梅耶表示抱歉地说道，"除非你特别希望让我再加点儿。"他焦急地看着自己的同伴。

"当然不会了，"德拉克斯说，"就我本人来说，赌注下得越大就玩得越过瘾，好像一直就没有赌够。那么现在，嘿嘿！"他开始发牌，"让

我们开始吧！”

突然，邦德对刚才所下的赌注不再感到后悔。他的每块肌肉以及每根神经都在督促他必须得给这个长毛猿一次终生难忘的打击教训，得把他深深刺痛，也好让他永远不会忘记今天晚上，让他永远记住邦德，记住局长，记住这是他在“长剑俱乐部”的最后一次行骗，记住今天晚上的所有一切，也包括此刻外面的天气以及今天晚餐时所吃的东西。

此时的邦德已经不记得德拉克斯与“探月”号的关系了。他所想的仅仅是这场两个男人间的决斗。

他装作漫不经心地看着德拉克斯面前的银质烟盒，把脑子中的后悔之意清除得干干净净，他决心让自己承担所有难以想象的后果，从而使他能够专心致志地打牌。他坐在椅子上换了一个姿势，能够使他更舒服地坐着，双手搭在两边的扶手上。然后，他从嘴上取下细长的方头雪茄，把它放在身旁擦得闪闪发光的铜烟灰缸上，把咖啡杯伸手端过来。没有加糖的咖啡让他觉得十分够味。咖啡喝完之后，他又把装着白兰地的大肚子玻璃酒瓶拿起来，先是稍稍呷了一小口，然后又喝了一大口。

他向桌子那边的局长望了一眼，两人四目相遇，局长会心一笑。

“但愿你能喜欢这种酒，”他说，“这种酒来自科涅克一个罗斯采尔德领地。他们从一百多年前就开始永久性地为我们每年献一桶酒。到了大战时期，他们每年都要为我们藏一桶，45 年大战结束后他们把这些酒全部送了过来。从那时候开始，每年我们就可以喝两桶。”拿起自己的牌他又说，“我们现在还是认认真真打牌吧。”

邦德也拿起了自己的牌。他得到的好牌没有几张，仅仅只有两个半的快速赢墩，四种花型俱全。他猛吸了一口伸手拿起的雪茄，最后把它掐灭在烟灰缸里。

“三梅花，”德拉克斯粗声叫道。

邦德并没有叫牌。

梅耶叫了四梅花。

局长也没有叫牌。

呵，邦德没有预料到，这次他简直没拿到任何能够让他竞叫的牌。局长手里或许有几张好牌，红桃也可能全在我们这边。但是局长并未叫牌，所以很有可能他们就要打四梅花了。

他们只对邦德飞了一次牌，便做成功了。事实上局长手里并没有红桃，方块倒是不少，只缺一张大K，那张大K在梅耶的手里，能够毫不费力地抓住。就凭德拉克斯的牌力叫三梅花尚且还有一点冒险，但剩下的梅花都在梅耶手里。

无论怎么说，邦德一边发牌一边思考，我们没有竞叫从而将此关逃了过去，也该算是运气好吧。

他们的好运接着又来了。邦德开叫一无将，局长马上加到三无将，他已经超额一墩完成定约了。轮到梅耶发牌了，他们做成五方块宕一。然而在下一手牌中，局长开叫四黑桃，邦德手上也正恰恰有三张小将牌和一个旁门花色的K和Q，因而他非常容易地帮助局长把这个定约完成了。

局长和邦德赢了第一盘。德拉克斯表现出非常不高兴的神色。这一盘他输了九百英镑，并且没得到几张好牌。

“我们就一直这样打下去吗？”他问道，“需不需要再重新抽牌定座切牌？”

局长会意地对着邦德笑了笑，他们俩人已经都明白了。德拉克斯的意图是要发牌。邦德耸了耸肩膀。

“没意见，”局长说道，“看来我们的位子的确是选得不错。”“那不过是刚才的事儿，”看上去德拉克斯似乎高兴多了。

他的确是猜中了。在下一手中，他和梅耶两个人叫成了一个黑桃小满贯，并且是仅仅只冒险地飞了两次牌，便成功了。当然了，之所以他们能够顺利飞成，和他们那许多手势与哼哼哈哈声所起的作用有很大的关系。每次成功之后，他们两人都会肆无忌惮地大加渲染一番。

“哈格尔，打得真不赖啊，”梅耶令人厌恶地说道，“你的技术为什么这样精湛高明啊！”

邦德旁敲侧击道：“是凭借记忆吧。”

德拉克斯望着他，严厉说道：“凭借记忆，你说的这是什么话？难道你没有瞅见我是凭借飞牌而做成的吗？”

“或许更确切地说是‘计算’和‘牌感’更为恰当。”邦德镇静地说，“这可是成就优秀牌手的两大不可或缺的品质。”

“噢，”德拉克斯缓慢地说，“要是这样说倒还差不多。”他切好牌

递给邦德。

轮到邦德开始发牌了，然而他能感觉到德拉克斯的那双眼睛在死死地盯着他。

牌局不紧不慢地继续着。所有人的牌都不能算得上是特别走运，因此没有人敢于冒险。梅耶一不小心叫出了四黑桃，被局长加倍，还尚未打到定约数，宕了两墩。

然而在下一手中，德拉克斯做成了三无将，邦德把在第一盘赢得的钱全部输掉了，并且还赔了一点儿。

当局长把牌切好递给德拉克斯以便为打第三盘做准备时，他问道："有谁需要喝酒吗，詹姆斯，不如来点香槟吧，第二瓶的味道一定会比第一瓶更好。"

"我的确非常喜欢。"邦德说。

侍者走了过来，剩下的人要了威士忌加苏打。

德拉克斯对邦德说："你在这一盘可得好好打哟。要知道这一手我们已经赢了一百了。"

他把牌理好之后，又整整齐齐地把牌摆在桌子的中间位置。

邦德观察着德拉克斯，看见他正用那只受过伤的红眼睛打量着自己，在他的另一只眼睛里充满的则是冷峻、轻蔑的神色。大勾鼻子两边浸着汗水。

邦德思索着，莫非这家伙设了一个圈套，想看看我对发牌是否已经表示怀疑。他下决心不想让德拉克斯对自己的意图有任何的察觉。即便自己刚才输了一百英镑，但这可以被当作是借口，让他在以后追加赌注。

"是你发的牌吗？"他微笑道，脑子里衡量着各种各样冒险的因素，他看起来似乎主意已定，又补充道："那好吧，假如你愿意的话，下一副一样。"

"行，行，"德拉克斯没有耐心地说，"只要你不怕输就好。"

邦德拿起牌，看不出任何异常，"看来这次你们是又要赢定了。"他们运气不是很好。当德拉克斯开叫无将时，他没有争叫但却叫了加倍。出乎意料的是德拉克斯的同伴并没有因此而被吓倒，反而叫了二无将。局长手里没有长套，只得"过去"，这时候，邦德总算松了口气。德拉克斯停留在两无将上，并把这个定约做成了。

“谢谢，”他得意忘形地说着，同时仔细地在记分表上把自己的分数写了下来。

“现在，要看你们是否具备把它捞回来的本事了。”

邦德开始烦躁不安，却又没有任何办法。德拉克斯和梅耶仍旧走运。他们又做成了三红桃，因此成了一局。

德拉克斯这下更加得意了，把一大口加了苏打的威士忌喝掉了，然后又掏出那块印花大手帕来擦脸。“上帝与大斗士永远在一起，”他兴奋异常地说道。“再去拿牌来接着打。是希望拿回来继续打呢？还是已经打够了？”

邦德的香槟由侍者端来了，在他旁边的银杯里放着。有一只装有四分之三酒的玻璃高脚杯被放置在靠边的桌子上。邦德把杯子端起，一饮而尽，好像在给自己打气一般。

之后，他又在空杯里倒满香槟。

“当然是继续打了，”他粗着嗓子说道，“下两副一百英镑。”

没过多长时间，他们两人把这两副又输掉了，因此这一盘也输掉了。

邦德突然意识到自己已经将一千五百英镑输掉了。他又大口喝了 杯香槟，犹如失控似的说：“假如能在这一盘把赌注增加一倍的话，那我一次就可以全都捞回来，你认为呢？”德拉克斯已经把牌发完了，正关注着手中的牌。他嘴唇湿润，喜不自胜。听完这话之后，他注视着连烟差点儿都点不上的邦德，立马说：“没问题。一百英镑一百分，这两盘一千英镑。”

说完之后，他感到自己太过于冒险，但毕竟还是能稳操胜券。这个时候，邦德已没有回头取消赌注的机会了。

“看来我手上还真有几张好牌，”德拉克斯再次补充道，“你还要接着赌吗？”

“当然，当然。”邦德说道，把他的牌一把抓起来，“我既然打了赌，说话就一定算数。”

“那么，好，”德拉克斯得意地说：“我叫三无将。”

他做成了四无将。

然后，牌倒向邦德和局长这边。邦德叫牌，把一个红桃小满贯做成了。局长在下一副也做成了一个三无将。

汗流满面的德拉克斯，怒不可遏地挖着自己的指甲。邦德看着他

面带微笑，冷嘲热讽地说道："大斗士嘛！"

德拉克斯叨咕了几句，忙着记分。

邦德又朝着对面的局长望了望。局长对刚才打的牌明显比较满意。他将一根火柴擦着，点燃了他今晚的第二支雪茄，邦德几乎从来没有看见过他如此悠然自得的样子。

"看来这是我最后一盘了。"邦德说道，"因为我明天还得早起，希望各位见谅！"局长看了看表，说："现在已经是半夜了，你看呢？梅耶？"这一晚上梅耶很少说话，总是一幅"伴君如伴虎"的神情。对局长所提议的脱身机会他正求之不得。他早就已经期盼能够回到自己在阿尔贝历的安静的公寓里去，他收藏在那里的各种各样的白特西鼻烟盒让人赏心悦目。只听他迅速地说道："上将，我没有任何意见。你呢？哈格尔？也该睡觉了吧！"

德拉克斯对他根本不加理睬，却把自己的视线从记分表上移到了邦德身上。他观察到邦德表现出一副醉意朦胧的样子：他的额头汗湿湿的，散乱的黑色卷发披在眉前，灰蓝色的眼睛迷醉在酒意里。德拉克斯说话了："咱们到现在为止不分胜负。你仅仅只赢了二百多分。当然，假如你企图见好就收的话，那也没有什么不可以的。然而，皆大欢喜地收场，岂不是更好吗？不如我们下一盘将原来的赌注追加三倍，以十五比十五来一次历史性的赌博！你看怎么样？"

邦德盯住他看，并不急于对他的话作出回答。在这最后一盘中，他要让每一个细节，让自己说过的每一句话以及所做的每一个动作都像钉子一样，在德拉克斯的记忆里永远铭刻。

"到底怎么样？"德拉克斯有点没有耐心了。

邦德盯着他那冷峻的左眼，一板一眼地说："一百五十英镑一百分，这盘赌一千五百英镑。对于你的赌注，我表示同意！"

第7章　入我彀中

桌上一阵寂静。大家都被他俩所下的赌注惊得愣住了。还是梅耶最后忍不住激动地叫了起来。

“喂,哈格尔,”他急匆匆地说,“这事跟我可没有什么关系。”他清楚这是德拉克斯与邦德两个人之间的争斗,但他仍然希望能让德拉克斯清楚他对整个事件感到十分不安,让他发现自己惹了大祸,这将使他的同伴损失一笔数目不小的钱。

“马克斯,别说傻话了,”德拉克斯厉声说道,“你只管出你自己的牌就行了。这事跟你丝毫没有关系。我跟这位莽撞的老兄只不过是打一个小小的赌取个乐子罢了。来,来,我来发牌,上将。”

局长切牌,赌局仍旧在进行。

邦德感到成竹在胸,手突然不抖了。他把一支点燃的香烟衔在嘴里。他已经将所有事情都算计好了,甚至哪张牌应该什么时候出他都盘算得一丝不苟。关键时刻终于来了,他感到异常兴奋。

他靠在椅子上坐好,顿时有一种飘飘欲仙的感觉,心里对这赌厅里的嘈杂气氛似乎很有些喜欢。他张望着大厅四周,心里禁不住想到,这一百五十多年来,差不多每个晚上,这有名的赌厅里都会出现这种场面。同样旗开得胜的呐喊声和惨遭失败的哭喊声,同样的献身者的面孔,同样的烟叶味和这戏剧般的氛围。对于嗜赌如命的邦德来说,这可以算得上是世界上最富有刺激性的场面了。他最后扫了一眼之后把这些都深深记在心里,然后把自己的目光转回到牌桌上来。

他拿起自己的牌,两只眼睛熠熠生辉。这是德拉克斯发的一副牌。这次邦德的牌还算不赖:有四个顶张大牌在七张黑桃里,一张是红桃A,还有方块A和K。他盯着德拉克斯看,德拉克斯和梅耶想着会叫梅花加以干扰呢?就算是这样邦德也能盖叫;德拉克斯是否会迫使他叫得过高从而不得不使赌注再次加倍呢?邦德不动声色地等候着。

“不叫牌,”德拉克斯说话的声音带着点局促不安,明显是因为他私下早就已经清楚邦德的牌才会这样。

“四黑桃,”邦德叫。

梅耶不叫,局长也不叫,德拉克斯再三犹豫。

局长出的牌配合得天衣无缝,他们做成了五黑桃。在记分表的下栏,邦德记上了一百五十分,上栏记上了大牌点的一百分。

“嗬,”一声喝彩从邦德的肘旁传来。他抬头看看,原来是巴西尔顿。他已经赌完,闲来无事走过来观战。

他认真地拿起邦德的记分表看着。

“果然是了不起啊，”他称赞说。“看来你很快就要赢了。下的赌注是多少啊？”

幸灾乐祸的邦德企图让德拉克斯来回答这个问题，他最爱搞这种恶作剧。这个问题问得真是时候。一副蓝色的牌被德拉克斯切成两叠递给了邦德。邦德把这两叠牌合上，放在了他面前靠桌边不远的地方。

“赌注是十五比十五，同我的左手分赌。”德拉克斯不得不回答道。

邦德听见巴西尔顿惊讶得倒抽了一口凉气。

“这位老兄企图赌个痛快，因而我有意想要成全他。不过他现在走运，把好牌都占了……”德拉克斯直抱怨。

就在这个时候，坐在对面的局长发现邦德的右手里拿了一条白色的手帕。局长把眼睛眯成一道缝。

邦德好像用那手帕擦拭了一下脸。局长又瞥见邦德冷峻地朝德拉克斯和梅耶盯了一眼，又把手帕放回到衣袋。

邦德手里拿着那副蓝牌，他已开始发牌了。

“你们也太有兴头了，”巴西尔顿说，“一盘桥牌在第一次世界大战前所下的最大赌注也仅仅只有一千英镑，只希望谁也别受什么伤害。”巴西尔顿的意思是，私人之间下这么大的赌注常常都会引起麻烦。他又走过来在局长和德拉克斯之间站定。

邦德发完牌，稍稍带着不安地把自己的牌拿起来。

他手上仅仅只有 A、Q、10 领头的五张梅花以及以 Q 带队的小方块这两套牌。

一切已经准备就绪，已经布好了陷阱。

德拉克斯把牌用拇指清开。他的身子突然一下子坐得笔直。他有点不敢相信，于是再一次把手里的牌清一遍。邦德明白为什么德拉克斯会有这种反应。因为他握着十个肯定的赢墩：方块 A 和 K ，黑桃的四个顶张大牌，红桃的四个顶张大牌，以及梅花 K，J 和 9。

德拉克斯无论如何也料想不到，饭前在秘书室里邦德就已经把这些牌发给了他。

邦德等候着时机。对这样的好牌德拉克斯究竟还有什么更深的反应，这是邦德很想知道的。他幸灾乐祸地坐等着这条贪婪的大鱼来上钩。

然而德拉克斯的行为举止却是邦德所料想不到的。

只见他两手交叉不慌不忙地把牌放在了桌上，从衣袋里沉着冷静地取出烟盒，从中挑了一支烟点上。他并没有去看邦德，而是抬头瞟了一眼巴西尔顿说："你也未免太闭塞了。我在开罗起码都是两千英镑一盘的。"然后，他从桌上拿起自己的牌来，狡黠地看了一眼邦德。"我得承认这一次我的确拿到了几墩好牌，然而据我估计，可能你也拿到了好牌。那么，再让我想想，我这手牌真的有那么好吗？"

邦德佯装出一副喝醉酒的样子，心里想到，真是一条老鲨鱼，你手中已经有三对 A 和 K 了，居然还在一边冷嘲热讽，不过他依然不紧不慢地清理自己的牌。"似乎我这手牌也比较有希望。"他含糊其词地说。"我的对家假如和我配合得好的话，我的右手就只有某些牌张，那么我可就要吃好几墩啊，你有什么需要首先声明吗？""我们两个看来似乎是想到一块了。"德拉克斯故意说，"这样的话，一墩来一百，你觉得怎么样？听你的口气，好像你不会感到怎么痛苦。"迷迷糊糊的邦德看着他，显得有点手足所措。他一张一张地重新看一遍手中的牌后说："那好吧，算数，说实话，我是被你入赌的。明摆着你占上风。而我呢，不过也就是舍命冒这个险。"

"对家，看来这手牌你可要赔点钱了。"邦德又迷迷糊糊地看着对面的局长说道。

他说："现在，让我们开始吧！呃，七梅花。"

之后是好长一段时间的死一般的沉寂。刚刚看过德拉克斯牌的巴西尔顿，此时目瞪口呆地站在那里，甚至都没顾得上去理会从手中掉在地上的那盛满了加了苏打的威士忌酒的酒杯。

德拉克斯问："你刚才叫的什么？"他的声音带着些许不安，慌忙再清了一遍他自己的牌。

"刚才你说的是梅花大满贯吗？"他看着仍然满脸醉态的邦德十分不安地再次问道。

"这可并非是那么容易的事。喂，马克斯，你觉得如何啊？""不叫，"梅耶毫无办法地说。

"不叫，"局长不动声色地说。

"加倍，"德拉克斯愤恨地说。他放下牌，带着恶毒和嘲讽死死盯着面前这个醉态朦胧的酒鬼，心想，都已经大难临头了居然还稀里糊涂。

“是否你的意思是对你的超级赌注也一样加倍？”

“当然，”贪婪的德拉克斯说。“不错，这正是我所希望的。”

“非常好，”邦德说道。他犹豫着，没有看他手上的牌而仅仅是盯着德拉克斯看。

“再加倍，另外，在定约和超级赌注上，每墩再加四百倍。”这时候，德拉克斯的心里也有些七上八下了。他有点顾虑重重。但看看手中握着那么好的牌，又认为没有什么了不起的，依照最坏的结局来看他也可以稳稳当当地吃两墩牌。

“不叫，”梅耶带着抱怨小声咕哝道，随后又更加小心地说了句：“不叫。”德拉克斯有些焦躁地摇了摇头。巴西尔顿站在那儿，面色苍白，眼睛一眨不眨地关注着桌子那边的邦德。

之后他围绕着桌子慢慢兜了一圈，把每人手中的牌仔细地看了看。他所看到的是：邦德、梅耶方块:Q,8,7,6,5,4,3,2 黑桃:6,5,4,3,2 梅花:A,Q,10,8,4 红桃:10,9,8,7,2 方块:J,10,9；德拉克斯、上将黑桃:A,K,Q,J 黑桃:10,9,8,7 红桃:A,K,Q,J 红桃:6,5,4,3 方块:A,K 梅花:7,6,5,3,2 梅花:K,J,9。巴西尔顿时犹如大梦初醒。这对邦德来说的确是一个不折不扣的大满贯。无论梅耶打哪张牌，邦德均可以用他手上或桌上的将牌将其吃进。然后，从明手清将牌，飞德拉克斯。在清将的过程中，他能够用明手将吃两轮方块，从而将德拉克斯的方块A、K击落。过了五墩之后，邦德手上仅仅只剩下剩余的将牌和六张方块赢张。德拉克斯的那些A和K就将会变成一堆废牌。

这同一次大谋杀是没有什么区别的。

几乎是神经质的巴西尔顿又绕桌转了一圈，最后在局长和梅耶之间站着，以便自己能够看清楚德拉克斯和邦德的面部表情。他的手紧紧地塞在裤袋里，脸上显示出一片木然的神情，以保证自己不会失去控制。他惶恐不安地等待着德拉克斯将要受到的可怕的惩罚。他想象不出德拉克斯到时候将会是怎样的一种惨相。“快出牌，出牌，”德拉克斯早就已经等得不耐烦了，“该你先出了，马克斯，你总不能在这儿呆一晚上吧。”

巴西尔顿暗暗想到，你这个可怜的傻爪，在十分钟后，你就会恨不得梅耶在出第一张牌之前就在椅子上死掉。

看上去梅耶好像随时都可能中风一样。他的面孔苍白得像一张纸一样。他深深地低垂着头，从他的下巴流下来的汗水不停地滴在他衬衣的前襟上。他明白，他的第一牌将是一个一发不可收拾的最大祸害。

最后，他推测：既然自己手上持有黑桃和红桃长套，那么很可能邦德这两门都缺。于是，他首攻方块 J 。

他无论如何也想不到，不管他首攻什么，都不至于给邦德造成任何威胁。然而当局长把牌摊开意思是他方块缺门时，德拉克斯不禁向他的对家怒吼起来：“你出其他什么牌不好，偏偏要出这一张牌？真是个傻瓜笨蛋，你这和主动给他送上门有什么区别吗？到底你是在帮哪一方打牌？”

吓得缩成一团的梅耶小声说道：“这张牌已经是我最好的牌了，哈格尔。”他愁眉不展，一边说一边慌慌张张地用手帕擦去脸上的虚汗。

也就是在这个时候，德拉克斯才猛然意识到自己遇到了大麻烦。

邦德从桌上将吃，捉下了德拉克斯的方块 K ，然后又开始迅速引梅花。德拉克斯出梅花 9，邦德用梅花 10 盖住，再引出方块，桌上将吃，把德拉克斯的方块 A 击落了。之后，再从桌上引梅花。德拉克斯被捉住了梅花 J。然后邦德再引梅花 A 。

当德拉克斯被提下梅花 K 时，他才越来越明白面前所发生的这一切。他忧心忡忡地看着邦德，惶恐不安地等着他的下一张牌。邦德到底有没有方块呢？梅耶究竟能不能看住他们呢？要知道他的第一张大牌就是方块啊！德拉克斯在焦躁不安中等待着，他的汗水弄滑了手上的牌。那位名叫莫菲的棋坛高手，有一个令人惊恐不安的习惯。那就是，当他能够确信对手必输无疑时，就不再继续看棋盘，而是缓缓地抬起他那硕大无比的大脑袋，眼中带着幽默意味地死死盯着他的对手，逼视得他的对手无法不卑怯地抬起头来忍受他的嘲讽。这个时候，对手马上明白这盘棋只能到此为止了，再走下去就没有任何意义了。据说但凡看见了莫菲的这种目光，就唯有心甘情愿地认输了。

现在，邦德也如同莫菲那样，把头缓缓地抬起来，目不转睛地逼视着德拉克斯，然后慢慢地把方块 Q 抽出了放在牌桌上。还没等梅耶出牌，他又不紧不慢地把方块 8、7、6、5、4 和两个梅花赢张在牌桌上摊开。

然后他一板一眼地说道:“德拉克斯,该收场了。”说完之后,他慢慢把身体在椅背上靠了下来。德拉克斯最初的反应就是纵身一跳,把梅耶手上的牌一把抢过来,神经质地一张一张翻来翻去,企图找到一个有可能的赢墩。

然后,他胡乱地把牌摔在桌子上。突然,他捏紧的拳头高高地举起,“砰”地一下重重地砸在他面前那堆没有一点用处的A、K、Q上,嘴角不停地蠕动着,缓缓地说道:“你这个骗……”

“得了,德拉克斯,”站在桌子对面的巴西尔顿也未留任何情面地说,“这儿可不是说这种话的地方。我在旁边一直看着这副牌,没有丝毫问题。假如你不服气的话,那你可以去上诉。”

德拉克斯离开坐位,慢悠悠地站起身来,举起右手挠了挠自己湿乎乎的红头发,渐渐恢复了正常的脸色,同时露出一丝奸诈的神情。他傲视着邦德,并且是用一种胜利者的姿态。顿时让邦德感到浑身上下十二分的不舒服。德拉克斯走到桌子前说:“先生们,再见。”他的目光把在场的每一个人一一扫过,怪异而又带着讽刺意味地说道:“我输了一万五千英镑,并且还将承担梅耶所输掉的那部分。”

他弯下身从桌上把打火机拿起来。

之后,他朝邦德再次看了一眼。他那八字形的红胡须不停地抖动着,但声音却显得十分冷静:“这下你总算有钱花了,赶紧趁早把钱花光吧,邦德先生。”说完之后,他转身从牌桌离开,头也不回地径直走出了俱乐部大厅。

第8章 胜利后的思索

从“长剑”俱乐部回到自己的公寓上床睡觉时已经是凌晨两点多了,然而仍然没有耽搁他早上起床的时间,按照惯例他十点钟就来到总部,但没有任何开心的感觉。在“长剑”他昨晚足足喝光了两瓶香槟,现在全身都跟散了架一样地不舒服。他精神萎靡不振,心情也极其抑郁。这既是那种镇定剂所起的副作用,同时也是昨天夜里那出闹剧带给他的的结果。

他乘坐着电梯前往办公室，脑子里却始终不停地翻腾着昨天夜里所发生的种种情景。在如释重负的梅耶脱身去休息后，邦德从自己的口袋里掏出两副牌放在桌上。其中一副是德拉克斯所抽的那副蓝牌。他悄悄地将这些牌塞到自己的口袋里，然后用手帕把别人的视线遮住，再暗暗地从右边的口袋里掏出一副一模一样的蓝牌，偷偷地来了个偷梁换柱的计策。另外一副牌是红色的，放在他左边的口袋里，但这副牌没能派上用场，因为在赌牌中途德拉克斯并没有提出换牌的要求。

邦德将红色的那副扑克牌摆成一个扇形，然后放在桌上让局长和巴西尔顿观看。那副牌与蓝牌的排列恰好一样，也同样能够产生和刚才牌局中一模一样奇特的“全手红”效果。

“在牌局中这是有名的‘卡伯特森’手法。”他继续解释说，“这是专门用来对付像德拉克斯这种人所玩的那种把戏的。我分别准备了这红蓝两种颜色的牌，因为我并不清楚在实际开赌时到底需要打哪一种颜色的牌。”

“哦，当然，这样做的话可以确保万无一失。”巴西尔顿兴奋地说道，“但愿从此以后德拉克斯能够从中吸取教训，不要再继续搞这种花招，能够光明正大地玩牌。没有什么可怀疑的，你今天晚上大获全胜了。”他又继续补充了一句，“连德拉克斯这样的人都败在了你的手下，你今晚可真算得上是纵横赌海。只是，可能这件事会给你带来什么麻烦，所以你最好还是留意点。支票会在星期六给你送过来。”

大家相互道别之后，邦德终于回到了自己的住所。为了不让自己因为兴奋过度而无法入睡，在睡前他吞服了一粒微量镇定剂，想要尽量把自己凌乱的思绪理出个头绪来，同时又算计着在办公室里他第二天不得不处理的事情。躺在床上的他海阔天空地想着，一种极度的失落感猛然间向他袭来。往往胜利者最终所得到的要比失败者所得到的少很多，世界上的事情常常就是那么奇怪，那么莫名其妙。

邦德脸色阴郁愁闷地走进办公室。迷惑不解的劳埃丽娅盯着他看。“一半是为了公务，一半是为了游戏。”邦德笑了笑，解释道：“完全都是男人干的事情。还好，运气不算坏，这要多亏你弄来的那些药粉，的确挺管用的。我没有因为这个而耽误你的事吧？”

“当然没有，”她看着他说道，想起了他打电话时她扔下的那本书和那顿不得不中途放弃的晚餐。随后她低头浏览了一下手上的速记本。“参谋长半小时前打电话来说局长今天要你过去一趟，但没说具体时间。我告诉他，说今天三点钟你要参加徒手格斗训练，之后他说那就算了。除了昨天所剩的公文之外，就没有什么其他的事情了。”

“非常感谢，劳埃丽娅，”邦德说：“008 有消息吗？”

“有消息，据报告说，他一切正常，现在已经被转移到了瓦勒海得的一家军队医院。显然，不过是一次休克。”

邦德很清楚，“休克”这个词在他们的行业术语中到底意味着什么。“那好吧，就这样。”他对她微微一笑，不置可否地回答了一声，然后走进了自己的办公室。

在自己办公桌前邦德坐下来，把桌上堆放着的大堆文件放在面前理了理。已经过了星期一，今天自然就是星期二，又开始了新的一天。面对这些乱七八糟的事情他得静下心来理一理，思考一下下一步应该怎样行动。他打开桌上的一个棕色卷宗，点燃了一支烟抽起来。

这份备忘录是从美国海关缉私机构发过来的。“X 光透视检测仪”几个大字端正醒目地打印在文件的上方。

邦德开始集中注意力阅读文件。“X 光透视检测仪的制造商是旧金山 X 光透视仪公司，这是一种专用于违禁物品检查的萤光透视仪。在美国各州的监狱里它得到了广泛的应用，特地用来检查私藏在礼物中的金属品，也可以用来检查刑事犯和探监者；还常常被用来检查违法贩运的金刚石以及走私进入非洲、巴西金刚石矿区的金刚石。这种设备售价是七千美元，长八英尺，高七英尺，重三吨。在国际机场这种设备已经投入试用，效果如下……。”

邦德将后面的几页一目十行地读完，忍不住感到极为恼火。今后到国外旅行时他再也不能把手枪藏在腋下了，只能想方设法去另找其他藏枪的地方。这个问题必须得马上找技术部门的官员详细商量一番。

他心不在焉地将另一本卷宗翻开。只见上面写着：菲乐朋，一种日本的暗杀药。

“菲乐朋，”在他的脑子里邦德搜索着有关这种药品的情况，飞快地把视线转移到下面的介绍上。“……‘菲乐朋’是目前与日俱增的犯罪因素，根据日本厚生省的统计数据显示，日本目前估计约有一百五十万人对菲乐朋上瘾。其中有一百多万人都是二十岁以下者。根据东京警视厅的统计，青少年犯罪案中的百分之七十都与这种药品有关系。”

“这种毒品与美国的大麻相似，最早是用于注射的。它的效果是‘具有兴奋作用’，这是一种能使人上瘾的药物，这种药的价格也不是很昂贵，每针大约十日元。可是一旦上瘾的话，人们便不由自主地想要加大剂量，最多的一天甚至能达一百针。这样一来，这种毒品的实际价格就变得特别昂贵了。为了能够支付得起这种昂贵的费用，上瘾者便只能走犯罪之路。由吸毒所引起的犯罪活动多半都是袭击与谋杀。‘迫害妄想狂’就是一种由这种毒品使上瘾者所产生的病态。有这种症状的人会认为所有的人都有谋杀他的倾向，他无时无刻不处在人们的包围之中。因而，他经常可能无缘无故地对街上某一个关注他的陌生人进行迫害。病情比较轻的患者会特别害怕见到那些一天需要服用一百针剂量的重病患者，因为这样只会大大增加后者的妄想。

“这样，暗杀似乎就变成了一种自卫的正义行为。在这种经过严密组织和策划的犯罪活动中，人们时时刻刻都感受到这种可怕药物所带来的巨大的危险性。在臭名远扬的麦卡酒吧暗杀事件中，已经确认‘菲乐朋’就是犯罪的诱因。由于这桩谋杀案的缘故，一周之内警方已经将五百多名吸毒者拘捕了。在这一吸毒活动中朝鲜人通常是受到指责最多的……”

邦德突然觉得无聊得很，他坐在这儿读这些东西实在是浪费时间？叫做“菲乐朋”的那个什么破药片和他没有任何干系？

他合上卷宗，把那些文件随手扔进桌上的文件格里，之后，站起身来伸了个懒腰。

他觉得右脑依然有点针扎似的隐隐作痛，于是便拉开抽屉取出一瓶药，本来是想让秘书送一杯水来的，可他又不希望让别人看见他身体有些欠安，就只好把药硬着头皮干咽下去。

他起身走到窗口，点燃了一支香烟，遥望着窗外翠绿的景色，凝视着伦敦城远处的轮廓，头天夜里所发生的种种离奇古怪的事情又一一浮现在脑海里。

他无论如何也想不通这件事。已经腰缠万贯、英名远扬、地位显

赫的德拉克斯为什么却要在牌桌上耍那种无耻的把戏呢？他究竟有什么目的呢？他到底是想要证明什么呢？是不是他认为只有他自己才可以肆无忌惮地为所欲为呢？可以傲然地蔑视公众的舆论？

邦德顿时觉得自己豁然开朗起来。对，蔑视公众舆论，换句话说在“长剑俱乐部”他是以一种优越感与藐视一切的态度出现在那里的，就好像是与他交往的所有人都是无名鼠辈，他没有任何理由对他们作出一副有教养的样子一样。

德拉克斯对赌牌如此热衷，也可能是精神一向紧张，所以想要偶尔放松一下。他那咬指甲的动作、粗声粗气的话语以及不停地渗出的汗水，无一不表明他的这种紧张情绪。他绝对不可以输给那伙不耻于人的狗屎堆的。因而不管冒多大的风险他都要不顾一切地去赢得胜利。可以想象得到他相信自己完全能够达到目的。并且，邦德认为，一旦那些人鬼迷心窍就往往看不见有可能面临的各种危险处境，甚至故意去冒各种风险。有偷盗嗜好的人特别喜欢去偷那些比较有难度的东西；有怪异嗜好的人总喜欢使他们的各种怪癖行为展露出来，就好像他们是故意要把警察引过来拘捕他们似的；有纵火嗜好的人对他自己的纵火犯罪行为一向都是供认不讳的。

但是德拉克斯又是因为什么而如此鬼迷心窍呢？是什么样的冲动使他义无反顾地冒这么大的风险？

只有一种理由，那就是他是一个十足的偏执狂。妄自尊大，同时他的心里有一种虐待狂倾向。对一切不屑一顾的表情总是挂在他的脸上，话语中总是带着些恐吓的味道，但是输了钱之后却又流露出胜利的喜悦。这些只能表明他觉得事态不管如何变化，自己都毋庸置疑地是绝对正确的。他企图证明，所有与他相对抗的人都将惨遭失败的教训。也就是由于他有这种非同一般的力量，因而在他眼里一直以来就没有什么失败存在。他就是无所不能的主，是住在精神病院里的所有人的上帝。

是的，应该就得这么解释，邦德想到。他把眼睛眯缝起来遥望着不远处摄政公园的景色。

雨果·德拉克斯是一个残暴的偏执狂。使他义无反顾地不断奋斗并成为富豪的动力就是他的这种偏执狂。这就是那个即将为英国提供可以用来威慑所有敌人的导弹的人最开始的动力源泉。

可他离精神上的完全崩溃还有多远的距离谁又能把握得了呢？在那满头红发的脑袋里，有谁能够透过他席卷的风暴，预料到即将发生的一切？谁又能够明白他那各种各样的后遗症究竟是他卑微的出身，还是战争给他带来的呢？

当然，对于这一点谁也无能为力。对于这些问题是否只有邦德一个人看出来了呢？他是根据什么分析的呢？一个人的内心隐秘真的能够从一扇严严实实紧闭着的窗户里看透吗？其他的什么人也可能观察到了这一点。可能在新加坡、香港、尼日利亚、丹吉尔，他也一样有过如此紧张的失常。每当一些商人和他当面做生意时，或许他们对于他流汗、咬指甲、失去血色的脸上那双充血的眼睛也很留意。

假如时间允许的话，邦德思考着，对于这种人内心深处的隐秘，人们不妨去探寻一下。而一经找到线索，就应该继续把它们挖出来，并且在还没有形成祸患之前除掉这些隐患。

自己想得是否太离谱了？邦德忍不住自我嘲笑起来。自己没事替别人担什么心？那家伙跟他有什么不对付的？仅仅只是他把一万五千英镑拱手送给他邦德罢了。邦德耸了耸肩膀，这是他自食其果。可是他那临走时的最后一句话，“赶紧把钱全部花光吧，邦德先生！”又有着怎样的含义呢？他确实就是这样说的，邦德回忆道。这句话给他 留下了特别深的印象，使他没有理由不反复考虑。

邦德从窗口处快速离开。去见你的鬼吧！我可没有疯疯癫癫，只是得了一笔一万五千英镑的飞来之财罢了，的确，我现在就应该把这笔钱迅速花光。但是到底应该如何开支呢？他回到桌前坐下来，取出一支铅笔，思考了一会儿，之后在一份标有“绝密”字样的备忘录上开始认真地记下自己的购买计划：

①：带有折叠篷式的宾利牌轿车，大约需要五千英镑。

②：每个二百五十英镑的钻石夹子，大约需要三个，共七百五十英镑。

他把笔停下来。还有一万英镑余款，可以用来购买服装、漆地板、置一套新式的亨利·柯顿熨斗，再买些香槟酒。但是这些东西不必太过于着急。今天下午他最好先去把钻石夹子买来，然后去和车商们谈谈。再把剩下的钱兑换成金券，作为养老金存在银行里。

室内红色电话机响起的急促的声音，打破了宁静。

“局长想要见见你，能过来一下吗？”是参谋长的声音，似乎显得有些急躁。

“没问题，我现在就来。”邦德答复道，忽然想起来，“什么事知道吗？”

“还不太清楚，”电话里的参谋长答复他。说完，他就把电话挂掉了。

第9章　接受任务

邦德在几分钟后就走进了那个熟悉的门道。绿灯在入口的上方一闪一闪地亮着。局长看着他说，“007，怎么你的脸色这么不好看？请坐下吧。”

邦德脉搏的速度似乎加快了。他暗暗想到，今天局长直接称呼我的代号，并且不是称呼“詹姆斯”，那必定就是有事了，而且肯定是大事。等他坐下来之后。局长先是看着记录本上用铅笔记下的几个句子，然后把头抬起来，一种漠然的神情从他的眼睛中表现出来。

“德拉克斯的工厂在昨天晚上出现事故了。有两个人死了，警方对德拉克斯表示怀疑。”

“他们绝对不可能想到‘长剑俱乐部’。警察在他今天早上一点半钟返回里兹的时候直接扣住了他。在厂旁的一家酒馆里，‘探月’号工厂的两个雇员送了命。德拉克斯对警察仅仅只说他本人对此感到深深的不安和遗憾，之后就没再说什么了，他还真把持得住。他还没被警察释放。据我猜测，一定是他们把这个事情看得极其严重。”

“真是巧合啊，”邦德思考了一下说道，“但为什么我们要搅进去呢？应该由警方来处理这件事才对。”

“警方也不过是仅仅只能管一部分罢了，而那里关键的一大堆人物却恰恰由我们管着，比如那些德国人。”局长继续解释道，“看来你还是不太清楚，”他朝记录本扫了一眼，“那家工厂是属于英国皇家空军管辖的，在隐蔽图上那同样也是组成东海岸雷达系统的一个部分。

那一片区域的安全由英国皇家空军负责，对那个工作中心有控制权的只有军需部。在多佛尔和迪尔之间的峭壁上设置了发射基地，整个区域差不多有一千英亩大小，而实际工作区只有二百英亩。现在所有建筑队都已离开，工厂仅仅只剩下德拉克斯以及其他五十二个人。”

邦德心里又把它和桥牌扯上了联系，那就相当于是整整一副牌再加一个王。

“其中五十名是德国人，他们全都是俄国人想要但却没能弄走的导弹专家。德拉克斯这次花钱雇他们来为‘探月’号服务。对这种安排他们都带着些不满，但又没有办法。军需部自己又没有办法派出专家，因而只能任凭德拉克斯自己去请专家来。为了使皇家空军的保安力量得以加强，部里派了一个叫泰伦少校的警卫官员住在基地。”

局长抬起头来向天花板望了望。把话头停住了。

“然而泰伦少校昨天晚上死了。打死他的是一个德国人，但那家伙之后也自杀了。”局长死死地看着一言不发的邦德。

“凶杀是在基地旁边的一家酒馆里发生的。有不少人当时都在场，那是一家不大的酒馆，那些德国人经常到那儿去。我觉得他们必定有个去处。你问我们为什么要搅进去？那是因为在来英国之前，我们对那些德国人审查过，其中也有自杀的那个家伙。所有这些人的档案都在我们手中掌握着。伦敦警察厅以及皇家空军保卫部的人在案件一发生后就来要求查看自杀者的档案。昨夜他们对值班官员作了通知，今天一大早他就把材料送到伦敦警察厅去了，他已经在记录册上标明了，这得算是例行公事。

“我今天上午一来就看到了记录在记录册上信息，我对此非常感兴趣。”局长带着平和的语气说，“和德拉克斯刚好在一起度过了一个晚上，碰巧现在又遇到了这件事。的确就如同你所说的，真的是很凑巧啊。”

“除此之外还有件事，同样也是使我不得不搅到这件事中去追查个水落石出的原因。这事尤其重要，他们在星期五就要试验发射‘探月’号了，离今天只剩下四天时间了。”

局长伸手把烟斗拿过来，擦着火柴点烟，并且把话头也打住了。

邦德依然默不作声。情报局与这些事怎么能够沾得上边。这些事似乎是应该由伦敦警察厅特别事务部门来负责，或者由军事情报五

处来处理也未尝不可，而情报局的活动范围是在英国之外的啊。他坐在那里想不出原因来，看了看手表上的时间，已经到中午了。

局长将烟斗点然了，抽了一口之后继续说，“我之所以对这个案子比较感兴趣，究其原因还是因为昨天德拉克斯使我对他产生了兴趣。”

“我也对他比较感兴趣。”邦德说道。

“因此我看完记录册后，就打电话向伦敦警察厅的瓦兰斯询问，以便对事情的经过有所了解。他正心急如焚，叫我立即过去一趟。我跟他说，我不想插手五处的事。瓦兰斯则说，五处那里他已经联系过了，但五处的人觉得这个案子与我们有比较大的关系，因为是经过我们审查后才获准那个自杀的家伙到这里来的。所以，我就到伦敦警察厅去了一趟。”

浏览了一下手里的记录本之后，局长继续说道，“在差不多距离多佛尔以北三英里的海岸上，“有家名叫‘极乐村’的酒馆，就位于海岸公路的旁边。那些德国人常常会在晚上到那儿去打发时间寻找乐子。军需部派去的泰伦先生昨晚七点半恰好从那儿路过，进店之后要了一杯威士忌，就同几个德国人随便聊起来。突然，那个毫无理由的‘杀人狂’，假如允许我如此称呼他的话，走了过去，径直地走到泰伦跟前。他从衬衫里迅速掏出一支还尚未登记号的卢格牌手枪说：‘我爱加娜·布兰德，你别想着能得到她。’之后就冲着泰伦的心脏开了枪，接着又用冒着烟的枪对着自己的嘴扣响了扳机。”

“真是太恐怖了，”邦德插嘴说道。他如同身临其境，耳闻目睹了宾客满座的海滨酒馆里所发生的所有事情一般。“那个女孩是什么人？”

“这个问题说起来比较复杂。”局长说道，“她在特工处工作，是一个会讲德语的、瓦兰斯手下最出色的女特工。她和泰伦是‘探月’号基地中仅有的两位非德国人。对什么事和人瓦兰斯都不是放心，然而他只能这样，因为要知道英国如今最大的事情就是‘探月’号发射计划。瓦兰斯没告诉任何其他的人，而是依靠自己的力量把布兰德安插进基地去工作，并且想尽办法让她当上了德拉克斯的私人秘书。这一举动取得了成功，但她根本就没有什么可以禀报的事情。仅仅是说德拉克斯是个非常出色的领导者，态度比较恶劣，对手下人也极其苛刻严厉，对她显得也并不礼貌，虽然布兰德对他编出自己已经定婚的谎言，他仍然紧追不舍。后来，她使得德拉克斯知道，她具有自卫能力，随时都能够自卫，他总算因此收敛起来。那女人说她后来与德拉克斯成了好朋友。泰伦她当然是比较熟悉的了，但是泰伦已经可以做她的父亲了。并且，泰伦的婚姻非常美满，他拥有四个孩子。当瓦兰斯手下的人今天早上探查起这些时，布兰德说，泰伦待她如同慈祥的父亲一般，十八个月里带她去过电影院两次。那个杀人的家伙叫艾贡•巴尔兹，是一位电子专家，布兰德与他根本就不认识。”

“那个凶手的朋友又是如何论及这些事情的呢？”

“和他住在一个寝室的室友说，巴尔兹特别爱慕布兰德，他觉得没有取得成功完全都是由于‘那个英国人’。他说，最近一段时间巴尔兹情绪一直很不好，甚至沉默不语，因此他一点不感到他开枪杀人这件事有什么值得惊讶的。”

“听起来这还是比较合乎情理的。”邦德说，“如果照这样理解的话，凶手一定特别紧张，同时又带着点德国人的骄傲劲。对此瓦兰斯有什么感想呢？”

“他自己也很难弄明白。”局长说，“事到如今他最关注的问题就是怎样防止报界把他的女工作人员的真实身份披露出来。不用说，没有什么报纸会放过诸如此类的事件。消息今天中午就会上报的。那个女人的照片所有的记者都哄闹着在要。瓦兰斯已经准备好了一张，那张照片和任何一个女人看起来都很像，也像布兰德。她今晚就得把照片给瓦兰斯寄过去。

所幸的是记者们是不允许接近发射场的。她不愿与人做任何交谈。瓦兰斯只希望不要被她的朋友或亲戚把事情的真相捅出去。今天报界追得特别紧，瓦兰斯盼望着这个案子今晚就能够得以了结。那样的话，就使得报界不得不由于缺乏材料而将此事搁下。”

“发射的情况怎么样？是否会使发射受到什么影响？”邦德问道。

“所有的事情都按照原计划进行。”局长说，“导弹将在星期五中午由一个仅仅只装有四分之三燃料的推进器向上垂直发射，但是弹头是假的。弹着点在海牙和华盛顿连续线以北，纬度 52 度以上的方圆一百平方英里的北海海域。首相将在星期四晚上公布所有这次发射的详细情况。”

局长说完就朝后转过转椅，把目光投向窗外。远处的钟声这时已

经敲响一点了。看来已经过了午饭的时间了。假如这个属于其他部门的闲事局长去揽的话，邦德还会有充足的时间去和宾利汽车商谈论买车的事。他想到这里时禁不住在椅子上稍稍地挪动了一下。

局长转过身来，望着邦德。

“不用说，军需部是最焦虑的。他们部里最有能力的人就是泰伦。他在打给部里的报告中向来对导弹试验持有不同意见。他想要向首相亲自面呈，并且已经与首相约好在今天上午十点钟会面。但他并没有把具体内容披露出来。在订好约会后的几个小时时间里，他就丢了性命。这事未免有点太奇怪了吧？”

“的确比较奇怪，”邦德发表了相同的看法。“可毕竟这么大的事件不能当儿戏，为什么不关闭基地，好好地调查一番呢？”

“内阁在今天一大早就组织召开了会议，首相对这件事进行了详细查问。他希望弄清楚到底有没有足够的证据证明其中存在什么阴谋，然而没有人能够拿出确凿的证据。人们仅仅是从泰伦含糊其词的报告以及那两个人被杀的事情中产生出这种忧虑。所有内阁成员最后一致通过，试验将在没有确凿证据的情况下照常进行发射。如今，从国际战略方面来衡量，越早进行导弹发射试验对我们来说就越是有利，甚至于对世界也是有利的。”局长把肩膀耸了耸，“因此内阁成员不想把这次试验随便取消，连军需部也不具备反对的理由。但他们心里和你我一样明白，不管这次事件是怎么回事，都非常有可能是苏联人破坏‘探月’试验发射的序幕。假如他们成功的话，就可能使得这个导弹建造计划彻底毁灭。有五十名德国导弹专家在那儿工作，假如他们之中的某一个人的亲属如今仍旧掌握在苏联人的手中，那么很有可能他就会被利用，从而达到苏联人的破坏阴谋。”局长说到这儿，抬起头来向天花板望了望。

然后又用忧心如焚的目光望着邦德。“军需部长在内阁会议一结束就把我叫过去。他跟我说，现在他只剩下一个可以补救的办法了。那就是马上找一个可以顶替泰伦的人。这个人需要精通德语，懂得破坏行动那一套的同时具有与俄国人打交道的大量经验。军事情报五处举荐了三个人，但那三个人手头都有要办的紧要案子。自然，实在没有其他办法的话，立即把他们抽调出来也没有什么不可的。军需部长咨询我应该怎样做，我表达了自己的观点。他和首相立即进行了探讨，因此很快就把这件事定下来了。”

邦德懊恼地看着局长那张没有商量余地的脸庞。他已经明白局长的话是什么意思了。

“这样，”局长的语气显得比较平和，“关于对你的任命的事我们已经告知了雨果•德拉克斯。今天晚饭时他希望能与你见一见。”

第10章 明查暗访

詹姆斯•邦德的那辆宾利轿车在当天下午六点钟出现在自多佛尔路进入梅德斯通的那条直路上。手握方向盘的邦德，看起来像是在集中精力开车，但四个半小时前他从局长办公室离开后所做的一切准备活动却在脑子里不停地浮现着。

他向秘书草草把案情交待了，就去食堂随便吃了份快餐，通知车房不管怎样要为他尽快备辆车，把油加好，并且必须把车在四点之前开到他的公寓门口。之后，他坐出租车去伦敦警察厅赴约。他已经和瓦兰斯约好在三点四十五分见面。

每当看到伦敦警察厅所处的胡同和庭院的时候，邦德经常会把它们同一座没有房顶的立柜形监狱联系起来。在萧条的过道上有一名警士站在那里，日光灯下的那张脸显得极其苍白。他询问邦德有什么重要的事，然后让他把名字签在果青色的会客单上。警官的脸色在日光灯下显得同样没有任何血色。他领着邦德先上了几道台阶，接着又沿着两旁都是暗门的寂静冷清的通道来到了会客室。

一位中年妇女负责接待他。虽然她沉默寡言，但却能把一切都看在眼里并且记在心里。她跟邦德说，五分钟后瓦兰斯就来。邦德站在窗前，朝外面灰蒙蒙的庭院俯望着，看见从一幢楼里走出来一位没有戴头盔的警察，他嘴里嚼着口香糖，穿过院子。所有一切都让他觉得很安静，白厅及拦河大堤那边的交通噪音依稀还能听得见。一想到自己即将离开熟悉的本职工作，也离开自己的那班人，去和一个陌生的部门打交道，邦德就感到很难过，他在会客室里已经感到自己孤身一

人形单影只，极为压抑。只有那些犯罪分子同告密者才会到这里来听候发落，或者是那些比较有影响的大人物才会在这儿浪费精力地为自己辩护，或者费尽周折企图说服瓦兰斯相信他们的儿子并不是同性恋者。总而言之，或者告发，或者辩解，你不会毫无缘由地到这里来。

那妇女终于向他走过来。他把香烟在烟灰缸里熄灭之后，跟着那个妇女穿过走廊。

邦德穿过灰暗的会客厅走进屋。这间敞亮的房间里生着不合时宜的火，使置身屋内的人会产生一种怪怪的感觉，犹如玩了一个小小的把戏，也像盖世太保给你递了一支香烟。

邦德在整整五分钟后才终于从晦暗的心境中将自己解脱出来，并从罗尼·瓦兰斯那儿感受到了宽慰之情。对于部门间的嫉妒瓦兰斯没有什么兴趣，只希望邦德能把"探月"号工程保卫好，并能够从糟糕的处境中把他的一名最优秀的警官解救出来。瓦兰斯也很会与人打交道，做事也很谨慎。在最初的几分钟，他仅仅只谈局长的情况，并把一部分内幕材料披露给他，做出一副比较诚恳的样子。邦德还没有等他提到案子的情况就已经对他产生了好感和信任。

邦德开着他那辆宾利驶进拥挤的梅德斯通大街。他思考着，瓦兰斯二十来年的警务工作所培养出来的出色才干，使他学会了怎样左右逢源，把军事情报部五处的痛处巧妙地避开，积极协助配合警察的调查工作，以及同愚笨的政治家及受到蔑视的外国外交官打交道。

他与瓦兰斯大概谈了十五分钟左右。谈话进行得比较艰难，但相互都清楚自己的盟友又多了一位。瓦兰斯对邦德非常信任，认为他会尽自己的最大努力去帮助和保护加娜·布兰德。从工作的角度出发邦德接受了任务。他对特工处并没有什么嫉妒之心。瓦兰斯对于这一点特别赏识。而瓦兰斯所知道的间谍情况也令邦德羡慕不已。他感到自己已经不再是一个人孤军奋战。瓦兰斯及他的部员会对他大力协助的。

邦德从伦敦警察厅离开时，感觉比原来好多了。最起码，他把克劳塞维茨的具有巩固的后方的原则实施得比较好。

邦德在拜访了军需部之后并没有了解到什么有关案件的最新情况，仅仅只得到了有关泰伦的履历和涉及到"探月"号的报道。泰伦的履历非常简短，他是陆军情报部和战地安全处的一位终身官员。但该工程的员工中的两次酗酒却被报道生动鲜明地勾画出来，一次是小小的盗窃案，其余的是由于私仇而引发斗殴的流血事件。但是虽然这样，基地的这伙人还得说算是勤奋努力、忠实可靠的。此后，在军需部的作战室里，他和特因教授在一起差不多呆了半个小时。特因教授身体肥胖，其貌不扬，也不施以任何修饰。他是世界上著名的导弹专家，差点儿在去年获得诺贝尔物理学奖，。

走向一排特大挂图的特因教授，将其中一幅的细绳拉动，便展现出来一幅长十英尺的简图，上面所画的东西非常像带着巨翼的V2导弹。“出于你对导弹丝毫不了解的原因，”教授说，“我尽力用你能够听得懂的话来讲。请你放心吧，诸如热气膨胀率、排气速度、开普勒椭圆等名词我是不会对你讲的，免得把你搞得昏头昏脑的。‘探月’号是一种单级导弹，它是由德拉克斯命名的。它能够一次性把燃料耗光，升入空中，之后再飞向目标。V2 的弹道非常像从枪膛射出的子弹的轨道，呈抛物线形状。按每小时 200 英里的最高速度计算，它向上大概要飞行七十英里。一般情况下，燃料是一种由乙醇和液态氧混合制成的易燃物，其燃烧程度会慢慢减小以防止烧毁保护引擎的低碳钢。现在有能量非常强的燃料能够供以使用，但我们还没有取得太多进展。原因就不用说了。它们燃烧时的温度已经高到就算是最坚固的引擎也有被烧毁的可能。”

教授把话停了下来，用手向邦德的胸部指了一下。“关于‘探月’号导弹的知识，亲爱的先生，你只需要记住，因为德拉克斯选用了其熔点为 3,500 ℃的铌铁矿，而 1,300 ℃是 V2 引擎材料的熔点，因此我们能够使用一种高级燃料而不致于将引擎烧毁。”

“实际上，”他好像要给邦德留下深刻的印象，盯着邦德说道，“我们使用的是氟和氢。”

“哦，是真的吗？”邦德表现得很尊敬地问道。

目光敏锐的教授望着邦德，“我们企图实现每小时近 1,500 英里的速度，垂直高度大约为 1,000 英里，这样导弹的有效射程就能达到 4,000 英里左右。也就是说，任何一个欧洲国家的首都都在英国的射程范围之内。它在特定的情况下极其有用。然而对于科学家来说，这仅仅只是飞离地球的可喜一步。还有什么其他的问题吗？”冷漠的教授补充道。

“能不能把导弹的工作原理给我讲一下？”邦德毕恭毕敬地问道。

教授指着简图继续说:“那我们就先从导弹的头部开始说起吧。导弹的最上端是导弹仓。试验发射时,在这里所装的是探测大气层以上的飞行物的仪器,比方说同雷达相似的仪器。这是能使导弹做水平飞行或滚动偏航旋转飞行的旋转罗盘。再接着往下看,这些是小仪器,辅助引擎,能源供应仓等。这是能载三万英镑燃料的大燃料箱。”

“有两个小燃料箱在尾部。四百英镑过氧化氢与四十英镑高锰酸钾在里面混合产生出气流从而使得下面的涡轮机得以驱动。涡轮机将一套离心分离泵带动起来,将主要燃料输入导弹引擎是它的分离原理。压力非常大。你能听懂吗?”教授向邦德皱着眉头怀疑地看着他。

“与喷气式飞机的工作原理听起来差不多。”邦德说。

满意的表情从教授的脸上流露出来。“总而言之,”他说,“导弹是自带燃料的,并非像慧星从外面吸入氧气那样。燃料是在引擎里点燃的,热气从尾部接连不断地喷涌而出,就如同是不停地产生后坐力一样。能够使导弹腾空而起的正是这种热气。当然了,铌是放在弹尾的。如此一来,我们就能够造一个不至于被巨热所熔化的引擎。”

他指着地图说,“你看,这些尾翼的作用就是使导弹在飞行时能够保持平衡。不用说也知道,它肯定同样是用铌做成的,否则它们会由于无法承受巨大的空气压力而折毁。”

“你如何能够确信 V2 可以向预定的目标飞去呢?”邦德问,“又如何能够保证下星期一回收时不致于使导弹落在海牙或落在其他的什么地方呢?”

“那当然是陀螺仪所起的作用。但是实际上,我们并不打算在星期一那天冒这个险。在海中救生艇上放置的雷达航向仪器是我们所要使用的。有雷达发射机被安置在导弹头部,从海上发出的反射波能够被它接收到从而自动地飞向目标。”

“当然,”教授淡淡一笑,又说,“假如在战时我们使用这家伙,用这种仪器向在莫斯科、华沙、布拉格、蒙特卡洛,或者任何我们想打击的目标中心发出飞行的指令,那可真的算是妙不可言了!也许这些就要依靠你们自己的努力了。祝你运!”

邦德不置可否地笑了笑。“能不能再提个问题?”他问道,“假如想破坏导弹的话最好采用什么办法?”

“什么办法都可以，” 教授兴高采烈地答复说，“比如在燃料中掺沙，在泵中混合沙石，或者在机身或尾翼的某一个地方凿个小洞。由于力量之大，速度之快，哪怕是一点小小的失误都会带来灭顶之灾。”

“非常感谢您，”邦德说。“看起来似乎教授您对‘探月’号并不怎么担心。”

“它真不愧是一台奇妙的飞行器，” 教授说，“假如不存在干扰的话，它就能够正常运行。德拉克斯干得非常漂亮。他的确有着与众不同的组织能力。他带领的攻关小组没有一个不出色的人。那些人都非常愿意为他竭尽全力，效尽犬马之劳。说实在的，假如没有他的话就不可能有‘探月’号。”

邦德此时来到了查灵岔道口。他将行车路线改变了，使车向右转弯，再以八十英里每小时的速度狂奔而去。

他对着排气缸听了听，没有听到不正常的噪音，他于是满意地点了点头。他非常希望能够对德拉克斯本人有一个彻底的了解。他今天晚上将会如何接待他呢？听局长说，在提起邦德的名字时，电话那边的德拉克斯稍稍停顿了一下，然后说，“嗯，嗯。我认识这小子，但不清楚他已经介入这件事，我倒是非常希望再见见他。马上把他派过来。在吃饭前我希望能够看到他。”说完挂断了电话。

总的来说，军需部里的人对德拉克斯印象比较好。他们在与他的接触过程中，发现德拉克斯是一个事业心极强的人，他全部的心思都扑在研制“探月”号的工作上，督促手下人竭尽全力，同其他部门争抢材料的优先权，在内阁会议上敦促军需部满足他的要求。总的说来，他是为成功而生活的。对于他爱说大话这一点他们不是很喜欢，但他比较懂行，并且有一股子奋勇前进的献身精神。这一切已经足够促使人们尊敬他。就像其他人所认为的一样，至于说大英帝国的存亡全寄托在他的身上这一点，他们还是比较相信的。

但是，邦德心里很明白：如果和这人工作在一起的话，就得使自己有所调整，从而能够对未来的生活有所适应。最好是德拉克斯和他两个人都能够既往不咎，忘掉那天晚上在“长剑”俱乐部里发生的不高兴的事，专心致志地投入到保卫基地的安全中去，从而防止整个工程遭到敌人的破坏。仅仅只剩下三天时间了。德拉克斯觉得，安全防范措施已经做得很周密。一旦有人提到加强保护措施他就会感到特

别厌烦。事情看来可并非那么简单，每走一步都得认真考虑，但邦德并不擅长使用策略。

邦德看了看手表，时间是六点半。他已经将车开上了海滨大道。他在半个小时之后就能够到达基地了。谢天谢地，两件人命案总算可以了结了。“在神经不正常的情形之下最先杀害他人之后再自杀，”这是法医的定论。那姑娘并没有受到传讯。邦德思索着，他最好在路过“极乐村”时，能够进去喝一杯，并同老板说说话。并且他也应该在第二天试一试，看能不能查出到底泰伦是想把什么机密的情况面呈给首相。的确由于线索极少的缘故会使这变得很困难，因为，泰伦的房间里没有发现什么。他要做的工非常多，但是，对于泰伦的私人信件他已经具备充裕的时间来审阅。

远处，一片低垂的白云飘浮在山间。挡风玻璃上不停地飘落着小雨。冷嗖嗖的海风从海上吹来。能见度比较低，他将车子的前灯打开，并减慢了一些车速，把自己的思绪转到了德拉克斯的那名女秘书身上。

和那姑娘接触可得注意点，千万小心不能得罪她。她已经呆在基地有一年多了，若是能取得她的合作的话，相信一定能够取得事半功倍之效。同邦德一样，她也接受过相同的训练。但是，这个女人到底多深多浅，也还是个未知数。按照伦敦警察厅记录表上的照片来看，她漂亮迷人但又特别严肃。就算她流露出那么一丁点诱人之处，也被她呆板的那身警察制服所掩饰住了。

他对她的特征作了一个回忆：头发是金棕色的，眼睛是蓝色的，身高是 5.7 英尺，体重是 126 磅，臀围是 38 英寸，腰围是 26 英寸，胸围是 38 英寸，有颗痣在右乳上部弯曲的地方。

沿着马路狂奔的车子向右一拐，就驶入一座小镇。路边有一家电灯闪闪发光的小客栈，邦德把车停下来，关掉了油门。一块写有“极乐村”的退了色的烫金广告牌就在他头上方挂着。从海崖边吹过来的半英里外的一阵稍稍带着些咸味的微风把广告牌吹得吱吱作响。他从车门钻出来，伸展一下筋骨，就冲酒吧走去。他走到店前才发现店门已经关闭了。莫非是为了打扫卫生？他又朝另一家开着门的店走过去。这间酒吧比较小。一位身穿衬衫，看起来傻头傻脑的男子在柜台后读晚报。

邦德进来时，他立刻抬起头来看了看，手里的报纸也随即放下了。

“晚上好！先生。”他冲邦德打招呼。很明显，看见有人光顾，他感到非常惬意。

“晚上好！”邦德答复说，“请给我来一大杯威士忌和苏打水。”邦德说完之后就在柜台前的凳子上坐下来。从黑白两个不同的瓶子里，老板各量出一些酒，将这些酒倒进杯子中，之后再将杯子和苏打瓶摆在他面前。

邦德用苏打水把杯子掺满，然后喝起来。

“今晚的生意似乎不是很好啊？”他放下杯子心不在焉地问道。

“是的，先生，的确很糟糕，”老板回答说，“生意真是很难做啊，先生！你是不是报社的记者啊？这两天经常有记者和警察来来去去的。”

“不是的，”邦德说，“我是来顶替别人的工作的。顶替的是泰伦少校。他刚刚被人杀害。他是否常常到这儿来喝酒？”

“不是这样的，先生。以前他从来都没有来过，他是第一次来。唉！真没想到他第一次来就变成了最后一次。我现在为了能把铺子彻底修整一翻，需要关一个星期的门。”停顿了一下之后，他又接着说：“你一定不知道，雨果先生真不愧是个慷慨大方的人。他在今天下午给我送过来五十英镑，说是作为对我的赔偿费。这可真是一个不小的数目啊，比我两个星期的营业额还要多。他这个人真是太好了，到处都那么受人喜欢，又常常是那么地慷慨大方。”

“不错，是一位大好人，”邦德附和着说，“那你是不是看到了昨天所发生的那件事了？”

“我并没有看到开始时和放枪时的情形，先生。当时的我正在量酒。我在枪响之后发现泰伦少校在地上躺着，胸部不停地往外流血，我被吓得洒了一地的酒。”

“之后呢？”

“后来人们都退出了酒吧。只有十来个德国人在场。持枪的家伙愣愣地站在那儿，低头看着倒在地上的泰伦少校。他突然摆出一个立正的姿势，左臂在空中伸着，大吼了一声‘希特勒万岁’，就如同那些在二战期间怪叫的蠢家伙那样。之后他把枪口插进自己的嘴里，做了一个鬼脸，只听‘砰’地一声，随后他自己也就跟着完蛋了。”

“在临死之前他就仅仅只叫了一声‘希特勒万岁’吗？”邦德问。

“就只有这些，先生。好像这些德国人永远也不会把这血腥的字

眼忘记，是吗？”

“的确，”邦德若有所思，“他们并没有忘记。”

第11章　进入墓地

邦德五分钟后已经站在了高高的环绕着铁丝网的大门口，把部里给他发的通行证递给穿着制服的值班卫兵查看。

那位皇家空军中士看过邦德的通行证之后又还给他，同时又向他行了个军礼，说：“先生，雨果爵士正在等您，就在前面树林中那栋最大的房子里。”他用手指着一百码外挨近悬崖边的那片灯光。

邦德听见他给下一个哨卡打了个电话。他把汽车发动起来，顺着新铺设的柏油公路慢慢地向前驶去。在公路两边是广阔的田野。就连远处悬崖脚下传来的海涛声他都能够听见。近处的机器开动时所发出的轰鸣声在驶近那片树林时也传到了他的耳里。

邦德在第二道铁丝网前又被一名便衣拦住。一道带有五根铁栅的门就在铁丝网后，再往里面就到了树林。在那名便衣挥手表示允许他通过时，他听到从远处传来的阵阵警犬的吠声。这就说明夜间有人在此巡逻。看起来安全措施非常严密。邦德认为他没有必要为外部安全操心。

汽车在穿过树林之后，驶到了一大片较为宽阔的混凝土坪上。虽然他的两盏车灯射出了两束非常强烈的光线，但这片场地的边际他仍旧没有办法看到。在左面大约一百码外的树林边上矗立着一座大房子，里面灯光闪烁，房子外面是一堵约么六英尺厚的围墙。差不多和房子一样高的围墙耸立在混凝土坪上。邦德把车速减慢，在圆顶房子前的山壁边上停下来。

他刚刚停稳了车子，房门便被打开了。身着白色夹克的一位男仆走出来，替邦德彬彬有礼地把车门拉开。

“晚上好，先生。请跟我来。”他的声音平平淡淡，方言口音很浓。邦德跟着他走进屋里，穿过一条宽敞的走廊之后来到了一扇门前。男仆轻轻敲了敲门。

“进来。”邦德在听到这特别耳熟的粗犷和那严重带有命令语气的声音时暗暗发笑。

德拉克斯在明亮、宽敞的客厅里背朝着一座空荡荡的壁炉站着。他身材魁梧，穿着一件天鹅绒质量的红色吸烟服，与他脸上的红胡子非常不相衬。除此之外，站在他旁边的还有三个人，是两男一女。

“啊，我亲爱的伙计。”德拉克斯扯着嗓子兴奋地喊道，并且大步迎了上来，热情地把邦德的手握住了。“真没想到咱们这么快又见面了。更没想到你居然会是一个为我部工作的可恶的间谍。早知道是这样的话，在和你打牌时我就会加倍小心的。那笔钱花光了没有？”他一边说着话一边把邦德带到了炉子边。

“还没有呢。”邦德笑着答道，“现在连钱影子都还没有见着呢。”

“那是当然。得等到星期六才能兑现。也可能恰好会赶上咱们小小的庆功会，怎么样？来，介绍认识一下。”他把邦德带到那个女人的面前，“这是布兰德小姐，是我的秘书。”

邦德注视着那双蓝汪汪的大眼睛。

“晚上好。”他友好地对她笑了笑。但是望着他的那双静静的眸子里并不带有一丝笑意。她在握手时也不带有半点热情。“你好，”她淡淡地回答。邦德感觉到似乎她的语气里带有几分敌意。

突然邦德的脑子里闪过一个念头：这个女人确实没挑错，简直就是一个劳埃丽娅·波恩松贝的翻版。能干、谨慎、忠诚、洁身自好，天哪，他私下里想，是个老手。

“这位是佛尔特博士，是我的得力助手。”那位年纪较大、面容清瘦、黑发下遮盖的眼睛略有愠色的男人好像根本就不曾看到邦德所伸出的手一样。他在听到自己的名字时，仅仅只是稍稍地点了一下头。“是沃尔特，”他的薄嘴唇在黑色山羊胡子下翕动着，将德拉克斯的发音纠正了。

“这位应该说是我的……该怎么说呢，就算作是侍卫吧，你把他当作是我的副官也可以，他名叫威利·克雷布斯。”邦德与对方伸出来的汗涔涔的手轻轻握了一下。“很高兴认识你。”随着这句讨好奉承的话说出口来，邦德看到了他那张苍白、病态的圆脸，那装出来的假笑还没等他来得及认真琢磨就已经一闪而逝了。邦德与对方的两眼直

视着，他那双眼睛就像一对黑纽扣一样晃来晃去，闪躲着邦德的目光。

这两个人都穿着洁白的紧身衣，塑料拉链在袖口、脚脖子和臀部上安着。短平头，隐约能看见头皮。乍一看，他们的样子的确倒是很像天外来客，但是，凭借沃尔特博士那黝黑、散乱的髭须和山羊胡子，以及克雷布斯那绺苍白的小胡子，两个人看起来又很像是一幅讽刺漫画——一个疯子似的科学家同一个年轻的耶稣门徒。

德拉克斯那过分热情、怪里怪气的模样和他那些态度冷漠的伙伴们形成了极为鲜明的对比。对于德拉克斯那野蛮的欢迎态度邦德并没有感到反感——至少使他这个刚刚到任的安全官不至于冷场。除此之外，德拉克斯表现出来的明确的既往不咎的态度，以及他对自己刚刚上任的保镖头儿的信任，都让邦德感到非常欣慰。

德拉克斯确实是个不错的主人。他搓搓双手说，“喂，威利，替我们倒一杯你拿手的马提尼酒怎么样？不用说，博士是个例外，他是不沾烟酒的，”他对着邦德解释着，然后又对沃尔特说：“简直就像个死人。”他发出一阵简短的笑，“除了导弹之外，不会想别的，难道不是吗，我的朋友？”

博士毫无面情地站在他面前，“你就是喜欢说笑话。”

“好了，好了，”德拉克斯就像是在哄一个小孩子一样，“关于导弹尾舱的事过一会儿再讨论，除了你之外我们这儿可全都是烟酒之徒啊。咱们出色的博士不停地在操心，”他没完没了地解释着，“他就是喜欢不停地为一些事情殚精竭虑，这会儿是在为导弹尾舱操心，事实上，它们已经如同剃胡子刀片那般锋利，差不多可以不受任何风的阻力。但他猛然又觉得这些尾舱会熔化，认为空气的摩擦会磨光它们。不用说，什么事情都有很多的可能性。不过在3,000度以上的高温下它们已经被试验过，就如同我对他说过的，假如它们会熔化的话，那么整个导弹就也会跟着熔化掉。这种事绝对不可能发生。”

他说着，莞尔一笑。

克雷布斯走过来，手里端了一只银盘，有四只盛满马提尼酒的酒杯和一个打磨过的混合器在上面放着，马提尼酒的味道确实很好，邦德也这么说。

“你真好，”克雷布斯假装很满意地笑道，“雨果爵士一点也没说错。”

“把酒给他斟满，”德拉克斯说，“可能咱们的朋友非常希望洗个澡，然后八点钟咱们吃饭。”

一阵尖锐的哨声就在他说这话的时候响起，一队人整齐的跑步声接着从外边水泥场地上传来。

“这是晚上的第一次换岗。”德拉克斯解释说，“这幢房的后面就是营房。不用说现在肯定已经到了八点钟了。不管做什么在这里都需要跑步执行。”一丝洋洋自得的神情他眼睛里闪出，“准确而又迅速。即便科学家在这里占多数，我们仍然使一切都尽量实现军事化。威利，你来照顾一下中校。让我们先走一步吧。亲爱的，现在就去吧。”

邦德跟随着克雷布斯向着进来时的那道门走过去时，看见剩下的另外两人在德拉克斯身后跟随着，冲着房间另外一头的双扇房门走过去。还没等到德拉克斯的话音落地那两扇门便打开了。那个身穿白夹克的男仆站在入口处。

邦德走进走廊的时候，忽然一个印象从脑子里闪过：德拉克斯是个特立独行的人，他能够如同对待小孩一样对待自己的下属，简直是太有领袖人物的天赋了。他到底是从哪儿学来的呢？是在军队学来的，还是财大气粗的人身上自然而然焕发出来的？邦德一边想一边跟随着克雷布斯走。

他们吃了一顿特别丰盛的晚餐。德拉克斯竭尽主人之道，他的态度好得简直让人没法挑剔。

他说话的大部分内容，意图都在引起沃尔特博士说话，以便使邦德对导弹的制造过程有所了解。每个话题结束之后，德拉克斯对其中有关技术上的问题都要竭尽全力地解释一下，而且对于偶尔出现的冷场他都在尽力地调合。在处理复杂问题时他所表现出来的自信，以及他对各种问题中细枝末节的了解，都给邦德留下了难忘的深刻印象。以往对德拉克斯的不满也由于对他的崇敬之情而冲淡了。在他面前的是一个极有创造才能的德拉克斯，一个杰出的工业领袖。

邦德在德拉克斯和布兰德小姐之间坐着。他屡屡试探着希望能引她说话，然而一直没有达到目的。她不过是很有礼貌地回应他几句，甚至都没有瞅他一眼。邦德感到有点恼怒。她确实长得漂亮迷人，邦德为自己无法使对方产生最本该有的反应而感到不快。他觉得她未免也太过于矜持了。快乐轻松的谈论要比勉强装出来的不言不语

好得多。他真恨不得狠狠踢她一脚。

实际看来她要比她的照片漂亮得多，甚至让他无法看出在他身边坐着的竟是个女警察。从侧面看她的轮廓带着几分大方庄重，然而她那又长又黑的睫毛覆盖着大大的深蓝色眼睛。她的嘴唇稍稍涂了些许口红，看起来丰满迷人。披到肩头的黑褐色的头发向里面鬈曲着。端庄高雅的发型显得很别致。她那高高的颧骨轻微地挑向上方，眼睛能够使人察觉出她属于北方血统，然而她那玉肌的温馨显示出的又的确是地道的英国味儿。她给人的整体印象就是：一个让人极其信任的女秘书。但是，她的言谈举止颇带威严，又很像是德拉克斯圈子中的一员。邦德还觉察到，其他人都会很注意地听着她回答给德拉克斯的每一个问题。

她穿着庄重朴素的黑色缎面晚礼服，袖口一直垂到手肘下边。不宽不瘦的腰身刚好使她那对丰满的乳房突显出来。根据邦德的眼力判断，她胸围的尺码与记录上的不差多少。一枚蓝得发亮的胸针在 V 字形的衣领敞口处别着，那看起来像是一枚塔西凹雕玉石。纵使算不得华美，但却极其让人富有想象。一只镶着钻石的戒指戴在无名指上，除此之外，她没有再戴什么珠宝之类的东西。

邦德最后断定，她确实是一位让人非常喜爱的姑娘，她内心的热情奔放一定被她那沉默寡言的冷漠外表下掩盖着。

邦德想到这儿便不再急于讨好那姑娘，而是再次把自己的注意力转向德拉克斯与沃尔特之间的对话，。

晚餐结束在九点钟。“现在为了让你参观一下‘探月’号，咱们到那边去。”

德拉克斯边说边从餐桌旁站起来。“沃尔特跟随着咱们一块儿去，他们的事真是不少。我的老朋友，咱们走吧。”

德拉克斯从房间里走出来，对克雷布斯以及那姑娘没说任何话。邦德和沃尔特在其后紧紧跟随。

他们从房子里走出来，走过混凝土坪之后又朝着悬岩上的那团黑影走过去。月亮已在空中升起，在月光下，隐约可以看见远处那圆顶。

德拉克斯在距离它仅有一百码的地方站住脚。“我给你把这里的地形说一说吧，”

他说道,“你先进去吧,沃尔特,或许他们又在等着你去检查舵尾。我亲爱的伙计,不必对它们太担心了,同高能合金接触的那些家伙们知道应该如何去做。”他用手指着那乳白色的犹如圆丘一样的东西,转向邦德说道:“里面放置的就是‘探月’号。在我们面前的是一个巨大的导弹舱盖,它的高度大概是 40 英尺。靠液压打开圆形盖,水流在合拢时会向那堵 20 英尺的高墙冲去。现在假如舱盖是打开的,你就能够看见伸出那堵墙的‘探月’号的鼻子。”他用手指着迪尔方向一个隐约可见的正方形物体继续说,“发射点火处就在那儿。有雷达跟踪装置在混凝土地堡里装着,其中包括多普勒式雷达以及导弹航迹雷达等,通过装置在导弹鼻子上的无线电遥测线路将信号传送给它们,有一面电视屏幕装置在里面,能够对导弹舱内的机器运转情况进行直接监视;另一面电视屏幕则对导弹升空的情况进行监视。有一台升降机在那边的悬岩脚上。你所听见的机器声就是从那里传来的。”朝着多佛尔的方向他又指了指,“那幢房子以及兵营装置着精良的隔音设备,都在缓冲墙的保护之中。当点火时,方圆一英里之内不能够有人,但也有例外,那就是部里的专家及来访的英国广播公司人员。但愿那堵墙能够经受得住。沃尔特认为这块地方以及大部分混凝土坪都会由于高温作用而熔化。大致来说外面的情形目前就是这样。我们现在就进去看看。跟我来。”

邦德又一次听到了那命令式的语调,他在后面默默地跟着,从洒满月光的巨大坪台上走过,最后到了那圆顶四周的高墙边。墙上有一只灯,红色,照着一扇钢制的大门,有几行英、德文字写在上面:“非常危险。禁止在红灯亮时入内。按铃等候。”

德拉克斯将那几行大字下的按钮开关摁下,报警铃声立马响起。“或者有人在做氧乙炔,也可能是做其他的精密工作,”他解释道,“假如有人突然贸然进去打扰的话,他们极有可能会由于分神而使工作失误,以至于造成不堪设想的后果。他们一听见警铃的响声就会立马放下工具,等知道是怎么一回事之后再接着工作。”德拉克斯后退了几步,指着上面墙下端 4 英尺宽的一排栅栏,“那是通风舱,尽管里面安有空调,但它的温度仍然可以达到 70 多度。”

门打开了。一个手里提着警棍,腰上别着一支左轮手枪的男人立在门边。

邦德跟随着德拉克斯走进一间并不宽敞的门厅。除了一把椅子和一排拖鞋之外，里面什么都没有。

“得把拖鞋穿上，”德拉克斯边说边把自己的鞋脱下来，“这样可以防止滑倒或把别人撞伤。最好把你的外衣脱掉也放在这儿。70度可是够热的。”“谢谢，”邦德想起那把布莱特手枪还在腋下藏着，就客气地说：“其实我并没有觉得怎么热。”邦德在德拉克斯的身后跟随着，觉得就如同是去参观戏院的表演。走过一条通道之后他们就拐进了另一条窄小的过道，强烈的聚光灯使得邦德用一只手本能地把眼睛遮盖住，另一只手抓住面前的护栏。

等他把手放开时，发现在他面前呈现的竟然是如此壮观的物体，他惊呆了，呆呆地在那儿站了足足站了好几分钟，说不出一句话来。这个地球上最伟大的武器把他看得眼花缭乱。

第12章 “探月”号

看上去它就如同一只庞大的、发光的炮弹。一个磨光了的圆形金属壁从40英尺下的底部一直伸展到他们所站着的顶部，邦德和德拉克斯渺小得就像在上面贴着的两只苍蝇一样。圆柱的直径估计有30英尺宽，有一根镀铬的金属从头部那儿伸出。这是天线，它的顶端成锥形擦过屋顶，高度在距离他们头上约20英尺左右。

闪闪发光的导弹由锥度不算大的锥面钢架上依托着，下端是三片后掠形的尾舵，其锋利程度足以能够抵得上外科医生的解剖刀。由两部轻型起重架用蜘蛛似的铁爪将导弹的腰身牢牢固定在两块厚厚的泡沫橡胶上。除此之外，托着这块50英尺长的镀铬钢的导弹的再也没有什么其他的东西了。它浑身闪闪发亮，光滑得就像绸缎一样。

当他们与导弹体接近时，金属外壳上的一些小门开了。邦德低头向下看去，一个戴着手套的男人从一道小门里慢慢爬出来，将门随手关上后，走向狭窄的起重架平台。他沿着狭小的桥小心翼翼地走到墙边，把开关扭动，随即机器不停地响起了阵阵轰鸣声，从导弹体上起重架拿掉了铁爪，使之悬在空中，看起来像是螳螂的前爪一样。机器的轰鸣声变得越来越大，起重架将铁臂渐渐缩回，之后又伸出来，把导弹放低了10英尺。那个操作者沿着吊车臂爬出来，把导弹上的另一扇小门打开之后，钻进去，又消失在舱中，所有的一切又恢复了平静。

“或许是检查备用燃料箱的燃料，”德拉克斯说，“是设计得极其精巧的重力输料器。你认为怎么样？”望着带着着迷茫神态的邦德，德拉克斯显示出洋洋得意的神态。

“这是我所见过的最出色的东西，”邦德说。要在这里谈话的话并不困难，诺大的钢竖井里差不多听不到其他的声音，当他们说话的声音传到底部时就变得非常微弱。

德拉克斯指着上面说：“那就是弹头。现在所用的仍然是实验弹头，里面装满了各种各样的仪器，比如遥测计等等。罗盘陀螺仪就在我们的对面。燃料箱最终接到尾部的助推器上。导弹依靠分解过的氧化氢能够形成巨热的蒸汽助推。氟和氢是燃料，一旦它们经过输料道进入发动机便着火燃烧。当导弹被送上天空后，那块在导弹下的钢板就会自行滑开，它下面是一个通往那边岩脚下的非常巨大的排气道。明天你就能够看到，就好比一个巨大的洞穴，我们在一次做静电实验时，石灰岩熔化后如同水一般地涌入了大海。希望那著名的白色峭壁在正式发射时，不至于毁坏。需要下去瞅瞅他们工作的情况吗？”

邦德静静地点了点头跟着德拉克斯一句话不说地沿着钢壁一侧走下了铁梯子。

邦德对他所取得的辉煌成就感到非常羡慕，甚至于有些钦佩。他认为完成这一壮举的人跟牌桌上的那位德拉克斯怎么也无法对上号。最终的结论就是，伟人也无法做到十全十美。可能德拉克斯特别需要寻求一种方法，借以来宣泄由高度责任感所带来的紧张。从晚餐桌上的谈话就能够看得出来，他根本不愿意让爱激动的那些人来承担这种责任，只希望凭借着他一个人充沛的精力和信心来鼓励他手下的人。即便是在玩牌这种小事上，他对自己也非常看重，不停地追寻着好运和成功等各种吉祥之兆，甚至为自己不惜创造这种种好兆头。邦德暗地里思考着，一个人在冒各种风险、孤注一掷的情况下冒冷汗、咬指甲等动作都应该是理所当然没什么奇怪的吧。

在下面那长长的弯曲的梯子上走着，在导弹镜子般的镀铬外壳上他们的身影怪模怪样地反射在上面。邦德在几个小时前，心中还冷漠无情、甚至带点怨恨地思索着德拉克斯，而现在邦德敬佩他则像敬佩一个普通人一样。

他们到了竖井底部的钢板上，德拉克斯歇了歇，然后再抬头往上看。邦德的目光也随着他往上瞧。从他们所在的那个角度看过去，辉煌的竖井里的灯火就如同晴空中的彩虹差不多。舱内的光并非完全呈白色，同时还交织着犹如钻石一般的绸缎的颜色。其中的红色是从那巨大的泡沫灭火器而来，有个穿着石棉服的人站在一旁。对着导弹底座的是灭火器喷嘴。装置在墙中仪器上的紫色灯正发出紫色的光线来，它控制着铺盖在排气道上的钢板。在一张松木桌上的一盏昏暗的绿灯映射出绿色的光辉来，一个坐在桌子旁边的人，记录着从“探月”号尾部传送过来的数字。

邦德集中精力看着这乖巧、别致、五颜六色的舱体。他简直想象不到，如此精巧之物在星期五如何能够承受得住强烈爆炸后的升空，每小时 15,000 英里的大气压，以及从数千英里的高空呼啸而下落在大气层中的令人战栗的震动。这一切都令他觉得难以想象。

德拉克斯仿佛洞穿了他的心思，就转向邦德说：“所有这一切将犹如一场谋杀一样，”之后，他肆无忌惮地大笑起来，“沃尔特，”他冲着一群人大喊，“过来。”沃尔特离开其余的人走了过来。“沃尔特，我刚刚对我们的朋友说，发射‘探月’号就犹如一场谋杀一样。”

博士的脸上显出一种难以言表的神情，邦德对此不感到丝毫吃惊。

德拉克斯似乎不高兴起来，又说道：“谋杀孩子，谋杀咱们的孩子。”他指指导弹，“怎么你还是不能反应过来，还不快醒醒？”

沃尔特猛醒过来，嬉笑着转过身来，用一种奉承讨好的语气接道：“不错，是谋杀，一点都没错，比喻得很好。哈哈！对了，雨果爵士，部里对那通风口处的石墨板条的熔点感到还满意吗？是不是他们……”沃尔特一边说着，一边就把他们领到了导弹的尾部。

他们一在那里出现，十个人便转过身来一起望着他们。德拉克斯一摆手，简单向大家介绍道：“这是咱们新来的安全防务官，邦德中校。”

十双眼睛静默地望着邦德，没有任何一个人跟他打招呼。没有丝毫的好奇心从他们的脸上表现出来。

“那石墨条的事是如何解决的？……”那群人在德拉克斯和沃尔特的身边聚集着，把邦德孤零零一个人冷落在旁边。

邦德并未对这种态度漠然的接待感到有什么意外。假如一个外行贸然进入他自己部门的机密中时，对来者他也会抱着这种掺杂着怨恨的漠然态度。对于这些精选而来的工程师们邦德打心眼里表示出深深的同情，几个月来他们一直在深奥的宇航学王国里泡着，目前马上就要接受至为关键的“检阅”。他们当中的所有成员都十分明确地知道自己在这项工程中必须履行的职责以及所起的作用。他们的眼睛虽然没有对他的到来表示出欢迎之意，但他们的心中还是有数的，能够分得清敌友。看上去他们确实是一个团结的集体，甚至能够称为是兄弟会。他们在德拉克斯和沃尔特的身旁站着，聚精会神地倾听着他们的回答，眼睛一直紧紧盯着两人的嘴。

邦德一直观察着那由三块舵叶支撑着导弹尾部的三角翼。它被安放在带有胶边的钢板洞上。他看得很入神，但偶尔也会换个新角度冲那群人瞟上一眼。他们都穿着相同的紧身尼龙衣，除了德拉克斯之外，所有衣服上的塑料拉链全都拉得密密实实。没有金属物在他们的衣服上，也不存在不戴金属框眼镜的人。他们的头发剪得很短，差不多同克雷布斯和沃尔特的一样，很可能是为防止头发卷入机器。但是，邦德却惊奇地发现，所有这些人全都留着小胡子，而且修剪得非常整齐，虽然胡子的形状和颜色各不相同：其中有金色的，有灰色，也有黑色的，有的看起来像自行车把，有的像海象，有的像皇帝，或者像是希特勒。每一个人的面部毛发都各有各的特征，然而德拉克斯的淡红色鬈发又似乎是其中最高权威的象征。

他们为什么所有的人都留着小胡子呢？邦德感到非常好奇。他从不喜欢这样做。然而联系上他们的发型，那胡子的样式确实值得让人思考。假如说他们都留有相同模式的胡子的话，倒还能够让人理解。问题是他们胡子的样式都各不相同。甚至有的在光头的陪衬下，会显得更加难看。

除此之外，这十个人个头都不相上下，身体都瘦削而又结实，可能是因为工作需要的缘故。在起重架上需要灵巧，同时演习时又要从

舱门不断出入，在导弹里的小隔间里忙忙碌碌。

看上去他们的手非常干净。脚上穿着拖鞋，站得非常规矩而有秩序。邦德观察了半天，发现居然没有任何人看他一眼，自然就没有办法窥测到他们的内心、猜度他们的忠诚了。他必须得承认若想在三天之内将这五十名犹如机器一样的德国人的情况搞清楚是肯定没法实现的。他忽然警醒过来，已经不是五十名了，其中一个已经死掉了。到底那个疯狂的巴尔兹有着怎样的秘密想法，是追女人还是崇拜希特勒呢？为什么他会和这些人有所不同呢？道他就不记得"探月"号的使命和职责难了吗？

"沃尔特博士，你要知道，这是命令，"德拉克斯压着火气的声音把邦德的思路打断，他正用手轻轻抚摸着那叶铌金属做的尾翼。"赶紧回去工作，已经浪费不少时间了。"

众人立马回到各自的岗位上。德拉克斯向着邦德所站的地方走过来，不再去理踌躇不定地站在导弹通风口下心神不安的沃尔特。

德拉克斯的脸色显得不太好看。"笨蛋，就知道麻烦，"他自言自语道。然后用比较急促的语气突然对邦德说，似乎是要忘掉刚刚发生的不愉快似的，"到我办公室来把飞行图看一下，然后就睡觉。"

邦德跟着他走过钢板。德拉克斯使一个小把手在铁壁上转动了几下，有一扇门被轻轻地打开了。在里面大约三英尺处吧，是另外一道门。邦德观察到这两扇门都装着橡胶皮，应该是气塞。德拉克斯将第一道门关上，然后在门槛上稍作停歇，指着一连串的平面拉手，那平面拉手就在沿圆墙过去的墙壁上，他说："这里是车间，电工室，发电机室，盥洗室，仓库，"他又指着仅仅相邻的一扇门说道，"秘书室就在这里。"他将第一道门关紧，然后又打开第二道，走进了办公室，邦德随后把门关好。

房间非常大，墙壁呈现出浅灰色，地毯同样也是灰色的。有一张大写字台在屋中央摆放着，还有几把椅子，是金属架的。另外，有两个绿色档案柜和一台大金属收音机在屋角边放着。用瓷砖铺就的浴室就在那道半掩着的门后面，写字台对面看起来像是由不透明的玻璃制成的一面墙。德拉克斯来到墙的右边，把电灯拉开，整堵墙就亮了起来。邦德看到每张差不多有六英尺多宽的两张地图，画在玻璃的后面。

英国的东部地带就在左边的图上标着，从朴茨茅斯到赫尔以及附近的水域，纬度是 50—55 度。“探月”号的所在地就是多佛尔旁边的那个小红点 ，方圆内大约 10 英里左右的区域都被画入图的弧圈内。另有一小红点在弧圈外 80 英里处，位于弗里森群岛及赫尔之间，仿佛是海中的一颗红钻石一般。

德拉克斯用手指着右边密集的数学图表和罗盘读数的竖行数据，“这些全都是风速、气压、陀螺仪器等等的备用数据，它们都是通过假设导弹的速度和体积为常数而得出的。每天这里都会收到从空军部发来的气象报告，还有皇家空军的喷气式飞机所收集到的高空气压材料。当飞机飞到最高处时，把氦气球放飞，气球仍然能够再上升。地球的大气层能够达到 50 多英里厚。当到达 20 多英里的高空时，‘探月’号几乎不会再受到空气密度的影响，就犹如在真空中飘浮一般。问题的关健就在于是否能将前 20 英里顺利通过。除此之外就是地球引力的问题。假如你比较感兴趣的话，不妨找沃尔特了解一下详细情况。在星期五发射前的几个小时内，气象报告将会连续不断。我们要在发射时调放罗盘陀螺仪。目前，每天上午由布兰德小姐把例行的气候记录报告抄录下来，再将其绘制成表以供我们参考。”

德拉克斯又转向第二张图。“这是飞行路线和终点，是由发射点所拟定的，上面有着更多的数据。“导弹的轨迹会由于地球转动的速度而受到影响。”德拉克斯继续说道，“地球在导弹的飞行过程中仍旧自西向东运转。对于这种情况是要同那张图表上的数字发生联系的。特别复杂，还好你用不着去把它弄懂。这些工作都让布兰德小姐一个人去做就可以了。”

他把电灯关掉，墙上又呈现出一片空白，“你还有什么想知道的吗？不要以为你在这儿要干很多工作。你看，这里的安全措施做得已经非常之好。从一开始部里就特别强调安全。”

“一切看起来都非常妥当，”邦德说，他打量着德拉克斯，发现他正在严厉地关注着自己。停顿了一下后邦德问道，“你觉得你的秘书同泰伦少校之间有什么联系吗？”他问。本来这就是很明显的事，他现在问得也很是时机。

“或许吧，”德拉克斯轻描淡写地说，“她的确是个非常迷人的姑娘。他们在一起的机会非常多。但是她好像也使巴尔兹对她非常着迷。”

“据我听说，巴尔兹临死前喊过‘希特勒万岁’，之后才把枪放进嘴里。”邦德说。

“也有人对我这么说过，可是那又能怎么样呢？”

“这里的人为什么会都留着小胡子呢？”邦德没有回答德拉克斯的问题，而是又接着追问。他再一次觉察到，德拉克斯对他的问题并不欢迎。

但是德拉克斯仅仅只是微微一笑。“这是我想出的注意。”他说，“他们都穿着相同的白色衣服，剪着相同的发式，非常不容易区分谁是谁，所以我就让他们留起胡子来。胡子简直就成为了他们每个人的象征，就像大战时的皇家空军一样。你认为有什么不对的地方吗？”

“那个当然没有了，”邦德说，“只是乍看上去有些奇怪。我倒认为在他们的衣服上假如能够印上不同颜色的号码的话会更加容易辨认一些。”

“唔，可能，”德拉克斯向门口走去，似乎已经结束了谈话。“但是，我仍然坚持让他们留胡子。”

第13章 蛛丝马迹

邦德在星期三的大早上从死去的泰伦少校的床上醒过来。

他在上面睡觉的时间不是很长。昨天晚上，德拉克斯在他们两人回房间的路上没再说什么其他的话，仅仅是在楼梯口时向他道了声晚安。顺着铺有地毯的楼道邦德来到了亮着灯的一间房门前。他走进去之后，看见自己的东西在那间舒适的卧室里已整整齐齐地摆放好。房里的装饰同楼下没有什么区别，显得比较豪华。一些点心和一瓶矿泉水就在床边的茶几上放着。

除掉一副带皮套的望远镜和一个锁得紧紧的金属保险柜外，原主人没有留下任何东西。对于保险柜的机关邦德非常熟悉。他用力将保险柜推到墙边使它斜靠着墙，又把手伸到其底部，摸到了铁锁的按钮。假如按钮弹起的话就意味着锁上了。他稍稍朝上一用力，柜上所有的抽屉便被一个接一个地打开了。他将保险柜小心翼翼放回到原处，心中暗自思量，怪不得泰伦少校在情报局里无法呆下去呢。

按比例缩绘的多佛尔海峡地区的地图及配套的设施放置在上面的抽屉里，另外，编号为 1895 的海军航海图也在其中。邦德把所有图都在床上摆放好，认真地检查了很长时间，发现有香烟灰迹在那张航海图上的折叠处。

邦德伸手拿过一个存放在梳妆台上的方形的箱子。那是一个皮制的工具箱。

他把皮箱上转锁的暗码认认真真地检查了一遍，任何被偷开过的痕迹都没有发现。他把转锁上的密码转动开来，一直转到开的位置。工具箱里呈现在他面前的全是摆放得整整齐齐的精密仪器。

他把指纹粉拿出来，小心翼翼地喷洒在那张航海图上，便立即有一片指纹显示出来。他用放大镜仔细照了照，得出的结论是，这应该是两个人所留下的指纹。他将其中两处最佳的指纹选出来，再拿出工具箱里带有闪光灯的莱卡照像机，将这两个不同的指纹分别拍摄下来。他把放大镜随后移动到图上粉末下端的两条细微的航线上。

这两条线是从海岸开始画起的，一直延伸到海里后，用一个“+ ”号标示出来。那标记画得非常小，而且看起来好像两条线的起点位置都是从邦德住的这幢房子开始的。

这两条线并非是用铅笔绘制的，而是很可能由于害怕被发现，就用铁笔尖轻轻勾画出来的。

有一个问号的痕迹在两线的交叉处，那地方距离悬崖约五十码，水深约有七十二英尺，它正好跟这幢房子与南古德温灯船的连线形成正方位。

其他值得注意的线索从图上再也找不到。邦德看看表，距离凌晨一点还有 20 分钟。他听到有脚步声从远处的走廊上传过来，之后是关灯声。他匆匆站起身来，把大灯悄悄地关上，仅仅把床边罩着灯罩的台灯留下。

他听到德拉克斯厚重的脚步声渐渐接近楼梯口，然后又是一声开关的喀嚓声。很快就没有任何声音了。那张多毛的脸在上面向下张望和倾听的表情邦德不难想象出来。没过多长时间，从外面传进来门轻轻开动和关闭的声音。邦德静默地等候着。在一声开窗声过后。整

座房子不久又恢复了寂静。

邦德在五分钟后走到保险柜旁，将其他抽屉轻轻拉开，除了第二、三个是空的之外，在底层的抽屉里装满了卷宗，除此之外，一张按字母顺序编排的索引表也在里面，全部都是有关在这里的工作人员的调查材料。邦德把“A ”卷抽出来，回到床上看起来。

所有的表都是一模一样的格式：姓名、地址、出生年月、外貌、特征、大战时的职业、战争中的履历、政治履历、现在的政治态度、犯罪记录、健康状况、家庭情况。对那些已成家的人其妻子与子女的情况都详细记录下来。所有档案中都附带照片，照片分别是正面、侧面像，同时还有双手指纹照。

邦德在两个小时内抽了十支烟才把所有档案全部读完。使他感兴趣的有两点：第一，这五十个人当中，没有一个人不是清清白白的，任何政治纠葛与犯罪记录都没有，其生活作风也是没有什么可以挑剔的。这太令人难以置信了。他下定决心，但凡自己有机会，就一定到档案处去把这些人的原始档案再复查一下。第二点是，所有照片上的人全都未留胡子。无论德拉克斯怎样解释，在邦德看来这都是一个难解的问号。

从床上爬起来之后，邦德把那份航海图连同一份档案一起装进他的工具箱里，之后把剩下的东西再锁回原处。他把箱上的密码锁转动几下，再把锁好的皮箱塞进床下深处，也就是紧靠墙边的枕头的下方。之后他到浴室小声地漱口洗脸，再打开窗户。

夜空中的月光仍是那样皎洁。很可能在几个晚上之前，当一些奇怪的声音把泰伦惊醒，也许在他爬到屋顶张望时，由于被人发现，因此才突然遇难。想必那个晚上也是皓月当空。到底他看到了海上有什么？很有可能他是带着望远镜的。邦德想到这里就从窗前走开，拾起那桌上的望远镜。这是德国造的一架高倍望远镜，很可能是在战争中缴获来的战利品。7×50 的数字在其顶部金属板上标示着，这就表明它夜间也能够照常使用。泰伦在那天晚上肯定是十分小心地走到房檐的那一头，举起望远镜向远处瞭望，估算着悬岩脚以及海上目标的距离，之后又估算着目标至南古德温灯船的距离。很可能他又顺着原路悄无声息地回到自己的房间。

邦德似乎能够看见了泰伦将房门轻轻地锁上，来到保险柜旁，把那张航海图取出来，轻轻地将方位线在上面标示出来。很可能他在将此图仔细研读后，才留下一个问号在旁边。

他到底看到了什么情况呢？这的确是让人太难以猜度了。

无论如何，可以肯定的是，那并非是泰伦本应当看到的东西。他上房时所发出的声响已经有人听见了，而且认为他已经发现那个目标了，因此第二天早晨等他从他的房间离开时，那人就悄悄溜进房来，到处搜查，最终将航海图找到。可能没发现那张图上有什么值得怀疑的地方，然而在窗口一旁的那架高倍夜视望远镜则证明了那人的猜测。

这就已经足够将一切说明。所以，泰伦在那天晚上就丧命黄泉了。

突然邦德将身子站直了，一连串的设想很快从脑子里闪过。巴尔兹把泰伦杀害了，然而他并非是那个听见响动的人。毋庸置疑那个人就是把指纹留在航海图上的人。

那个人一定就是那个溜须拍马的副官克雷布斯，图上的指纹就是他的！邦德比较图上的指纹和他档案中的指纹，足足花了一刻钟的时间。已经大致上能够确定这个结论。难道克雷布斯就是那个听见响动、干了后来所发生的这一切的那个人？且先不必提他看上去如何像一个天生的窥探者，他那双眼睛总是贼溜溜的，最重要的是很明显他的那些指纹是在泰伦看过之后才印到地图上面的，好几处都在泰伦的指纹之上面覆盖着。

但是，德拉克斯手下的克雷布斯如何会同这件事发生牵连呢？毕竟他是德拉克斯的心腹助手啊。然而，联想到西塞罗，那个大战中美国驻安卡拉大使看好的男仆，那不也是如此吗？那双伸进搭在椅背上格子裤口袋的手，大使的钥匙和保险箱，以及绝密文件。看上去所有这一切都极其相似。

打了一个冷颤后，邦德突然领悟到自己在窗前站的时间太长了，需要回到床上睡觉去了。

他在睡觉前将肩式手枪皮套拿出来，那东西就在搭在椅子上的衣服下边，邦德将布莱特手枪抽出来，塞在枕头下面。到底他是要防备什么人呢？就连他自己也不知道。仅仅是凭直觉感到这儿非常危险，虽然很不清晰，并且只是在邦德潜意识里绕来绕去，但这种紧张的气氛一直都没有消除。实际上，他这种情绪紧张的感觉并非是庸人自扰，而是在过去的 24 小时中他心中积聚了一连串难以解答的疑

点:德拉克斯的难解之谜;巴尔兹最后的那句"希特勒万岁!";那些人奇怪的小胡子;五十名一生清白的德国人;那张航海图;那个夜视望远镜;诡秘的克雷布斯等等。

得把这些发现的问题首先说给瓦兰斯，之后衡量一下克雷布斯是否具有犯罪的可能性,再把注意力最后转移到对"探月"号的防卫上。假如能够与那位布兰德小姐联络并交谈一次的话那是最好不过的了。他将这两天的计划草草制定下来,心里暗想,剩下的时间已经不能再浪费了。

邦德把闹钟的闹铃定在七点上，这样可以方便明天一早按时醒来,他企图摆脱所有思绪准备入睡。明天他要赶快离开这里打电话给瓦兰斯。即便是他的行为引起别人的怀疑,他也无所谓。把那与泰伦事件相关联的力量纳入他自己的轨迹上来就是他的目的，要让其余的人对他在这里的生活起居习惯起来。但是，有一点邦德已非常确信,泰伦的死肯定不是由于他爱上了加娜•布兰德。

闹钟极其准时地响了。他在七点整被叫醒了。他的嘴由于昨夜抽烟过多而感到干涩,脑子也不清醒。他勉强令自己下了床,先冲了个凉凉的冷水澡,又修了面,再用一把又尖又硬的牙刷漱了口。完成这些例行的事情之后,他穿上一件黑白相间的旧上衣,里面是海岛棉布的深蓝色衬衫,打着丝织的领带,然后手里提着那只方形的皮箱,轻手轻脚但又从容不迫地沿着过道向梯子尽头走去。

在房后他找到了停车房,很迅速地爬进自己的汽车,手一按在启动器上,宾利车上的大引擎便立马发动起来,慢慢地从混凝土坪上滑过。他把车停在树林边,空转着发动机,之后不停地观察着房顶,最后他已经能够断定,假如一个人站在屋顶上的话,他能够越过缓冲墙顶将不远处的悬岩及悬岩后面的大海看得清清楚楚。

"探月"号的圆顶盖四周没有任何生气。宽阔的混凝土路面在晨风中显得空空荡荡,一直延伸到迪尔方向,比较像是刚刚修好的飞机场跑道。那熨斗形状的缓冲墙以及坪面上的蜂房式圆盖,还有远处那立方体的点火处在朝阳中看起来显出阴郁之色。

海面上薄薄的轻雾预示着今天会是个不错的天气。南古德温灯船已隐约可见。那依稀可见的红色小船在同一个罗盘位置上永远被定格下来,和剧院舞台上的一只财宝船没有什么区别,在海风和波涛中摇摆，不存在船照、旅客、货物，在起点处它就已经永远抛下了锚，而这个起点也就成为了它最终的归宿。

晨雾中每隔 30 秒就会有一阵嘟嘟的汽笛声响起。一对喇叭的声音，由高到低，声音悠长。一首汽笛歌，邦德暗自寻思，一点儿也不觉得好听，反而让人比较反感。

他脑子里反复思考着，七名船上的船员到底有没有发现或者听到泰伦在那张航海图上标出的那个标识呢？他飞快地驾车迅速通过层层岗哨。

他在到达多佛尔后，将车在皇家咖啡店旁停放下来，这是一家玲珑别致的餐馆。

这里的鱼以及煎蛋都可以算得上是店中的拿手菜。老板是母子俩人，意大利血统，他们如同对待老朋友一样对待邦德。他点了一份火腿、一份炒蛋以及咖啡，希望在半小时内他们能够准备好。然后他开车来到警察所，经由伦敦警察厅总机打电话给瓦兰斯。正在家中用早餐的瓦兰斯，仅仅只是听着，并未发表什么意见。但是，对于邦德还没同布兰德谈话让他感到非常意外。“她是个非常机警的姑娘，”邦德说，“假如那个克雷布斯有什么秘密的话，她必定会觉察到。若是在星期天夜里泰伦听到了什么动静，很可能她也听到了，虽然我得承认她向来没有提起过这些。”

邦德对于瓦兰斯手下的这位得力助手究竟是怎样欢迎他的并没有提过一个字。“我打算今天上午好好和她谈一谈，”他说，“之后再把那张航海图以及莱卡像机胶片给你送过去。我先把它们交到探长的手里，再让他的巡逻兵给你带过去。对了，星期天泰伦是在什么地方给他的头儿打的电话？”

“我先查查，之后再告诉你。我会让议院请求南古德温以及海岸警卫队的帮助。还有什么其他的消息吗？”

“没有什么了。”这电话转线太多。假如对方是局长的话，也许他会再多说一点。然而邦德觉得，至于对瓦兰斯，似乎没有把工作人员的胡子及其感觉中的危险情形告诉他的必要。这些警察需要的证据，是铁的事实，而不是人的感觉。他们结案比破案要强得多。“所有情况就是这样，再见。”他把电话挂断。

再次回到那小餐馆把那可口的早餐吃完之后，邦德顿感精神振

作起来。他将餐桌上的《快讯》和《泰晤士报》拿起来，随便翻阅了一下，发现有则报道是关于泰伦案调查的。

《快讯》还将那姑娘的一张特大画像登了出来。邦德看了觉得很好笑。很显然，所有资料全部都是由警方所提供的，肯定是由瓦兰斯所导演的一出戏。邦德打算无论布兰德是否愿意，都要想办法同她接近，一定要想方设法把她控制在手中。或许她心里也有很多的疑点，只是因为太过于模糊，所以才一直没有谈及。

邦德驾车没用多长时间就返回到那幢房子。穿过树林来到混凝土坪时刚好是九点钟。一声警报从房后的林中响了起来，一支由十二人组成的纵队整齐地跑步而出，向发射舱奔去。先由一个人按了门铃，门开后他们有秩序地消失在门中。

干掉德国佬还的确不是那么件容易的事，邦德暗自思忖。

第14章　初步试探

加娜·布兰德已经在邦德回来的半小时之前抽完了她早餐后的香烟，喝光了一杯咖啡，从她的卧室离开去了基地。她穿上洁白的衬衣，蓝色的百褶裙，显得清秀端庄，洒脱干练，和真正意义上的私人秘书的打扮没有什么区别。

她在八点三十分准时来到自己的办公室。一札由空军部发来的电传稿在办公桌上放着。走进办公室后，她将稿中的内容要点记录下来，又把气象图标好，之后走进德拉克斯的办公室，在玻璃墙旁边的一块木板上把气象图钉好。之后顺手把玻璃墙上的灯打开，聚精会神地看着墙上表格中的数据，认认真真地进行计算，再把所得出的结果重新钉在那块板上。

空军部送来的数字也随着发射时间的逼近而越来越准确。自基地竣工导弹在发射场上开始安装之日起，每天她都在做相同的工作，并且如今已经成为这方面的专家了。对自己的本职工作她已经非常熟悉，不同高度中的气象变化以及罗盘位置的转变情况清晰地在她的脑子里装着。

但是对于她所得出的数据德拉克斯好像不太接受，这使她感到非常气愤。在警铃每天九点整响过之后，德拉克斯才慢慢走下楼梯，进入自己的办公室。他所做的的第一件事，就是同让人无法理解的沃尔特博士一起研究她送去的数据，之后再在一个黑色的笔记本上将他们得出的新数据记录在上面。德拉克斯始终把这个本子装在自己裤子后面的口袋里。她清楚这是长久以来的例行公事，因为在两个办公室间的那堵薄薄的墙壁上她钻了个很不显眼的孔。每天就偷偷地通过这个小孔窥视另一个房间，但一直以来看见的都几乎是他们俩这种没有任何变化的举动。她对于这种观察已经感到非常厌倦，然而这一方法既简单方便又有效果，只有这个方法才能每个星期向瓦兰斯报告德拉克斯接待了多少客人。时间一长，她开始觉得不悦了。德拉克斯一直就不信任她得出的数据，而且他好像是故意在破坏她对即将发射的导弹所做出的微薄的贡献。

几个月以来，她始终就像在做自己的老本行一样未露任何马脚，装得极其自然。最重要的一点就是把自己的个性掩饰得丝毫不露，使自己表现得尽善尽美，没有任何破绽。一方面她对于“探月”号的发射比较关心，另一方面又凭借自己的身份监视着德拉克斯。

所以，她如同基地中任何其他的人一样拼命地工作着。但对于她来说为德拉克斯做私人秘书的角色是最无聊枯燥而又比较繁琐的一项工作。在伦敦他有一个大信箱，每天都会受收到一大堆从部里转过来的邮件。这个早晨她桌上又放着五十多封与往日没有多大区别的信件，大致可以分为三类：其中一类是恳求信件；一类是与导弹有关的快件；再一类就是来自股票经纪人同其他商业经纪人的信件。德拉克斯对于这些信件，仅仅只是口述简单的回信罢了。把信件打印出来以及把信件存档当然是要由布兰德去完成。

很明显，假如在周围都是糊涂人的情况下，那么她的导弹数据运算工作就显得特别重要。今天早晨她反复地检查所得出的数据，比平常任何时候都更加相信自己所得出的数据在发射那天是一定会被接受的。然而，她心里却非常清楚，到底能否真的被接受还是未知数，因为她不知道每天在一起研究的德拉克斯和沃尔特到底是仅仅只复查她算出来的数据，还是对她的数据进行一翻修改。她有一天终于忍不

住就直截了当地询问德拉克斯，是否她记录的数据有错误时，他赶紧称赞道，"你的数据非常准确，亲爱的。价值也极为重大，假如没有它们的话就不能进行试验。"

回到自己办公室的加娜•布兰德，开始拆阅信件。导弹的飞行计划仅有两份飞行计划，这两个计划分别安排在星期四与星期五。她明白，德拉克斯那黑色小本子里的记录在最后发射的关键时刻必定会起到决定性的作用。或者依照她的数据，或者依照其他的数据，陀螺仪的方位最后被调正，发射点的开关也将会被拆除。

她迷茫地凝视着自己的手指，之后向外将手心推出去，突然一道灵光从她的脑子里闪过。她猛地记起在警察学校接受训练时，她经常与同学们一起被派出去，并规定假如不能偷到诸如一本袖珍书、一只手提包、一支圆珠笔或者一个精巧的手表之类的东西，就不允许回去上课。教官常常在受训期间来回巡视，倘若她的动作拙笨的话，他就会把她的手腕当场抓住，嘴里不停地说，"喂！喂！小姐，这样怎么能行呢，就像一只在衣袋里找糖果的大象似的。重新再来一遍！"

她漠然地将手指弯了弯，定下神来，之后又把注意力集中以便整理信件。

在还差几分钟到九点时，响起了铃声。她听见了朝办公室走来的德拉克斯的脚步声。之后就听见开门以及他唤沃尔特的声音。他们交谈的话语声与通风机的嗡嗡声混杂在一起，很难听清他们在说什么。

她按类将这些信件分好，又把两条胳膊放置于桌上，用左手托着下巴，呆呆地坐着想了一会儿事情。突然，邦德中校，这个名字在她的脑海中跳出来。不用说，他必定同情报局中的大部分人没有什么区别，是一位年轻而又狂傲自大的家伙。奇怪的是，为什么偏偏把他派到这儿来，而不是那些能够与她一起愉快相处的人？比如她那些在伦敦警察厅特工处的朋友？

或者哪怕是从军事情报部五处来的某个人也比他强得多。局长助理说其他人都无法做到在接到通知后立即出发。这位詹姆斯•邦德是情报局的新星。特工处以及军事情报部对他都非常信赖。

为了完成这一任务，即便是首相也没有办法不同意他在国内进行活动。然而在这么短暂的时间内他又能做出什么成绩呢？很有可能他的枪法非同一般、外语流利顺畅、惯于施用各种诡计，然而在国外这些本事倒还比较用得上，但在此地恐怕就施展不开了。何况，在这儿根本就无法享受到同那些美丽女间谍的床第之乐，那么他又能够做什么呢？他确实长得比较帅，看起来比较像卡迈克尔，在右眼的眉毛上搭着黑黑的头发，脸型差不多是一样的，但他的嘴却带着一丝冷酷，眼神也比较冷漠。那眼睛到底是灰的，还是蓝的呢？昨夜没怎么看清楚。然而最好还是能使他收敛一点自己，让他明白不管来自情报局的青年人如何富于浪漫情调，她加娜•布兰德也不会对之产生丝毫的兴趣。特工处里有着和他一样潇洒帅气的男人，他们都是非常出色的侦探。如果能让他有自知之明就好。差点忘了，可能她还要装出和他一起共事的样子来，至于会出现怎样的结果，那就只有天知地知了。自从基地一竣工开始她就一直在这儿工作，而且有一个能够窥探相邻房间动静的小孔，但却没能发现任何怪异的线索来。在这仅有的几天中叫邦德的这个家伙又能查探出什么不同之处呢？不用说她自己也有一两件弄不懂的事情。比如，克雷布斯这个人就是一个让她迷惑不解的问号。是否她应该把自己知道的告诉他？不，最关键的是别让他做出什么冲动的傻事来。她自己必须保持冷静、坚定，还要特别谨慎，但这并不表明她不友好。蜂音器就在这时响了起来，她将桌上的信件收起，把过道的门打开后走进了德拉克斯的办公室。

她在半小时后回到了自己的办公室，看见邦德就在她的椅子上坐着，翻开的怀特克尔历书在他面前放着。当看见她出来，邦德起身站起来友好地向她打招呼道声早安。她仅仅只是微微地点了点头，面色非常严肃地从桌子旁绕过去，坐在邦德刚刚让出来的椅子上，轻轻地把那历书挪到一边，把手中的信件和记录本放下来。

“你应该准备一把椅子给客人坐。”邦德咧嘴冲她笑着，她认为他那样子非常不礼貌，“再放几本比较有趣味的杂志，”他又说。

她没搭理他，只是冷淡地说：“雨果爵士叫你。我本来正想去看看你是不是已经起床了。”

“你在说谎，”邦德说，“你听见了我七点半离开的，你从窗帘后向外看时我瞧见了。”

“我没有那样做。”她带着点愤怒，“我有必要对开过的汽车感兴趣吗？”

“我就是说你听见了我的汽车声，”邦德占了上风，“顺便跟你说

一下，不要在记录时总是用铅笔头擦自己的脑袋，一个不错的私人秘书是不会这样做的。”

邦德的眼睛朝着过道门的侧面示意地瞟了一下，又耸耸肩。

加娜•布兰德的防线彻底垮了。这个可恶的家伙，她心里咒骂着，之后冲他勉强地笑一笑。“哦，走吧，我可不想玩一早上的猜谜游戏。他叫我们俩人一块去。他可不愿意等人。”她边说边站起身来，拉开了过道的门，邦德跟着她走了进去，又随手把门关好。

德拉克斯就在那堵玻璃墙边站着，听见他们进来的声音就把头转过来，“好，你来了，”他迅速地朝邦德扫一眼，“本来我还以为你把我们撇下不管了，门卫向我报告说你七点半就出去了。”

“我只是出去打一个电话而已，但愿没有打扰别人。”邦德说。

“在我书房里就有一部电话，泰伦认为那部电话非常好用。”

“哦，这个可怜的泰伦！”邦德态度沮丧地说道。他极其不喜欢德拉克斯话语中所带着的那种威吓的语气，本能地想将他的气势煞一煞。他在这个回合中胜利了。

德拉克斯打量了他一眼，又是一声短笑，耸了一下肩膀。“想怎么做就怎么做吧，你有你自己的事。只是不要将这里的工作常规扰乱。”他又严肃地补充道，“你要记住，我手下的人现在敏感得如同小猫一样，我不希望让他们被那些神秘的事情弄得惶惑不安，所以这两天你不要问他们过多的问题。我不希望他们想得太多，他们尚且还没有从星期一发生的惨痛事件中恢复过来。加娜•布兰德小姐可以告诉你有关他们的全部情况。难道你没有看到他们那些放在泰伦房间的档案吗？”

“我并没有可保险柜的钥匙。”邦德装作老老实实地说。

“对不起，是我一时疏忽了。”他来到桌边，把一个抽屉打开，从中拿出一串小钥匙来，递给了邦德。“本来昨晚就应该给你的，负责这个案件的探长告诉我把这串钥匙交给你，只是我一时忘记了，实在抱歉。”

“实在是太感谢你了。可否顺便问一下，克雷布斯跟你一起共事多长时间了？”他突然提出这个令人意外的问题，房里顿时没有任何声息了。

“你是说克雷布斯吗？”德拉克斯重复着，沉思着，再次走到桌边坐下来，从裤包里取出一盒带嘴的香烟来，抽出一支放进嘴里，用打火机点燃了。

邦德感到非常吃惊。“想不到这里还允许抽烟，”他说着掏出烟来，点上一支。

“这儿是允许抽烟的，所有这些房间都是密封的，门边有胶皮，同时配有通风设施。还需要将车间和发电机同竖井隔开。我有很大的烟瘾，忍不住才抽烟。”他说这些话时，香烟在他嘴里不停地上下晃动着。

德拉克斯从嘴上把香烟拿开，看了几下，似乎已经下定决心。“你是说克雷布斯，”他望着邦德，“咱们私下里说，我对那家伙也并非是完全相信，他总是在房里转来转去。有次正好叫我撞见他在我书房里翻我的信件。经我盘查，他的解释还算合乎情理。我再三警告他后才放他走了。事实上，对他我已有所怀疑。不过幸好他还不至于造成什么破坏。虽然说他也是这房里的职员之一，然而未经允许是不能进来的，”他眨也不眨地盯着邦德的眼睛。“但是 我认为对他你可以多加防备。的确干得不赖，这么迅速就能发现这个人不可靠。是不是你发现他有什么不对头的地方？”

“哦，没有，我不过是觉得他看上去比较会侍候人。但经你如此一说，对他我倒还的确很感兴趣。我会好好帮您监视他的。”邦德说。

说完，他转向站在一旁一直沉默的加娜•布兰德，非常有礼貌地问道：“你认为克雷布斯这个人如何，加娜•布兰德小姐？”

然而，那姑娘并未对他提出的问题做出直接的回答，仅仅只是对德拉克斯说，“我一点也不懂这些事，雨果爵士，”她的话含蓄而又谦恭，这正好是令邦德非常钦佩的。

“但是，”她又用女孩子惯有的好恶口吻继续说道：“我对这个人没有任何好感。只是原来我没有跟你说，我知道他在我的房里也偷偷干过拆信这样的事情。”

德拉克斯一惊，“他真的这样做过吗？”他将烟头迅速戳进烟灰缸，之后再慢慢地将其小火星压灭。“全部都是有关克雷布斯的事情，看来这个人问题真是不少。”他说着，一直没抬头。

第15章　针锋相对

房里又是一阵鸦雀无声的沉寂。使邦德感到不解的是，嫌疑对象突然全都集中在克雷布斯一人身上，这是否能够表明其余的人都可以洗刷清白？是否存在克雷布斯仅仅只是某一组织中的眼线的可能？假如他单线行动的话，那他的目的又是什么呢？他那些让人觉得疑点重重的举动同泰伦和巴尔兹的死是否存在什么必然的关系呢？

德拉克斯将这种沉寂打破，“似乎这件事应该先解决一下，”他看看邦德，想让他表个态，邦德点点头。“那就这样吧，把他交给你去办，不管怎样，我们让他离基地越远越好。我明天需要带他去伦敦，和部里把最关键的细节商量一下。但沃尔特事情太多无法抽身。克雷布斯是唯一一个为我打杂的人。在此之前，对他我们需要密切监视。但是，”他温和地说，“我刚才已经说过了，我不希望让自己手下的人感到惶惑不安。”

“应该不会吧，”邦德说，“他还有什么其他比较特殊的朋友吗？”

“除掉沃尔特以及家中的仆人之外，没见他还同什么人有过来往，可能是他自我感觉高人一等，因此孤芳自赏吧。但就我个人而言，我并不认为这个人会有什么危险，不然的话我是坚决不会要他的。他整天都在那幢房子里闲呆着。我倒还真希望他是喜欢窥探别人的私事，并能自愿扮演出色的侦探角色的人，而并非真的有什么见不得光的目的。”

邦德只是点点头，心里的话并没有说出来。

“好了。”德拉克斯由于不再谈论这个话题而表现得非常高兴，“咱们还是说一说其他的事吧。仅仅只剩下两天的时间了，还是把计划安排告诉你为好。”他起身离开椅子，在房里来回徘徊，“今天已经是星期三了。一点钟基地就要关闭添加燃料了，负责监督工作的是我和沃尔特以及部里来的另外两个人。为了防止发生意外，一架摄像机会将我们所做的事情全部拍摄下来。假如有什么意外发生的话，我们的后继者以后也会明白应该怎样改进。”他笑了笑，带着点自我解嘲似的意味。“如果今晚有个好天气的话，将会把顶盖打开，使那些气体全部挥发出去。

每隔十米，我让手下的人设一岗，以此进行警戒；由三名全副武装的卫兵把守悬岩脚上对面的通风口。顶盖将会从明天早上一直开到明天中午，以便进行最后的总查。基地则由卫兵一步不离地在那里守卫。我要在星期五的早晨亲自掌控陀螺仪的方位。发射点由部里的人接管，雷达则由皇家空军的人来操纵；现场直播发射的所有情景将由英国广播公司在十一点三刻播报。正午，将由我来按动发射按钮，接着无线电波就会撞击电路，”这时他放声狂笑，“我们将看到前所未有的壮观的场面。”他停顿了一下，用手摸摸自己下巴，“还有其他的吗？目标区的海面从星期四午夜开始不允许有任何船只通行，海军方面将在那段时间里执行最严格的警戒任务。一位英国广播公司的播音员将在一艘船上等待报告实况。一旦导弹落水，那些带着深水摄像机的军需部的专家就会坐上打捞船，立即把导弹捞出来。”他高兴得手舞足蹈起来如同孩子一样，“更为让人高兴的是首相的使者将会把那激动人心的消息带来。除了内阁特别会议要收听这场发射实况之外，白金汉宫也会收听的。”

“棒极了。”邦德为德拉克斯的话而感到兴奋。

“非常感谢，我现在想弄清楚的是，对于基地的防卫措施你是否感到满意。对于外部我认为不存在什么危险，皇家空军以及警方的工作都做得不错。”

“所有的一切都安排得很有条理，我在这段时间里似乎没有什么可以做的事了。”邦德说。

“除了克雷布斯之外，我也记不起还有什么其他的事。不过不用担心，因为他今天下午在摄影车里。这个时候你为什么不去查看一下海滩以及悬岩脚，要知道唯一防范不太严密的地方就是那里了。我经常想象着假使有人企图进入发射基地的话，很可能他就会从排气孔道进来。把加娜•布兰德小姐也带去。反正她得等到明天才有事做，多一双眼睛，更能观察的仔细些。。”

“好，”邦德说，“如果加娜•布兰德小姐没有什么其他事的话，我希望吃过午饭之后就到那里去看看。”他转身向她，扬了扬自己的眉毛。

加娜·布兰德把眼睛垂下去,“假如雨果爵士觉得有这个必要的话,那么我就去。”她的话里不带有任何激情。

德拉克斯搓了搓双手,“那好,就这么决定了。现在我要去工作了。布兰德小姐,请你去瞧瞧要是沃尔特博士有空的话,让他过来一下。那好,午餐见。”他对邦德说,听起来有点像是在打发他走。

邦德点点头,“我想到处转一转,瞧一瞧点火处,”他说着,撒这样一个谎自己也不清楚用意何在。他跟着加娜·布兰德走出屋子,来到竖井底部。

一条类似蛇形的粗大的橡皮管子弯曲在钢板上。顺着管道姑娘一直来到沃尔特身边。邦德观察到,燃料管道被提起来向起重架里升去,然后向导弹腰部的一个小门里伸进去。不难看出来这是一条输送燃料的主管道。

朝沃尔特说了几句话之后,她站在他身边,仰头望着伸入导弹内的那条管道。

邦德马上觉得看起来她是如此地单纯。她站在那里,随着稍稍向后仰的头飘落下褐色的头发,把她那如同象牙般洁白的脖子遮住了,双手在身后背过去,昂起头观望着五十多英尺高的“探月”号导弹,看起来就像一个抬头仰望圣诞树的小姑娘一样,自然那隆起的丰满乳房除外。

邦德认为这情景极为有趣。他一边爬楼梯一边暗暗想道:这看起来纯情而又招人喜欢的姑娘竟然是位不同寻常的女警察。她了解需要在什么部位踢一脚,在哪个地方打一拳,可能比我还厉害。因为毕竟她有一半是属于伦敦警察厅特工处的,那么另一半呢?邦德低下头时,正好瞧见她跟着沃尔特朝着德拉克斯的办公室走去,很明显,那就是她的另一半。

外面的天气特别晴朗,五月里阳光明媚。穿过混凝土坪之后,邦德向着他所住的房子走去,背上感到一阵烘热。南古德温船的汽笛声已经听不见了,这令上午的气氛显得格外安静,只偶尔传过来几声小船突突的引擎声。

沿着缓冲墙下的阴影邦德慢慢与房子接近,跳了几步之后迈上前门。他穿着橡胶底的鞋,几乎什么声响都没有发出来。他轻轻把门推开,悄悄地进入大厅,侧耳倾听,一只野蜂在一扇窗边嗡嗡叫个不停。微弱的嘻笑声从后面的兵营里发出来，周围寂静无声。

邦德蹑手蹑脚地穿过大厅，爬上楼梯，把脚步尽量放平，以使楼板不至于发出什么声响。过道里很静，但他立即发现自己的房门敞开着，他从腋下把手枪掏出来，立即朝房门走去。

背朝着门的克雷布斯，在屋子中央跪着，两手不停地摆弄着邦德工具箱上的密码锁，他的全部注意力都集中在那把锁上了。

这家伙已经明显暴露了他的企图。邦德没有做出丝毫迟疑，在他的嘴边露出一丝狞笑之后，他大踏步跨进房中，尽了自己最大的努力朝他猛踢一脚，而自己却很好地保持了平衡。

克雷布斯犹如一只跳起的青蛙一样，随着一声惨叫，抱着工具箱，朝红木梳妆台飞去，摔出去一米多远，头狠狠地砸在前面的红木梳妆台上。梳妆台摇晃得很厉害，有好几样东西都从台上被摇晃到地上。惨叫声猛地停止，就看见他伸开四肢，纹丝不动地在地上趴着。

邦德瞅瞅他，又细细倾听有没有脚步声传来，然而房子里依然非常安静。他朝趴在地上的克雷布斯走过去，弯下腰来，将他的后背猛地抓起来，把他的身子翻了个。

带着一撮黄胡子的那张脸显得极其苍白，从头顶冒出血来，沿着前额往下淌。他紧紧闭着双眼，呼吸也显得比较困难。

邦德弯下一条腿来，认真地把他全部的口袋彻底搜查一遍，将掏出来的所有东西放置于地上。没有什么笔记本和文件之类的东西，唯一比较显眼的就是一串万能钥匙，一把尖利的弹簧刀和一根小黑皮棍。邦德把这些东西装进自己包里，之后来到床头柜前，拿起那瓶尚未开启的矿泉水。

克雷布斯在五分钟之后方才苏醒过来，邦德将他背靠着梳妆台扶起坐好。

大概又过了五分钟左右他才能够讲话，渐渐地他恢复了状态，有两道凶光从他的眼睛里射出来。

“除非对雨果爵士，否则我不会对任何人回答任何问题，”克雷布斯说。“你没有审问我的权利，我这是在执行任务。”他的话音里带着十足的粗暴和狂妄。

邦德抓住空矿泉水的瓶颈，“你再认真想一想，不然的话我会拧断你的脖子。说，派你到我房间里来的那个人到底是谁？”

“是我自己愿意来的！”克雷布斯说。

邦德弯下腰，狠狠地朝着他的腿脖子一拳砸下去。克雷布斯立马蜷缩成一团。

当邦德又一次举起拳头时，他猛然从地毯上跳起来，邦德击出的那一拳落在他的肩膀上。克雷布斯根本不再顾及自己的疼痛，他咬紧牙齿从门口冲出来。等到邦德追出去时，他已经跑过了大半个过道。

邦德在门外站着，听到咣咣的皮鞋声从楼梯上和大厅中传来，忍不住笑出声来。他转身回到自己的房间，把门锁上。他暗自寻思，即便是把他的脑袋打开花，也问不出什么眉目来。然而，要给点颜色看看，看他那副仓皇逃窜的样子。德拉克斯知道这件事情之后，也不会轻易放过他。不过当然，如果他不是遵照德拉克斯的命令而这样干的。

邦德把房间整理完毕，坐到床上，两眼茫然地凝望着对面的墙壁。

事情的起因应该只有一个，那就是自己刚刚跟德拉克斯说要去点火处转转，而并非是回卧室。由此推理的话，那么克雷布斯必然是遵照德拉克斯之命才这样干的，因为德拉克斯有他自己的一套安全手段。这与泰伦以及巴尔兹的死有着怎样的联系呢？这两起人命案莫非仅仅只是巧合，与留在航海图上的克雷布斯的指纹没有丝毫关系？

正在他思考这些问题的时候，听见外面有敲门的声音，似乎是应着他的思路而来的一样。他警惕地把门打开，走进来一位男仆，一位穿制服的警察跟在他后面。这位警察先向邦德行了礼，之后，将一封电报呈上，邦德拿着那份电报来到窗边，上面用的是瓦兰斯的化名卡思塔，内容是这样的：1. 电话是从房中打出来的；2. 雾起之时需要鸣雾笛对船只进行提醒，没有发现任何异常；3. 你罗盘的方位推算离海岸太近，因此应该在圣•玛格里特岛以及迪尔海岸警卫队的视线之外。“非常感谢，不需要回电。”邦德说。

关好门后，邦德取出打火机点燃了电报，扔进壁炉里，又用脚把灰烬踩踏成粉末状。

泰伦与部里通话时，肯定有人在房里偷听，从而导致被人搜查卧室，就连他本人也惨死在枪口下，然而，对于巴尔兹的举动又应该作何解释呢？假如这场命案是一个复杂的大阴谋的话，那是否与导弹发射有着某种必然的关系呢？是否能够如此解释，克雷布斯是一个专门为德拉克斯窥探情况的窥探者，因为德拉克斯为人极为敏感，希望彻底弄明白他的秘书、泰伦以及邦德是否对他忠心不二？或者是否他是战争中某个绝密机构的头子，而现在要继续加强自己间谍网的安全？

邦德坐在安静的房中反复琢磨，心中有两张不同的画交替出现，一幅是阳光明媚，万物充满生机，就如同是外面的天色；另一幅是模糊不清的犯罪动机、嫌疑对象和令人惊恐不安的大问号。

午餐铃响了，邦德依然坐在那儿认真地思考。他脑子里非常混乱，无法理出什么头绪来。他非常希望下午与加娜•布兰德单独在一起时，能获得一些更为重要的资料。

第16章　祸从天降

那是一个阳光明媚的下午，各种色调充满天地间：有蓝色、绿色以及金色。

走过混凝土坪之后，他们穿过门卫来到距离点火处不是很远的地方。有一根通着发射场的特大的电缆。之后，他们走到那巨大的石灰岩悬崖边稍做停留，眺望着英伦三岛的美丽风貌，据说2000年前凯撒就是在这里首次登上大不列颠岛的。

一块一望无际的绿草坪在他们左边一直延伸到沃尔默和迪尔海滩，朝着桑威奇与巴伊海湾的方向蜿蜒而去，草坪上数不尽的小野花迎风摇摆。薄薄的白色轻雾从那边的拉姆斯盖特的悬岩顶上升起，将北福尔兰遮住，将曼斯顿灰色山岩旁的飞机场保护起来。美式雷公式喷气机在机场的上空拖出一长串白色的烟雾。萨尼特岛的伊勒依稀可见，泰晤士河河口则一点也看不见。

现在尚未涨潮，到了涨潮的时间，南古德温海湾金光灿灿，恬然静谧，仅仅只有一少部分船只在波光粼粼的蓝色航线上来回穿梭。一顶顶桅杆撑起在船上，仿佛是在述说一个真实的故事一样。白色字母在南古德温灯船上隐约可见，甚至带色字母也在北边的姊妹船的红色船壳上模模糊糊地显示出来。

内里兹湾就在沙底和海岸之间72英尺深的海湾里，有几只船正从唐斯摇摇晃晃地飘过，在平静的海面上，一阵阵砰砰的声音从发动机里发出来。遥望远处，挂有各国不同颜色旗帜的船只来来回回往返穿梭，油轮、商船以及笨拙的荷兰军舰，还有几艘很可能是去朴茨茅斯的精巧的护卫舰向南匆忙驶去。英国东海岸也在视线之内，穿梭往来的船只或者驶向近岸，或者驶向远处的地平线。它们或者驶回到最初的停泊处，或向世界的另一边驶去。这是一幅绮丽的风景画，里面充满了不同的色彩和浪漫的情调。邦德和加娜·布兰德站在悬岩边静静地欣赏着这令人陶醉的景色。

两声警报从大房子里发出来打破了眼前的宁静，重新把他们拉回到那已经忘得一干二净的混凝土的世界里。从发射场的圆盖上伸出了一面颜色鲜艳的红色旗帜，只见有两辆气派的皇家空军的运输车从林子中开出来，红色的十字在车身上画得非常显眼，那两辆车靠着缓冲墙边慢慢停下来。

“已经开始添加燃料了，咱们还是离开这里吧。假如有什么意外发生的话，这里是非常危险的，甚至有丧命的危险。”邦德说。

“的确，”她微微冲他笑了笑，“每当看到那混凝土我就会头疼。”他们从那缓坡慢悠悠地走下来，很快就过了点火处，他们的身影消失在铁网之外。

加娜·布兰德一直以来所保持的冷漠在灿烂的阳光下很快就溶化了。

她身上穿着令她更显漂亮迷人的地道的外国货。上身是一件黑白条纹的棉衬衫，下身配了一条粉红色的裙子，另外，腰间还扎了一条黑色的宽皮带，显得格外活泼可爱。她如此的穿着打扮，突然让邦德觉得在自己身边漫步的姑娘已经不再是原来那个面无表情的冷面女人。她愉快地嘲笑邦德，原因是他甚至叫不出来诸如海篷子、牛舌草之类的野花的名字。

加娜·布兰德在路边惊奇地看见一枝漂亮的红门兰，兴高采烈地摘下来放在鼻子前闻了闻。

“假如你能够了解到在你采它的时候，它呻吟得多么痛苦，恐怕你以后就再也不会那样做了。”邦德说。

加娜·布兰德奇怪地看着他问：“你说这话是什么意思？”她认为

这句话不是在和她开玩笑。

“难道你真的没听说过吗？”邦德看到她那一脸严肃的认真模样，忍不住笑出来。“有个印度教授写了一篇论文，那是一篇有关花卉神经系统的论文。他将一枝玫瑰被折时的痛苦呻吟声详详细细地记载了下来，那声音听起来真是痛苦不堪。我在刚才你折花时似乎也听见了那种凄惨的声音。”

“我不相信，”她一边说着，一边用怀疑的眼光望着手里被折的花枝，“但是，我认为你并非是一个多愁善感的人，像你们这些秘密情报局的人不都是经常杀人的吗？我说的不是折花，而是杀人。”她恶狠狠地还击他。

“但是要知道，可怜的花是不懂得还击的。”邦德说。

她瞧了瞧手里拿着的红门兰，“你的话让我认为自己是个凶手。但是假使我能够找到你所说的那位教授，并证明你所说的话全部都是正确的，那么我以后就再也不会折花了。我手里的这朵花该怎么处理呢？我觉得似乎我的双手已经鲜血淋漓了。”

“那就把它交给我吧。假如按照你的逻辑来推理的话，那么我的手早就已经应该算得上是血淋淋的了，即使再多一点也没有多大关系。”

她把那朵花递了过去，两人的手轻轻地碰在一起。“你可以将这支花插在你的枪口上。”

邦德笑了，“枪眼根本不需要用什么东西来装饰。我那支手枪是自动式的。我已经把它留在房间里了。”

他在蓝色衬衣的扣眼里插进那支花后说道，“我认为仅仅只挂着肩式手枪套而不穿外套的话太过于显眼，希望下午不会有人到我房间里去搜寻什么。”

两人各自把手默契地抽了回来。邦德把早上发生的事情跟加娜•布兰德说了一遍。

“是该教训教训他，我对这个人也没有什么好印象。雨果爵士有没有说什么？”

“我在午饭前和他谈了几句，并且作为证据我拿出克雷布斯的刀和钥匙交给他。他听后暴跳如雷，带着满腔怒气去找克雷布斯了。他回来时说克雷布斯伤得比较严重，似乎再对他加重惩罚有点太不合

时宜。还有就是他一直强调的那句在现在这种关键时刻,不要搞得他手下的那些人惶恐不安等等。他对下星期将克雷布斯遣送回德国表示赞同。但是在此之前,不管他去哪里都要密切监视。”

当他们沿着蜿蜒盘旋而又陡峭的悬岩小道来到海滩时,再向右转,就能看见旁边那个迪尔皇家海军要塞已经废弃了的轻武器靶场。沿着覆盖有鹅卵石的海滩,他们走了差不多两英里,有好长一段时间,两个人都没有开口说话。之后,邦德先开了口,他将自己在这一天所想过的一切全部都说给了布兰德,最后总结起来,依然还是那个陈旧而又根本的问题:到底“探月”号的安全措施是否已经万无一失了?

泰伦与巴尔滋之死只能让他们看到这个问题的表面现象。克雷布斯的行为也不能算作是什么严重的问题,然而假如把这些问题串联在一起加以考虑的话,那么这个事情就显得非同一般了。他对敌人是否在蓄意破坏“探月”号发射计划这个问题表示深深的怀疑。

“你觉得我的看法怎么样?”邦德问道。

加娜·布兰德不再继续前行,而是遥遥地望着那陡峭的岩石以及海边那些不断随海水来回波动的海草。刚刚从满是鹅卵石的海滩走过来,她已经热得满头大汗了。假如能够跳进大海舒舒服服地洗个澡该有多好啊!她瞥了一眼立在身旁的邦德。他褐色的脸上除了一脸严峻之外,没有任何其他表情。生活中恬然宁静的时刻,是否他也和常人一样地渴望呢?不,对他来说是不可能的。他所喜欢的应该是那种由巴黎、柏林、纽约,以及火车、轮船、美味佳肴和漂亮的女人等等所组成的动荡生活。

“你怎么了?”邦德问道,还以为是她想起了什么细节,正在犹豫着是否需要告诉他。“你刚刚在想什么呢?”

“不好意思,”加娜·布兰德说,“我在胡思乱想。我认为你刚才的判断并没有错。我从基地竣工起就已经工作在这里了。虽然有时也会出现一些诸如枪击之类的怪事,但幸好还没有出现什么太大的失误。雨果爵士那帮人全部都专心致志地把心思放在制造导弹上,他们甚至都能够达到忘我的地步。看到这种情况真是让人感到欣慰。那些德国人全部都是令人佩服的可怕的工作狂。我敢保证,巴尔兹就是在这样的环境之下被压垮的。他们都非常愿意听从雨果爵士的使唤,而他又懂得应该怎样使唤他们。他们对他都非常崇拜。就安全来说,这种崇拜的确是非常有必要的。我认为毫无疑问的是，假如有谁想打‘探月’号的主意的话，那么他最终就得完蛋。至于说克雷布斯，我对你的看法表示同意。很有可能他是遵照德拉克斯的指令才那样去做的。因此我并没有向德拉克斯汇报关于他偷看我东西的事情。不过当然，他也不可能找到任何秘密，因为那不过都是些私人信件之类的东西。我想或许是由于雨果爵士要使基地绝对地放心吧。我在这一点上非常佩服他。但他是位冷面无情、不可理喻的人，我愿意为他工作，但愿‘探月’号的发射能够成功。同它在一起生活的时间长了，自然而然就如同所有其他人一样，产生了一种息息相关的感觉。”她说完之后抬起头来看看他有什么反应。

邦德点点头，“虽然我来到这里仅仅只有一天的时间，但我对于你现在的这种感觉也非常了解。你所分析的非常有道理。可能我的顾虑也不过是我的直觉而已。总之，最关键的事情就是要保证‘探月’号如同皇冠上的珠宝一样安全，或者比这还要更安全些。”他耸了耸肩膀，似乎是要将他直觉中的不安全部抖落一样，“咱们已经花费掉很多时间了，还是赶紧走吧。”

她对他会意地笑了笑，跟着他走了。

他们共同来到悬岩的拐弯处，看到海面随波浮动的海草缠着升降机的底部。他们又继续前行了五十码左右。看见在这里有一副如同粗管状的铁架，上面是护着岩石的格子状铁条。排气隧道那又黑又粗的大孔从差不多有二十英尺高的岩面上伸出来，已经被风化了的石灰岩掉落在下面的岩石以及圆卵石上。邦德似乎看到了那熊熊燃烧着的乳白色岩浆柱从岩面呼啸而下，沉入汹涌的大海，海水发出令人战栗的咆哮声和数不尽的气泡。

他把头抬起来遥望着发射舱，那发射舱比崖面高出二百多英尺，脑袋里情不自禁地想象着头戴防毒面罩、身上穿着石棉衣服的四个人，一面认认真真地观察着计量表，一面将输料管插进了导弹的肚子。

邦德猛然想到，加注燃料这一环节若是有什么意外的话，他们这一带可是很危险的。

“咱们还是离远点吧。”他对加娜·布兰德说道。

邦德在走出一百多码远后停下来环顾四周，脑海中想象着假如

自己同六个结实的汉子，身上带着所必需的工具，从海上开始对基地发动猛烈的攻击，那么那道防坡堤该怎样突破呢？是应该使用云梯攀上通风口呢？还是除此之外还有什么其它方法呢？几乎没有人能够爬上那光溜溜的排气隧道的钢制墙。利用反坦克武器将那块钢板从崖下射穿，再使用燃烧弹，嗯，不排除这种可能性。然而想要撤退的话可就不容易了。崖顶上所设的岗哨，是不可能难倒俄国敢死队的。这一切都没什么不可能。

站在一旁的加娜·布兰德，久久凝视着他那双沉思的双眼，好像已经看透了他所考虑的一切，“可能你想得太复杂了，”她看见他的眉头皱了皱，“就算在涨潮或天气变坏时，他们也会派人在山顶上来回巡逻。他们的装备很到位，有探照灯，布朗式轻机枪和手雷。他们被授予一经发现有可疑人物出现，就可立即格杀的权力。不用说，在晚上使用泛光灯照射崖面是最好的办法，然而那样做太容易暴露了。这些潜在的危险他们都已经考虑过了。”

邦德仍然紧皱眉头。“假如敌方凭借潜艇或其他什么东西来掩护的话，那又该怎么做呢？假如是一个训练有素而又经验丰富的队伍的话，他们是会这样干的。好了，先不提这个了。我现在非常想下去游会儿泳。72 英尺，是我所看见的那航海图上标出来的这一带的水深，然而我还是希望能够亲自下水查看一下。或许防波堤尽头的水比这还要更深些，我认为我还是亲自看看比较保险些。不如你也一块下来游会儿，你觉得怎么样？可能水有点凉，不过你一早上都在混凝土里闷着，游会儿泳，对你会有益的。”

加娜·布兰德眼睛泛着亮光，“这样可以吗？我的确是热得很不舒服。但是，我们游泳时穿什么呢？”她忍不住脸红起来，因为想到了自己身上所穿的是短小透明的三角裤和乳罩。

“没什么关系，”邦德迅速地说：“你穿内衣就可以了，我可以穿短裤，我们不是在做贼。并且这儿又没有什么其他人，我担保我是不会偷看的。”他边说边走到了悬崖的拐角处。“我就在这边，你到那边的岩脚下去吧。赶紧去，别在这里愣愣地站着，要知道这也该算是任务的一部分啊。”

她还没来得及答复，他就转到高耸的岩石后从容地脱下了衬衣。

“那好吧，”加娜·布兰德一边说着，一边慢慢走到岩边，缓缓解开自己的裙子。

就在她紧张地四下张望时，邦德已经踏入水中。蔚蓝色的海水一浪接一浪朝前涌着，在岩石中形成数不尽的漩涡。他的肌肉显得很柔软，皮肤呈健康的褐色，蓝色的短裤非常显眼。

她非常害羞地望着他，猛然扑通一声跳进海里之后，她感觉到现在不必再担多余的心了。四周是让人感觉舒适的天鹅绒般的海水，岸上是连绵的美丽的沙滩，各种海生植物漂在水面。海水清凉而又清澈。她沿着岸边头也不抬地迅速游起自由泳来。

游到差不多同防波堤平行时，她不再继续划水，而是吸着气，四处寻找邦德，但是却看不见他的踪影。她刚才还看见他在离她不远的大概一百码处的地方。她为了使自己不沉下去，就努力地踩着水。

很有可能他就在近处的岩石后躲着，或者是潜到水下去试探水深了，那里是敌人可能来袭的突破点。还是算了吧，不再管他了。她回过头来又朝着远处游去。

突然，就在这时候，他从她身体下面的海水中猛地钻出水面，在她还没能反应过来之前，就已经被一双刚劲有力的臂膀紧紧地抱住，那迅猛地按在她嘴唇上的嘴带着让她难以抗拒的强大冲力。

“你这个可恶的坏蛋！”她愤怒地吼叫着，然而他早已再次潜到水下不见了踪影。由于刚才的挣扎，使得她喝了一大口咸海水，然而在离她二十码外的地方邦德却正游得欢。

转过身来的她，径自一个人游向大海，她觉得他太无礼了，非要远离他让他受冷落不可。和她想象的差不多，情报局的这帮男人们，无论本身肩负的工作有多么重要，倘若一有机会总要想尽办法寻欢作乐。

然而，她的身体却由于他这突然一吻而产生了一种微妙的感觉，让她感到似乎金色的天又焕发出了新的容姿。她仍旧朝前游着，回过头来看着英格兰参差不齐的海岸线。

在一望无际的绿色田野上，成群结队的猎鹰犹如黑白两色交织的纸屑在上空来回盘旋。一个多么让人心情舒畅的日子啊！不管什么事情在这样美好的日子里都是可以容忍的，因此她不再怪他而是从心里原谅了他。

过了半个小时，他们上了岸在沙滩上躺着，距离崖边大约一码左

右的距离，静静地躺在阳光下，让太阳晒干身上的衣服。刚才所发生的事彼此都没有再提。加娜·布兰德兴高采烈地盯着一只大螯虾，那是邦德刚刚在水下捉住的。她那天真可爱的样子使得她再也无法在他面前保持矜持了。他们将它恋恋不舍地放进一个由岩石组成的水塘中，看着它慌慌张张地向海草深处钻去。他们又在原处重新躺下。游泳使他们感到全身既兴奋又疲劳，但愿太阳落山能慢一点吧。

然而，邦德早就已经陷入到眼前这美妙的绮丽景色中。面前这位姑娘有着美丽、匀称的身材，那紧紧的透明三角裤让人浮想联翩。他至少还能够享受一个钟头的自在时光，不必去考虑有关“探月”号的任何问题。加燃料的工作要等到六点才能完成。而现在时间还没到五点。

他只有到那时，才能够找到德拉克斯，可以将悬崖上后两夜的防卫工作确认一下，因为他发现就算是在落潮时，岸边的水依然能够浮起一只潜水艇。

距离起身回去差不多还有三刻钟的时间。

当这姑娘差不多赤裸的身躯漂在水面上游泳时，他突然把她抱住，而且还用力地吻了她的芳唇。她那高耸的乳峰离自己仅有咫尺之遥，那白皙而光滑的腹部一直滑到那双修长的大腿紧闭的奥秘深处。那可恶的大腿！

邦德将自己狂奔的思绪猛然收回，迫使自己努力去欣赏那美丽海湾四周的自然风景。山壁上的蔚蓝的天是那样浩渺，雪白的海鸥成群结队地在空中自由自在地飞翔。但海鸟那柔软洁白的下腹又使他想到此刻躺在身边的她。

“为什么你的名字要叫加娜呢？”他问道，不再继续任自己胡思乱想。

她淡淡一笑。“我这名字经常被大家拿来开玩笑，在学校、在雷恩斯，还有在当警察时。”邦德感到此时她那婉转清亮的音调格外吸引人，“我的真实姓名比这还不好听，叫‘戈拉蒂’，是一艘巡洋舰的名字，我爸爸曾在那船上服过役。我是在船上出生的。我认为加娜这名字还算可以。我几乎都把我的本名忘得一干二净了，因为在特工处集训时，总要翻来覆去换很多的名字。”

“在特工处，在特工处，在特工处……”邦德大脑里又是一阵混乱的场景：呼啸而下的炸弹一阵狂轰滥炸，身为飞行员的他突然偏离跑道越来越远，就在鲜血汩汩流出，即将失去知觉之时，心中还反复念叨着那些字句。这些字句在死神降临之前，依然在脑海中不断地回荡着……

在这件事情发生不久后，邦德发现自己并没有死，那些字句仍然时常回旋在他的脑海之中。

静静地躺在崖边柔软的沙地上，邦德一边认认真真地听着，一边想象着加娜的身体。不经意间崖上嬉耍的两只海鸥出现在他的目光中。这两只鸟在调情时脑袋一伸一缩，突然雄鸟猛地展开翅膀飞起来，但转而又飞回窝中继续调情。

邦德认为这种情调真是太美妙了。即便身边的这个漂亮的女孩子并非自己的女友，然而在这种美好的时光中，有个漂亮的女孩子陪在自己的身边，总是一种再美好不过的事情。他一边仔细地聆听着加娜•布兰德娓娓动听的话语，一边呆呆地看着崖上那两只嬉戏的海鸥。就在这时候，突然一声令人惊恐的嘶叫从崖面上传来，两只海鸥倏然向上空飞去，嘴里发出恐怖的尖叫。

与此同时，一团浓浓的黑烟从崖顶冒出，并有一阵轻微的隆隆声响起在崖顶。白色石灰岩在他们头顶上稍稍朝外晃动几下，如同一条蛇一般朝崖下坠下来。

邦德朝加娜•布兰德身上迅速扑过去，紧紧地用自己的身体贴着她的身体。一阵惊心动魄的巨响过后，他感到难以呼吸，眼前，不见了阳光，只有呛人的尘土味。

邦德的背上感到一阵痛楚的麻木，好像有巨石压下来了一般。他不但听到了一声雷鸣似的轰响，还听到了令人窒息的尖叫声。

他好像恢复了一些意识，脑子里仍然不断回旋着"在特工处……在特工处……"，但仍然没有彻底苏醒过来，不得不慢慢等到完全使自己的感觉恢复过来。

特工处？她说的关于特工处的到底是什么呢？

他尽自己的最大努力想要挪动一下自己的身体，但不行。右手勉强还能够活动几下，他将肩膀猛地一抬，手似乎更宽松了；他又将手臂朝后面抬了抬，透进一点光线和空气。那呛人的尘埃使他感到非常恶心。他竭尽全力扒开一个口，想让自己沉重的身子从加娜•布兰德

的身上挪开。这时他稍稍感到她的头向着光线和空气进来的方向慢慢转过来。接着又有一些石头滚下来将洞口堵住。邦德再次拼命地扒起来，那洞口又一次渐渐显露出来。这时他的手臂感到一阵酸痛，那些灰尘被吸进去使他猛烈地咳嗽起来，似乎整个肺部都快要炸了一般。他再一次向上抬起右臂，终于使自己的手臂和脑袋全部露了出来。

他脑子里最初的反应是"探月"号爆炸了。但当他抬头望向崖上和海岸时，又觉得不可能，基地离这儿差不多还有一百码远。只不过悬崖顶上的崖面似乎被什么咬了一个很大缺口。假如是导弹爆炸的话，肯定不会是这个样子的。

这时他彻底想起了刚刚发生的那恐怖的一幕。加娜•布兰德仍然在下面痛哭地呻吟着，她那露在外面的脸显得苍白而无力。邦德慢慢扭动着身子，以减少自己沉重的身子对她的肺和胃部带来的压力，沿着身下的碎石，他朝洞口慢慢爬去。仅仅只有这样才能使她身上的重量减轻。

最后，他的整个胸部也显露出来，他弯曲着身子虚弱无力地跪蹲在她的身旁。背上和臂上的血与石头、尘埃混合在一起，不断地滴在他刚刚才扒开的洞口。还好自己的骨头没有受伤，求生的勇气已经使他感觉不到疼痛了。

他又喘着粗气不断地猛烈咳嗽着。他缓缓扶起加娜•布兰德使她坐好，用仍然滴着鲜血的手将她脸上的灰尘轻轻拂去。然后他从那如同坟墓般差点要了他们两人性命的石灰岩石中抽出两腿来，将她从石堆中努力用手举起来，让她轻轻倚靠在崖边。

他跪下来望着她，几分钟前还是那么魅力迷人的姑娘，现在已面如死灰，毫无血色。

他身上鲜红的血慢慢滴在她的脸上。他默默地为她祈祷着，期盼她能快快苏醒过来。

过了几秒钟，加娜终于缓缓睁开了双眼。邦德放心地大吁了一口气。他别过脸去，此时才感到自己浑身疼痛难忍了。

第17章　任意推测

一阵剧烈的疼痛过去之后，邦德感到自己的头发被一只手轻轻地摩挲着。他回过头去发现加娜正一只手抚摸着自己的头发，一手慢慢朝崖上靠，就在此时，又有零碎的小石块哗啦哗啦地掉在他们身旁。

他费了很大力气才虚弱无力地慢慢站起身来，搀扶着更加虚弱的加娜•布兰德赶紧逃离那个石头坑，那个见鬼的地方差一点成了他们的葬身之地。

踩在脚底下的细沙柔软得就如同天鹅绒一般。他俩感到身体沉重地跌倒在那柔软的细沙上，用苍白得令人恐怖的手紧紧握住一把沙子，以此来抵御全身上下难以忍受的疼痛。邦德吃力地朝着不远的前方爬了几步，留下加娜一个人在原地，他拖着自己那双沉重的双腿站在一块差不多如同摩托车一般大小的岩石上，打量着那差点要将他们吞噬的恐怖的地狱。

在那岩石尽头，那被有力的海浪潮汐不断拍打着的地方，从悬崖顶上掉下的碎石块散落一地，那些崩落的岩石块的面积估算起来差不多有一英亩地之大，一条V字形凹口的裂缝呈现在崖上，原本在那儿盘旋的海鸟再也没有了踪影。这恐怖的地方发生的这场灾难将会使那些可怜的小家伙们长时间不敢靠近。

他们之所以能够幸存下来，是因为他们两人的身体紧紧地贴住崖边。压住他们的仅仅是几块不太大的碎石，假如头上有一块大石头落下来砸在他们身上都会使他们变成肉酱，那块最近的大石头离他们仅仅数英尺远。由于他们紧紧贴着崖面，邦德的右臂才不至于被那块大石头压着，才使他有机会掘出一个石头坑，从而逃离那死亡的坟墓。邦德此时想想都觉得后怕，他认识到假如当时自己反应过慢，没有立马将加娜•布兰德的头抱住迅速滚向崖边的话，那此时他们两个肯定都已经葬身于那堆石头坟了。

他意识到加娜的手放在了自己疼痛的肩膀上，他没有回过头去看她，只是用自己的手臂将她的腰轻轻揽住，然后他们一起走进了海水，任凭自己沉重的身体在浅水处慢慢往下沉。

大约过了十几分钟后，这两个如同原始人一样的现代人再次回到了那片沙滩，缓缓走到那块放置衣服的岩石边。

现在两个人差不多都是赤身裸身。在刚才那一死里逃生的过程中，他们两人身上的内衣已经全被尖利的岩石划得粉碎，就如同翻船后落入水中的幸存者一样。裸体已经无法引起对方产生任何的反应。他们共同用咸咸的海水将脸上、头上、身上的岩石屑冲洗干净，浑身上下显得更加疲惫。然而一穿好衣服，将头发梳理完，似乎根本就看不出来刚才发生了什么事情。

他们两人背靠着一块岩石坐下来。邦德嘴里大口地吸着一支刚刚点燃的香烟，接着从鼻孔里慢慢把烟雾喷出来。加娜·布兰德坐在他身旁重新化妆，他在她化好后，也为她点上一支烟。

灾难过后第一次彼此凝望着对方的眼睛。他们各自淡然地苦笑了一下。但都没有说一句话，依然默不作声地眺望那蔚蓝而渺远的大海。

邦德首先打破了眼前的宁静。“真是要感谢上帝，让我们躲过了这场灾难。”他说。

“我到现在还不清楚到底发生了什么事？”加娜·布兰德说，“我唯一知道的，就是你在危急时刻救了我的命。”她把自己的手放进他那只大手里，然后又马上拿开了。

“假如你不在这的话，”邦德说，“假如我仍然在原来的地方躺着的话，那恐怕我现在早就……”他一边说着一边耸耸肩。

之后他专注地看着她说，“想必此刻你一定也已经明白了吧，有人企图把崖面炸开，然后把我们两人压死在下面。”

她目不转睛地看着邦德，那双眼睛瞪得很大。“假如我们能够四处检查一下的话，”邦德用手指着那堆凌乱地散落下来的岩石，“相信一定会在岩石上发现有钻机打孔过后留下来的痕迹，在岩石向下坠落之前的几秒钟我看到岩顶冒出一团黑烟，同时听到上面传来一声爆炸声，那声音惊飞了几只海鸥。除此之外，”邦德接着说道，“这绝对不会是克雷布斯自己干的，应该有好几个人和他是一伙的。这一定是一次有组织有计划的谋杀。在我们从崖上走到海滩时就已经有人在暗中密切监视我们的行踪了。”加娜•布兰德此刻似乎已经明白过来，她的那双水汪汪的眸子里闪过一丝恐怖的眼神。

“那现在咱们应该怎么办，” 她迫不及待地问，“这到底是为什么呢？”

“他们想让我们两个同归于尽，”邦德严肃而认真地说，“因此，我们两个必须努力让自己好好活下来，至于到底是出于什么原因，我想我们一定会把事情的真相弄个水落石出的。”

“你或许清楚，”他接着说，“恐怕瓦兰斯是不可能帮上什么忙了，凶手在当时确认我们被埋在下面后，一定是立即逃之夭夭了。他们明白就算其他人听到或者看到那塌下的崖面也不会有任何大惊小怪的反应，因为这里崖面的长度有 20 多英里。除了夏天之外，平时不可能有人为了避暑而到这里来。就算是海岸警卫队的哨兵听到刚才的响声，他们也仅仅只是在记录本上勾上两笔了事而已。

“崖壁上的岩石由于受到冬天的雾气腐蚀而渐渐风化，每当春天来临时都会有更多的岩石因风化而塌落。谋害咱们的那些朋友不可能去查看。假如今晚我们一直不回去的话，明天他们要一直等到确确实实见不到我们之后，才会向警方和海岸警卫队发出通知，并让他们出动兵力来寻找我们的下落。你知道原因是什么吗？

“这是由于当夜里的海潮上来时，所有的线索都会被消灭干净。就算瓦兰斯认为我们被谋杀，但也已经没有任何证据，他也没有办法说服军需部干涉有关‘探月’号的事情。

“这让人晦气的发射就这么重要，所有的人都在关注，看它的研制到底成功与否。你我的两条小命根本算不了什么？那些德国人的双手沾满了血腥，他们似乎不愿意让咱们活到星期五，但这到底是出于什么原因呢？”他顿了一下又接着说，“这就得靠我们自己了，加娜•布兰德，只能依靠我们自己来处理这件倒霉的事了。”

他一直凝视着她，“能告诉我你是如何想的吗？”

加娜•布兰德淡淡一笑。“不必再胡思乱想了，”她说，“今天我们在这里已经付出了很大的代价，不用说我们还会继续付出的。我赞成可以不向伦敦方面汇报今天遇到的情况。正儿八经地在电话里如实汇报说不知什么原因崖石从头上径直砸下来，这真是荒唐可笑！汇报

我们两人在这儿不去干些正经事，而是赤身裸体到处乱跑？”

邦德咧开嘴笑了笑。“我们不过是躺在那里等着把湿衣服晾干罢了，”他反驳道，语气温和，“那么依你之见，咱们应该如何度过这一个下午呢？要把那些人的指纹全部都检查一遍吗？我听说你们做警察的对这些事情是非常重视的。”邦德发现她似乎有些愠怒，便对自己这些话感到后悔。

“可以说咱们今天下午过得还是非常值得的，更确切地说，是有很大的功劳。至少使我们的对手露出了马脚，我们下一步需要做的就是把我们的对手找出来，弄明白为什么他们要置我们于死地。假如我们有充分的证据能够证明有人蓄意破坏‘探月’号的话，那么我们就将严密搜查这个讨厌的鬼地方，并且还要将发射期推迟。”

她激动得跳了起来，“哦，我想你是正确的。我们需要马上行动起来。”她的目光从邦德脸上移开，转向大海。“你到这儿来的时间还不长，但我同“探月’号朝夕相处的时间可是已经有一年多了。假如它出点什么差错的话，我是绝对无法忍受的，对“探月号”我们好像已经都离不开它了似的。我现在要立即赶回去，查查到底是谁企图害死我们。也可能这与‘探月’号不存在什么关系，但我仍然要查个水落石出。”

邦德也起身站了起来，他的背部和大腿上又感到一阵剧烈的疼痛，但他那严峻的脸上却没有显露出任何感到痛苦的表情。“我们赶紧走吧，已经快六点了，很快就要涨潮了。但是我们能够在涨潮之前，赶到圣•玛格里特海湾。咱们一起先到格朗维尔痛痛快快地洗个澡，然后再喝点什么，随便吃点东西。很可能我们回去时正好赶上他们在吃晚餐。我倒希望看看他们是如何接待咱们的。你有力气走到圣•玛格里特吗？”

“放心吧，我没事儿，我们警察又不是用豆腐做的，”她冲邦德勉强地笑笑。他们二人转过身走上铺满圆卵石的那条海滩，向着那个遥远的南福尔兰灯塔方向走去。

他们在八点半，坐上了一辆出租车，很快就到达第二道警卫线。在各自出示了通行证后，两人便默不作声地穿过树林，很快就踏上了通往那幢房子的混凝土路面。他们两人都觉得自己精神倍增。

在格朗维尔冲完热水澡后，他们两人又休息了差不多有一个多小时，感到精神大增。加上两人又都喝了杯加苏打的白兰地，之后还点了一些美味的煎箬鳎鱼以及威尔士嫩肉丁，还要了两杯咖啡，两人都感到既兴奋又激动。当他们两人信心百倍地朝着那幢房子走近的时候，其实他们已经非常疲倦，并能清晰地感到在外衣的摩擦下身上的伤口仍然隐隐作痛。

他们两人表情平静地朝前门走去，又在灯火明亮的走廊上稍微站了一会儿。听见从餐室里传来一阵低沉而又非常激动的说话声，那声音稍稍停了一会儿之后，接着便又是一阵大笑，而那阵笑声中听起来最刺耳就是德拉克斯与众不同的狂笑。

邦德镇定地向着餐厅走去，他的两边嘴角上露出了极为难看的冷笑。然而当他为加娜•布兰德把门推开时，早已将那种冷笑转变成了满脸灿烂的笑容。

在餐桌的上位坐着德拉克斯，他身上仍然穿着那件梅红色的吸烟服，他的餐叉上挑着满满一叉的食物正要送进嘴里。略一抬眼就看见邦德他们两人走了进来，突然他停住了手里的餐叉，只听见那上面插着的食物"啪嗒"一声掉在桌边。

克雷布斯正端着玻璃杯专注地喝着他的红酒。他的嘴忽然凝住了，他嘴里的那一股酒正沿着他的下巴不断滴在他那褐色的真丝领带以及黄衬衣上。

沃尔特博士坐着的姿势是背向着门的。当他看到自己身边的伙伴们瞠目结舌的样子，就也转过头来望向门口。邦德发现他比那两人的反应都要慢很多。

"哦，是那两个英国佬。"沃尔特淡淡地用德语说。

德拉克斯随即站起身来，"啊，我亲爱的伙计，"他接着叫道，"我说伙计，亲爱的，我们真是太为你们着急了，我还正打算派人到处去找找你们呢。有位哨兵在几分钟前来向我报告，说是今天突然发生了一起悬崖崩裂事件。"他很迅速地走到他们两人面前，用一只手拿着餐巾，另一只手紧紧握着餐叉。

他的那张脸上泛起一种少见的酱红色，随后很快又变成了他平常惯有的血红色。"你为什么不尽早通知我？"

他的话里带着几丝怨怒的口气朝那姑娘说道。"真在是太不像回事了。"

"这全都怪我，"邦德连忙解释道，他说着，走进房间，以便能将这

三个人的表情看得清楚一些。

“这段路真是要比我所想象的长很多。由于我担心涨潮后没办法回来，因此我们就径直坐车去了圣·玛格里特，又在那里吃了点晚餐，之后坐了出租车回来。本来加娜·布兰德小姐是打算给你挂个电话打个招呼的，但我认为我们是能够在八点之前赶回来的，因此才阻止了她。请你们先吃完饭再说这些事情吧。我会和你们一起喝点咖啡，再稍稍吃点儿点心。至于加娜·布兰德小姐，她累了整整一天，我猜测她一定很疲倦，想要去休息了。”邦德慢慢走到那张餐桌旁，把克雷布斯身旁的那把椅子故意拉出来。他发现克雷布斯那双苍白的眼睛现出了恐怖的神色，但转而又深深埋着头死盯着自己的餐盘。当邦德起身站在他后面时，他发现有一块小小的石屑粘在克雷布斯的头顶。

“那好，加娜·布兰德小姐，既然这样，那你现在就去睡觉吧，明天我再和你详谈。”德拉克斯用试探的口吻对她说。加娜·布兰德非常顺从地从餐室离去。德拉克斯又继续回到自己的坐位上，很沉重地坐了下去。

“海边的那些岩石实在是太漂亮了，”邦德表情丰富地说，“假如你走到那些岩石旁边，头顶上恰好有很多石块向你压下来，这情景实在是令人想起来就觉得可怕。这令我联想起了俄国的轮盘赌。当悬崖坍塌人被压死时的难看表情的确很少有人看到啊，那肯定是非常恐怖的。”他停了停又说，“能问一下吗，你刚刚提到什么悬崖崩裂来着？”

此时，邦德听到有微微的呻吟声在他的左侧响起，然后又听到摔碎杯盘的声音，克雷布斯的脑袋趴伏在餐桌上。邦德感到好奇，但仍然不无礼貌地望着他。

“沃尔特，”德拉克斯对着博士严肃地喊道，“克雷布斯又犯老病了，难道你就没看见吗？赶紧把他扶到床上睡觉去。看来这家伙喝得太多了，赶紧！”

沃尔特面带愁容，脸上稍稍带着点不满，他跨着大步走过来，努力从那些碎片上把克雷布斯拉起来。他一把抓起克雷布斯身上穿着的那件大衣的外衣领，从椅子上将他提起来。“你这个可恶的家伙，赶紧走！”沃尔特一边叨咕着，一边拉着克雷布斯走出了餐厅。

“想必他今天应该也很累。”邦德边说边盯着德拉克斯看。

身材魁梧高大的德拉克斯这时已经是满脸汗水。他随手拿起一块餐巾，在脸上胡乱抹了几下。“别胡说！他只不过是喝得太多了。”

望着克雷布斯以及沃尔特两人踉踉跄跄地走出餐厅，一旁的男仆仍然站得笔直，面对这一切泰然自若。此时仆人端了咖啡进来。邦德倒了一杯鲜浓的咖啡，一边品味着，一边琢磨：是否德拉克斯也知道所有这些阴谋呢？刚刚当他瞧见邦德和加娜·布兰德两人进门时的表情的确说不清到底该算是惊讶，还是算恼怒，因为像他这样一个深谙事故、诡计多端的老男人已经定下的计划居然被自己的女秘书所搅乱。倘若所有这一切的幕后策划者是他的话，那不得不说他确实掩饰得很严密，拿自己下午要亲自对燃料加注情况进行监视来当作借口从而使自己摆脱了嫌疑。邦德打算再进一步做些试探。

“燃料加注的情况怎么样？”他问道，眼睛仔细地注视着对方。

德拉克斯将一根雪茄慢慢点燃，隔着缭绕的烟雾和燃烧着的火柴向邦德瞟了一眼。

“极其顺利。”他缓缓地吸着雪茄说，“全部工作都已经准备就绪。基地在明天凌晨清理完工之后，就能够关闭了。哦，对了，”他继续补充道，“明天下午我要带加娜·布兰德小姐一起坐车去伦敦，除了要带上克雷布斯之外，我还需要带位秘书。你是怎么打算的？”

“那就一起动身吧，我也要去伦敦，我要将最后一份报告呈交到部里。”

“是吗？”德拉克斯表现出丝毫不在意的表情，“你那份报告是关于什么方面的？我认为你应该对这里为你所做的一切安排感到满意。”

“是的，很满意。”邦德面无表情地回答。

“那么就这样吧，假如你不在意的话，”德拉克斯从椅子上站了起来，“我还要去书房里看些文件，晚安吧。”

“晚安，”邦德象征地回应了他一声，然后把咖啡喝光，接着穿过大厅，很快就回到了自己的房间。

很明显，又有人搜查过自己的房间。他耸了耸肩。事实上他仅仅只有一只皮包而已，但皮包里面却并没有任何秘密，仅装着几件他工作中需要用的东西罢了。

在他临走时，他把他那带肩式皮套的布莱特手枪藏在了一个不

易察觉的地方——在那副泰伦用来装夜视望远镜的空皮匣里，他打开皮匣，发现自己那支枪安然无恙地藏在里面。他把手枪取出来，认真检查一翻，没发现什么异常，便又把它塞在枕头下。

他快速地冲了个热水澡，又在伤口上稍稍涂了些碘酒后才关灯上床。此时他觉得浑身上下疼痛难忍，同时感到疲惫不已。

加娜•布兰德的倩影又在他的眼前浮现。在他们两人回来的路上他曾告诉她吃片安眠药，再把房门紧锁，安安稳稳地睡一觉，所有的一切都等到明天再说。对于明天下午她与德拉克斯的伦敦之行，他却隐隐感到有些担心，然而仅仅还只是担心，并不能算是绝望。很多问题很快就将得到答案，很多秘密也很快就被揭晓。然而，看来那些最起码的东西是无法否认的了，秘而不宣的了。那位百万富翁，自视清高的德拉克斯出巨资建造了这一举世瞩目的伟大武器，举国上下都巴望着能够听到它发射成功的喜讯。这枚导弹再过 36 小时就将要点火发射了。它的安全和管理措施都没有任何可挑剔的。但是，为何某人，也或许是几个人，要将他和那位姑娘干掉呢？这就是问题的根源。无论是他的工作性质，还是加娜的本意，与这次试验发射都不会发生一丝一毫的冲突与抵触，因此，那些人应该不具有怀疑他们是导弹破坏者的理由。显而易见他们两人已置身于极度的危险中。总之，在这 36 小时内，无论是由于嫉妒还是怀疑，他们两人随时都将会有生命危险。

睡意朦胧中，邦德仍然在反复琢磨，他明天在伦敦必须设法见到加娜•布兰德，之后或者自己亲自陪她回来，或者就说服她一直留在伦敦，直到“探月”号顺利发射完毕。

但就在他即将入睡之时，他的脑海中突然显现出一个让自己感到蹊跷的场景：楼下那餐桌上仅仅只放着三个人的餐具。

第 18 章　原形毕露

那辆梅塞德斯 300S 型轿车是德拉克斯的，的确很漂亮，车身全都是白色的，邦德的那辆宾利轿车就停靠在它旁边，两车相比的话，德拉克斯的车至少比邦德的新 25 年，速度也会相差将近一半。德拉克斯之所以选白色的梅塞德斯，邦德推测那是由于这种车自勒芒和纽伦堡大赛以来曾多次夺走桂冠，而买梅塞德斯车也正显示出了德拉克斯的独特性格。

德拉克斯此时从房门里走出来，加娜•布兰德与克雷布斯跟在后面。当瞧见邦德眼里那羡慕的眼神时，德拉克斯炫耀地说，“这车的确不错。”之后他指着邦德的那辆宾利车，“以前看这种车还算可以，可是如今人们只开这种车去戏院看戏了，样子真是太古板了。”

德拉克斯微笑着转向克雷布斯：“你到后面坐着去吧。”

克雷布斯非常听话地爬进后面那个窄小的车座，将雨衣翻上耳边，斜着身子坐着，两只贼溜溜的眼睛不停地偷偷瞟向邦德。

加娜•布兰德头上戴着一顶灰黑色的贝雷帽，手上戴着一双手套，还拿着一件轻便的黑雨衣，显得异常动人。她很快钻进车子的前排右座，又把车门关上。

她没有与邦德搭话，午饭前他们就已经在邦德的房里安排好一切计划了，他们决定七点半一起在伦敦吃顿晚饭，然后再搭邦德的车一起回来。她坐在那里，将两手放在大腿上，两眼平视前方，表情娴静。德拉克斯此时也钻进车里，开始发动引擎，他将方向盘下发着亮光的操纵杆拨至三挡。车子开始发动，但发动时排气管甚至都没有传来引擎的突突声。很快它就在树林中消失得无影无踪了。邦德开着自己的那辆宾利，缓缓地跟在后面。

梅塞德斯车在路上疾驰，加娜•布兰德混乱的思绪也跟着那辆车飞驰。在昨夜折腾了一晚上之后，今天一大早起来，大家都忙于发射基地的清理工作，以免“探月”号在升空时会引起地面大火。德拉克斯对于昨天的事没在提及，他的态度和往常相比没有什么迥异之处。她今天所做的工作仍然还和以前一样，把当天的所有数据全部收集整理好，之后又被派去把沃尔特请来。通过那个小小的窥视孔，她发现德拉克斯一切照旧，又在他那随身携带的黑色小本上记下了一些数据。

天空中阳光明媚，稍稍有些闷热。德拉克斯坐在前排驾驶着汽车，他身上只穿着一件薄薄的衬衫。加娜•布兰德敏锐的眼光落到一

个小本上，那个黑色的小本就在德拉克斯裤子后面左边的口袋里。这可真是天赐良机啊。她以前从来都没有距离他如此近过。昨天下午所经历的事情使她改变了很多，她长久以来被压抑着的竞争心理再次被激发出来。感受了那岩石崩裂所带来的惊惧之后，她已不畏惧再冒任何其他风险，假如想要知道发射工作是否正常，那么看看这个小本子就能知道了。而想要偷看的话，现在机会已经来了，而且是最后的机会。以后她可能再也没有机会与他靠得如此之近了。

她将自己的雨衣非常自然地叠起来，放置在她与德拉克斯之间的那个空的座位上，同时她把自己的身子向着德拉克斯那边挪了挪，看起来似乎是想把自己的坐姿调整得更舒适些。她将自己的手放在那皱折的雨衣下，耐心而又专注地静静等待着时机的到来。

当他们所坐的这辆车驶进梅德斯通那条拥挤的车道上时，那个让她盼望已久的时刻终于到来了。德拉克斯企图让车从国王大街拐角以便从加布里埃尔小街边绕过红灯，然而前面的车子已经挤得水泄不通了，德拉克斯无奈之下只得刹住车，在一辆老式的家庭大轿车后面缓慢地跟着。加娜•布兰德心理清楚，当那红灯变绿灯后，以他的性格他必定会设法超过那辆车，以此教训教训它。他确实是位技术很棒的司机，然而就如同在所有其他方面一样，他总是企图随心所欲。如果有谁要挡他的路，他就会毫不客气地报复对方。

就在此时前方的绿灯亮了，他的手不停地按响一连串的喇叭声，猛地从十字街口的右边冲了过去，他在超过了前面那辆车时，冲着那大轿车的司机气愤地摇晃着自己的大脑袋。

加娜•布兰德就在他那迅猛起动的一瞬间，让自己的身体顺势靠在了德拉克斯的身上，左手从雨衣下迅速伸出来，直接奔目标滑去，之后再伴随着身体的后仰，轻轻将小本子带出。

她的这一连串动作显得非常自然，没露任何破绽，最后手再次缩回到雨衣里。德拉克斯专心致志地握着手中的方向盘，注视着前面车水马龙的车流，思索着应该如何穿过前面的那条斑马线，而又不至于和正在那里路过的两个妇女及一个孩子相撞。

加娜明白那个小黑本对德拉达斯来说是何等重要，因此决不能在自己手里放得太久。唯一的办法就是借口上厕所，在厕所里看几眼再把它放回原处。而现在需要解决的问题是应该如何面对德拉克斯那愠怒的脸色，应该运用怎样温柔动情而又显得极其迫切、焦急的话语请求他停下车子，让自己下去方便。

绝对不可以等到在加油站停车。德拉克斯有可能会在那里加油，但他那小本里或许装有钱。但是到底前面会不会有旅馆呢？哦，有了，她突然记起来，梅德斯通外的托马斯•威亚特旅馆就在前面的不远处。那儿是肯定没有加油站的。于是，她开始装出一副坐立不安的样子，一会往左蹭蹭，一会又往右挪挪，最后她终于忍耐不住地清了清喉咙。

“呃，雨果爵士，真是对不起。”她带着一种羞涩难言的语气说道。

“什么事？”

“请把车停一下可以吗？真是实在对不起，我只耽误一小会儿的时间就行。我是要…我是想…真是不好意思，我想要去方便一下。我真的很抱歉，实在是太对不起了。”

“上帝啊，”德拉克斯不高兴地说，“真是见鬼，为什么你在家里不……那好吧，找个地方，”尽管他非常不耐烦，然而他还是将车速减慢到 50 英里。

“好像那个弯道处就有一家旅店，”加娜•布兰德显得有些紧张地说，“非常感谢，雨果爵士。我实在是太抱歉了，看，就是这里。”

小车一直开到那个旅馆的小房前，才猛地刹住，“赶快，赶快。”德拉克斯大声叫着。加娜•布兰德迅速将车门打开，一路小跑着穿过旅店前的碎石小径，用双手使那件雨衣紧紧地贴在自己的胸前。

她将盥洗室的门关紧后，认真地翻开那个小黑本。一行行关于风速、气压、温度的数据写在每页的日期下面，那些数据与她根据空军部所送来的材料中得出的数据排列得完全相同，在它的下面就是根据这些数据而估算出的罗盘数据。

加娜•布兰德眉头紧皱，因为她发现记录本上所显示的数据与她本人所掌握的数据有很大的不同。很明显两者之间不存在任何联系。

她立即把记着当天数字的那一页翻开，刚看了一眼她就就傻眼了。小黑本上所显示的数据居然偏离预计轨道 90 多度！假如导弹照此角度飞行的话，就会有降落到法国的某地或其他地方的可能。加娜吃惊地站在那里，无论如何也弄不明白为什么会有如此大的误差。德拉克斯为什么不告诉她呢？这到底是为什么？她又一次把本子重新翻

阅了一遍，竟发现每天的数据出差不多都相差 90 度。

这肯定不是她所提供的数据，她绝对不至于犯这样大的错误。这些报告是否真的被德拉克斯上呈了军需部？为何他要将记录搞得如此神秘？

她在这些困惑中马上下定决心。必须马上赶到伦敦，一定要把这些数据向上级报告，就算别人说她傻或说她比较爱管闲事她也无所谓。

她镇静地翻回几页，然后从包里取出她那把指甲刀，将一张样页轻轻地取下来，之后再把它卷成一小团，小心翼翼地将它塞到手套的指尖里。

她拿出镜子来照了几下自己的脸，似乎显得有点儿苍白。她用手迅速把脸颊搓了几下，脸色看起来才红润了一些。她紧紧地把那个小本子抓在雨衣里，脸上再次装出刚刚那极其抱歉的神情。

梅塞德斯车的引擎再次发动起来，当她坐上自己的座位时，德拉克斯非常不耐烦地看着她。

“赶快，坐好了，”他使劲用脚踩了离合器，她的膝盖差点撞到车门上。车轮很迅速地离开那条碎石小径，朝伦敦方向全速奔驰而去。

加娜·布兰德将身子朝后靠了靠，再次把雨衣以及裹在里面的本子放到德拉克斯与她之间的那个空位上。现在要解决的问题是如何把这个小本子重新放回德拉克斯那里。

德拉克斯沿着大道飞速地驾车前进。加娜·布兰德观察到速度表的指针一直在 70 英里处徘徊。

她认真回想着自己以前受训时的课程。应该如何使对方某些部位的压力得以分散，又如何分散其注意力，使对方不至于感觉到有人在他身上动手脚。

就比方现在吧，德拉克斯正试图找机会超过前面那辆大约长 60 英尺的皇家空军的拖车，他的全部注意力都落在手中的方向盘上。这个时候可以说正是她进行秘密活动的好机会。因此，加娜的手再次从大衣下滑向左边。

然而，正在此时，另外一只手突然如同蛇一样从后面钻了出来。

“不许动！”

克雷布斯将他的半个身子努力向前探到前排车座的靠背上，他的一只手死死地按住加娜藏在雨衣下握着小本的那只手。

加挪·布兰德端正地坐着，丝毫不动。尽管花了很大的力气但她还是没能把手抽出来。克雷布斯那只手的力气真是太大了。

德拉克斯很快就超过了那辆拖车，前面已经没有其他的车了。克雷布斯用德语焦急地说："上尉，赶紧停车，加娜·布兰德小姐是间谍。"

德拉克斯吃惊地向右边瞟了一眼，他迅速伸手朝自己后面的裤兜里摸去，然后又将手慢慢放回方向盘。他用左手打了个急转弯。向着默尔渥斯的方向疾驰。"用力抓住她！"

德拉克斯语气凶狠地说。他突然踩住刹车，只听轮胎一声刺耳的尖叫，随后车子拐进一条小径，估计走了 100 码左右，他将车子靠边停下。

德拉克斯四下望望，见路上空无一人。他迅速将他那只戴着长手套的手伸出来，将加娜·布兰德的脸搬了过来。

"这到底是怎么一回事？"

"雨果爵士，请您听我跟您解释，"加娜·布兰德想让自己尽力装出一副坦然自若的样子，但她的脸上依然流露出惊恐和绝望的神情，"我想这仅仅只是个误会，我是说……"她耸了耸肩膀，同时，她的右手慢慢伸向背后那皮坐垫，将那双带有证据的皮手套塞进里面去。

"她在胡说八道，上尉。看见他努力地想要挨近你，我感到很奇怪。"克雷布斯一边说着，一边用另一只手将那件雨衣拨开，露出了加娜·布兰德的左手，那个黑色的小本子也在下面，可是仅仅只差一尺远就能够着德拉克斯后面的裤子口袋了。

"原来是这样。"

德拉克斯终于将她的下巴放开了，加娜充满惊惧的双眼死死地盯着他看。转眼间，他那张带有红胡须的脸上露出了凶狠残忍的表情，就像一个刽子手，带着面具，与平时的他相比较简直是判若两人。是加娜·布兰德将他的这层面具撕开了，使得他原形毕露。

德拉克斯又一次抬头瞅瞅路面，仍然没有看见什么人。

因此，他将脸转过来，盯住那双惊恐的蓝眼睛，将右手的长手套抽掉，朝加娜·布兰德的脸上狠狠地掴去。

加娜·布兰德嘴里发出了一声短促的尖叫，脸上火辣辣的疼痛使

得她泪如泉涌，那泪水顺腮而下。突然，她像发疯一般地表示反抗。

她竭尽全力，企图挣脱抓住她的那两只牢固的铁爪子，她努力用空着的那只右手去抓挠那张脸以及贼脸上的那双贼眼。然而，克雷布斯竟然毫不费力地就避开了她那只手，双手将她的脖子死死掐住，缓缓地使劲，也丝毫不顾及加娜尖尖的指甲在他的手背上胡乱抓挠。嘶哑的响声从他的嘴里发出来，加娜·布兰德的强烈反抗开始慢慢地减弱。

德拉克斯小心翼翼地观察着周围的动静。克雷布斯制服了加娜·布兰德之后，引擎再次被他发动，他顺着道路两边长满树木的一条马车道小心地前进。在车子进入树林中后，外面的路早已无法辨认了。

加娜·布兰德无法看见任何东西，仅仅只听见德拉克斯很小声地说了句，"就在这里吧。"

随后他在她的左耳下边用手指戳了几下。克雷布斯慢慢将手从她的脖子上拿开，加娜·布兰德的脑袋朝前猛然一伸，她贪婪地大口大口呼吸。似乎有个钝器突然间击在刚才手指在她耳边点过的地方，接着就是一阵麻木与一片黑暗。

大约一小时过后，过路的人发现有一辆白色的梅塞德斯牌小车开到厄布里大街上，那条大街就在白金汉宫边，它在一幢小房子外面停下来。这时出来两位好心的绅士，把车里面一位生病的姑娘从车上扶下来，走进了前门。那姑娘看起来脸色非常憔悴，紧闭着双眼，差不多是被那两位心地善良的先生抱上楼梯的。

加娜·布兰德渐渐地恢复了知觉，发现此刻的自己就躺在顶楼的房里，里面放置着很多机器。在一把椅子上，她被牢牢地绑着，后脑勺偶尔会感到阵阵疼痛，双唇与脸面肿痛得厉害。

厚厚的窗帘将窗户遮盖得不透一丝光线。屋子里散发着浓烈的发霉味，看起来似乎这屋子好长时间没住过人了。几件老式家具上满是灰尘，仅仅只有那几件仪器上的镀铬以及橡皮圈着的标度盘还是比较干净的。她猜测着，这里会不会是医院呢。双眼紧闭的她，脑海里在努力地搜索着之前的各种回忆。过了一段时间，她才把眼睛慢慢睁开。

此刻，专心地核读仪器上的标度盘的德拉克斯，正好背对着她。有三台大型的仪器在他身旁，看起来有点像收音机。从三台中的一台伸出来一根比较长的钢制天线，那天线穿过顶上的天花板，几盏落地灯的光亮，使整个房间分外明亮。

在她的左边响起了一阵修补声，敲得她感到眼前天旋地转，同时她的后脑勺也感到一阵难以忍受的疼痛。她侧眼一看，在一台发电机旁站着克雷布斯，另外还有一台汽油发动机在他的身旁，叮叮当当的修补声就是从那里传来的。克雷布斯拿一把曲柄在手里，他想试着把引擎发动起来，然而引擎仅仅只发出两声突突声就灭了火。随后，他再次叮叮当当地敲了起来。

“你这蠢驴，”德拉克斯在用德语说话，“赶紧！我还需要到部里跟那帮混蛋打交道。”

“很快就会修好的，上尉。”克雷布斯又将曲柄转动起来。引擎这一次发出两声突突声后，并未熄火。

“外面会听见这东西的响声吗？”德拉克斯问他说。

“肯定不会的，上尉，这间房子的隔音装置非常不错。沃尔特博士曾经向我保证，外面绝对不可能听见任何响声的。”

加娜•布兰德再次将眼睛闭上，现在对她来说最好的避难招数就是长时间装作昏迷不醒，时间越久越好。她慢慢打开自己的思路，脑子里产生一连串的问题。他们到底要将自己怎样处置，会不会对自己下毒手呢？她无法想出答案来。德拉克斯为何会在时间如此紧迫的时候仍然在摆弄那个仪器？那个仪器究竟是什么？记得他在调节那个标度盘下的旋钮时，隐隐约约的光点出现在他头顶的荧光屏上。想必这应该是个雷达。

德拉克斯的德语为何竟说得如此流利？克雷布斯为什么叫他上尉？他们如此野蛮地对待她，就是由于那黑本子上的数据被她看到了。为什么他们不愿那些数据被人看见呢？

90 度，90 度。在她脑海里“90 度”反复地翻腾着。

90 度的偏差。照这样说来，自己所得出的数据与北海上八十英里远的目标是完全吻合的，她的数据一直都是对的。既然这样，那么德拉克斯所得出的数据呢？目标从北海上向左再偏移 90 度？离多佛尔十八英里的话，那地方恰好就是英国本土。没错，就是那里。根据德拉克斯的数据—那小黑本上的发射计划，正好是将“探月”号发射到伦敦中部。

要飞向伦敦！要击中伦敦！

这真是出乎意料之外，太让人不敢相信了。简直就是要人的命！

对了，再仔细琢磨琢磨。想必这些仪器就是一套雷达自动导航装置，与北海打捞船上的装置没有什么不同，其功能想必也差不多。他们的确很会使计策。他们企图利用这部装置将导弹引到距离这白金汉宫仅100多码的地方。那么，装满仪器的那个弹头又是做什么用的呢？

可能是刚才德拉克斯那一记恶狠狠的耳光把她打得有些头晕，然而此刻，她已经彻底醒悟了。那并非是一个实验弹头，而是一个真正的核弹头，一颗真正的原子弹。

原来，德拉克斯根本就不是什么英国的大救星，而是一个事实上的死对头，他要在明天中午将伦敦摧毁！

那个尖尖的弹头，明天将穿过此屋的房顶，并且在穿过这椅子之后钻进地面，迅猛得犹如晴天霹雳一样。

到时候火光一闪，会有一团蘑菇云升到空中，街上来来往往拥挤的人群，雄伟的白金汉宫，公园中悠闲的人们，林中欢快的小鸟，一切的一切，都将在这火光一闪中化为乌有，消失殆尽。

第19章 夜色追踪

现在的时间已经是七点三刻。在伦敦，邦德坐在一家自己最喜爱的餐馆里，他早就已经订好了一张两座的餐桌。他此刻正在喝掺有柠檬的伏特加马提尼酒，这已经是第二杯了，他目光关注着皮卡迪利街上穿梭来往的人群和车流。

邦德一边喝酒一边思考着，为什么加娜•布兰德到现在还不出现呢，这似乎并不像她一直以来的作风。就算她此刻依然呆在伦敦警察局，她也肯定会打个电话来的。下午五点邦德去见瓦兰斯时，听他说在六点钟加娜•布兰德将要来见他。

瓦兰斯是个急性子人，他早就焦急地等着要见她。当邦德将“探月”号的安全问题简单明了地汇报上去后，瓦兰斯一副似听非听的样子，而他的脑子里却在思考着另一件怪异的事情。

不清楚是什么原因，一股疯狂抛售英国货币的旋风突然在今天刮起来，最初始于在丹吉尔，之后一直蔓延到苏黎士与纽约。在国际金融市场中英镑的价格波动非常剧烈。趁此机会那些套汇商这次发了一大笔横财。最后竟然使得英镑在当日贬值三分，并且英镑的汇率还有继续下降的可能。这消息自然成为了各家晚报的头版新闻。瓦兰斯从商务部那里了解到，此次带头刮起抛售英镑的旋风的是丹吉尔德拉克斯金属股份有限公司；这家公司现在已经停业了，企图将两亿英镑全部抛出。金融市场肯定是承受不住这一沉重负荷的。因此英国银行为防止英镑继续下跌，就只有插手将所有的货币全部买下。

商务部想查清楚这是到底怎么回事。究竟是他们公司的股东在第一时间在抛售英镑还是德拉克斯自己在抛售？他们向瓦兰斯了解情况。瓦兰斯凭直觉认为有可能是“探月”号的发射会失败，而德拉克斯非常清楚这一点，因而他打算趁早捞点便宜，但军需部对他的这种观点并不认可。他们认为，不能毫无根据地判定“探月”号的发射将会失败。就算这次试飞失败，那也可能仅仅只是机械出了点小小的故障。不管“探月”号是否会发射成功，都没有对英国的商业资金形成冲击的理由。他们不希望让首相知道这件事。德拉克斯公司是个非常宠杂的商业组织，或许他们的这些举措不过是出于商业的原因，与军需部或者说同“探月”号不存在任何的联系。并且在明天正午“探月”号将会按照原定计划准时发射。

瓦兰斯认为这种解释也不能说没有道理，但他仍然感到非常焦虑。他讨厌神秘，邦德对这一点非常赞赏。邦德认为，此刻最关键的是问问加娜·布兰德有没有见过丹吉尔方面的电传；如果见过的话，德拉克斯的反应是怎样的。

邦德记起加娜·布兰德似乎同他说起过此事，他告诉了瓦兰斯。他们又谈了一小会儿之后，邦德同瓦兰斯辞别，接着就到总部去见局长。

局长对邦德所说的一切都极为感兴趣，即便是那些大光头以及小胡子。当邦德向局长汇报刚才同瓦兰斯谈话的梗概后，局长询问得非常详细。之后他默不作声地坐在那里，凝神思考着。

“007，”他总算开口说话了，“我认为这里边一定是有什么问题，肯定有什么大事要发生了，只是我现在还无法弄清楚具体是什么大事，也不清楚到底应该从哪里开始进行干预。我用不着再告诉特工处和部里了，他们都已经知道这些消息了。如果我将这消息告诉首相本人，恐怕这会对瓦兰斯不利。何况我又能跟他说些什么呢？我能列举出什么事实吗？能分析这背后的阴谋诡计吗？当然都不可能。但我总感觉这些事情里面有股味道，有股非常糟糕的味道，”他继续补充道，“那是一股非常浓烈的火药的味道。”

他瞅了一眼邦德，眼里流露出难得一见的紧张神情，“看来这事只得靠你和那姑娘了。她的确很出色，你真够走运的。你还有什么需要的吗？需要我为你做些什么事情吗？”

“不需要了，先生，谢谢，”邦德说着，紧接着他穿过那条非常熟悉的过道，乘着电梯回到自己的办公室，先是吻了一下他的秘书，之后跟她道声晚安。邦德仅仅只有在圣诞节，在她的生日，或者在极其危险的行动之前，才会吻她。

剩下的马提尼酒，邦德一口饮尽，瞅瞅时间，已经到了八点钟了。他突然感觉到有什么不对劲的地方，就从餐桌旁猛地站起身来，大步朝着电话间走去。

伦敦警察厅的接线员跟他说瓦兰斯现在正在四处找他。很可能现在他正在大厦饭店吃晚饭，还转告邦德，叫他千万不要挂断电话等他回来。邦德非常焦急地等待着，他感到一阵阵恐惧。

瓦兰斯在电话里尖声跟他说道：“是你吗？邦德，我是瓦兰斯，你是否见到了加娜·布兰德小姐？”

邦德感到浑身一阵发冷。“没见到。她六点来见你了吗？”

“她没来。我早就已经派人到她以前到伦敦时经常住的地方去找过了，可是任何发现都没有。所有她的朋友都称自己根本就没有见过她。假如在两点半她准时坐上德拉克斯的车出发的话，那么四点半她就应该已经到了伦敦了。多佛尔一带在今天下午并未发生任何车祸。防空部队以及皇家装甲兵那里也没有收到任何消息。”他稍稍停顿了一下，“你给我听好了，”瓦兰斯显出特别着急的语气，“要知道她确实是位好姑娘，我决不允许她出任何意外，你能否帮我这个忙？我不能够公开登报寻找她，因为这个时候整个唐宁街正在为明天的导弹试飞拟定新闻公报，明天的全部报纸所登的都将是有关'探月'号的消息，并且首相还将要在电视上发表讲话。如果在报上出现寻找她的启示的话，那无疑将会使这一切被扰乱。明天就是最为重要的一天了，我想那姑娘肯定是掌握了什么情况，并且还是非常重要的情况，我们一定要将她找到。嗯，你跟我说什么？这事由你来办？那真是太好了。我将为你提供所有可能的援助。我已经向值班军官作了通知，命令他听从你的调遣。"

"请别着急，"邦德说，"这件事我会想办法处理好的，"他停了一下接着说，"对了，请你告诉我，德拉克斯有什么新的动静吗？"

"七点钟他并没有到部里，"瓦兰斯回答说，"我留下话……"此时一阵呜呜的噪音从电话里传出来，然后邦德听到瓦兰斯不知对谁说了一句"谢谢"，又马上回到电话上来。"就在刚才市警察局将一份报告送了过来，称今晚十九点雨果爵士将会到达部里，然后二十点从部里离开，另外，还留下话，说可能会去'长剑俱乐部'吃饭，之后大概二十三点返回基地。"

瓦兰斯又说，意思也就是说他要等到九点钟才会离开伦敦。"他又接着念起来，"雨果爵士说在赶赴伦敦的路上加娜•布兰德小姐称身体不太舒服，所以按照她本人的要求于今天下午十六点四十五分在维多利亚下了车。说是要去她的一个朋友家，但那个朋友的地址不详。本来是说好了要在十九点打电话到部里寻找雨果爵士的，但电话迟迟都没有来。"瓦兰斯说，"对了，上面同时还介绍了你那边的情况，说你本来约好和她六点见面，然而她还是没准时出现。"

"好的，"邦德的思路现在已经转移到其他地方去了，"这份报告并不能为我们帮上什么忙，我现在就得马上行动。另外，还有一件事，就是在伦敦德拉克斯有房子吗，比如像公寓之类的地方？"

"他经常住雷兹•诺瓦德斯。不过在他搬到多佛尔之后就卖掉了格罗夫诺广场的房子。同时，碰巧我们还了解到在厄布里大街他还有一处住所。我们的人曾经去过那里，不过屋子里并没有人，据我部下所说那房子总是锁着，不见有人来住，房子的地址就在白金汉宫的后面，倒很可能是他放置什么宝贝的地方啊，里面极为安静。那么还有什么其他的事吗？我现在要马上回去了，不然的话那些高级官员还以为是'御宝'被盗了呢。"

“那你赶紧去。放心吧，我一定会竭尽全力的。假如遇上什么麻烦的话，我一定会请你的人来帮我的忙的。如果说听不到我的消息的话，也请千万不要担心。那好吧，再见。”

“再见，”瓦兰斯也终于长长地松了一口气，“那我要多谢你了，祝你成功。”

邦德将电话挂断，之后再次拿起听筒，打电话给“长剑俱乐部”。“这里是军需部，”他说，“请问雨果爵士在夜总会吗？”

“是的，在这里，先生，”对方非常客气地回答他说，“他现在正在餐厅里用餐，请问您是想和他说话吗？”

“不需要，非常感谢。我只是想弄清楚他是否已经去了。”

邦德随随便便地胡乱吃了点东西，勉强填饱肚子，然后离开饭店。他离开饭店时表上显示的是八点四十五分。

他的车就在门外停着。邦德冲那位总部来的司机说了声晚安，然后自己迅速驱车开向圣•詹姆士大街。

在一排出租车中间他把自己的车停下来，之后他将一张晚报取出来，用报纸遮住自己的脸部，仅仅只露出双眼死死地盯着停靠在胡园林街上德拉克斯那辆白色的梅塞德斯车。

邦德并未等多长时间。突然间，一道黄光在“长剑俱乐部”门口一闪，就见德拉克斯那高大的身影从门口大摇大摆地走了出来。他上身穿一件又厚又宽大的外套，他的衣领上翻着，将两只耳朵遮住，他头上的那顶帽子压得非常低。他匆匆忙忙地钻进自己那辆白色的梅塞德斯，将车门“砰”地一声迅速关上了，然后他朝着圣•詹姆士的左手方向开去，接着来了一个急刹车之后，就迅速掉头向圣•詹姆士宫的方向疾驰而去。跑得真有速度，邦德暗自想着。德拉克斯的车此时早已经从白金汉宫旁的雕像边驶过。邦德将自己那辆宾利车挂上第三挡，在其后紧跟不放。跟过了白金汉宫的大门之后，似乎就到了厄布里大街。邦德眼睛盯住那辆白色的汽车，心里却始终不停地在盘算着。车子开到了格罗夫诺广场之后，顺着绿灯德拉克斯未作任何停留直接闯了过去，而邦德的车却恰巧被红灯拦住了。等到他冲过去时，正好看到德拉克斯的车拐向厄布里街头，将车子停在了那幢房子前。邦德将车子加速赶到拐角处，但只是将车停住，却并没有将引擎关掉，他纵身一跃从车里跳出来，往厄布里大街的方向走了几步。此刻他听到梅塞德斯车发出了两声非常清脆的喇叭声，他立即躲到街角里，只见克雷布斯此刻正搀扶着一位全身包裹着的姑娘鬼鬼祟祟地走过人行道。梅塞德斯车门“砰”地响过之后，德拉克斯就又驾着车朝前方驶去。

邦德立马跑回自己的车，动作迅速地将车速推到第三挡，跟着追去。

真是谢天谢地，多亏那辆梅塞德斯车是白色的，并且在十字路口处它的尾灯又隐约地闪起来，同时前灯也射出几束强烈的光柱，喇叭声响得急促。这一切对于邦德的追踪来说的确是提供了很多的便利。

邦德咬紧牙，他的全部精神都集中在驾驶上。为了自己不至于暴露，他连前灯都不敢开，也坚持不按喇叭，车子的行动全都依靠着方向盘、离合器以及油门来控制，只希望向前疾驶的过程中不要出什么车祸才好。

车上那两英尺长的排气管不断地在两旁发出难听的阵阵轰鸣声，轮胎在与柏油路的摩擦中尖叫着，不过幸运的是这是他刚刚换成的新的米什兰轮胎，才用了还不到一周的时间。假如能开车灯的话就好了。他运气不是很好，经常会碰上红灯或者黄灯，而德拉克斯却常常能赶上绿灯。现在已经能够看到切尔西大桥了，这似乎是多佛尔南环圈上的公路。他到底能不能在 A20 号公路上追上梅塞德斯呢？德拉克斯的车上坐有两个人，很可能他的车已经整修过，那辆车转弯时比邦德的车强多了。邦德踩着刹车板，又按了一声喇叭，就如同一辆着急赶着回家的出租车一样先是绕到右边，然后又猛地再转向左边。当他开车急驰而过时，一声声骂人的吼叫从他的耳旁传来。

当开到克拉珀姆•康芒时，那辆白色的车在树下隐约可见。在这段比较安全的路上邦德已经将时速加到了 80 英里，突然前面亮了红灯，那红灯正好拦住了德拉克斯的车。邦德将车减速，慢慢地靠上去，已经到了 50 码，40 码，30 码，20 码。不凑巧的是此时绿灯亮了，德拉克斯的车迅猛地冲过十字路口，再次疯狂地向前驰去。邦德已经能够看到克雷布斯就在德拉克斯的旁边坐着，但并没有发现加娜•布兰德的影子，不过在后排车座上倒是有一床厚厚的毛毯。

此时的邦德已经能够完全肯定，加娜绝非是病了，因为没有哪个正常人会把一个生着病的姑娘像土豆一样装在车里到处乱跑，更不

可能将车开到那么快的速度。那么，照这样推断的话，她一定是出了什么事儿了。到底是为什么？她到底做了什么事？或许是她发现了他们的什么秘密？真该死！究竟出了什么事？

这些如同乱麻一样的问题在他的脑海里不停地翻腾，就好像一只多嘴多舌的秃鹫站在他的肩头上，不停地在他的耳朵旁指责他："真笨！你真笨！。"本来经历了"长剑俱乐部"的那一晚之后，邦德心里就应该清楚德拉克斯是一个极其危险凶狠的人物，他本应该有所警觉。泰伦那航海图上的指纹、布雷克斯数次潜入自己房间搜查、崖壁突然间崩裂，想必所有这一切都是德拉克斯主使的。他必须得采取什么行动。但是到底应该采取怎样的行动呢？除了将德拉克斯干掉之外他还能够再采取什么行动呢？现在该采取些什么行动呢？到底应不应该停下车来给伦敦警察厅那边挂个电话呢？但如果自己那样做的话，那就追不上德拉克斯的车了。他清楚加娜·布兰德肯定是被绑架在车里了，或许德拉克斯是打算在通往多弗尔的路上将加娜·布兰德干掉。假如他的车子能够赶得上德拉克斯那辆车的话，那就很有可能阻止这不幸事件的发生。

邦德在紧急刹车的尖叫声中，迅猛地驱车离开南环圈，很快向着A20号公路疾驰而去。他曾对局长及瓦兰斯做过保证，一定会竭尽全力弄清楚这件事。既然他已经答应了那就一定要将这件事情做好。

他至少可以先追上那辆梅塞德斯，然后用手枪将那辆车的轮胎打破，最后假如有必要的话，再向他们道歉，看来只能这么做了，邦德默默地对自己说。

他将车子减速又开了车灯，然后从挡风板下的盒子里将一副漂亮的护目风镜取出来，戴在眼睛上。

之后他伸出左手来将挡风玻璃上的一个大螺丝拧松，再腾出右手来将左边的螺丝也拧松，当他将挡风玻璃放平到发动机罩上之后，再拧紧螺丝。此时邦德开始将汽车加速。

此时的车速已经上了90英里，耳朵边呼呼的风啸声响了起来，增压器也在不住地尖叫着。

梅塞德斯就在前方大约一英里远的地方，它翻过鲁特姆山岗，渐渐消失在月光下茫茫的肯特旷野里。

第20章　暗箭伤人

虚弱无力的加娜•布兰德这时承受着三种痛苦的煎熬：分别是左耳后的刺痛、两只手腕被勒得绞痛以及脚踝四周的擦伤。但凡路上遇到颠簸、刹车或者加速的情况，疼痛就会变得更加剧烈。她只有让自己的身体紧紧贴着后排座位才会感觉稍好一点。不过还好那里的空间已经足够让她尽量蜷缩着身体，从而使自己被打肿的那张脸不至于撞在那坚硬的猪皮制的车壁上。那新坐垫的刺鼻的皮革味、排气管里排出的让人反胃的烟味以及轮胎飞速转动时所发出的橡胶味掺和在一起弥漫在车厢里。

然而，对于她此刻的心情来说，所有这些肉体的痛苦已经不算什么了。使她最感到痛苦的是克雷布斯带给她的惩罚。当然，还有其他比较重要的事情。德拉克斯一直掩饰着的秘密，他对英国的刻骨仇恨，他企图用导弹将整个伦敦摧毁的恐怖行动，他那标准地道的德语，那尖尖的导弹头的秘密，应该如何拯救整个伦敦，所有这些问题在她的脑海里不停地翻腾着。

今天下午与克雷布斯在一起时所经历的那可怕的情景再次浮现在她的眼前，她现在一想起来心里就感到钻心般的痛苦。

当德拉克斯离开那间屋子后，她依旧装着昏迷不醒。开始的时候，克雷布斯还能够全神贯注地摆弄那几台机器，同时操着一口纯正的德语时不时地对它们说："这儿，我最亲爱的，你这样不就乖了吗？来，让我来给你加一滴油，我亲亲的小乖乖，我肯蒂会给你的。赶快转起来呀，赶快转呀，你这懒骨头，我跟你说过要让你转一千次，而并非九百次。重来，再重新来一次，转啊，转。这样就对了，我亲爱的宝贝，让我来擦擦你那漂亮的脸蛋，以便看清楚你那小表上到底说的是什么？哦，耶稣，玛丽亚，你的确不愧是一个勇敢的孩子！"

他停了一会儿之后，慢慢走到加娜•布兰德的面前，然后他搓搓自己的鼻子，又舔了舔牙齿，显出一幅贪婪而又恐怖的样子。他在那

里越站越久，甚至于都忘记了周围正在运转着的机器，他最后终于在迷惘中定下神来。

这时，加娜•布兰德感觉到克雷布斯的手正在慢慢解开自己上衣的纽扣。她无法继续再装昏迷了。伴随着自己身体的本能的反抗，她轻轻呻吟了一声，就像是才苏醒过来似的。

加娜•布兰德跟他要水喝。克雷布斯就迅速走进了浴室，拿了一个漱口杯为她倒了一杯水。然后一把拉过椅子，分开双腿弯下腰来在椅子上坐着，将下巴靠在椅子的靠背上，将他那苍白的眼睑垂下来，用那双色迷迷的眼睛瞟她。

加娜首先将这沉默打破。“为何要带我到这儿来？这些机器到底是用来做什么的？”

克雷布斯将他那带着一撮小胡子的红嘴巴张开，舔舔干裂的嘴唇，之后露出了一丝淫笑：“这个地方是引诱小鸟的诱饵。”他说，“很快它就要引诱一只小鸟，让它回到它那个温暖的家里，并且那小鸟将会生下一个蛋，哦，那是一个很大很圆的蛋。”他兴奋地大笑起来，同时下巴跟着抽动着，眼睛阴险地眨个不停，“所以带来一个美丽的姑娘来到这儿，不然的话她很可能会将那只鸟吓飞的，”最后他又骂了一句，“你这个肮脏的英国臭娘们！”

欲火中烧的克雷布斯将椅子挪到近前，距离加娜•布兰德的脸只有一英尺之远，“你到底是为谁服务的？”加娜•布兰德几乎能够闻到他身上散发出来的难闻的味道，“你这个英国臭娘们，告诉我谁是你的头儿？”过了一会儿，他又接着“赶紧说，你知道吗！”他又色迷迷地说，“只有我们两个人在这里，不会有人听见你的尖叫的。”

“你别乱来，”加娜•布兰德显得绝望地说，“我只为雨果爵士工作，除了雨果爵士之外我还能为谁工作？我不过是对那份飞行计划感到非常好奇罢了……”她接着解释她的数据与德拉克斯的数据，表明她是非常盼望着能够跟他们一同分享“探月”号发射成功的喜悦的。

“既然这样，那么咱们就再试一次，”克雷布斯在听完她的话之后轻声地说，“相信你一定可以比那次做得更让人感到满意。”他那双淫邪的眼睛里突然闪出残酷的凶光，那双干瘦的手从椅子后面向她伸过来……

加娜•布兰德在猛烈颠簸着的梅塞德斯后排座上躺着，她的牙齿紧紧咬着皮垫小声地啜泣起来。她依然能够清晰地记得克雷布斯那双毛茸茸的手胡乱在她的身上摸来摸去，他的眼睛则如同喷火一样死死瞪着她，最后实在让她无法忍受，就朝着他的脸上用力狠唾了一口。

那该死的家伙甚至连擦都没擦。他突然间真的刺痛了她，她尖叫一声之后昏倒过去。

之后，她感到自己被放在车后，有一床毛毯盖在上面。此刻他们正在向着伦敦街上的方向行驶，她能够听到附近的汽车声，能够听到周围刹车时的尖啸声；她感到自己再次回到了这个真实的世界，那些英国人，她的朋友们，就在她的周围。这时的她，拼命地想要站起身来，她的嘴里发疯地尖叫着，然而克雷布斯已经感觉到她在不停地动，就用双手猛然按住她的腿，又用结实的皮带扎起，然后在车内的横挡上扣起来。

大约过了半小时左右，从减慢的车速以及外面的车辆声中，加娜判断出，假如是要带她回基地的话，那么此刻应该是到了梅德斯通。突然，在行进的途中，她听到克雷布斯焦急地说："上尉，我发现有辆车在后面已经跟我们很长时间了，并且那辆车一般是不开前灯的，现在它距离我们大概只有一百多米远，想必就是邦德那家伙的车子。"德拉克斯听完后大吃一惊，他嘀咕着，加娜·布兰德感到他一定是转过身来朝车后看了一眼。

他狂妄地骂起来，然后一切很快又归于沉寂。她清楚地感觉到车子在转弯，路上并未听到其余车辆行驶的声音。"没错，就这么干！"德拉克斯操着满口德语说，"真是想不到他那辆破车竟然还能够跑得动。我亲爱的克雷布斯，这下可是有好戏看了。他似乎只有一个人。"他张开嘴放声大笑着，"那么就让我们来和他进行一场比赛。假如他能够活下来的话，那么我们就把他连同那娘们儿一起装进袋里。赶紧把收音机打开，我们很快就能够了解到是否出了什么纰漏。"

接着，静电干扰声噼噼啪啪地传来。之后听到了首相说话的声音。德拉克斯将车速调到三挡，以飞快的速度开出梅德斯通。收音机里的声音时断时续地传来："……武器乃是人类智慧的结晶……将会朝着一千英里的太空飞去……地区将会由皇家海军负责巡逻……为保卫我们伟大的祖国而设计制造……为了维护和平……它是人类飞

出地球走向太空的伟大创举……果·德拉克斯爵士，一位伟大的爱国者，同时也是一位无私的捐助者……”

加娜听到德拉克斯在一阵肆无忌惮的狂笑之后就把收音机关上了。

“詹姆斯，”加娜·布兰德在心里默默地说，“所有的一切只有靠你自己了，一定要小心啊，速度越快越好。”

邦德的脸上已经挂满了尘土，并且由于还时不时地会遭受迎面扑来的苍蝇、飞蛾的困扰，他只有间断地腾出一只手来清理脸上的东西。宾利跑得的确不错，它就在梅塞德斯的后面紧紧跟随，因此并没有让它逃脱掉。

当他即将赶到利兹城堡的门洞时，他的时速已经达到了 95 英里，真可谓算是风驰电掣了。在他的后面突然闪出了两道强烈的光柱，在他的耳边一阵喇叭声嘀嘀不停地乱叫。

真是难以置信，这路上居然还奇迹般地有第三辆车出现。自打离开伦敦市区开始，邦德就再没有去瞅车上的反光镜。他觉得如果不是有人追踪或是不要命地驾驶的话，根本不可能会再有车追上他们。邦德感到心中一阵惊慌失措，他将自己的车子本能地拐到左边，然后他的眼角斜瞟着那辆跟上来的车。那是一辆小车，红色，它先与邦德的车一块并行了一会儿之后，就飞快地超了过去，速度大约又加了 10 英里。邦德迅速瞅了一眼那辆车子，那是辆阿塔波二型车。

那辆车上仅仅只坐着一位穿着衬衣的年轻人，他擦过时朝着邦德挥了挥手，咧嘴笑着，显出一副洋洋自得的样子。那辆车上的增压器不停地呜呜叫着，排气管如同一挺疯狂怒吼的格林机枪，它的变速器也发出令人恐怖的轰鸣声。

邦德表示非常佩服地笑了笑，同时也朝那位年轻人招招手。恐怕他的这辆阿塔波车与自己的这辆宾利车年岁应该差不多吧，可能是 32 年的，要么就是 33 年的，邦德心想。或许这应该是附近皇家空军站里的某辆旧车改装而成的高速车吧，很可能那小子是在外面狂欢之后忙着赶回去报到的。他眼巴巴地看着前面那辆飞驰的阿塔波绕过利兹城堡的弯道，飞奔向前方的那个岔道口。

邦德想象着当那小子追上德拉克斯时脸上表现出的那得意的笑。“哦，天哪，这竟然是辆梅塞德斯。”而德拉克斯在狂怒之下，将很有可能把车速加到150英里。只希望这个傻瓜不要开出车道。他瞅着两车的尾灯慢慢靠近，那个阿塔波车中的小伙子再次故伎重演，他将前灯突然打开企图找机会超车。

估计在四百码左右的地方，阿塔波车所射出的强烈的光柱使前面那辆白色的梅塞德斯显得格外耀眼，估计还有一英里长的笔直大道在前面。邦德似乎觉得那小伙子的脚已经踏在刹车上了。小伙子，真是好样的！

克雷布斯用手把嘴护住，仅仅把嘴凑到德拉克斯的耳边费力地叫道，“现在又出现一部车，不过看不清他的脸，他现在正打算超车。”

德拉克斯愤恨地大声骂了一句，他咬牙切齿地说：“教训教训这个蠢货。”他双手稳稳地握住方向盘，又用眼角斜瞟着后面的阿塔波车渐渐靠了上来，喇叭嘟嘟地不停按着。

德拉克斯将手中的方向盘故意朝右边稍稍一打，就听见了一阵非常可怕的金属撞击声，接着他又转回方向盘，将尾部调正。

“干得不错，真是好极了！”克雷布斯不停地大声尖叫着，一面兴致勃勃地跪在坐椅上向后面张望。“那辆车翻了两翻，又朝着路基的方向栽下去，它一定是烧起来了。看啊，已经冒烟了。”“正好让它给我们后面那位可爱的邦德先生做个榜样。”德拉克斯显出一副自高自大的得意模样。

但是，邦德那张严肃的脸绷得很紧，他丝毫未将车速减慢下来，而是依然朝着梅塞德斯的方向飞快地追去。那幕惨剧他的确看得非常清楚，那辆飞驰的红车先是向着前方翻了一二圈，之后里面的司机四脚朝天地从座位上飞了出来，嘴里惨痛地号叫着，最后汽车“轰”地一声冲过路基，栽进路边的田里。当他经过时，能看见路上那一道道刹车的痕迹。那辆小汽车栽进田里之后，它的喇叭依然对着夜空不断地哀鸣着，似乎是仍然在为阿塔波车鸣锣开道而尽自己最大的责任。“叭叭……叭叭……”

邦德并未表现出任何恐惧。而是相反，他的思绪全神贯注在德拉克斯的身上。德拉克斯刚才的这种谋杀罪行他已经亲眼看到。无论他的动机是什么，至少这能够表明他已经公开向自己挑战了。这一举动使得很多疑点都被解开了。不用说，罪魁祸首就是德拉克斯，他就是一个杀人狂。同时，他的疯狂行为也已经能够证明，“探月”号导弹是

一个非常危险的东西。这一举动已经能够充分说明一切。他将自己的手伸到档板深处，摸出一支科尔特专用手枪.45口径，接着，他把那支枪放在身旁的座椅上。现在既然战幕已经拉开，那么也就不必再有那么多的顾虑了。不管怎样最要紧的是要想办法让梅塞德斯车停下来。

德拉克斯驾车在前面不远处的岔路口拐向左边，那辆车开始向坡上爬。在梅塞德斯车灯强烈光线的照射下，一辆波沃特公司的八轮载重车就在它的前方，它正朝着一急转弯拐去。有十四吨新闻纸装在那辆车上，它正向肯特东部的一家报社连夜奔去。

看见这辆长长的载重车，德拉克斯嘀嘀咕咕地叫骂起来，因为有二十捆大卷纸在那车上装着，它们被紧紧地绑在车头后面的平台上，行驶在弯道上的那辆载重车吃力地爬向山上。

他在反光镜里看了看后面的情况，那辆宾利车现在已经驶上了岔道口。

德拉克斯这时突然想到了办法。

“克雷布斯，把刀拿出来。”然后就听见咔嗒一声的开关响，克雷布斯迅速将那把匕首握在手中。主子的声色让他明白自己根本就没有询问的理由。

“我先在前面那辆大车后把车速放慢，你再把你所穿的鞋子和袜子全部都脱掉爬上引擎盖，等我把车子靠上前面那辆大车之后你就立马跳过去，然后再将上面的绳子割断，先割左边的绳子，再割右边的。

等我的车子与那辆大车差不多平行时，你再从那上面跳回到车上。不过千万注意不要把上面的纸卷一同带下来。听懂了吧？好，就这样，那么祝你成功。”

德拉克斯这时将前灯关掉，又以80英里的速度前行，绕过了那条弯道。距离前面那辆大卡车仅剩20码远时，德拉克斯脚下紧紧踩着刹车，他生怕碰到那辆卡车的尾部。他让车继续向前滑了一段，此时，梅塞德斯车上的水箱差不多已经处于那辆载重车的平台之下。

德拉克斯将车速转换到二档，稳住车子，接着对克雷布斯大声叫道：“跳！”克雷布斯果真光着脚，战战兢兢爬上引擎盖，那把匕首一直在手里握着。

克雷布斯猛地纵身一跳，很顺利地跃上那辆大车，将左边的绳子割断。德拉克斯又将车头拨到右边，与那辆载重车的后轮并行前进，从卡车的排气管里排出的浓浓的废气迎面向他扑过来。

邦德的车灯此时在那个弯道处闪烁着。

卡车上左边的那排纸卷很快就砰砰地掉落在路面上，在黑暗之中胡乱地打着滚。右边的绳子也接着被割断了。同样地，那纸卷一个接一个前赴后继地沿着马路不停地滚落下来，那滚落在地的声音如同山崩一样。

那卡车由于重量减轻，跑得更快了，德拉克斯唯有继续加速，这样才能够接应克雷布斯。克雷布斯跳回小车，他身体的一半压在加娜·布兰德的身上，另一半则靠在前座上。

德拉克斯用力踩了一下油门，只见车子如同箭一般地飞速向前冲去，卡车司机的叫骂声从耳边传来。

德拉克斯在开到第二个转弯处时，朝着后面看了一眼，瞅见两束光柱在后面先是越过树顶直射夜空，然后很剧烈地摇晃几下，接着在夜空中一转即逝。

德拉克斯得意忘形地一阵狂笑，朝着那夜空中闪烁的群星兴致勃勃地张望，他的车速也开始减慢，就如同是在暗夜里闲游一般。

第21章　身陷罗网

德拉克斯的狂笑刚刚止住，就听见克雷布斯一阵“咯咯”的谄媚的笑。“上尉，这一招真是太妙了。只是很可惜没能看到他们在山底下粉身碎骨的样子。那辆爆炸的车可真是绝啊，就如同巨人的便纸一样。这一辆肯定也会被炸成一团的，当那辆车正拐过弯，迎头却碰上那些滚下去的纸卷，或许他还以为是山崩呢。驾驶员的那张脸你看见了吗？实在是令人作呕！波沃特公司！他们真是上演了一场非常绝妙的追逐游戏。”

“你的确干得非常漂亮，”德拉克斯毫不在意地说，他的脑子里正想着其他事情。

他突然间嘎地一声在路边停下来，并开始把车头调转过来。

“他妈的，”他愤怒地说：“我们不能把那小子一个人丢在那里。假如他并没有死的话，那我们就把他弄到车上来。拿着枪。”德拉克斯大声命令道。

他们开着车经过停在山顶的那辆大货车的旁边时，并没有发现司机的影子。德拉克斯思考着：很可能司机是去给公司打电话了。当他们来到第一个弯道时，看见有两三幢房子的灯仍然亮着，还有一群人围在那里相互议论。其中一个纸卷撞破了一家的门。还有很多的大新闻纸卷就摆在公路的右边，左边还有一根电线杆拦腰被撞，那电线杆如同喝醉了酒一样偏倒在公路的一边。情况在第二个弯道处显得更加糟糕。纸片在公路上横七竖八地撒了一地，就如同一场刚刚散场的盛大的化妆舞会一样，白花花地一直铺到山下。

那辆宾利车差不多已经冲出了弯道右边沿河岸所设立的栏杆，在绞成一团的铁栅栏中那车头正朝下挂着，在它撞断的后轴上还挂着一只轮子，那轮子悬在尾部上方犹如一把超现实主义画家笔下的雨伞一样。

停下车后德拉克斯与克雷布斯一同走下车，静静地站在路上仔细听着动静。

除掉汽车奔驰在远处的声音以及蟋蟀叽叽的不知疲倦的声音之外，四周寂静无声。

他们将手枪掏出来，脚下踩着碎玻璃，小心翼翼地走到不远处那辆宾利轿车的残体前。一条深深的沟痕留在草地上，空气中充满了橡胶燃烧的焦臭味以及难闻的气油味。噼啪噼啪的爆裂声不停地从烧烫的车身发出来，同时大量蒸汽从撞坏的散热器里冒出来。

邦德脑袋冲下躺在距离那辆车差不多20英尺远的河堤下面。克雷布斯将他的身体翻过来。邦德的脸已是血肉模糊，但仍然在喘气。他们两人在他身上仔细地搜查了一遍。搜出一只布莱特手枪，德拉克斯立马将那支手枪放进衣袋里。之后，他们两人合力把邦德拖过公路，又费力地将他抬到梅塞德斯车的后座上，他的半个身子沉重地压在加娜•布兰德身上。

当加娜•布兰德认出压在她身上的人是谁后，她惊讶得叫出了声。

“给我住嘴，”德拉克斯大声怒吼着。接着他回到自己的驾驶座上，再次将汽车发动。坐在前排弯着腰的克雷布斯手里正在摆弄一根长长的电线。“我不希望出现什么差错，所以你最好给我捆结实些。”德拉克斯说，思考了一下之后又继续补充说：“我在路这儿给你把风，你立即去摘下那破车上的牌照，赶紧的，动作迅速点。”

克雷布斯拉起那条毛毯来将两个挤在一起的身体严严实实地蒙住，之后迅速跳下车。没用多长时间他就将车牌带回来了。他们的轿车刚要开动，就看见一群焦躁不安的当地人出现在下山的路上。他们每人的手中都拿着一支火把，火光照着出事的地方。

想象着自己所制造的这么一个难收拾的烂摊子让那些笨拙的英国人来收拾，克雷布斯就兴奋得手舞足蹈。在这段他最喜欢的路上，他可以尽情地欣赏两边迷人的美景。

梅塞德斯的那两个明亮的大前灯照亮了那一棵棵如同绿色火把的幼树。这令德拉克斯记忆起了阿登美丽繁茂的森林，记忆起了他为之效劳的那伙纳粹朋友，他激动地想那让他花费了大半生的心血所期盼的这一天终于快到了。他很快就要与年轻的克雷布斯一起站在人群中，周围将会是一片欢呼庆贺，人山人海，他们将会荣获奖章、女人、鲜花和掌声。望着车窗外一闪而过的风铃草，他感到既温馨又惬意。

虚弱的加娜•布兰德能够嗅到在她一旁的邦德身上的血腥味，他那张贴在皮坐垫上的脸紧紧地挨着她的脸。

她缓缓移动了一下身子，尽量给邦德让出更多的地方。他的呼吸急促而杂乱无序。加娜•布兰德担心他伤得比较严重。她轻轻地凑在他耳边小声地呼唤，没有得到任何反应。于是她只有再把嗓门提高一点。

这时候邦德开始小声地呻吟，他的呼吸也开始加快。

“詹姆斯，詹姆斯，”她焦急地小声耳语着。邦德嘴里喃喃说了几句。于是，她用自己的肩头重重地推了他几下。他咕噜着几句脏话，身体用力起伏着，之后再次静静地躺在那里。加娜•布兰德感到他在努力使自己恢复知觉。

“没错，就是我，加娜•布兰德。”她明显感觉到他稍稍动弹了一下。

“上帝呀！”他说道，“太恐怖了！”

“你还好吧？摔断哪儿没有？”

她再次感到他动了一下手脚。然后他喃喃地说：“可能没什么事儿，仅仅是摔了一下脑袋，我没说什么胡话吧？”

“当然没说了。现在你听我说，”加娜·布兰德说着，赶紧把她了解到的一切情况都给他大概叙述了一下，先由那本黑皮本说起。

他听她讲着那很难相信的故事时，身体硬得如同一块板子一样紧紧靠着加娜·布兰德，非常艰难地呼吸着。

梅塞德斯车已开到了坎特伯雷。邦德慢慢凑到加娜·布兰德的耳边，小声地对她说，“我必须想办法跳下车去，然后得去打个电话，我想或许这就是我们唯一的希望了。”他努力挣扎着想要跪起来，他身体的重量差不多全部都压在了加娜虚弱疲惫的身上，令她几乎无法喘过气来。

突然，邦德感到有什么东西猛击在自己身上，使他仰面倒在了加娜·布兰德身上。

“要是再乱动的话你们就别想活了，”克雷布斯那让人讨厌的声音从前排座位上传来，他的话音里软中带硬。

估计再有二十分钟就到基地了！加娜·布兰德紧紧咬着牙拼命想要再次弄醒邦德。

可是，邦德刚刚被她弄醒，车子就已经在发射厅的门前停了下来。克雷布斯手里提着枪，麻利地解开了那绑缚着他们的电线。

他们看了一眼那在月光下的水泥门。在被推进那扇水泥门之前他们朝着稍远一点站成半圆形的卫兵瞟了一眼。克雷布斯将他们两人所穿的鞋子脱去。他们两人光着脚穿过门就被推进发射厅狭窄的铁制过道。

“探月”号在月光下闪闪发光，那枚气势壮观的导弹依然矗立在那里，显得清白无辜。然而在邦德看来，它就如同一根巨大的皮下注射针一样，很快就有可能被插入英国的心脏。

虽然克雷布斯始终不断地在后面疯狂怒吼，催促他们迅速往前走，然而邦德仍然在楼梯上稍作停顿，望着那枚导弹光灿灿的弹头。一百万人很快就会死亡，一百万，一百万……。

在他手上，希望上帝保佑！想要制止的话能来得及吗？

克雷布斯用枪逼着他跟在加娜•布兰德身边慢慢地从台阶上走下去。

当他从德拉克斯办公室的房门穿过时，突然从绝望的悲痛中振作起来。他再次变得头脑清醒，不再感到疲惫与痛苦。必须得采取一些措施了，不管怎样，需要想想办法。他的身体与意志已经变得极其敏感，两只眼睛也变得炯炯有神，战斗的情绪再次变得高昂而激越。

德拉克斯慢慢走到前面，坐在他的办公桌旁。一支卢格手枪拿在他的手里，枪口指向邦德与加娜•布兰德中间。

此刻，邦德听到两扇门"砰砰"关上的声音从背后传来。

"勃兰登堡师最出色的射手就是我。克雷布斯，先把她捆到那边的椅子上，之后把他也捆好。"德拉克斯仿佛是在和他交谈，语气显得非常平淡。

加娜•布兰德看着邦德，眼神里流露出绝望的神色。

"如果你开枪的话，就会点燃那些燃料。"邦德一边说着一边朝桌子的方向慢慢走去。

德拉克斯大声笑了笑，之后用枪口对着邦德的胸口。"英国佬，你太没有记性了，我曾经跟你说过，这间房子是被那两道门隔开的。如果你再往前走一步的话你就别想活命了。"他表情冷漠地说。

邦德望着那双充满信心的、眯缝着的眼睛，停住了脚步不再往前走。

"克雷布斯，现在，赶紧上前去。"

他们两人分别被结结实实地捆在离挂着玻璃地图的墙下只有几英尺远的两把钢管椅子上。之后，克雷布斯离开房间出去了。很快，他手里拿着一个机修工所用的喷灯回来了。

他将那个丑陋的东西放到桌上，摇了几下手柄，注进空气去，又将一根火柴划燃，然后在管口上点了一下。一股大概有两英寸多长的蓝色火焰呼呼喷出来。他手里拿着喷灯，走向朝加娜•布兰德，停在她的身旁。

"那么，现在，我们不要大惊小怪，来体验一下这个东西。克雷布斯在这方面可是一个专家。我们大家都喜欢叫他'刽子手'。我到什么时候也不会忘记他是如何对付我们一起所抓住的那个间谍的，我记得那是在莱茵河南边，是不是，克雷布斯？"邦德仔细倾听，表现出高

度的警觉。

“没错，上尉，那是一头比利时蠢猪。”克雷布斯一记起陈年往事，就得意非凡。

“好了，好了，你们俩给我记住了，这儿不存在什么对等的条件，也不存在什么令人振奋的运动项目，这并非是在做生意。”声音干脆利落，就如同是一鞭一鞭抽出来的一样。

“你，”他望着加娜•布兰德，“你是为谁工作的？”

加娜•布兰德不予回答。

“克雷布斯，你想怎么样就怎么样。”

克雷布斯的嘴半张着，他的舌头不停地舔在嘴唇上。在向姑娘迈出第一步的时候，他好像觉得呼吸都有些困难了。

细长的蓝色火舌从喷灯里呼呼吐出。

“赶快停下来！她和我都是为伦敦警察厅工作的。”邦德冷漠地回答道，“现在把这些情况跟你们说了也无所谓。因为伦敦警察厅到明天下午就再也不可能存在了。”

“你明白这个道理就好，”德拉克斯说，“那么，到现在为止有没有人知道你们被关起来了？你们有没有留下什么暗记或者打过电话给别的人？”

邦德心想：假如我回答是的话，那么他就会将我们两人立马枪毙，之后再将尸体藏起来。如果这样做的话，就会失去阻止“探月”号发射的最后机会。假如伦敦警察厅已经接到消息的话，那为何直到现在他们仍然没有派人到这里来？不，我们仍然还有机会和希望。那辆宾利汽车一定会被人发现的，瓦兰斯没有我的消息，也一定会设法采取行动的。

“没有。假如我已经通知了别人的话，那么想必他们现在早就该到这儿了。”他回答说。

“那倒是，”德拉克斯思索着说，“如果真是那样的话，对你们我就不会再有什么感兴趣的了，我对你们表示祝贺，因为是你们使谈话进行得如此顺利、融洽。假如是单独只问你一个人的话，或许就不可能这么容易。我认为像目前这种场面来说，对付一位小姐是非常有用处的。克雷布斯，把喷灯放下，你就可以出去了。通知其他的弟兄们去做自己该做的事。我要好好地款待一会儿我的客人，之后再到那间房子去看看。你要记得把车冲洗干净，尤其是车后座，另外，别忘了把车右手边的痕迹全部处理掉。告诉他们假如有必要的话就去掉所有的嵌板，或者干脆就把它彻底烧掉，我们再也用不着它了。明白了吗？”德拉克斯说完话后放声大笑起来。

克雷布斯勉强地把喷灯慢慢放到德拉克斯旁边的桌子上，狠狠瞪了一眼加娜•布兰德和邦德，嘴里说道：“是，上尉。你将很有可能会用得着它。”他说完之后穿过那两道门走出去了。

德拉克斯将手里那把枪放在他面前的桌上，然后拉开抽屉，抽出一支雪茄来，又从兜里掏出一个龙森台式打火机把烟点燃。他悠然自得地坐在那里抽烟，于是，这房间里安静了几分钟。

最后，他仿佛已经打定了主意，表情和善地望着邦德。

“你不知道我是多么多么需要一位英国听众，”他说话的神情就犹如是在对记者发表讲话一样。“你不清楚我是多么强烈地企图能让别人来听听我的经历，我的故事。实际上，有关我行动的所有详细过程全部都掌握在一些令人尊敬的爱丁堡律师的信封里面。”他边说边打量着两人。

“我已指示他们，那信封只有在‘探月’号发射成功之后才能打开。但是，你们两位真该算是幸运儿，能提前知道信封中所记录的所有内容。通过那开着的门你们将会在明天中午看到一切。”他用手指着右边，“你们将会在半秒钟内被涡轮机里第一次喷出来的蒸气活活烫死。知道这一切之后你们会感到瞬间的满足。”他脸上一副狞笑的神情。

“你这个德国鬼子，别说废话了，赶紧把你的故事讲完。”邦德粗声粗气地说道。

德拉克斯的眼睛突然亮了一下，“你说得一点都没错，我确实是一个德国人。”他那红胡子下的大嘴细细品味着这个让他觉得文雅的字眼。“所有的英国人很快即将承认，他们竟然被一个德国人搞垮了。到了那时候他们也许就不会再叫我们德国鬼子了，而是毕恭毕敬地对我们德国人说‘遵命！’，就好比所有普鲁士军人在阅兵场上整齐而又响亮地喊出来的一样。”

桌子这边的德拉克斯凝神望着邦德，他那红胡子下突出而丑陋的大暴牙不断地咬一只只手指甲。他的右手费了好大劲才塞进裤袋，好像是要抵御什么诱惑，左手却抽出一支雪茄来。他坐在那里默默无

语地抽了会儿烟，然后才开始慢慢讲他的故事。

第22章 恶贯满盈

“我的真实姓名是格拉夫·雨果·冯·德尔·德拉赫。我的母亲是英国人，也正是出于这个原因，十二岁以前的我一直在英国接受教育。但是后来只因我难以忍受这个充满污秽的国家，因此又到柏林以及莱比锡完成我的学业。”

邦德能够想象得到，英国私立学校肯定是不会欢迎像他这般丑恶的人的，即使拥有一连串伯爵的头衔也无济于事。

“我二十岁的时候找到了一份不错的工作，那是在莱茵伯尔思希大钢铁公司的一家子公司。据我猜测你应该从来都没有听说过吧。但是，假如在战场上的你曾被88毫米的炮弹击伤过，那么那枚炮弹很有可能就是我们制造的。我们公司里面有非常多的特种钢材方面的专家，我跟着他们学到了不少这方面以及航空工业方面的知识。也正是在那时候，我第一次听说铌铁矿，这东西在那时候的价值就相当于金刚石。在我入了党之后，战争就已经快要爆发了。那真是一个美妙的时刻。

28岁时我就已经成为了第140坦克团的中尉，我们的仗打得很顺利，一路横扫英军和法国，兴奋不已。”

德拉克斯大吸了一口烟，稍稍停顿了片刻。邦德猜想他可能是从那吐出的烟雾中记忆起了当时烧杀虏掠的情景。

“亲爱的邦德，你要知道，那是一些多么伟大的日子，”说完这句话之后德拉克斯伸手把烟灰往地上弹了几下。“后来勃兰登堡师选中了我，因此我只得告别法国的美女与香槟回到德国，从此接受对英国进行水路攻击大战的艰苦训练。师里要求我说一口流利的英语，并要求我们都要穿上英军制服，这听起来可能比较滑稽，然而有些混蛋将军却说这根本不可能行得通，然后我又被转到党卫队的秘密警察局。海德里希在1942年被刺身亡，指挥权就由党卫队的高级组头目卡尔腾布龙讷接管。他这个人还算不错，然而我却接受了另一个更好的人的指挥，他是一个高级冲锋队的头儿。他名叫奥托•斯科泽尼，他这美妙的名称中含有特殊的寓意。在秘密警察局里他是专门负责恐怖与破坏行动的。我亲爱的邦德，这真该算得上是一段美妙的插曲。在此期间我能够把很多英国人列入黑名单，我在这种工作中获得了不少快乐。”

“然而另一方面，”德拉克斯将拳头重重地砸在桌子上，“那些卑鄙的将军们居然出卖了希特勒，从而造成了后来英美联军登陆法国。”

“听起来真是太不幸了，”邦德冷漠地评价了一句。

“的确，实在是太不幸了，亲爱的邦德，”对他的冷嘲热讽德拉克斯并没有理会。“对于我个人来讲，这可真该算得上是大战的转折点。全部特工人员都被斯科泽尼编成狩猎协会，跑去敌人后方进行破坏与恐怖活动，每一个狩猎协会都被分成巡逻队与小分队，每队的指挥官都会被授予中尉军衔。所有小分队都以指挥官的名字命名。”德拉克斯越说越激动。

“我作为‘德拉赫’小分队的指挥官，于 1944 年 12 月同阿登以及有名的 150 坦克旅共同冲破了美国人的防线。毋庸置疑，想必有一个旅的威力你肯定也听说过，他们身上穿着美军制服，并且开着缴获的美军坦克汽车。当这个旅必须撤退的时候，我要求留了下来。在阿登森林里进行地下斗争，那里距离盟军的防线仅仅 50 英里。我们总共有二十人：其中有十个是中年人，另外的十个是年轻的希特勒部下的狼人。虽然我们仅仅只有二十个人，然而我们每个人都是精干的好手。而领导这群人的碰巧就是年轻的克雷布斯。他非常有才干，是我们这支小分队中的行刑人以及‘劝说者’。”德拉克斯说到这里咯咯地笑了一会儿。

邦德突然记起了克雷布斯的脑袋在碰到梳妆台时舔了舔嘴唇。他真后悔当时在他卧室中没有一脚把克雷布斯赐死。

“在丛林中我们总共待了六个月。”德拉克斯骄傲而又自豪地接着说，“我们时时刻刻都在用电台向祖国汇报我们那里的情况，至于我们的准确地点无线电探测车从来都没有测出来过。但是，有一天却发生了意外。”德拉克斯抬起头来思考了一下，“有一家大农户就在森

林里距离我们隐蔽点一英里远的地方，许多尼森式活动房就建立在它的周围。在那家大院里设有英美军队的后方联络指挥部。他们已经走投无路，纪律涣散，也不具备任何安全保卫措施，里面不过是一群食客以及各地开小差来的人。我们在认真观察了一段时间后，决定把它炸毁。行动非常容易：傍晚的时候我们派两个人，其中一个人身上穿着美军制服，另一个人身上则穿着英军制服，开着所缴获的那辆美军敞篷装甲侦察车，车上放着两吨炸药。有个停车处就在距离食堂不远的地方，那儿没有哨兵把守。他们需要尽量将车开得离食堂近些，同时将定时器定到开饭的时候，也就是七点，然后再偷偷地溜掉。行动就是这么简单。我在那天早上出外去干我该干的事，我的工作则由副官来接替。我将英军通讯部队的制服穿在身上，开的是一辆缴获时间不长的英国摩托，跑去附近不远的公路上伏击一个通信兵，那是一个每天都要经过那条公路的通信兵。我从路边紧紧跟在他后面，然后迅速赶了上去，朝着他的后背开了一枪。然后将他的文件拿走，又把他的尸体放在他自己的摩托车上，最后放火将尸体烧了。”

德拉克斯发现邦德的眼中满是怒火，他举起手。“做法比较残忍毒辣吧？然而我亲爱的伙计，必竟那人已经是一个死鬼了。但是故事还没算完，知道在我回到公路上的时候，发生了什么意外的事情吗？碰巧路过的一架我们自己的侦察飞机居然对着我冲下来就是一炮，要知道，这架飞机可是我们自己的！我被那炸弹爆炸的气浪抛出了公路。之后，我到底在沟里躺了多长时间，只有上帝知道。到了下午，我似乎有了一点知觉，这个时候才想起来要把军帽、外套以及那些急件全部都藏起来。

“之后我迅速把它们藏在附近的矮树丛中，很可能它们现在仍然还在那里。如果有机会我一定会去把它们取回来留作纪念。之后，我把我的摩托放火烧掉了。再之后我所能记得的事就是一辆英国汽车发现了我并把我带到那个联络指挥部去了。随便你相不相信，装着炸药的那辆敞篷车仍然还在靠近那个食堂的地方停着，我当然也没能在爆炸时逃脱厄运。炸弹将我全身上下炸得都是伤，而且还炸断了一条腿，疼痛使我昏厥过去。当我醒来时，就已经躺在了医院，而且也只剩下了丑陋的半张脸。”

他抬起手来朝太阳穴到脸上的那部分发亮的皮肤摸了几把。“从那以后，一切只不过就只是一个演戏的问题而已，他们根本就没有办法弄清楚我到底是谁，发现我的那辆汽车已经开走，也可能早就已经被炸得粉碎，我成为了一个穿着英国衬衣和裤子的差点丧命的德国人。”

德拉克斯说到这里又停顿了一下，点燃了另一支雪茄继续吸着。房间里是一片寂静无声，只能听到那个喷灯微弱的呼呼声。邦德明白，那是因为喷灯的压力很快就要没了。

沉默了一会儿之后，邦德转过头来看着加娜·布兰德，对于她左耳后边的那块难看的伤痕他还是第一次看到。为了能让她振作起来，他朝着她笑了笑，加娜·布兰德扭过头来回笑了一下。

德拉克斯长长地吐出一口烟雾，继续说道：“已经没有更多可讲的内容了，我在那段转院的日子里，一步一步周详地展开了我的计划。也就是对英国进行报复的这个计划，报复它给我以及我的国家所带来的灾难。我得承认，我为这个计划着迷。他们那时每天都在我的国家进行疯狂的掠夺，我对英国的仇恨和蔑视随时间的流逝在不断地增加。”

德拉克斯的脸色开始变得极为难看。他突然猛烈地敲击桌子，对着他们两人疯狂怒吼：“我永远憎恨你们这些人，我讨厌你们这些愚蠢的猪猡！你们这群颓废、无用的傻瓜！你们就知道躲在血迹斑斑的白色悬岩后边，坐山观虎斗，让别人来为你们作战。你们这群无用的家伙，连自己的殖民地都保不住，你们就懂得手拿帽子去阿谀奉承美国人。你们这些见钱眼开的势利鬼，哼！”他又手舞足蹈得意忘形了。“我很清楚要想完成这个计划的话，我最需要的东西就是钱。绅士！见鬼！对我来说，绅士不过是我可以利用的人，比如那些涉世不足什么都不懂的傻瓜，那些腰缠万贯的笨蛋，‘长剑俱乐部’的那伙人。就在你破坏我的计划之前的几个月里，我已经从他们眼皮子底下骗走了上万英镑。”

德拉克斯将眼睛眯缝起来，“你那次到底放了什么东西在烟盒上？”他警觉地问。邦德只是耸了耸肩，“放了我的眼睛而已”。

“哦，我想那天晚上我可能是粗心大意了点，才会栽到你的手里。但是我讲到哪里了？哈，想起来了，在医院。那些大夫们好心而又热情地急于帮我查清我的真实身份，”他哈哈大笑起来，“那非常简单，简

直是太简单了。”他眼睛里流露出狡猾奸诈的眼光。“后来根据他们的鉴定，我就成了现在的雨果·德拉克斯。也真是太碰巧了！我从德拉赫变成了德拉克斯！”

“有一段日子，我装做自己就是德拉克斯。他们简直高兴极了，‘没错，’他们说，‘当然就是你了。’大夫兴高采烈地硬要我穿他的鞋子。我没办法只好照他说的做，然后我穿上他的鞋子从医院出来，在伦敦城里闲逛，寻找机会杀人越货。终于有一天，一个犹太高利贷老板就在皮卡迪利上面的一个小办公室里被我发现，”说到这里，德拉克斯将语速加快，所说出来的话就如同是从嘴唇里跳出来的一样。邦德发现他的嘴角上已满是唾沫星子。“哈，非常容易，我朝着他的那个大秃驴脑袋狠狠一砸，就到手了一万五千英镑。然后，我离开伦敦跑到国外。来到了丹吉尔。那真是个让你能够为所欲为的地方，在那里任何东西都能够买得到，并且也什么东西都能搞得到，是一个可以买得到制造装配任何东西的地方。铌砂矿就是其中之一，那是一种比铂还要稀有少见的东西，很多人都希望能够得到它。对于这方面的价值，我在螺旋桨飞机的时代就已经非常了解。我还没有生疏自己的专业。我开始准备努力工作。我在五年里拼命地赚钱，如同狮子一样勇往直前，多少次九死一生。很快，我的第一个一百万到手了，接着就是二百万，然后一千五百万、两千万也有了。我再次回到英国，只花了一百万，整个伦敦几乎就成了我的囊中之物。再之后我又回到德国寻找到克雷布斯同另外十五个人。他们都是忠心不二一心为国效力的德国人，同时也是杰出的技术人材。就如同是我的所有其他老同志一样，他们全部都使用化名潜居在德国。我通知他们让他们听候我的消息。之后，你猜猜我又到了哪里呢？”德拉克斯眼睛睁得很大，看着邦德。

“之后我去了莫斯科，莫斯科！只要是能够出售铌砂矿的人不论到什么地方都是畅通无阻的。我在那里找到了一些右翼分子，在听取了我的计划之后，他们都竭力表示支持，并给我介绍了佩纳明德导弹基地的新秀，也就是你们所知道的沃尔特博士。他是一位导弹专家。于是这位好心的俄国人便开始研制原子弹，”他朝着天花板打了个手势，“正在上面等着。之后我再到伦敦，给女王写信，并向议会致了函，他们居然还给我进行了加冕典礼。最后我成功了，为德拉克斯欢呼雀跃吧。”他疯狂大笑起来。“整个英国就在我的脚下，全英国的傻瓜也都在我的脚下。我把我的人全都带来了，于是我们开始了秘密行动。所有人身上都穿着不列颠的外衣，我们在它著名的悬岩顶上如同魔鬼一般努力地工作，并在你们英吉利海峡上建立起了一座码头，那是用以接运我们的好朋友为我们送来的物资的。也就是那些俄国人，那些在星期一的晚上准时来见上帝的俄国人。然而，后来泰伦好像知道了什么事。这个又老又笨的家伙，他在给部里打电话的时候，却并不清楚克雷布斯就在隔壁并且偷听到了他的汇报。之后就有十五个人自愿报名要去把他干掉，在抽完签以后，巴尔兹抽中了死签，因而他承担重任并英勇献身，”

停了一会儿，德拉克斯说：“人们会永远怀念他的。”他继续道：“在现场，新的导弹已经运来装好。一样的重量，独特的设计。这个时候，我们那艘忠实的潜艇正在返航。很快就将要……”他瞅了瞅时间，“它很快就将潜过英吉利海峡，到了明天午后一分就会把我们全部都接走。”

德拉克斯用自己宽大的手背擦了擦满是唾沫的嘴，又躺回到那把椅子中，他双眼充满幻想地凝视着天花板。然后又突然神经质地放声大笑，用一种怪异的眼光死死盯着邦德。“当我们全部上岸后需要做的第一件要事你知道是什么吗？那就是要剃光你曾经非常感兴趣的这些胡子。我亲爱的邦德，在你发现了我们的一些蛛丝马迹之后，本应顺藤摸瓜，可你没那样做。要知道那些剃光了的头以及各式的小胡子都是一种非常好的化妆。不妨尝试一下，如果把你的脑袋也剃光，再留上那么一圈黑胡子，相信就算是你的母亲也无法认出你来。这可真该算得上是一种非常不错的化妆术，但也不过只是一个小小的精心安排。精确而谨慎，所有的细节都要精确谨慎，这就是我的格言。”他不住地大笑着，嘴里吐出一团团蓝色的烟雾。

突然，他警觉地抬起头来看着邦德。“好了，你们两个不要傻呆呆地闷坐在那里，该轮到你们说话了。你们感觉我的故事如何啊？是不是非常不同寻常啊？如此多的轰轰烈烈的事都是我一个人完成的，这难道不是只有我这样的杰出而卓越的人物才可以做得到吗？赶紧，说说你们的看法。”他将一只手放到嘴边，兴致勃勃地咬起指甲来。然后，又将那只手放回到衣袋里，他的眼光变得凶狠、残暴。“要不然，我

还是把克雷布斯叫来吧,你们觉得如何啊？”他朝着桌上放置的喷灯指了指。“我们可爱的克雷布斯,他真可谓是一个最有办法让人开口说话的人。不然的话又怎么会称他为‘劝说者’呢?沃尔特或许也能够做得到,他一定可以给你们两人留下什么永恒的纪念的。他是一个不具备什么软心肠的人。需要我去把他们叫来吗？”

邦德这时终于开口了,“没错,你的确非常了不起。”他表情平静地望着桌子对面德拉克斯那张红红的大脸。“这确实算得上是一部与众不同的个人发展史,一个奔马型的偏执狂,心中满是忌妒与迫害、仇恨与复仇等狂想和妄想,确实非常离奇。”邦德接着说,“这或许跟你那副牙齿的毛病有什么关联,人们称之为‘牙缝’,这种病的起因是你小时候就爱吸吮自己的手指。没错,我想如果你进入疯人院的话,那么心理学家就会这么跟你解释:你以前长有‘吃人的牙齿’,你在上学读书时就经常受到别人的欺侮。接着,你接受了纳粹主义的疯狂洗炼,毫无疑问,这就等于是为你火上加油,然后就是你这个丑陋的大脑袋被炸,恶魔进入你的脑子并控制了你,使你为之疯狂。就好比自以为是上帝的那些人一样,让人难以想象地固执残忍。你最后的下场也非常简单,可能是如同一条疯狗一样被打死,也可能是你将自杀身亡。你没有其他的选择。这简直是太糟糕了,简直可谓糟糕透顶了。”

邦德稍稍停了一下,然后轻蔑地说:“那好,既然这场滑稽戏还没有收场，那我们不妨继续往下演吧。你这个丑陋的、让人作呕的疯子。”

邦德一翻毫不留情的辱骂气得德拉克斯脸都变了形，眼睛里冒着火,如同喷灯一样,汗珠从下颚不停地淌在衣服上,他宽大的嘴唇努力向后扯着露出了那口难看的缺牙，他的下颚上挂着流出来的口水。或许是他记忆起了当年在私立学校时曾经遭受的欺侮以及由此引起的那些痛苦的回忆。他腾地从椅子上跳起来,迅速绕过桌子冲向邦德,用他那满是汗毛的拳头狠狠砸向邦德。

邦德用力咬紧牙关,忍受着。

发泄了两拳之后，德拉克斯不得不把倒下的邦德连人带椅子扶起来。他的狂怒瞬间消失了。掏出丝绸手绢擦了擦脸和手,之后平静地走向房门，还没忘转回头对加娜说了一句:“你们两个绝对不会再有给我找麻烦的机会了，因为在捆绑方面克雷布斯从来都没有犯过什么差错。”

他朝椅子上浑身是血的邦德指了指，说：“等到他醒来之后，你可以跟他说，这扇门还将会打开一次。也就是在明天的正午。不过门打开几分钟之后，你们两人就将尸骨无存了，”在拉里面那道门时他又回过头来附加了一句，“即便是你们嘴里那些补牙的材料也都会不留一丝痕迹。”然后只听见外面的那道门砰地关上了。

邦德的脑袋渐渐地抬起来，他沾满鲜血的嘴唇痛苦地张了张朝着加娜咧咧嘴。“一定得把他气得发疯，”他显得有些费力地说，“绝对不可以让他有思考的时间，必须让他的脑海愤怒得犹如疯狂的怒涛，这样我们两人才会有脱身的机会。”

加娜·布兰德感到疑惑地望着他，她睁大眼睛，一脸疑问地盯着他那张可怕的面孔。“好了？”

邦德脱口说出，“不必担心，伦敦一定不会出什么问题的，我已经想到解决的办法了。”这时只听得一声微弱的“扑哧”声，那是前面桌子上放置的喷灯发出来的，喷灯的火焰已经在倾刻间熄灭了。

第23章　金蝉脱壳

邦德看着那个喷灯，他的眼睛半眯着。有好几秒钟他呆呆地坐在那里纹丝不动，他是在恢复体力。他感到自己的脑袋就好像是一个足球一样被踢来踢去，但却并没有损伤内部结构。德拉克斯的打法非常不科学，也不过是如同一个喝醉了酒的次中量级的拳击手向他出击。

加娜·布兰德很担心他。他那张脸像开了花，已经血肉模糊，眼睛是闭着的，他腭部的线条由于静心思考而绷得非常紧。能够看得出来他正在用顽强的意志努力地支撑着。

他将脑袋用力地摆了一下。当他再转向她时，加娜从他的眼睛里看到了喜悦的神色。

邦德朝着桌子的方向点了点头，“看到桌子上那个打火机了吗？”他语气急切地问。“我刚刚是故意把他激怒的，愤怒之下的他果真忘

记拿走那个打火机了。现在跟我来，我告诉你应该怎么做。”他将绑在自己身上的那把椅子一点儿一点儿地慢慢向前移动，“但愿老天保佑不要翻倒在地上，我们一定要拿到它，而且要快，否则时间一长的话喷灯就要冷却了。”

在其他人看来，他们似乎是在玩小孩子们玩的游戏一样。小心翼翼的加娜•布兰德跟着他慢慢移过去。

挪动了一会儿之后，邦德叫她停在桌子旁边，他自己则渐渐移动到德拉克斯原来所坐那把的椅子跟前，再想办法把自己调整成一个合适的姿式，对准目标之后，他猛地一斜，一个起伏，椅子往前一倾，他的头伏了下去。当他费力地用牙齿咬住打火机时，感到牙齿碰得很疼。然而那个打火机此时已被他的嘴唇衔住，它的顶部已在他的口中。接着，他又艰难地移动椅子回到了原位，力量用得非常合适，因而不至于使椅子翻倒。然后，他非常有耐心地开始朝着加娜•布兰德移动。克雷布斯丢下的喷灯就在她身旁桌上的一角放着。

他稍作休息直到呼吸平稳。“接下来我们就要开始最艰难的部分了，”他语气坚定地说，“我来点燃喷灯，你转过椅子去，尽力让你的右臂挨近我前面。”

她会意地按照他说的去做，邦德晃动着椅子，这样就可以斜倚到桌子边上，以便让自己的嘴能尽力伸过去用牙将喷灯的把手咬住。

他把喷灯慢慢移动到自己跟前，尽管非常吃力，但最后终于成功地把喷灯和打火机摆成适当位置。

稍微休息一小会儿之后，他弯下腰来用牙齿关上阀门，又用嘴将加压柄升起，接着再用下巴压下压柄以便给喷灯加压。他的脸仍然还能感觉到刚刚熄灭的喷灯所散发出来的余热，甚至还能够闻得到喷灯烯气的余味。只要还没有彻底冷却，他就有使这东西再次燃烧起来的办法。加完压之后，他直起身子。

“接下来就只剩下最后一步了，”他转过头来对加娜•布兰德笑着说，“也许我会令你受一点伤害，不会有什么关系吧？”

“当然没有关系。”

“那么好吧，现在我们就开始。”邦德弯下身子去，先将喷灯罐左边的安全阀打开。之后，他动作麻利地把嘴伸到打火机前，打火机的位置放得非常合适，正好就在喷灯的喷头下，他迅速用牙按下打火机的打火柄。

这真该算得上是一个惊人的特技动作，虽然他的脑袋如同蛇一般地快速地缩了回来，然而喷灯骤发的蓝色火焰仍然舔了一下他那青一块紫一块的脸和鼻梁，使他疼得直喘粗气。

那瓶汽化的火油再一次嘶嘶地吐着火舌。他甩甩头，将两行疼出来的泪水抖掉，又把脑袋弯到适当的角度，再次用牙齿将喷灯的把手咬住。

在喷灯的重压下他的上下颚就如同要断裂了一般，前面的牙齿稍稍一用力就会听到咯咯的响声，然而他仍然还是小心翼翼直立起椅子来移开桌子，之后弯下腰，伸长脖子，直到喷灯吐出的蓝色火焰对准了捆绑在椅子和加娜•布兰德右手腕上的绳子。

他努力使火焰尽量保持稳定，然而却无法做到。牙齿有时候稍一抖动，喷灯的把手就会晃动，那蓝色的火苗就会喷到加娜•布兰德的前臂。加娜紧紧咬着牙关，口里喘着粗气。幸亏这种烧灼的痛苦不至于持续时间太长。在高温下开始溶化的铜线一根一根断开了。加娜•布兰德的右手突然恢复了自由，她立即伸手取下邦德嘴上的喷灯。

邦德感到嘴巴已经麻木，脖子酸疼。他将身子坐直，扭动了一下僵直的脖子，让血液在酸疼的肌肉中畅快地流通起来。

还没等他反应过来，加娜•布兰德已弯腰烧断了绑缚在他臂上和腿上的电线。他也恢复了自由。

邦德将眼睛闭上静默地坐了一会儿，等着再次振作起来。此时，他突然惊喜地感觉到加娜•布兰德那柔软的嘴唇已吻到了他的嘴上。

等他把眼睛睁开，加娜•布兰德正站在他的面前，欣喜的光芒在她蓝汪汪的眼睛中闪动。“这是对你出色成绩的奖励。”她面带笑容认真地说。

“你是一位让人觉得非常可爱的姑娘。”

说完这话，他很快意识到摆在自己面前的工作，意识到或许她还可以幸存下来，然而他自己却仅仅只能活几分钟了。他再次闭上双眼，以免他那失望的神色被加娜•布兰德看见。

当看到了他脸上的表情，加娜•布兰德转身走开了。她猜测这可能是他疲劳过度的缘故。她猛然回想起有一些过氧化物，就放在她办公室隔壁的盥洗间里。

她从那扇通道门走过去，当她再一次见到自己所熟悉的东西时感到非常奇怪。她发觉房间里一定有人来过，并且还用过她的打字机。然而，这一切在此时来说都已经不那么重要了。她耸了耸肩膀，进了洗手间，冲着墙上的镜子照了照。真是好一副模样！简直是累得疲惫不堪！然而，她已经没有时间顾及自己，她赶紧取了条湿毛巾和一些过氧化物，又回到邦德所坐的地方，轻轻地为他清洗脸上的伤。

邦德的一只手放在加娜的肩膀上，他静静地坐在那里，目光里充满感激地看着她。当她又回到房间，把洗手间的门关上之后，邦德直起身来关掉仍然嘶嘶作响的喷灯，之后走进德拉克斯的洗澡间。他将身上的衣服脱光，淋了大约五分钟的冷水澡。“必需得为自己准备后事。”他沮丧地望着镜子里自己那倦容满面狼狈不堪的样子，呆呆地思考着什么。

他把衣服穿好，又回到德拉克斯那张办公桌前，认认真真地搜查了一遍，总算是没白费力气，弄到了一样宝贝——半瓶威士忌。他取出两个酒杯来，又掺了一些水，喊着加娜•布兰德。

盥洗间的门开了。“那是什么？”

“半瓶威士忌。”

“你自己先喝吧，估计我再有一分钟差不多就洗完了。”

邦德看了看瓶子，把自己那只杯子注满大约四分之三，两口就喝完了。然后他微笑着将一支烟点燃，非常过瘾地吸着，他静静地坐在桌子边上，他能到感觉到自己从胃到脚都已经被酒精烧热。

他再次将瓶子拧开认真地凝视着。他为加娜•布兰德倒了不少酒，并且也为自己斟满了一杯。

加娜•布兰德走了进来，此时的她已完全变了个模样。邦德感到她看起来依然和第一次见她时那样漂亮迷人。即便是眼圈上脂粉不能遮住的疲惫以及手脚被捆的痕迹，也丝毫不会有损于她的美丽。

邦德将手中的酒杯递给她，自己也端起一杯来，之后他们相视而笑。

喝光了这半瓶酒，邦德站起身来。

“听我说，加娜•布兰德，”邦德决绝地说，“现实是我们必须面对的，一定要度过这个难关。因此，我必须直白地告诉你。”他感觉到她的呼吸变得急促起来。“我必需将你关在这里。”

“之后，”他继续着，同时他的右手拿起那个起着关键作用的打火机。“我要从这里走出去再关上门，然后我要到‘探月’号下面去抽我的最后一支烟。”

“上帝啊，”她小声说道，“你在胡说些什么疯话？你真是疯了。”她眼睛睁得大大的恐惧地望着他。

“没有什么奇怪的，”邦德有些不耐烦了。“如果不这样做的话，又能想到什么其他的办法呢？爆炸非常恐怖，所有的人都将失去知觉。目前谁也做不到不与爆炸气体接触。或者是我，或者是身在伦敦的百万人民。如果弹头不发射的话，那么原子弹头就起不了什么作用，很可能它就会被慢慢熔化掉。”

邦德抬头深情地望着加娜，接着说：“可能这会是你仅有的一次逃生机会。假如我能开动地面上的机器的话，那么那些爆炸物的大部分就会经由顶盖朝着阻力最小的方向上炸开，并且也会向下炸向排气道。”他装作无所谓地笑了笑，“高兴点，”他一边说着一边向她走过去，抓着她的一只手放在自己手里。“现在已经到了最的关键的时刻，我已经没有其他的选择了。”

加娜•布兰德将手缩了回来，她非常气愤地说，“我不同意你的说法。我们还应该再想想其他的法子，你根本不相信我会想出什么办法，只懂得跟我说你认为我们需要做什么。”她走向墙上贴着的地图，将开关按动，认真关注着那张假的飞行图，“不用说，假如必需得用打火机的话，那也只有这样办。然而你要是打算一个人单枪匹马去站在那些恐怖的浓烈烟雾中，轻轻拍打那东西，之后再被炸得粉身碎骨、尸骨无存。那是绝对不可以的。假如非要这么做不可的话，那我们两人就得一块儿行动。我情愿自己被烧死在这里，”稍稍停顿了一下之后，她又说：“我也要同你一起行动，我们两人在这里是同生共死的。”

邦德很受感动，他向她走过去，伸出一只手来搂住她的纤纤细腰，之后把她紧紧拥入怀中。“加娜•布兰德，你真是太可爱了。假如还有什么其他办法的话，我们倒是不妨试试，然而，”他瞅瞅表，“此时已经过了午夜，我们需要马上作出决断。德拉克斯随时有可能派人来探视我们两人的动静。谁知道他何时会下来调整陀螺仪。”

“噢，对了，陀螺仪！”加娜•布兰德如同一只猫一样弯曲着身子从他的怀里挣脱出来，她的嘴巴大张着，她异常激动地看着他。“陀螺

仪，”她喃喃道，“我们可以调整陀螺仪！”

她虚弱无力地在墙上靠着，睁大的眼睛望着邦德满是疑惑的脸。“你还没有明白过来吗？”她甚至有点歇斯底里了。“我们可以等到他走后，把那个陀螺仪再转回来，也就是转回到他最初的飞行路线，如果那样的话，那么导弹岂不是就仍然可以落回到它最初设定的北海，而不至于落到伦敦了吗？”

加娜•布兰德激动得双手用力抓住他的衣服一步一步离开墙边，她用恳切的眼神凝望着他，“我们这样做能行得通吗？”她问。

“那你清楚其他的装置吗？”邦德机警地问。

“我当然清楚了。”她急不可待回答说，“我已经都和它们打了一年的交道了。虽然我们无法得知关于天气的报告，但仍然可以试一试碰一碰运气。今天早上的天气预报与现在的天气情况差不多。”

“上帝啊，这真是个不错的办法，”邦德说，“我们可以行动了。问题的关键是我们两人必须得在什么地方藏起来，使德拉克斯认为我们已经逃跑了，只有这样我们才能接着进行下一步。此外，我们还得先弄清楚雷达的情况，也就是在伦敦的那个导航仪器，不就是它使导弹偏离弹道然后引导到伦敦的吗？”

加娜•布兰德直摇头。“它的有效范围仅仅只有一百多公里。一旦导弹进入轨道之后它就没有控制力了。你要相信我的计划肯定是没错的。问题的关键点是我们应该藏在哪里呢？”

“我知道了，我们可以藏在一个排气道里，快，跟我来。”

最后他扫视了一下房间，把那个打火机揣进身上的口袋里。或许这个打火机将会是他们最后能够求助的工具，任何其余的东西对他们来说都是于事无补的。他尾随着加娜•布兰德进入那个带有一点亮光的发射竖井，之后他去摆弄那个控制排气道钢盖的仪表板。

有很多开关都在仪表板上。他迅速检查一遍之后，将一个极其笨重的操纵杆由“关”扳到“开”，只听得一阵微弱的嘶嘶声随即传来，那声音是从墙后的液压装置中发出来的。

伴随着那种嘶嘶的声音，两个半圆形的位于导弹底座下的钢板被打开，渐渐滑回到槽里。邦德走了过去望向下面，他看见那宽大光亮的钢制排气道向远处延伸着，一直延伸到海里空心水栅栏的拐弯处。反射在那钢壁的穹顶上的他的身影，就好像是哈哈镜所照出来的怪人一样。

邦德再次来到德拉克斯的办公室，将洗澡间的窗帘一把扯了下来。加娜•布兰德同他一块儿把窗帘撕成了条状，然后再把这些布条一点儿点儿接起来。那最后一根布条邦德将它的顶端弄成断裂的形状，这样可以让人误以为是布绳断了。之后他又把绳子的另一头拉到“探月”号三块舵片中的一块上，再把那条布制的绳子放下排气道悬起。

虽然说，这种伪装并不难被识破，然而这至少能够多争取一些时间。

那个既大又圆的通风道口，每隔 10 码就有一个，共有 50 个，它高出地面 4 英尺。他们将那用链子拴着的栅栏小心地打开，朝上边望了望。在外面 40 英尺的地方，能看见朦胧的月光。他猜想，如果从这些通道直走出去的话，那就应该是还在基地里面，假如再向右拐弯的话就应该是通向基地墙外的栅栏。他们两人需要往右拐。

邦德身子动了动，他伸出手来去摸通风道的表面，摸到了粗糙的混凝土。当他的手摸到了一个突起的地方之后，就心满意足地嘟哝了几句。这是通风道壁上钢筋被切断的断头部分，因为通风道在这儿被打了洞。

这是一件非常艰苦的工作，他们如同登山运动员艰难地爬上一道道岩缝一样慢慢爬进一个通风道，就藏在一个拐弯的地方。可是即便是这样也未必就一定能够逃得过那种彻底的搜查，然而一到了早晨，将会有很多从伦敦赶来的官员来到基地周围，那时就算德拉克斯想要彻底搜查也不可能了。

邦德弯下腰来，加娜踩着邦德的背慢慢往上爬。大约过了一个小时左右，他们两人带着满肩与满脚青一块紫一块的碰伤与划伤，虚弱无力地在上面的拐弯处躺着。两个人紧紧地抱在一起。

五点，六点，七点。

夜晚已经过去，红红的太阳冉冉升起，悬岩上的海鸥开始歌唱。远处突然出现三个身影走向他们。然后看见两列队列整齐的卫兵昂首阔步去换夜间值班的岗。

邦德同加娜疲乏的眼睛半眯着，他们已经看清了德拉克斯那张桔红色的脸，沃尔特那灰白稍稍带有点褐色的面孔，以及一看就知道

是睡过了头的克雷布斯。

三人脸上的表情如同刽子手一样，一句话不说。德拉克斯把钥匙摸出来，把门打开之后三个人寂静无声地依次进入，距离邦德与加娜•布兰德藏身的地方仅仅只有几英尺远。他们两人感到全身都紧张起来。

围着排气道他们三个人在钢楼板上不停地走来走去，使得那咣咣声不断地从通风道上传出来，在接下来的整整十分钟都没有听到任何声音。邦德一想到德拉克斯动怒和惊恐的样子、沃尔特博士唠叨的责备，就在心里暗暗发笑。就在这时，下边的门突然打开了，最先听到的是克雷布斯匆忙地呼喊卫兵的急促声，接着是那群卫兵的跑步声。“英国人，”克雷布斯的声音歇斯底里地喊着，“他们逃走了。上尉先生猜测着很可能他们就藏在某个通风道里，因此我们必需想出什么主意来找到他们。然后打开所有的防尘帽，上尉会在每个通风道上都插上蒸气软管。假如他们两个真在里边的话，一定会被烫死的。赶紧过去叫四个人来，让他们全都戴上橡胶手套，把防火服也穿上，到下面去打开热压器。通知其他的人也都听着，看能否听见有惨叫声，全都明白了吗？”

“遵命，”卫兵赶紧跑回队伍去。急得大汗淋漓的克雷布斯也再一次隐入屋里不见了。邦德在那里纹丝不动地躺了一会儿。

他们的头上在防尘帽打开的时候响起了轰隆隆的声音。

蒸汽软管！对这东西他曾听说过，它可以用来对付舰上的兵变以及工厂里的闹事，那么是否它能够伸到 40 英尺远的地方？它始终都是有压力的吗？需要用几台锅炉来给它加热呢？总共有五十多个通风道，该从哪一个通风道开始加热呢？在他们已经爬过的通道上是否已经留下了什么痕迹呢？他们两人能撑得过去吗？

他知道加娜•布兰德在期待他来为她解释这些问题，并期待着他能够采取什么保护措施。邦德将自己的嘴凑近加娜•布兰德的耳朵，“或许我们会受伤，只是没有办法预测到究竟会伤到怎样的程度。这是无法避免的。所以我们只有忍住，千万不能出声。”他能感到她的肩膀温存地压着他的身体。“抬起你的膝盖来，你不必害羞，这个时刻可不是装稳重少女的时候。”

“你给我闭嘴，”加娜•布兰德很不高兴地小声说，“你不要总是说傻话！”他感到她抬起了一只膝头伸进了他的大腿之间，他的一只膝头也跟着学着她的样子，一直伸到已经无法再动为止。她的头在他的胸前紧紧地靠着，他的衬衣遮盖起她的半个脸来。他拉起衣领。除了两人相互拥抱着把脸藏起来之外，已没有什么别的安全措施了。

他们感到一阵发热，全身从上到下开始痉挛，无声无息。邦德突然觉得等待中的他们两人就像是未成年的情侣一般。

在四周沉寂了一会儿之后，能听见嘶嘶的声音从远处传来。已经开始放蒸汽了。加娜·布兰德的心在邦德胸前紧张地跳动，她不清楚到底会发生怎样的事情，然而她非常信任他。

“很可能我们会受伤，会被蒸汽灼伤。不过我们都不会死，勇敢一些，千万不可以出声。”“我没什么问题。”她的声音虽小，但却带着气愤。邦德感觉到她的身子又靠近了一些。

呼呼呼，这声音越来越靠近他们了。

呼呼呼，仅仅只剩下两个门了。

呼呼呼，已经到了隔壁那道门了。

已经能够感觉到一股潮湿的气雾向他们喷了过来。

抱紧点，邦德对自己说。他紧紧地把加娜·布兰德抱在自己的怀里，同时屏住了呼吸。

赶紧，赶紧完吧，你这该死的。这时，他们感到有股非常有力量的热气喷了进来，他们两人的耳朵都在嗡嗡作响，全身上下犹如火烤一样疼痛。

然后就是死一般的寂静。他们只感到脚踝和手上时冷时热，浑身上下如同虚脱一样汗流浃背，气闷窒息，只想大口大口地吸进新鲜的空气。

他们两个人的身体慢慢地分离开来，以便相互间腾出一点空间，这样可以让身上已经起了水泡的皮肤能够多多接触一些空气，他们呼哧呼哧地大口喘息着，那张开的口，恰好能够接住从混凝土壁上掉下来的水珠。他们弯下腰来吐出嘴里的水让其沿着潮湿的身体往下流，流过他们烫伤后灼痛的脚面，又流淌到他们爬上来时经过的那个通道竖墙上。蒸气管的呼呼声渐渐变小，直至死一般的沉寂。除了他们两人急促的呼吸声以及邦德手表发出的嘀嗒声外，几乎再也听不到任何其他的声音。

两人静静地躺在那里，一动不动，身体上承受着剧烈的痛苦的煎熬。

半小时——半年——或者更长的时间，他们听到了德拉克斯，沃尔特以及克雷布斯三人离开的声音。

为了以防意外出现，那些卫兵们都要留守在发射厅里。

第24章　导弹发射

“这么说，你们全都赞同？”

“没错，雨果先生，”军需部长说。那个熟悉而又瘦小的身影邦德已经认出来了。

“那些装备已全部经过我的人以及空军部的检查。”

“那么，我感到非常抱歉，失陪一会儿。”德拉克斯手里拿着一张纸，转向发射厅。“雨果先生，请你就把那张纸那样拿着，然后手举在空中。”

快门一闪，像机咔嚓一声，最后一张相片终于照完了。德拉克斯转身走向发射厅。

一帮记者从混凝土平台上渐渐散去，仅仅只剩下一伙神色紧张、叨叨不停的官员在那里等待着德拉克斯回来。

邦德看了下时间，这时候是十一点三刻，这个该死的，赶快，他想。

他在心里重复了数百次加娜告诉他的那些数据。他不断地活动着身体的四肢，尽量让自己的血液流动保持畅通。

“赶紧准备好，”他对着加娜·布兰德的耳朵小声说，“你没关系吧？”

他感觉到姑娘在对自己微笑。“我没什么问题。”加娜说，事实上，她的四肢也已经满是水泡，并且肘部擦伤得非常严重。

他们只听见下面的门“砰”的一声关上了，然后听见了咔嚓的上锁声。在前面开道的是五个卫兵，德拉克斯手里拿着一张假数据，大摇大摆地来到那群官员面前。

邦德又看了下时间，十一点四十七分。“现在马上开始行动，”他小声说。

“那么祝你成功，”她眼睛望着邦德说。

邦德小心地地扭动着身子，他的双肩慢慢地伸直又收缩着，他的双脚带着水泡与血污，硬撑着勉强地蹬着那突出来的钢筋，他在四十英尺长的通道里开始慢慢向下滑。他在心里默默地祈祷，希望加娜在跟着下滑时能够忍受得了。

他最后总算是落在盖板的栅栏上了，那股冲力甚至震疼了他的脊骨。他根本不顾及身上的疼痛，立即来到那钢制的地板上，然后迅速转身奔向楼梯。两道红色的脚印留在地上，从他擦破的双肩直往下滴血。

拱架早就已经被撤除了，从敞开的屋顶透进强烈的日光来，与蓝天白云相互衬托。邦德感到自己就如同是在一个非常巨大的蓝宝石里往上爬一样。

那枚发亮的导弹四周，听不见任何声音。邦德在一片万籁俱寂中听到了“探月”号金属座上发出的急促而又令人恐怖的嘀嗒声。

他汗流满面，大口喘着粗气，好不容易爬到铁梯尽头，总算来到了控制室附近。有一辆导弹拖车摆在他面前，那辆拖车上的三角架吊臂折叠着靠在墙上。邦德手握着操纵杆，吊臂渐渐伸直向下朝着发着光亮的导弹外壳的缝隙伸去，陀螺仪的舱门就在那条缝隙里边。

当那吊臂刚刚靠到那条缝隙，邦德就沿着吊臂一直爬过去。如同加娜·布兰德所描述的那样，果然那个陀螺仪舱门上开关的大小就像一枚硬币。邦德轻轻一按，就听见咔嗒一声，它的小门被弹簧弹开了。邦德进舱之后小心翼翼地摸索着。几个微微发光的手柄就在醒目的罗盘罗经卡下面。邦德一转，一扭，就将它固定了，那是管卷轴的。现在该轮到摆弄螺距与偏航了，他仔细地一转一扭，很快也稳固了。他又瞅了一下手表，只剩下四分钟了。千万不能惊慌，缩回头去，把门关上。再爬回铁梯口。碰到墙上的吊臂发出了铿锵声。他顺着那道铁梯往下跑。嘀嗒，嘀嗒，嘀嗒。

就在邦德跳下来时，发现加娜·布兰德本已憔悴的脸已经为他紧张得发白。她赶紧将德拉克斯办公室外面的那道门拉开。然后两人共同跑了进去，加娜·布兰德把外面那道门砰地一声关上。穿过房间之后他们两人很快进了洗澡间，打开水龙头，水嘶嘶地淋在他们汗流浃背的身上。

他们两人在哗啦哗啦的水声中，仍然能够听得见从德拉克斯房间的大收音机里传出了英国广播公司播音员的声音。就在邦德忙碌

着摆弄陀螺仪的时候加娜•布兰德打开了收音机。

"……延迟了五分钟，"那声音显得兴奋而激动。"下面请大家欢迎雨果先生对着麦克风讲几句。"邦德赶紧将洗澡间的水龙头关掉，从收音机里传出来的声音渐渐清晰。"他显得非常有信心，对着部长耳朵他正在说着什么，这时候两个人全都笑了，想一想他们两人都说了些什么？噢，原来是关于最新的气象报告。所有海拔高度的天气都非常不错。这可真是一个好兆头，今天一定将会是一个非常令人难忘而又激动的日子。啊哈，挤在远处海岸警卫站附近的那伙人可能会被太阳晒得很厉害，看起来应该差不多有两万人吧。你在说什么？有两万？是啊，不错，看上去好像差不多有两万，真是人头攒动、摩肩接踵啊，黑压压一片。肯特郡的居民像是已经倾城出动了，恐怕这要比温布尔登网球赛更加热闹。

"哈哈。咦，在防波堤那边出现的是什么？啊！那是露出水面的一艘潜艇。看啊，多么壮观啊。我猜测，这应该是我平生所见到的最大的一艘潜艇了。雨果先生的部下也全都在那里，在防波堤上他们全都排着队在那里等候登艇。他们实在是太了不起了。此刻他们已经开始登艇了，非常有秩序。这想必应该是海军的主意，他们可以在英吉利海峡的特别观礼台上观看导弹升空。这真是一场精采的表演，假如你们能够亲临现场观看的话就好了。雨果先生现在正兴奋地向着我们走来。他很快就将要发表讲话。看，他魁梧的身材多么结实，所有发射现场的人全都在向他欢呼。我确信，我们今天在座的每一位都希望向他致意。他已经进了发射台。我能够瞅见闪闪发光的"探月"号就在他的身后。那件宝贝从发射厅高高耸出。真应该将这幅壮观的图画拍摄下来做为永久的纪念。现在他已经来了，"稍稍打断了一下，"雨果•德拉克斯先生。"

邦德紧紧盯着加娜•布兰德被水淋湿的脸，他们两人湿淋淋的身上仍然在流血。他们紧紧地拥抱在一起，心情紧张而又激动。彼此都未说一句话，只是轻微地发抖。当他们彼此凝视着对方的眼睛时，共同等待着那性命悠关的关键时刻的到来。

"陛下，英格兰的男女同胞们，"虽然语调听起来还算温和，然而他却难以掩饰得住他那难听的音质的粗暴。"英国历史的进程很快就将会被改变，"又稍微停了一下，"在即将到来的几分钟后，在某种情况下，你们的生活将会由于它的出现，嗯，也就是被‘探月’号的巨大冲击而彻底转变。

“我感到非常荣幸，因为我可以代表我的全部同胞来担负这神圣的使命，把这枚复仇的巨箭射向万里高空。我们就可以因此而向未来、向全世界昭示我们伟大祖国的力量。我想说的是，这次发射将会是一个永远的警告。不论是谁，只要是与我们国家为敌，那么谁的命运就只能是残骸、灰烬、眼泪，”他稍稍停顿一下，“以及鲜血。那么现在我非常感谢你们能够听完我的话。另外，如果你们当中有人已经是为人父母者的话，那么我衷心地希望今晚你们能够向你们的孩子重复我此时所说的话。”

一阵不能算是太热烈的掌声从收音机里传出来，接着就听到了广播里播音员那快活的声音，“雨果先生刚刚站在发射开关前向我们大家发表了一番慷慨激昂的讲话。可以说，这是他平生以来仅有的一次在公众面前讲话。嗯哼，非常地干脆利落、言简意赅。那么此刻，就由我们的专家，也就是军需部的唐迪上校来为大家详细地介绍一下‘探月’号的发射情况，你们在此之后还将会听到海军安全巡逻艇‘秋沙鸭’号的彼得•特立姆向你们简单谈一下发射目标地区的情况。那好，现在就请空军上校唐迪开始讲话。”

邦德看了一眼手表。“仅仅只剩下一分钟了，”他对加娜•布兰德说，“上帝啊，我真希望能在这里亲手抓住德拉克斯。”他伸手抓了块肥皂，轻轻用手指挖了几小团下来。“等到导弹开始发射的时候就把这东西塞到你的耳朵里面，因为那种噪声是相当恐怖的，我不知道温度在发射时会增高到怎样的程度，不过时间不会长久。或许那钢制的墙壁应该还是能够承受得住那么高的温度的。”

加娜•布兰德望着他，害羞地笑了一下，“如果你把我抱紧的话，可能就不会感觉太难受了。”

“……此刻，雨果先生已经将他的手放置在开关上了，他正在检测航行表。”

“10，”这时另一种声音突然传来。那声音比较低沉，洪亮得如同洪钟一般。

邦德迅速将淋浴龙头打开，龙头上的水哗哗不停地淋在他们两人汗涔涔的身上。

“9，”记时员开始喊第二声了。

“……雷达操作人员正在关注着荧光屏。那荧光屏上仅仅只有一片波纹线。”

“8，”

“……每个人都已经戴上了耳塞。地堡应该是不可能被摧毁的，那混凝土墙有12英尺厚，它的顶部呈金字塔形，厚27英尺……”

“7，”

“接下来，无线电波束将会使涡轮旁边的计时装置不再继续工作。已经开始喷出熊熊的火焰了。”

“6，”

“……阀门马上就要被打开了，那些液态燃料、秘密公式、让人摸不清头脑的材料、炸药，所有一切都将从燃料箱里流淌出来。”

“5，”

“……燃料一旦进入导弹发动机的话，火焰就会立即把它点着……”

“4，”

“……过氧化物与高猛酸盐混合之后，立马就会产生气体，从而推动涡轮泵压缩旋转……”

“3，”

“……再经由导弹尾部外的发动机用泵把燃烧的燃料打进排气道，那可怕的高温将会达到……3,500度……”

“……雨果先生很快就要将开关按动了。他脸上的表情显得严肃而又紧张，而且满头大汗淋漓。这里已经紧张得鸦雀无声。”

“1，”

除了从水龙头里流出的哗哗的水声之外他们什么声音也没听见，水不停地淋在他们俩紧紧搂着的身体上。

“发射！”

听到这一吼声之后，邦德感到自己的心都快跳到嗓子眼了。他感到加娜•布兰德的身体不停地在发抖，四周一片寂静，只听得见哗啦啦的水声……

“……德拉克斯先生已经从发射台走开，他平静地朝着悬崖边走去，显得非常镇定。他已经踏上了升降机，正在慢慢往下降。不用说，他一定是要走进潜艇。从导弹尾部喷出的一道烟雾已经出现在电视屏幕上了。这时，他已经走到了码头上，他回头望了一眼，做了个招手的动作。多么让人尊敬的老人啊，雨果先生……”

这时有一阵轻微的轰鸣声传到邦德和加娜·布兰德的耳里，那声音变得越来越大。他们甚至能够感到脚下瓷砖砌成的地板开始震动，伴随着一阵如同龙卷风似的呜呜声，仿佛是要把他们两人都挤成粉末一样，四周的墙壁也跟着抖动，并冒着热气。他们两人的双脚已经失去了重心，踉踉跄跄，不停地抖动。必须让她起来，把她抱起来。停止！赶快停止！！那可恶的噪音快停止！！！

天啊，他感觉要昏过去了。头上的水已经开始沸腾，必须马上把它关掉，伸出手去，够着了。噢，天，水管简直是太烫了。蒸汽，臭气，铁器，疼痛。赶紧把她抱出去！把她抱出去！！把她抱出去！！！

然后听见周围一片寂静。他们两人在德拉克斯办公室的地板上躺着。室内蒸汽弥漫，唯有洗澡间的灯仍然发着暗黄的光。被烧过的铁与油漆的污浊味弥漫在空气中，那运转着的空调正在把空气一点一点抽到外面去。钢墙被烧得就如同一个大水泡一样，弯弯扭扭，像是要朝着他们靠过来。加娜·布兰德终于把眼睛睁开，笑了。不过导弹到底怎么样了呢？到底是飞向北海了，还是飞向伦敦了呢？

邦德摇了摇头，渐渐恢复了听觉。他想起了塞进耳朵里的肥皂，就把这东西取了出来。看来收音机还是完好的，没有出什么问题。“……通过音障，飞行一切顺利。可能由于刚才的噪音太大，你们什么也没有听清楚。实在是太壮观了！最初，从排气道喷出在悬岩上的一团火焰猛地冒了起来，之后，大家能看见导弹的顶端渐渐从发射厅中冲了出来。从远处看上去，它就犹如一支巨大的银色铅笔一样，高高地矗立在那巨大的火柱之上。那猛烈的呼啸声简直充满了我们的麦克风。有很多东西从悬岩上掉下来，全都落在混凝土发射场上。那震动声非常恐怖。现在导弹已经越升越快，达到了每小时一百英里，每小时一千英里。”他猛地停下，“你在说什么？是真的吗？啊，天啊，此时它是在以一万多英里每小时的速度在高空飞行！它已上升到了三百英里的高度，已经听不见它的声音了。再过几秒钟即便是它的火焰也将无法看到了。它就犹如一颗划过的流星。雨果先生有为所有这一切而感到骄傲的理由。此时他已经到了英吉利海峡。水中的那艘潜

艇，哈哈，肯定是以每小时三十节的速度如同火箭一样迅速离去。现在，发射和降落的情景，他们将同时在海上看到，这真该算是一次奇异的航行。在这里的人没有谁能够解释这究竟是怎么一回事，即便是海军当局的人也感到非常奇怪，诺尔总司令正在接电话。好了，接下来就请东海岸某处海军安全巡逻艇‘秋沙鸭’号的彼得•特立姆来给你们大家介绍一下此刻的情况。”

“我是彼得•特立姆。这真是一个非常美好而又难忘的上午，嗯，确定地说应该算是下午了。这里是南古德温沙的北边，大地非常安静，也没有一丝风，天空中阳光明媚。发射目标区域也没有航行的船只。是吧，爱德华兹？没错，中尉说得非常清楚，雷达目前并没有发现任何船只的踪迹。但我不能向大家透漏我们雷达波的搜索范围，因为这是一个秘密。然而，仅仅只需要再过一秒钟就能够将导弹捕捉到了，是吗，中尉？啊，导弹此时已经在荧光屏上出现了。我们看见‘探月’号过来了，真是太壮观了，长长的火焰拖在它的尾部。距离这里差不多有十英里远，不过仍然能够看到它所发出的光亮。你说什么？哦，实在是太有趣了，中尉说，刚刚报导的那艘大潜艇正高速开来，离这里仅仅一英里远。很可能就是那艘载着雨果先生及其手下人马的潜艇。我们这里没有人清楚它到底是怎么一回事。什么？对我们的信号他们没作回应。没能够联络成功，太离奇了。现在我已经能够看见它了，在我的望远镜里非常清晰。此刻我们为了能去拦截它已经改变了航向，不过上尉那边报告说它并非是我们自己的潜艇，或许是艘外国的潜艇。喂！它已经暴露了自己的面目。什么？天啊，上尉报告说那是一艘俄国的潜艇。这时，它已经开始下潜。我们朝着它开炮，可是它已经不见了踪影。什么？根据潜艇探测员的报告，那家伙在水下跑得更快，速度居然达到了二十五节。简直太难以想象，嗯，在水下它的视野有限。它居然进入了发射目标区域。现在已经到了正午过十二分钟，我们的‘探月’号肯定已经转弯并开始下落，它到了一千英里的上空，现在正以每小时一万英里的速度直冲下来。很快它就将要飞来，希望不会发生任何悲剧。那艘俄国人的潜艇恰好就在危险地带的中心。雷达操作员此时已经抬起了手，这就说明它准时到达了。它来了；它来了……唷！居然连一点声音也听见。天啊！那是什么？注意！注意！爆炸了！

黑色烟云冲天而上，汹涌的浪潮直冲过来，巨型的水柱铺天盖地。

那艘潜艇在哪里？天哪，它被抛出了水面。它翻过来了，翻过来了……”

第25章　成功之余

“……到现在为止死亡人数已有200人，差不多有相同数目的人失踪。”局长说道，“东海岸仍然不断传来调查报告。荷兰那边的情况也不是很好。他们决了口的海堤长达数英里。我们自己也损毁了两艘巡逻艇。并且‘沙秋鸭”号的总指挥官也失踪了，那个英国广播公司的家伙也找不到踪影。那艘古德温的灯船被掀离了它原来的停泊处。比利时以及法国方面还尚未获得任何报告。等所有的问题清理出来后，想必赔偿额也不少。”

第二天下午邦德回到了局里。他身上缠着密密麻麻的白色绷带。只要稍微动弹一下，就会感到止不住地疼痛。平时的英俊在他的脸上已经看不到了，一条红色的伤痕呈现在他的左颊与鼻梁之间，但他的两只眼睛仍然很有神。他戴着手套的手上拙笨地夹着一支香烟。出乎意料之外的是，局长居然还会请他抽烟。

“先生，关于那艘潜艇有什么消息吗？”他问。

“那艘潜艇所在的方位他们已找到了。”局长感到非常心满意足地说，“它就在差不多180英尺深的海底躺着。现在，打捞导弹残骸的打捞船正在那里停泊。已经有潜水员下去视察过，然而它的船壳并没有对发出的信号作出任何的反应。今天一大早，在外交部的苏联大使急得团团转，他说一艘他们的打捞船正全速从波罗的海开来，不过我们的人已经通知他，由于那些下沉的潜艇残骸有碍于航行，因此我们已经没有时间再继续等待了。”局长嘿嘿笑着，“假如恰好有人在英吉利海峡下180英尺的深度航行的话，那么那艘潜艇肯定会有所妨碍的，不是吗？但是我真是为我不是内阁成员而庆幸啊。”他语气非常平静地说。“从广播中断开始，他们始终在不停地开会，休会，然后再开会。还没等爱丁堡的律师打开德拉克斯写给全世界的信，他们就已经全都被瓦兰斯给抓起来了。我猜测，那封信肯定非常可怕，可能是和

上帝的末日审判书没有什么太大的区别。昨天晚上瓦兰斯把那封信带到了国会。”

“我都听说了，”邦德说，“我在医院的时候他就不断地在电话上询问我所有细节，一直询问到半夜。对于有关内情的问题我一时半会还无法回答他。还会发生什么事情吗？”

“他们要尽自己的最大努力来使一项有史以来最大的掩盖真相的工作得以完成。编出非常多的科学解释：只燃了一半的是什么燃料；大爆炸是由意想不到的碰撞引起的；什么敬爱的爱国者雨果先生和他的所有助手们不幸罹难；潜艇遭遇意外而下沉；最新的试验模型；由于命令失误，感到心情非常沉痛，还说多亏仅仅只有一个骨干人员，要通知给这些人的直系亲属；英国广播公司的播音员也不幸遇难；把英国皇家海军旗错看成是苏联海军旗是难以估量的错误，它们的设计非常相似，已经从残骸中找到了皇家海军旗，诸如此类等等。”“不过到底应该如何处理那核弹头的爆炸问题呢？比如放射性、原子尘埃以及那蘑菇云，这些东西无疑将会带来非常多的问题。”

“与此正好相反，对于这些问题他们并不担心。蘑菇云将会飘走，就如同一次同样大小规模的常规爆炸所形成的烟云一样散去。对于整个情况军需部并不是非常清楚，因此必需把真相跟他们述说一下。昨天晚上他们派人拿着计数器在东海岸测量了一晚上，这个时候他们仍然没能够拿出什么确切的报告。”局长冷笑了一下，“当原子云升上高空之后，海面上的海风真是帮了一个大忙。

“当时的风力非常猛烈，云雾是一定会飘到某个地方的。并且假如幸运的话，这云雾将会飘向北方去。也许你会想到，也有可能它会再飘回来。”

邦德凄然地笑了笑，“我已经能够明白了，那也只能这样了。”

“没错，”局长把烟嘴拿起来，然后边装烟边接着说道，“谣传肯定是无法避免的，并且现在这些谣言已经有所耳闻。你与加娜•布兰德小姐躺在担架上被人从基地往外抬时，很多在现场的人都看见了。波沃特公司也对德拉克斯提起诉讼，要求他把所有新闻纸的损失都赔偿给他们。同时还要对阿塔波车被撞翻以及司机丧生一案进行调查。至于你的那辆汽车的残骸自然会有人替你掩饰过去，另外，”他看着邦德，眼光里带着责备，“还找到了一支长枪筒的科尔特手枪。还有军需部，昨天瓦兰斯只得派一部分人去帮着清理那位于厄布里街上的房子。不用说，整个过程都如同是在冒险。就算是编得再圆，谎言也终归是谎言。但还能如何选择呢？是去找德国人的麻烦，还是对俄国人开战？要知道大西洋两岸的很多人都非常愿意找一个借口。”

局长稍微停了一下，他划着火柴点燃烟斗。“假如公众对这些解释能满意的话。”

他又略加思考后接着说，“反过来这件事对我们也是有好处的。一直以来我们都需要一艘他们的高速潜艇来做研究。另外，能够找到他们原子弹的线索也令我们非常高兴。俄国人清楚他们的冒险失败了，马林科夫的政权肯定无法维持稳定了。换句话说，就是另一次政变很快就将会发生在克里姆林宫。至于德国人，嗯，我想我们大家都明白有很多纳粹分子隐藏下来，这个问题将使议会更加小心翼翼地对待德国重整军备的问题。至于我本人的些许收获，”他苦笑一下，“我的这份工作以及今后瓦兰斯的安全工作也就可以轻松些了。这些政客们已经清楚地意识到原子时代出现了世界上有史以来最恐怖的破坏分子——带着沉重皮箱的小人物。”

“这件事报纸会报道吗？”邦德表示怀疑地问。

局长耸了耸肩膀。“就在今天早晨，首相会见了所有的编辑们，”他将另一根火柴划燃点着了烟斗，“我猜测他应该是已经侥幸应付过去了。假如以后那些谣言再次出现的话，可能他就还得再接见他们，并透露出一点儿事情的真相。当然这些人是不会善罢甘休的。做记者的都有对重要的事情穷根究底的毛病。因此现在一定要努力争取时间，以避免会有人出来闹事。目前，所有人都在为‘探月’号而深感自豪，他们还没有认真追查到底是出了怎样的差错。”此时，局长办公桌上放置的传呼器突然发出一阵蜂鸣声，红光一闪一闪发亮。局长将单耳听筒拿起来，俯下身来，“喂？”停了一会儿之后，“请为我接议会。”从桌面上放着的四部电话的电话架上，局长拿起了一只白色的听筒。

“是的，”局长对着电话说，“请讲。”没有什么声音。“是的，先生，已经接通了。”他将他的保密器按扭开关按下来，紧紧地把听筒凑到耳朵边上，丝毫不漏一点声音。停了稍长一会儿之后，局长左手拿着烟头吸着，之后又把烟头取下来，“我没有什么意见，先生。”

又过了一会儿，“我为我的手下感到非常骄傲和自豪，同时他本

人也非常自豪。是的,先生,他们一直都是这样。”局长的眉头皱了皱,“假如你允许我如此说的话,先生,我觉得那样似乎不是很明智。”稍作停顿之后,局长的脸色再次变得明朗起来。“非常感谢您,先生。当然,相同的问题,瓦兰斯没有遇到。那是他起码应该得到的。”又是一阵间歇,“我很清楚,一定可以解决的。”再次间歇,“你真是一个好人,先生。”

局长将手中的白色听筒放回到电话架上,只听那个保密器按钮喀嚓一声再次回到了普通通话的位置。

局长眼睛盯着电话看了一会儿,仿佛是对刚刚的这一番通话还有些疑惑不解。之后他将座椅转离桌子,两只眼睛望着窗外凝神思考着。

房间里一片沉寂,没有任何声音。坐在椅子上的邦德慢慢活动着身子,以便能使自己坐得更加舒服一些。

他在星期一曾见过的那只鸽子,当然也可能是另外一只,又飞上了窗台,拍打着洁白的翅膀,翘着尾巴,在窗台上来回踱着,咕咕地不停叫着。过了一会儿之后,这个小家伙又振翅飞向公园的树林。各种车辆那催人昏昏欲睡的沉闷声从远处传来。

邦德意识到,所有的一切几乎都已经平静下来了。没有发生任何事情,真该算是万幸。假如不是由于一个为满足其强烈的占有欲而在牌桌上肆无忌惮地行骗的人;如果不是局长答应帮助他的老朋友;如果不是邦德隐约中记住了那个牌骗子的数次教训;如果不是加娜·布兰德与瓦兰斯的小心谨慎;如果不是加娜·布兰德清晰而准确地记住了那串数字;如果不是整个事件中的那些细枝末节以及机遇,伦敦城现在早已成为了一片废墟。

局长转过椅子来,那把椅子发出了刺耳的嘎吱声。邦德专注地看着桌子对面那双沉思的眼睛。

“刚刚我接的是首相的来电,”局长声音显得有些沙哑,“他刚才说希望你和加娜·布兰德可以暂时离开我们国家。”局长眼睛低下去,目光呆滞地看着烟斗。“明天下午你们两人必须动身。毕竟在当前这种情况下,能够认得出你们的人非常多,如果让他们看到你们的话可能就会产生许多猜测。你们想要去哪里就去哪里,也不会限制花费,并且允许带任何你们喜欢的货币,我现在就要通知出纳。你们需要先暂躲一个月。明天上午十一点那姑娘在国会有个约会,她要去领乔治十字勋章。不过当然，这事是不可能马上公布的。我盼望着以后仍然能够见到她，到那时候她一定会更棒。实际上，”他的头抬起来，脸上的表情令人难以捉摸，“本来首相也想要为你颁奖，可是他忘了我们跟瓦兰斯他们不同，是不可以将身份暴露的。因此他让我转达他对你的谢意，并且还夸奖了我们这个情报局，他真是不错的人。”

局长轻轻笑了笑，他的脸上很快就流露出了热情快活的神色。邦德也笑了，他已经能够弄清楚局长的意思了。

邦德明白到了告辞的时候了。他站起身来，“先生，真是非常感谢您。同时我也为那位姑娘感到高兴。”

“那好，那就这样。”局长带着一种打发人语调说，“嗯，那么我们就一个月后再见。啊，对了，顺便再跟你说一句，”他不紧不慢地补充道，“你要先回到你的办公室去看看。我送给你的一件东西放在那儿，可以说是一件小小的纪念品。”

詹姆斯•邦德很快乘电梯下去，他双腿一拐一跛地朝着他的办公室走去。当他从内室门穿过的时候，瞅见在他桌子旁边的那张桌子上，秘书正在整理一堆文件。

“我说，008 回来了没有？”他问。

“已经回来了，”她表情愉快地笑着回答，“但是，今晚他仍然需要乘飞机出去执行任务。”

“嗯，我非常高兴地通知你，你又将会有新的搭档了。因为很快我也要出去了。”

她仔细打量了一阵他的脸，“啊，看样子你的确是需要让自己休息一阵。”

“没错。”邦德说，“并且是一个月的流放。”他说着想起了加娜•布兰德，“也许会是一个纯粹的休假。有没有我的东西？”

“楼下有你的新车，我早就已经下去看过了。司机跟我说你曾交代要在今早试试车。看起来那辆车的确非常漂亮。哦，对了，局长办公室也送来了你的一包东西。需要我现在就打开吗？”

“没问题，那就打开吧。”

邦德在自己的桌前坐下，看了看手表上的时间，显示的是五点。

他感到非常疲倦。他清楚在较短的时间内这种疲倦感是无法消除的。因为这已经是他的老毛病了。

这些不良反应在每次完成艰巨的任务，经历了长时间的紧张与忧惧之后，都会产生。

秘书将两个看来比较沉重的硬纸盒搬了来，放置在他的桌上。邦德先将上面的盒子打开。当他瞧见防水纸时，就已经清楚里面是什么东西了。一张卡片静静地躺在盒子里面，他取出卡片来，上面有用绿色墨水写的字，是局长亲自写的："很可能你会需要它们。"但卡片上并没有签名。

邦德将防水纸打开，取出了一支崭新锃亮的布莱特手枪。这的确该说是一件纪念品，也许更准确地说，该说是一件提醒物，一件时刻都会令他回忆起那些危险往事的提醒物。他耸了耸肩，然后把枪放进上衣里面的枪套上，之后他艰难地站了起来。

"除此之外，还有一支长枪筒的科尔特式手枪装在另外一个盒子里。"他对秘书说，"替我保管好它，一个月后，我回来还要到靶场去试试枪。"他迈开步子走向房门，说，"再见，丽尔。代我向 008 表示问候，同时转告他让他对你多加关照。我要去法国。虽然法国站有地址，但也只有在非常紧急的情况下才能联系我。"

她朝着他笑了笑，问，"怎样的情况，对一个被流放的人来说才能算是紧急呢？"

邦德忍禁不住也笑出声来，"比如打桥牌的所有邀请。"

他一瘸一拐地走出门去，并随手把门带上了。

一辆 1953 年的敞篷车停在门外，一尘不染的奶油色，非常显眼。当他拙笨地从车门旁爬进车内时，屁股底下那深蓝色的座垫发出了嘶嘶的声音，显得非常豪华。半小时后，在雀巢大道与安妮女王大门的角上试车手帮他下了车。"先生，假如你同意的话，我们还能够更快点。我还能够再调一调，让速度超过一百英里。"

"没有必要，太快的车很容易出事情，"邦德说。

试车司机咧嘴笑了，"不必担心，先生。这只是小事一桩，非常轻松。"邦德笑着回答，"并非每天都能够轻松的。再见。"

邦德手里柱着一根拐杖，他在阳光下一瘸一拐地走过那满是尘土的露天酒吧，一个人来到公园里。

他在一条长凳上坐下，那个长凳是面向湖心岛的，然后从兜里掏出烟盒，慢慢地将一支香烟点燃，又瞅了一眼手表，还差五分钟就到六点了。很快加娜就要到了。她这个人是非常守时的，他心里不住地思考着。邦德早就已经将晚餐预订好了。那么之后呢？然后就制订一个内容丰富而又讨她喜欢的计划。她会喜欢什么呢？她以前去过什么地方呢？她又愿意去哪里呢？是德国、法国还是意大利？要不就先去法国吧。尽量能在第一天夜里赶快离开加莱海峡，然后就可以在法国的乡村享受一顿农家美食，再到达卢瓦尔，在那里，可以在沿河两岸的某个小村落逗留几天。再慢慢地向南游玩，一直顺着西边的公路玩下去，那样就可以把现代化的生活与尘世的芜杂抛之脑后，慢慢感受自然生活。邦德的思路此时渐渐地停了下来。嗯，考查？到底应该考查什么呢？是考查那女孩子吗？

“詹姆斯。”

邦德听到了一声清脆而又响亮的女高音，让他感觉自己似乎有点神经质了。这声音并非是他所期望的。他将头抬起来，痴痴地望着她。她迷人的身影就站在距离他只有几英尺远的地方。头上戴着一顶精巧别致的贝雷帽，她看上去心情非常激动，表情也神秘莫测。邦德连忙站起身来，迎上前去，同时亲切地与她握手。

她只是舒展了一下身子，却没有和他一起坐下。

“詹姆斯，明天你希望能够去那儿。”她望着他，她的目光非常温柔，但又让人猜不透，他想。

邦德微笑着说，“那究竟是明天早上去呢还是明天晚上去？”

“你不要胡说八道。”她笑着，脸一下变红了。“我说的是国会。”

“那你以后想要做什么？”邦德问。

他含情脉脉地看着她，像是凝视，像是痴望，像是迷恋，又有点像是他以前用过的那种“莫非”的目光——一直从眼睛中探测到对方的心底。

加娜也未说一句话，只是用双眼回望着邦德。她美丽的双眸中流露出一种怅然所失的神情。然后她把视线转向了邦德的一侧，望着他肩头一侧很远的地方。沿着她的视线，邦德慢慢转过身去，看见有一个高个的年轻人，就站在一百码外，他留着比较帅的短发，此刻正背着他们闲逛，似在消磨时间。邦德转将身子转过来，正好和加娜•布兰德的目光相对。

“我很快就要和他结婚了，”她显得非常平静地说，“就在明天下午。”事情看起来似乎没有什么需要解释的。“他是维万探长。”

“哦，我明白了。”邦德很勉强地笑笑。

他们彼此的目光都从对方的身上移开，接着都陷入了一阵无言的沉默。

邦德感到非常意外，也让他感到非常失望。但是他也非常清楚，自己的确是不应该再有什么别的期望了。是啊，虽然他曾经与她患难与共，但也只不过仅此而已。凭什么他就要让她成为与自己情投意合的伴侣？

邦德为将这失意的痛苦转移就耸了耸肩膀，但他心中失意的痛苦已经在很大程度上压倒了成功所带给他的喜悦。他如同站在一条死亡线上一般，他感到自己必须马上远离这两个年轻人，把他那颗已经变得冰冷的心赶紧放到别的地方去。不存在后悔，也无需虚伪地多愁善感。他清楚自己必须扮演一个她所希望成为的角色，那就是让自己成为一个世上少有的硬汉，一个特工，一个影子。她仍旧在凝望着他，静静地等待着他给她的微笑以及谅解。她真的不愿意伤害他。自己虽然也非常喜欢他，但她却不愿让自己再受到什么刺激。毕竟她精神上的痛苦已经达到了饱和，因此她只想让自己平静地放松一下。

邦德慢慢地将头抬起来，对她温和地微笑，“我真是嫉妒那个家伙。”他说，“说老实话，我心里非常不好受。事实上，我已经为你另作了明晚的安排。”她对他感激地微笑，总算打破了这令人窒息的沉默。

“那么可以把你的计划告诉我吗？”她问。

“本来我是想要带你一起到法国的农家去的。吃一顿丰盛淳朴的晚餐，之后我们再实地考察，去瞧瞧人们传说的会尖叫的玫瑰，看看到底是不是真有这么回事。”

这时她笑了，而且还笑出了声音，“非常遗憾我不能遵命了。但是我们需要做的事情还非常多。”

“的确，我也这么认为。”邦德说，“那么好吧，再见了，加娜。”他把手伸出来。

“再见，詹姆斯。”

邦德最后一次伸出手来和加娜握手，之后两人全都转身离去，各自走向他们彼此不同的生活之路。

007
JAMES BOND
金刚钻
[英] 伊恩·弗莱明 (Ian Fleming) 著
陕西师范大学出版社

第1章　危险的交易

在西非三个国家的交界处，有着起伏的山峦，茂密的森林，但在中部，却有一块大约二十平方里的平坦的岩石地，它的周围密布着矮小的灌木林。在这些矮小的灌木林中，长着一株巨大的霸王荆，它鹤立鸡群般地在几英里外就可以看见。因为根部有着充足的水源，它长得异常高大茂盛。

这片地区归法属几内亚管辖，距纳米比亚的北端不过十英里，离塞拉利昂的东部也只有五英里。这儿虽然看上去是一片蛮荒之地，但却散布着好多钻石矿。非洲国际矿业公司控制着这些钻石，同时它也是英联邦的重要资产之一。

一个月朗星稀的晚上，一位中年人在霸王车上斜靠着，摩托车则放在了距离他二十码远的地方。他已经在那里等了两个多小时了。

一阵发动机声音从空中传来，由远而近。那个中年人立刻站直身子，抬头观望。一个模糊的黑影子迅速从东方飞来，借着月光能依稀辨出那是直升机旅翼在闪闪发光。

那个人连忙在卡叽布短裤上擦了擦手，然后快步跑到了摩托车旁。从车座两边的一只牛皮袋中，他掏出了一个小布包并迅速塞进了衬衫口袋；从另一个牛皮袋中，他又取出四只手电筒，然后跑到一块平坦的空地上，那儿距离霸王荆大概有五十码。

他把手电筒头朝上分别插在这块场地的三个角落上，然后打开电筒的开关。在第四个角落上，他手里拿着第四只电筒站着。四个手电筒正好组成了一个方形。

直升机盘旋着，离地大约有一百米的高度。主旋翼在缓缓转动，犹如一只巨大而怪异的蜻蜓。他觉得飞机发出的声音实在是太大了。干这种事情，声音越轻越好。

在他的上方，直升机微微向前倾斜。一只手从座舱中伸出来，拿着手电筒朝地上打信号。光束一短一长，正好组成了摩尔斯电码的A字母。

他立即按动手电筒的开关，打出B和C两个字母，然后将手电筒插放在地上，迅速跑向一边。为了防止卷起的尘土吹进眼睛，他用手蒙住了双眼。直升机稳稳地降落在用四只电筒围起的场地上。

飞机发动机的声音慢慢减弱，主旋翼转了几转也停了下来，只有尾旋翼还在空档中缓缓转动。

直升机降落后，驾驶员打开舱门放出一架铝梯子，走了下来。他在直升飞机旁站着，等那个中年人从场地的四角拾起那四只手电筒。

与预定时间相比，飞机晚了半小时。“又该听到不少抱怨了”，驾驶员心想。他讨厌非洲人，也不喜欢接机的人；他曾是一个飞行员，保卫过德意志第三帝国，对于这样一个人来说，这些黑鬼是一群既狡猾又愚蠢，而且没有教养的家伙。与驾驶直升机在夜间飞越五百英里的丛林，然后再返回原地的人相比，这个接机人虽然肩负艰巨的使命，但也显得微不足道。

那个中年人收拾完后便朝驾驶员走过来。

“一切都好吧？”驾驶员问道。

“上帝保佑，一切平安。不过你又来晚了。这样，等我回去时，天都快亮了。”

“电视出了些毛病。谁都有遇到麻烦的时候，不可能事事如意，一年不是也只有十二天是满月吗。好了，货都准备好了吗？快给我吧。再帮我加些油。我马上就得往回赶。”

接机人一言不发地从衬衣里掏出那个沉甸甸的、包得很整齐的小包交给了驾驶员。

驾驶员接过小包，放进了衬衣的口袋，顺便将手在短裤上抹了抹。

“就这样吧，”驾驶员边说边转身向飞机走去。

“等一下。”接机人语调低沉地说。

驾驶员转过身来，心想，这家伙又要埋怨什么。看他那副样子就好像是对伙食不满要发牢骚一样。“什么事？”

“矿场的事做起来越来越困难了。我简直烦得要死。伦敦派来了一个叫西利托的情报员，想必你已经知道了。听说是钻石公司的人。他来了之后，修改了一大批规章制度，处罚也越来越重了，吓跑了不少我的手下。我只能发狠心，整治了一个家伙。但我也不得不提高奖金，多给他们一点，可他们却还不知足。我想，这样下去，总有一天我们会被矿上的保安人员逮捕的。那些黑鬼，你是知道的，只要毒打他们，他们什么都会供出来的。”他看了一眼驾驶员，又接着说，“谁也受不了那种苦，我也一样。”

“你的意思是，”停了一下，驾驶员接着问，“你难道想让我把这一威胁转告给BC？”

“我没有威胁任何人的意思，”那人赶快说道，“我只想让他们知道事情的严重性，做到心中有数。起码他们得知道有西利托这个人，而且公司董事长的年度分析报告也要留心听一下。他说矿场每年由于走私，损失高达二百多万英镑。政府应该采取措施遏制住这股风气。这话是什么意思？这不是要断我们的财路吗？”

“也是断我的财路，”驾驶员附和着说，“那么，你是要加钱？”

“是的，”接机人冷冰冰地说，“得多分我一点，起码给我百分之二十，不然我就不干了。”他看着驾驶员，希望能够得到他的同情。

“好吧，”驾驶员表现的无动于衷，“我会向达卡如实转告的。要是他们觉得有理，会向伦敦反映的。这事和我没关系，如果我是你，”驾驶员的态度第一次温和起来，“我就不会向这种人施压。他们都是些不怀好意的人，比西利托和政府当局更难对付。去年一年，我们那儿就有三个人送了命。一个因为胆小，另两个因为手脚不干净。你的前任，你知道，他可是个小心谨慎的人，死得有多惨。有人在他床底下放了炸药，够有意思吧。”

在那一刹那，月光下的两人互相默默地凝视着。接机人最后耸了耸肩说：“好吧，就和他们说我手头有点紧，手下也需要多发一点钱。要是他们通情达理，就该多分我一成。要不……”他想接着说什么但没有说出来，便走向直升机，说：“我来帮你加油吧。”

十分钟后，驾驶员登上座舱，收好扶梯，伸出一只手向他摇了摇：“再见，下个月见。”

“再见。”此时一种孤独感突然向接机人袭来，他挥动着手，似乎在和心爱的人作最后的告别：“祝你一切顺利！”说完，他赶紧倒退几步，看着飞机起飞了。

驾驶员带走的是价值十万英镑的原料钻石。在上个月开凿钻石时，他手下的人偷出来了那些钻石。坐在牙医的椅子上，他们的嘴巴大张着，由他取出他们舌头下的脏物，并且还要粗鲁地问他们是不是

口腔发炎了。

他每次从口腔中取出矿石后，都要用小手电照一下，然后报出价码：五十、七十五或者一百。那些人会点点头，接过写着数目的“处方单”和用纸包好的“阿司匹林”，放在衣袋里，离开诊所。他们从不会也不可能讨价还价。按照规定，绝不允许他们私带原料钻石离开矿场。一年之中，工人只允许外出一次，或探亲或参加红白喜事。但每次外出前，他们都必须接受X光透视。一旦被查出私藏钻石，后果难以想象。上牙医诊所看病这个借口不费什么事，而且X光透视也查不出钞票来。

接机人发动了摩托车，沿着弯弯曲曲的乡间小路，驶向塞拉利昂的山麓。

他要走二十英里的山路，在天亮时才能到达俱乐部，在那儿他可以美美地吃一顿早餐，但同时又不得不忍受朋友们的调侃。

“晚上是不是找黑婆娘去了，医生？”

“听说她可是这一带的黑美人呢。”

他们哪里知道，送出价值十万英镑的钻石，就会有一千英镑存入他在伦敦银行的户头。上帝保佑，但愿这些日子一切太平。恐怕干不了多久了。他决定存到二万英镑时就金盆洗手。

他骑在摩托车上，就这么胡思乱想着，同时加大了油门。他想早点穿过这段崎岖的道路，越早、越远地离开霸王荆越好。世界上最能捞到油水的走私路线都是从这里开始的，但要到达最终的目的地，中间的道路还有漫长而迂回的五万英里。

第2章　钻石之迷

“别往里压，把眼罩拧进去，就会戴好的。”M局长不耐烦地嚷着。

邦德把珠宝商放大镜重新轻轻转了一下。果然放大镜正好嵌在了右眼眶里。

现在已经是七月下旬了，局长办公室里阳光普照，但M局长仍打开了台灯，让它的光斜射邦德。邦德拿起一枚光彩夺目的宝石，在灯下欣赏着。他的手指慢慢地旋转，多面体的钻石便放射出眩目的七色光芒。看久了，眼睛会备感疲倦。

邦德取下珠宝商放大镜，想要说点什么。

此时，M局长看了看他，问道："这宝石很不错吧？"

"倾国倾城，"邦德装得像个行家似的说，"恐怕价钱也一定会让人倾倒吧。"

"加工费和打磨费加起来不过几英镑，"M局长当头一棒，"那不过是块石英。你再看看这块，和它比较一下。"他看了看桌上的清单，挑选出一个绢质小包，查看了上面的编号，然后将小包打开递给邦德。

邦德把石英放回原处，接过第二份样品。

"原来您有说明书，难怪认得清。"他笑道。他又把放大镜拧进眼眶，右手拿起这块宝石，凑近灯光。

这一次绝对错不了。这是一块精雕细琢的宝石，上方三十二面，下方二十四面，重约二十克拉。这宝石从中心放射出令人眩目的亮光，白里透蓝。

他左手将石英放在钻石旁边，通过放大镜作比较。在半透明钻石的映衬下，石英就像一块死气沉沉的石头。刚才看似彩虹般的光亮，顿时也暗淡下去了。

当邦德再次深入凝视钻石时，他终于明白，为什么几百年来，贩卖、倒手加工钻石的人们会对它那样的一往情深，是一种纯粹的美感在召唤他们。它像天上的神，蕴含着真理，其他石头即使再珍贵，在它旁边也会黯然失色。在这短短的几分钟内，邦德就窥探出了钻石的奥秘。它的美，它的真，都将使他终生难忘。

他把钻石放回薄绢中，取下放大镜，若有所悟地对M局长说："是的，我明白了。"

M局长坐下说："几天前，钻石公司的雅各比来看我时，告诉了我一些窍门。他说，如果我想和钻石业的人打交道，就得知道这行最迷人的奥妙。干这行令人着迷的不是数以百万英镑的贸易额，也不是它的保值作用，更不是它作为订婚信物所表达的情感，而是钻石本身的妙处。我们应该懂得如何鉴赏钻石。另外，"M局长冲邦德笑了笑说，"我也曾经看走眼过，把顽石当作了美玉。"

邦德静静地坐着，一言不发。

“好，现在你可以鉴赏这些石头了，”M局长指着那些小包说，“我向雅各比借了几种货样，他一口答应了。这是他今天早上派人送来的。”M局长看着说明书，打开另一个小包推到邦德面前说，“这包里面是属于极品的‘青白钻’，”他又指了指邦德面前的一颗特大钻石说，“这叫‘水晶头钻’，是很名贵的宝石，重达十克拉，但价格却只有‘青白钻’的一半，它在放大镜下会透出一丝淡黄色。这一颗叫‘开普钻’。雅各比说，它略带一点棕色，可我怎么也辨不出来。大概只有专家才能搞得清楚。”

邦德拣起那颗水晶头钻仔细端详了一番。然后M局长开始教他鉴赏放在桌上的所有宝石。这些宝石有红的、蓝的、白的、黄的、绿的和紫的。M局长又拿来一包较小的钻石。它们的成色都不是很好，有的带伤痕，有的颜色欠佳。

“这些都是工业用钻石，不是人们印象中的那种珍宝。但千万别小看它们，布朗斯告诉我，钻通圣哥达隧道用的就是这种钻石；牙医也要用它们；它们是地球上最坚硬的物质，怎样用都不会磨损。去年美国总共购买了五百万英镑的工业钻石。”

M局长掏出烟斗，装上烟叶说，“好吧，我已经把知道的都告诉你了，以后就看你自己的啦！”

邦德木然地看着散放在M局长办公桌上的薄绢和光彩夺目的宝石，茫然不知所措。

邦德看了看表，已经十一点半了。他被这位局长大人召见了整整一个钟头。邦德来之前曾在参谋长那儿打探消息。参谋长这样告诉他，“我想是个新任务吧。局长对我说，在午饭之前他不接任何电话。他已经跟伦敦警察厅联系过了，你下午两点将会和他们见面。”

M局长的座椅发出嘎吱的响声，邦德抬头看着他的上司。

“你从法国休假回来多长时间了？”M局长手举着烟斗问。

“两个星期左右。”

“玩得好吗？”

“开始还可以，最后也就没什么玩的兴趣了。”

M局长没就这个话题继续说下去，而是话锋一转，“我已经翻阅过你的人事档案。你的射击成绩一直保持优秀。柔道术也很不错。最近的一次体检显示你的健康状况也极佳。”他停了一停，继续面无表情地说，"现在我这儿有一件非常棘手的差事，我想弄清楚你是否愿意接手。"

"没什么问题。"邦德有点儿不高兴地说。

"别太自信了，007，"M 局长提高了嗓门，"我说这件事可能很艰巨，并不是危言耸听。世上难对付的高手多的是，你还没有和他们打过交道呢。这趟差事，很可能会给你提供这样一个机会。记住，山外有山，天外有天。我考虑再三才决定派你去，你不能因为这个生气。"

"当然不会。"

"现在，"M 局长放下烟斗，双手抱臂，伏在书桌上说，"我给你讲一下这件事的来龙去脉。去或者不去，你自己决定吧。"

"上个星期，"M 局长说，"财政部一位官员和商业部的主任秘书到我这儿来，和我商谈有关钻石的事情。按他们的说法，各类上品钻石几乎都是在英国加工生产的。伦敦的钻石成交额约占世界的百分之九十，并由钻石公司统一销售。"M 局长耸了耸肩继续说，"不要问我为什么。我们在二十世纪初就已经控制了这一行业，几十年来都没有改变。这一行业是英国的人产业，每年有高达五千万英镑的贸易额，大约合 亿五千万美元。所以，如果这个行业发生问题，政府会很着急。"M 局长用温和地目光看着邦德。"可是，每年在西非矿区被走私犯挖走的钻石原料大概就价值二百万英镑。"

"这个数目可不小，"邦德附和着说道，"他们走私到哪儿？"

"据说是美国，"M 局长说，"我想这或许是真的。最大的钻石市场在美国，而且这么大规模的走私活动，也只有美国的黑社会才有能力进行。"

"难道矿业公司一点办法都没有吗？"

"他们已经尽力了，"局长说，"从文件中你大概也看到了，西利托被矿业公司从我们这儿借走了，他的任务是去非洲联合当地治安机构调查走私案件。据说，他已经写了报告，在报告里提出了一些加强缉私的独到见解。可财政部与商业部对此似乎并不感兴趣。他们觉得不管矿业公司的规章制度怎样的严格，也无法有效地制止走私活动。这些公司分布零散，犹如一盘散沙。不过财政部和商业部已经掌握了有力证据，这些证据足够对那些走私犯采取法律行动。"

"证据是什么？"

“他们发现，目前有一大批走私钻石在伦敦聚集着。”M局长两眼闪烁着光芒。“走私犯正准备将这些钻石运往美国。送货人和护送人警方特工处也已知道是谁。警方密探弄到情报后报告了他的上线，瓦兰斯通知了财政部，财政部又立即通知了商业部。他们在研究后又一块儿上报了首相。首相已对他们授权，可以动用英国情报人员。”

“为什么不让特工处和第十五处来管这事儿，局长？”邦德是在暗示，如果让英国情报局接这个任务，可能会遇到说不清的麻烦。

M局长有点儿不耐烦，说道：“在送货人携带走私品出国时，警方就可以抓住他，可这又有什么用？走私组织没有破获，走私路线依然存在。抓到的人估计那会儿就变成了哑巴，一问三不知。他们实际上也只是些无名小卒，他们的任务只是从公园这个门口的人手中接到货，再走到公园另一个门口把货交给另外一个人。要想真正摸清楚走私路线的细节，只有派人跟着去美国，看看他们到底是怎样操作的。美国联邦调查局估计不会对这个案子伸出援手，美国匪帮现在就够他们忙的了。在他们眼中，那些走私贩只是些虾兵蟹将，不足挂齿。何况美国利益也并未因此受到影响，说不定还给他们带来好处呢。真正受损失的只是英国。此外，美国也不在警察厅和第十五处管辖范围之内。这个任务，只有英国情报局的人才可以担当。”

“我明白了。’邦德这时才搞清楚。“那么，我们还有其他线索吗？”

“‘钻石之家’你听说过吗？”

“当然听说过，”邦德回答道，“它是一家美国人开的珠宝公司，在纽约市西四十六街上设有总部。分店设在巴黎里沃利大街。他们生意似乎做得很火，不比卡地亚、梵克雅宝、宝诗龙这些大公司差。他们的贸易在二战以后发展得十分迅速。”

“没错，”M局长说，“就是这帮家伙。在伦敦赫本区的海德花园，他们也开了一家小店。以前钻石公司按月公开标价出售钻石时，他们经常大批购买。可最近两三年来，他们买进的钻石越来越少。但是，正像你所说的，他们卖出的钻石却在逐年增加。他们肯定有其他的进货渠道。前一段我们开会时，财政部就对此提出了质疑，但我们抓不到他们的任何把柄。他们伦敦分店的店主名叫鲁弗斯•塞伊，似乎干得很出色。此人的来历目前我们还不太清楚，只知道他住在大旅店里，每天中午会在伦敦西区的美国俱乐部吃午餐，不抽烟不喝酒，喜欢去森宁戴尔公园打高尔夫球，看起来似乎是个模范公民。”说到这儿，M局长皱了皱眉头。“可能是因为行业生意吧，‘钻石之家’似乎不大喜欢跟同行业打交道。我们了解的所有的情况仅此而已。”

“局长，那么我究竟要做些什么呢？”邦德还是有些茫然。

“我已经和警察厅的瓦兰斯约好了，下午两点见面，”M局长看了一下手表，“离约定时间还有一小时。他会替你安排的，他们准备今晚就逮捕送货人，然后要你冒充这名送货人打入走私集团内部。”

邦德不安地用手指敲击着椅子的扶手。

“然后呢？”

“然后，”M局长一字一顿地说，“那些钻石会被你走私到美国去。这就是我们的计划，你觉得怎么样？”

第3章　冒名顶替

邦德走出局长办公室，顺手关上了房门，来到了参谋长办公室。参谋长是一个年纪与邦德相仿，并且很幽默的人。他见邦德进来，便放下了笔，背靠着椅子坐着。邦德径直走向窗边，掏出香烟，俯瞰着摄政公园。

参谋长默默地注视了他一会儿，然后问道，“这么说你答应了？”

邦德没有立即作答，而是过了好一会儿才转过身来，对他说：“是的。”他点燃了手里的香烟，看着参谋长说，“比尔，对于这件事，局长似乎没什么把握。你能否告诉我，这究竟是是怎么一回事？他居然连我最近的体检报告都看了。有什么可担心的呢？又不是要上战场。再怎么样美国也是个文明国家。”

了解上司M局长的想法正是参谋长的职责。他朝邦德笑了笑说，“邦德，你知道，没有多少事能真正让M局长烦心。这次的钻石案子，估计你要跟一帮亡命徒打交道。没有这帮人，事情就已经够棘手的了。这帮人再掺和在里面，他怎么会不着急呢？”

“美国黑帮有什么了不起的。”邦德轻描淡写地说。“他们哪能算

是美国人？不过是些身穿绣着姓名缩写的衬衣，喷着香水，整天吃着通心粉和肉团子的意大利游民。”

“你只看到了问题的一面。”参谋长说，“那帮人的头子可是贼得很，他们背后还有更精明的家伙。看看毒品交易吧。美国有一百万的吸毒者。那些东西他们是从什么地方搞到的？再看看赌博吧。赌博在美国是合法的。仅仅一个拉斯维加斯城，一年就有高达一亿五千万美元的黑利。除了拉斯维加斯，在迈阿密、芝加哥等地，还有不少地下赌场。那些匪帮控制着这一切。几年前，一个叫做西格尔的经营拉斯维加斯赌场的黑帮头目，因为想独吞一笔黑利，被人打死了。可以说，美国最大的产业就是赌博业，它比钢铁业和汽车制造业还要庞大。为了保证这个行业的正常运行，他们肯定会重点加以保护。你如果有时间，可以看一下参议员弗维尔的报告，看完你就明白了。现在钻石走私每年的黑利达六百万美元，这也是一笔不小的数目。”参谋长停顿了一下接着说，“你可能还没看到美国联邦调查局今年的犯罪报告，很有意思，在美国平均每天就有三十四起谋杀案发生，在过去的二十年里，将近十五万美国人沦为受害者。”看见邦德透出一副怀疑的神色，参谋长又说：“这绝对真实可信，是根据事实统计出来的数据。你最好自己去读读。在给你布置任务前，局长之所以这样关心你的健康，原因就在于此。你可是要孤军作战，而且对手是那群臭名昭著的匪徒！”

“明白了。谢谢你，比尔，中午我请客。我们该庆祝一下，起码今年夏天我不用整天呆在办公室里做那些枯燥的案头工作了。去斯科斯餐厅怎么样，那里的蟹肉非常鲜美，再来两瓶黑啤酒。感谢你让我卸掉了心里的一大块石头。我原本以为这次任务会有多么大的麻烦呢。”

“好的，”参谋长说着跟邦德走出了办公室，带上了房门。

下午两点整，邦德和瓦兰斯在伦敦警察厅的一间老式办公室中见面了。瓦兰斯看上去矮小精悍，沉着冷静。许多机密情报都藏在他的办公室里。当年在处理“探月号导弹”一案时，邦德就已经和他混得很熟了。

瓦兰斯给邦德拿出了几张照片，放在桌上。照片上的青年很英俊，浓密的黑发修剪得整整齐齐；但两只眼睛却露出一副挑衅的目光。

“就是这个家伙，他叫彼得·弗兰克斯。”瓦兰斯说，“对于那些没怎么见过他的雇主，由你来顶替他是最合适的。这家伙长得可真帅，家庭也很好，公校毕业，但后来学坏了，一错再错。他的强项是夜间在乡村盗窃。他可能还参与了几年前的森宁戴尔温莎公爵案。我们曾经抓过他一两次，但终因证据不足又给放了。现在他又被那些狐朋狗友拉上了走私这条路。在索霍区，我安插了两三个姑娘，他看上了其中的一个。有意思的是，那个姑娘也喜欢上了他，并且希望他能走上正道。当他偶然间向她说起这件事时，她便立即把这消息反馈给了我。”

“一个窃贼是从来不会关心别人的计划的。”邦德说，“我敢打赌，他肯定不会把自己在乡村偷盗的计划告诉别人的。”

瓦兰斯说：“确实如此。这帮走私犯似乎看中了彼得•弗兰克斯，他答应去一趟美国，酬劳是五千美元，一手交钱一手交货。他喜欢的那个姑娘问他是不是要带毒品，他笑着说：‘不是，是比毒品更高级、更危险的晶体。’现在他应该还没有得到钻石。下一步他要和‘保镖’接头。明天下午五点他要到特拉法尔加宫找一位叫凯丝的小姐。她将告诉他行动计划，并和他一起去美国。”瓦兰斯从椅子上站起来，在房间里踱着步，时不时地看一眼嵌在墙上镜框里的伪票的样品。“在走私贵重物品时，这帮走私犯喜欢结伴而行。他们不会完全相信送货人，希望有个见证人在场。这样如果在验货时出了差错，送货人被捕，也能有个通风报信的人。”

此时，钻石、送货人、海关、保镖，这一连串的画面在邦德的脑中闪过。想到这里，邦德在烟灰缸里熄灭了烟蒂。他想起了他刚进英国情报局时曾经历过的各种事件：从斯特拉斯堡到德国，从内格雷洛伊到俄国，翻过比利牛斯山，穿过辛普朗河。现在已经不会再出现过去那种紧张的心理、发干的嘴唇。多少年过去了，如今他又要旧梦重温了。

“好的，我明白了。”邦德从回忆中跳了出来，“可是，这事情总得有个大体的轮廓吧？弗兰克斯要干的走私活动到底是什么样的？”

“钻石的来源当然是非洲，”瓦兰斯说，眼睛眯成了一条缝，“不过似乎不是出自联合矿场。好像是从塞拉利昂弄出来的。西利托正在那边调查这件事呢。他们可能是通过利比里亚或者法属几内亚，把钻石转运到法国。伦敦很有可能是该走私路线的中转站，既然这一批钻石是在伦敦被发现的。”

“我们只知道这批货是运往美国的，但到那边以后怎么办，就不

得而知了。”瓦兰斯对邦德说。“估计他们不会立即加工。加工的工钱可不便宜，几乎是钻石价格的一半。估计他们会先对原料进行汇总，然后交给正当的钻石商行，最后再进行加工定价。”说到这儿，瓦兰斯停顿了一下，又说，“我给你提点建议，希望你不要介意。”

“当然不会。”邦德肯定地说道。

“是这样的，”瓦兰斯说，“在这类走私中，最为微妙的是给送货人的付款方式。怎样支付这五千美元？这钱由谁来付？如果弗兰克斯干得很出色，也许他们还会再给他其他的机会。我要是你，会特别留意这些细节，想办法弄清楚是谁出的钱，再逐步弄清楚谁是他们的上线，当然最好是能查出谁是幕后老板。假如他们看中了你，这些就都不难办到了。要知道，精明的送货人是很难找到的，而且大老板们也愿意吸纳新人。”

“受益匪浅，”邦德赞赏地说，“在美国，第一个接头的人是关键。当我带着这批货下飞机接受海关检查时，但愿不要当众出丑。不过，我想那位凯丝小姐一定怀揣锦囊妙计，可以让我们顺利蒙混过关。好吧，下一步做什么？我怎么去接替弗兰克斯？”

“这一点你不用担心，没有任何问题。”瓦兰斯踱着方步，非常自信地说。“今天晚上我们就会逮捕弗兰克斯，罪名是企图蒙骗海关。不过这样的话，那位对他一往情深的小姐的美梦也就破灭了。可是也只能这样了，再下一步是安排你去见凯丝小姐。”

“她对弗兰克斯的事了解多少？”

“除了他的姓名，其他一无所知。”瓦兰斯回答说，“当然这不过是我们的推测。我估计，她恐怕都不知道和她联络的人长什么模样。走私活动往往是孤立的，每个人的活动只局限在自己密封的小圈子里，即便路上出了什么差错，也不会连累他人。”

“她的情况你了解吗？”邦德问。

“只是从护照上知道一些。美国人，二十七岁，生于旧金山，身高五英尺六英寸，金发碧眼，单身；过去三年里来英国十多次，但每次用的都是不同的姓名；每次来都住同一个酒店——特拉法尔加宫酒店；据旅馆的侦探说，她不喜欢逛街，也很少有客来访；每次来最多逗留两星期，也从未惹过麻烦。这就是我知道的所有情况。不过，别忘了，和她见面时你得为自己编一个故事。”

“我会见机行事的。”

“还有什么需要帮忙的？”

“没有了。”邦德想了一下说，其他的事估计只能靠自己了。一旦打入走私集团内部，一切都要随机应变。“财政部怎么会对‘钻石之家’起疑心的？”突然间，他又想起了那家钻石商行，看来他们在这之前似乎对它调查过。有更多的信息吗？”

“老实说，我们还没采取任何行动，生怕打草惊蛇。我曾经调查过那位塞伊经理，可除了护照上的那点信息外，什么都没了解到。只知道他是美国钻石商人，四十五岁，经常去巴黎，这三年中几乎每月去一次。可能是那里有他的姘头。我想，你可以去他那里会会他。或许能得到一些信息。”

“怎么去呢？”邦德疑惑不解。

瓦兰斯没有回答，而是按了一下桌上对讲机的按钮。

“有何吩咐，先生？”对讲机里传出一个浑厚的声音。

“警长，让丹克沃尔和洛比尼尔过来一趟。再给哈顿花园的‘钻石之家’挂个电话，就说找他们的塞伊经理。”

瓦兰斯说完，走到窗前望着泰晤士河。敲门声响了起来，秘书打开一个门缝探着头报告说：“丹克沃尔警长来了。”

“让他进来吧，”瓦兰斯说，“要是洛比尼尔来了，叫他先在外面等着。”

秘书推开房门，一位身穿便装的中年人走了进来。他秃顶，戴着眼镜，皮肤显得很苍白，表情透着和蔼谦逊，样子像极了一家大商行的会计。

“下午好，警长，”瓦兰斯向他介绍客人，“这位是邦德，国防部的。”警长礼貌地冲邦德笑了笑。“等会儿你领邦德先生去一趟哈顿花园‘钻石之家’。就说他是‘詹姆斯警官’好了。你可以对塞伊先生说，阿斯科商行被盗的钻石很可能已经从美国运往阿根廷了。要探探他的口气，看看他们总公司是否有这方面的消息。明白我的意思吗？要尽量表现得谦逊，但要仔细观察他的眼睛。尽可能地向他施加压力，但不要留下招致抱怨的把柄。懂了吗？还有什么问题？”

“没问题！”丹克沃尔警长答道。

瓦兰斯朝着对讲机又说了句什么。一会儿，一位身着西装的人走了进来，他面色苍白、手里提着一只小公事包。进门后就站在原地不动了。

“下午好，警官。看怎么给我这位朋友化化装。”

那个警官走近邦德，让他略微转身面对光线。他的眼睛如鹰眼一般，足足端详了邦德一分钟，然后说：“化装以后，右脸的伤疤可以在六小时内暂时消除。可是天太热，恐怕不能坚持更久。其他没有什么困难。要把他化装成什么人？”

“詹姆斯警官，丹克沃尔警长的手下。”瓦兰斯看了看表说，“只要管三小时就可以，能办到吗？”

“放心，没问题。可以开始了吗？”瓦兰斯点点头。于是警官让邦德在临窗的一把椅子上坐下，那只小公事包被他放在了旁边的地板上，他单腿跪下打开了皮包。然后，他那双灵巧的手开始在邦德的脸和头发上摆弄，大约花掉了十分钟。

邦德坐在椅子上，听瓦兰斯在和钻石之家通话。“三点半才能回来吗？好吧，那就请转告塞伊经理，有两位警官三点半准时去贵处拜访。是的，我想这是件非常重要的事。不过不会耽误塞伊经理多长时间，只是例行公务。谢谢，再见。”

瓦兰斯放下电话，转身对邦德说：“秘书说塞伊先生三点半才能回来，不过我觉得你们最好三点一刻就到那里，先在周围转转，最好能把对方搞糊涂。化好了吗？”

洛比尼尔拿来一面小镜子递给了邦德。

不知道洛比尼尔在邦德脸上抹了一层什么东西，疤痕已荡然无存；眼角、嘴边稍稍的修饰了一下；颧骨下方抹了一层淡淡的阴影。现在这个模样，没有人能认得出他就是邦德了。

第4章　初访钻石店

警车在市区沿着河滨大道经霍尔本大街向哈顿花园驶去。丹克沃尔警长一路都保持着沉默。汽车在伦敦钻石俱乐部停下，这是一座洁白的大楼。

邦德随着丹克沃尔警长沿水泥道走到门边。一块锃亮的铜招牌在门上挂着，“钻石之家”四个大字刻在上面，在它的下面则刻着：“鲁弗斯·塞伊，欧洲事务副董事长”这几个字。丹克沃尔警长按了下门铃，一位犹太姑娘把门打开让他们进去。穿过铺着厚厚地毯的大厅，他们来到一间接待室，看上去似乎是用木板隔成的。

“我想，塞伊先生马上就要回来了。”她面无表情地说完这句话便关上房门，离开了。

接待室布置得富丽堂皇。熊熊的炉火在壁炉中烧得正旺，室内温暖如春。地上铺着深红色的大地毯，中央摆着一张圆形的红木桌子，六张红木椅子围绕着它。邦德估计，这套家俱至少得值一千英镑。桌上放着一些南非约翰内斯堡的《钻石新闻》以及一些近期的刊物。看见钻石杂志，丹克沃尔眼睛放光，拿出一本七月份的坐着看了起来。

四个镶金框的花卉图分别挂在屋内四壁，画面颇具立体感。邦德充满好奇地走了过去。他发现，这并不是真画，而是把几株鲜花放在了天鹅绒衬的壁龛里，然后再罩上玻璃框，便产生了绘画的效果。四面墙的鲜花和中央桌上的大花瓶相映成趣。

屋内安静极了，能够听得见镶了钻石的大挂钟发出的咔嗒声以及从门厅处传来的极低的说话声。突然间，门微微开了几英寸，一个外国人浑浊的声音从外面传来：“但是，格鲁斯帕先生，何必这么固执？大家都是靠这个养家糊口的，老实说，这块宝石我花了一万英镑才买进来。整整一万英镑啊！你要不信，我可以用人格担保。”过了一会儿，听到了最后的报价，“好吧，少你五英镑。”

门厅传来一阵哈哈大笑声，“威利，你可真会说话，”美国人说，“这有什么用吗？这钻石最多值九千，就算我帮你一把，再加你一百英镑，算是你的辛苦费。你去打听打听，这么好的价钱在伦敦市面上恐怕再也找不到了。”

门打开了，两个男人走了出来，前面是个美国商人，嘴巴又薄又小，戴着夹鼻眼镜，后面一个是犹太人，愁容满面，衣领上别着一大朵红玫瑰。当他们发现接待室有人时，咕哝着说了一声“对不起”，就穿过屋子，走进了大厅，顺手把门关上了。

丹克沃尔冲邦德挤了挤眼说：“这就是典型的钻石交易，前面的人叫威利·贝伦斯，伦敦市场上赫赫有名的钻石经纪人；后面那位估计是塞伊经理的进货员。”说完他又继续看杂志。邦德抽烟的欲望越

来越强烈，他竭力克制着，走到窗边去观赏画框中的“鲜花”。

突然，壁炉里一只烧焦的木碳垮了下来，壁上的大挂钟也敲响了三点半钟，这间豪华屋子里的安静气氛被打破了。就在这个时候，门开了，大跨步地走进来一位大个子，他面容黝黑，眼睛紧紧地盯着这两位不速之客。

“我就是塞伊，”他大声说，“你们有何贵干？”

丹克沃尔警长站起来，迈着坚定的步子很有礼貌地绕过主人，关上房门，然后又回到房子中间。

“我是丹克沃尔警长，伦敦警察厅的。”他语调温和地说，“这位，”他指了指邦德，“是詹姆斯警官。我们是例行公务，想询问一下失窃钻石的消息。或许你可以帮上忙。”

“说吧！’塞伊经理用傲慢的眼神看着这两个警官，因为他们浪费了他的时间。“有什么就说吧。”他提高了音调。

丹克沃尔警长不时地翻阅着他的小记事本，开始说他在汽车中想好的台词。邦德则在一旁仔细地观察着塞伊经理的外貌和他的一举一动。显然他不大欢迎这两位不速之客。

塞伊经理是个高个子，身板像石英一样硬朗；方形脸，小平头，有着卷曲的黑发，没留胡子，轮廓显得很清晰；眉毛又黑又直，双眼锐利有神；脸刮得很干净，两片嘴唇薄薄的合成一条线；身上穿着一套剪裁宽松的黑色单排扣西装，里面穿着白衬衣，系着一条像皮鞋带子般窄的黑领带，并用一只金质领带夹别着；双臂很长，手也很大，手心向外微凸；皮肤黝黑，汗毛浓重；脚穿一双价格不菲的黑皮鞋。

邦德心想，这个人块头可真够大的，看起来不是好对付的。

“……我们想要追查的这些钻石是，”丹克沃尔警长做了个总结，又看了看他的记事本接着说：“三十克拉的壁黄钻一枚；二十克拉韦塞顿精钻一枚；十五克拉开普特级钻一枚；十五克拉全色钻两枚；十克拉青石钻两枚。”讲到这里，他停顿了一下，轻声地问道：“塞伊先生，我刚才提到的这些钻石贵公司最近是否经手过，或者你们纽约总公司是否见过？”

“一颗也没有，”塞伊经理坚决否认，“纽约也没有见过。”他转过身来，打开房门说道：“两位先生请吧，再见。”

还没等两位警察离去，他就自顾自地走出了房间。只听见他急促的脚步声及门开启和关上的声音。然后一切就又归于沉寂。

丹克沃尔并未因此感到丝毫的沮丧。他拿起记事本放进口袋，戴上帽子，穿过大厅来到了街上。邦德尾随其后。

他们钻进了警车。邦德告诉他了他在国王路公寓的地址。当汽车行驶在市区时，丹克沃尔警长脸上的严肃表情消失了，转身看了看邦德，满心欢喜地说："真有意思，遇上这么倔的人不容易。您需要的东西找到了吗？"

邦德摇了摇头说："警长，说实话，连我自己都不清楚要收集什么材料，只好近距离地仔细观察塞伊经理。照我看来，他不太像钻石高人。"

丹克沃尔警长听完哈哈大笑，说，"我敢打赌，他根本就不是什么钻石商人。"

"你为什么这么肯定？"

丹克沃尔警长笑着说，"我刚才在念钻石的失窃清单时，提到了一枚壁黄钻和两枚全色钻。"

"没错。"

"其实世界上根本就没有这两种钻石。"

第5章 凯丝小姐

邦德出了电梯，沿着走廊向350房间走去。他发现开电梯的人在关注着他的一举一动。对此他一点也不感到惊讶。因为他知道，这家旅馆里发生偷盗案的次数比任何一家旅馆都多。瓦兰斯曾给他看过一张标明每月犯罪率的伦敦地图，在特拉法尔加宫附近插着密密麻麻的小旗子，瓦兰斯指着那儿对他说："这个地段让制图人都感到头痛。每月这个角落都会被插上密密麻麻的小旗子，因此，下个月只能重换一张新图。"

邦德走到了走廊尽头，有伤感的钢琴旋律从屋里飘出。他听出来那是《枯叶曲》。他停下来敲了敲门。

“请进。”从这个声音可以判断出来旅馆大厅服务员已经用电话通知过了。

这是一间小小的起居室，邦德走了进去，顺手关上了房门。

“锁上门。”一个女人的声音从卧室里传来。

邦德把门锁上，走向屋子中央与敞开门的卧室并齐的地方。这时一段圆舞曲正从留声机里传出来。

屋里一个只穿着吊带袜和乳罩的半裸女人在一只椅子上跨着，眼睛望着梳妆台的三面镜子；光光的手臂搭在椅子背上，下巴则靠在手上；她的脊背弯向前方，肩膀和头部的转动中流露出她的骄傲与矜持；乳罩的黑色带子从白皙的肩背紧紧地横过，连裤袜和分开的双腿强烈地刺激着邦德。

那女人略微把头抬了一下，从镜子中看了邦德一眼，那眼神冷冷的。

“你大概就是那个新手吧，”她大大方方地说道，声音低沉而沙哑。“找把椅子坐下吧，先欣赏欣赏音乐。”

邦德此时的心情很不错，他走到一把带扶手的椅子前，把它挪动到能使他从卧室的门口看得见她的位置，然后坐了下来。

“我想吸根烟，你介意吗？”他边说边掏出烟盒，从里面拿出一根烟叼在嘴里。

“当然不，只要你愿意采用这种办法去死。”

留声机中放着《永远等待》的曲子，凯丝小姐一边听着一边对着镜子左右顾盼。一会儿，曲子放完了。

她从椅子上站了起来，动作轻盈；她的头只微微甩了一下，光亮浓密的金发就像瀑布一样披散了下来，随着外面吹进来的微风摇曳着。

“如果你喜欢听，可以再翻个面，我一会儿再过来。”说着，她便走进了卧室。

邦德从留声机上取出唱片看了看，是乔治·费耶的钢琴曲。他默记下了唱片上的号码——VOX500，然后把唱片翻转到另一面，放下唱针。《四月的葡萄牙》的乐曲便从留声机中传出。

他觉得这段曲子很适合这位姑娘。她那性感的古铜色肌肤、散发出的野性美以及从镜中窥视他时所流露出的毒辣眼神简直都和这支曲子搭配得天衣无缝。

在没见到她之前，邦德曾经想象过她的样子。他想她一定有着一双死鱼眼睛，心就像钻石一样又冷又硬，她肯定是个龌龊的女人。因为她已不再青春年少并且样子龌龊，她的肉体已经引不起大老板们的兴趣。但是再看看眼前这位姑娘，虽然举止有些粗野，但样子却还是楚楚动人。

她叫什么名字？邦德重新站起来走到留声机旁，发现一个泛美航空公司的行李标签在唱机手柄上挂着。上面写的是“T•凯丝小姐”。T代表什么？邦德边想边转过身重新坐在椅子上。蒂娜？泰司？特里莎？泰尔玛？这些似乎都不像。当然特雷奥或多娜就更不可能了。

在邦德正在猜测她的名字时，凯丝小姐已悄无声息地站在卧室门口了，她的胳膊弯曲着靠在门框上，默默地注视着他。

邦德也站了起来，动作不慌不忙，眼睛则朝她看去。

她似乎要外出，穿戴得非常整齐：上身是一套时髦的黑色女装，里面衬了一件橄榄绿的衬衣；下身是金黄色的尼龙长袜，脚上则蹬了一双高雅的方头鳄鱼皮皮鞋；一只手腕上戴着块黑色手表，另一只手腕上则套着一个沉甸甸的金手镯；右手中指上是一只大钻戒在闪闪发光；右耳上戴着一个大珍珠耳环，金发掠向一边。要是手里再拿一顶小小的黑色女帽就更好了，邦德心里想。

她那种无所谓的姿态更加增添了她的美，但她那种打扮的目的似乎只是为了自我欣赏，而并非为了取悦别人。她的灰色眼珠上长着的一双浓眉，此时微微上挑，好像是在说：“好了，来吧。不过，老兄，你最好还是放老实点。”

她一直这样注视着他，眼睛都不眨一下。最后她终于说话了，“这么说，你就是那个彼得•弗兰克斯喽。”她的声音低沉而富于魅力。

“没错。”邦德回答说，“我一直在猜，这个T字是什么意思。”

她稍稍停了一下，回答道：“蒂芬妮。”说着，朝留声机走去，把它关掉了，然后转过头来，冷冷地对邦德补充道，“不过在公共场合不允许你叫这个名字。”

邦德耸了耸肩，走到窗边，很放松地靠在窗框上，两只脚交叉站着。

他的冷漠让她有些恼火。她走到写字柜前的椅子上坐下，说，“现在让我们谈谈公事吧。”她的语气透出一丝丝的锋利，“告诉我，为什么要干这活儿？”

“打死了个人。”

“哦，”她使劲瞪了他一眼。“听说，你的老本行是偷盗。”说到这儿，她停了一下，然后继续问道：“怎么死的？”

“打架打死的。”

“明白了，你是想趁此机会溜之大吉？”

“差不多吧！当然钱也是一方面。”

“身上没有装假肢或者假牙吧？”她的话题忽然一转。

“没有。”

“我一直都想要个装假肢的。”她轻蹙眉头说。好吧，你有什么爱好吗？这批钻石藏在什么地方更安全，你想过吗？”

“还没呢，”邦德说，“玩牌、打高尔夫球这些我都喜欢，我想，把钻石藏在行李箱的手柄里应该是个不错的主意。”

“海关关员也会想到的，”她冷冷地说。她静静地思考了一会儿，然后取来了一张纸和一只笔，问道：“你玩的高尔夫球是什么型号的？”

“邓洛普六十五型。你也玩这种型号的球吗？”

对此她没有作答，只是用笔记了下来。

“有护照吗？”

“有的，”邦德回答说，“不过护照上用的是真名。”

“是吗？”她有些半信半疑，“那么，你的真名是什么？”

“詹姆斯•邦德。”

她流露出一副厌烦的神态，“还不如叫裘德呢？算了，这种事不归我管。两天之内，你能办好去美国的签证并搞到免疫证明吗？”

“没问题。”邦德信心十足地回答。“我又没在美国闯过祸，哪怕是这里也没有我的犯罪记录。”

“太好了！”她高兴地说，“听着，移民局要是问你问题。你就回答说，你去美国是要见一位叫迈克尔•特瑞的先生。他是你在二战时认识的一位美国朋友。确实有这个人，他可以作你的证人。不过人们一般都叫他‘沙迪’，而不叫他迈克尔•特瑞。到纽约以后，你住在阿斯特旅社。”

邦德没有说话，只是笑了笑。

“不过，他本人可没有他的名字那么好笑。”她语气冰冷地说道。她拉开书桌抽屉，取出了一札钞票，每张钞票都是五英镑，用橡皮筋捆着。她把钞票分成两份，一份放回抽屉，另一份重新用橡皮筋捆好，朝邦德丢去。邦德一倾身，把它接住了。

"这些大概有五百英镑，"她说，"你用它在里兹饭店开个房间，然后告诉移民局地址。再找一只半新的皮箱，在里边放一些打高尔夫和度假要用的东西。别忘了球棍。星期四晚上有一班英国海外航空公司王冠号早班机，你就搭乘这班飞机去纽约。明天早上你要干的第一件事就是买好单程机票。没有机票，你的签证是办不下来的。星期四下午六点半，会有车子去里兹饭店接你。司机会给你带去一些高尔夫球，把它们也放进皮箱里。还有，"她抬起头来双眼直视着他，"千万不要以为这次是你一个人带着这些货单独行动，司机在上飞机前会一直陪着你，我也会乘这班飞机和你一起去。这可不是闹着玩儿的。"

"那这些宝贝儿，我怎么处理呢？"邦德耸了耸肩说，"责任重大，我恐怕承担不起。而且到了美国以后，我又该做什么？"

"那里也会有司机在海关门外等着你。他会告诉你下一步的计划。"她急匆匆地说，"一旦你在海关遇到麻烦，你就说，你也不知道你的行李里怎么会有这些高尔夫球。不管他们怎么问，你只要一直喊'冤枉'就行了，其他的事一概不管。我会在旁边监视你的，说不定还会有别人在监视，不过我不敢肯定。万一你被美国人关起来，你就要求见英国领事。别指望我们能帮你。不过你会得到一大笔钱。明白了吗？"

"明白了，"邦德说，"我想，大概只有你才能让我陷入麻烦里。"他抬起头望着她，"这样的事可不是我所希望的。"

"别开玩笑了，"她笑着说，"你不用担心我，我会照顾自己。"她站起来，走到邦德面前，一字一顿地对他说，"我可不是什么小姑娘，到时候还不定谁照顾谁呢。"

邦德也站起来，离开了窗边。"别担心，我干得会比你想象得更好。对于你的重视，我感到非常荣幸。现在让我们轻松一下如何？不要总是这么一本正经地谈公事。我非常希望能够有机会和你再见面。如果进展顺利的话，我们可不可以在纽约见面？"邦德这样说不过是逢场作戏，他想通过这个女人了解更高一层的幕后人物。

此时，凯丝小姐眼里的阴沉退去了一些，意味深长地看了邦德一眼，微微张开她那薄薄的嘴唇，有些结巴地说："好吧，星期五晚上，我好像没有安排，八点钟，如果一切顺利的话，我们一起去五十二街二十一号吃晚餐。出租司机没有不知道那个地方的。"说完，她转过脸

来，看着邦德的嘴。

“就这么说定了。”邦德说。他觉得应该告辞了，于是神采奕奕地问道：“还有别的事吗？”

“没有了，”忽然，她好像又记起什么事情，问道：“现在几点了？”

“差十分六点。”邦德看了看表说。

“我得开始忙啦，”她向房门口走去，邦德在后面跟着。正要开门时，她又转过身，看了他一眼，眼睛里充满了信任和热情，“放心吧，不会出事的。在飞机上我们俩最好离得远点。万一出事，也不必慌张。如果这件事你干得漂亮，”她的声调中满是留恋，“以后要有类似的活，我会想办法再给你的。”

“谢谢，”邦德说，“和你合作非常愉快。”

她耸了耸肩，房门打开了，邦德走了出去，又转身道，“星期五晚上见。”他还真想找个借口和这个孤单的女人多泡一会儿。

但是此时她的表情似乎又有些茫然，把他重新看成了一个陌生人。她抬头看了他一眼，冷漠地说：“再说吧。”然后便慢慢地但坚定地关上了房门。

邦德走向电梯间。凯丝小姐站在门后，直到听不见脚步声后，才缓慢地走到留声机旁，打开开关，把一张费耶的唱片放到了唱机的转盘上，里面传来一首名叫《我不知道结局》的曲子。她边听音乐边想着这个从天而降走进她生活的男人，脸上显出愠怒和沮丧的神情，“上帝，怎么又是一个贼。难道她注定一辈子都要和他们纠缠吗？”唱片停止了，她又变得快活起来，边哼着那曲子边朝脸上抹粉，准备出去。

走到大街上，她又停下脚步看了看表。六点十分，还有五分钟。她匆忙地穿过特拉法尔加广场，走向查灵火车站，脑子也没闲着，思考着要说的话。她进了车站，就径直朝那座她经常使用的公用电话亭走去。

六点一刻，她刚好拨完电话号码。电话铃和平常一样响了两声以后，传来了自动录音器接话的声音。

“凯丝要ABC。送货人名叫詹姆斯·邦德，看起来不错，护照上用的也是这个名字。喜欢打高尔夫，会随身携带高尔夫球具。建议用邓洛普六十五号高尔夫球。其他安排保持不变。十九点十五分和二十点十五分再电话联系，完毕。”

她听见录音带发出丝丝的声音后，放下听筒，返回了旅馆。她让服务员送来了一大杯淡味的马提尼鸡尾酒。她点燃了一支烟，再一次打开了留声机，喝着酒，等待着下一次联络的时间。

第6章　旅途见闻

星期四傍晚六点，邦德在里兹饭店的卧房里收拾着要带的东西。他不知从哪儿搞来了一只半新的猪皮箱，把需要的衣物都放在了里面：一套夜礼服；一套打高尔夫球时穿的轻质黑地便装；一双高尔夫球鞋；几件白绸和棉质短袖衬衣；睡袍；尼龙内衣裤；袜子；领带。

收拾好衣服后，邦德开始准备别的东西：阿穆尔写的《高尔夫球术》、洗漱用具、飞机票和护照。他把这些东西也都放在了猪皮箱里。这是Q组特制的一个皮箱。在皮箱的背部有一个特制的夹层，里面装有三十发子弹和手枪消音器。

这时，电话铃响了起来。他以为是接他的汽车到了，看看表，比预定的时间早了一点儿。原来是大厅服务台打来的，通知他有一个国际进出口公司的人带来一封信，并要亲手交给他。

“让他上来吧。”邦德说，心里感到很疑惑。

几分钟后有人敲响了他的门，开门后一位穿便装的人走了进来。他认出这人是英国情报局汽车队的一名司机。

“晚上好。”说完，那人便从上衣口袋里取出一个大信封，递给了邦德。“我就在这里等您看完这封信，然后我要把原信带走。”

邦德连忙拆开了这个大信封，里面露出一个蓝信封，把蓝信封拆开，才看到一张淡蓝色的打字纸，上面地址、签名都没有。从纸上的大号字体判断，邦德确定是M局长写的。这封信的内容是：

据华盛顿方面的消息，鲁弗斯·塞伊乃凯劳维尔调查报告提到的可疑帮会头目、大恶霸杰克·斯潘的化名，但无犯罪记录。斯潘还有个孪生兄弟，叫塞拉菲姆，是‘斯潘帮’的头目。全美各个地区都在该帮的控制下。五年前，这个塞拉菲姆收购了‘钻石之家’，生意一直很红火；斯潘帮的名下还有一家电讯公司，暗中干着为内华达和加利福尼

亚各州黑市印刷商传信的勾当，有违法的嫌疑；这家电讯公司的全称是'保险电报服务公司'；塞拉菲姆的大本营是拉斯维加斯的冠冕大酒店。'钻石之家'的董事会就附设在酒店中。塞拉菲姆在那里发号施令。华盛顿还说，斯潘帮从事着很多非法活动，包括贩毒、组织卖淫等，这些都由一个叫迈文尔·特瑞(别号沙迪)的在纽约操纵。此人有过前科，五次犯罪记录都不相同。该帮的分部设在迈阿密、底特律及芝加哥等地。华盛顿认为，斯潘帮是一个匪帮集团，在美国很有势力，各州、联邦政府甚至是警察局都有它的保护伞。它的势力比克利夫兰黑帮和底特律的'紫色帮'都要大。关于本次任务，华盛顿有关机构尚未接到通告。侦查过程中如遇危险，应及时报告，迅速撤出，并移交美国联邦调查局处理本案。此书即为命令。本件阅毕请送回。

信底没有署名。邦德将信又重新看了一遍，然后才小心折好，放入印有里兹饭店抬头的信封内，站起身把信交还给了信使。

"谢谢，"邦德说，"知道从哪儿下楼吗？"

"知道，谢谢。"信使回答道。"再见。"他走到房门口打开门说。

"再见。"

门被轻轻地关上了。邦德来到窗前，透过玻璃窗俯瞰着格林公园。

他的脑海里清晰地浮现出两鬓斑白的局长，他安详地坐在办公桌后的靠背椅上。把案子移交给美国联邦调查局？邦德了解M局长，他说话算话，但他如果真的把这件英国的棘手案子移交美国联邦调查局，心里一定非常不是滋味。

"遇危险"是信里特别强调的。遇到什么样的情况才能说是"遇危险"呢？这个很难定义。和以前的对手相比，这帮恶霸算不了什么。塞伊经理那张冰冷的面孔突然从邦德的脑海里冒了出来。好吧，得想办法会一会塞伊经理的那位亲兄弟塞拉菲姆，这没什么坏处。没准儿他就是一个夜总会里的招待，甚至是一个卖冰淇淋的小贩。这帮家伙就是这样，既低贱又狡猾。

邦德看了一眼手表。六点二十五分。一切准备就绪，他的右手伸进上衣的左腋，从鹿皮的枪套中抽出了一支.25口径的连发手枪。这是上次任务完成后M局长送给他的纪念品，送给他时，M局长还附了一张纸，上面用绿墨水写了一行字："也许你用得着它。"

邦德慢慢走到床边，取下弹夹，把子弹退出来扔在了床上。他反复做了好几次拔枪的动作，想找一下扣动扳机时弹簧被压紧的感觉。他把枪管掰开，检查一下里面是否有尘上，又伸手摸了摸前面的准星。然后把子弹上上，卡住保险，重又把枪放回了原处。

电话铃声又响了起来，邦德拿起电话："先生，您的汽车到了。"

邦德放下电话，来到窗边，望着公园里的树木，心里感到空落落的。想到就要与满眼苍翠的伦敦告别，他不免有点心酸。他又想到那座位于摄政公园旁边的灰色大厦。在遇到危险时他可以向它呼救，但那并不是他想要的。

有轻轻的敲门声，邦德开了门。是侍者进来提行李，邦德也跟着他走出了屋门，心里想象着正等在饭店门外的接头人的模样。

远远地就看见门外停着一辆轿车，"您坐前座。"穿制服的司机对邦德说，听起来根本不像下人的口气。邦德把高尔夫球袋和两只箱子放在了后座，自己则坐在了司机旁边，这个位置相当舒服。车子行驶到皮卡迪利广场时，邦德仔细地打量着司机的面部。他戴着一顶压得很低的鸭舌帽，鼻梁上架着一副黑色的大太阳镜，手上戴着一副黑色的羊皮手套，动作熟练地操纵着方向盘和排档。除了没有任何表情变化的侧面外，邦德什么也看不到。

"先生，看看街景吧，放松一下，"听起来是纽约市布鲁克林口音，"不要和我说话，我会很紧张的。"

邦德笑笑，一路上都沉默着。不过他的眼睛和脑子可没闲着，他用余光打量着司机并在心里盘算着：他四十岁左右，约一百七十磅重，五英尺十英寸高；他对伦敦交通规则非常熟悉，身上没有一点香烟味；他衣着整洁，脚穿高档皮鞋；胡子刮得很干净，估计每天得用电动剃须刀刮两次。

走到大西路圆环，司机靠路边停下了车子。他把仪表板旁的手套箱打开，从里面小心地取出来六只崭新的邓洛普六十五号高尔夫球。球用黑色包装纸裹着，似乎还未拆封。他把车挂上空档，下车把汽车的行李箱盖打开。邦德扭头望去，只见他打开了高尔夫球袋、把六只新球和旧球混在了一起，然后便回到驾驶座，还是什么话都没说，继续开车。

在伦敦机场，办好检票及托运行李等手续后，邦德买了份《标准晚报》，然后跟着司机去了海关处。

"都是私人用品，先生？"

“是的。”

“您随身带了多少英镑，先生？”

“大约三英镑，还有一些零钱。”

“谢谢，”海关人员在三件行李上划了一道蓝印，皮箱和球棒袋便被行李工装上了手推车。“请到那边有着黄色的灯光的移民局去。”行李工说着，就把手推车推去了行李间。

司机向邦德举手致意，“再见，一路顺风。”他微微一笑说。

“谢谢。”邦德也满面笑容地说。司机转身后，他脸上的笑容马上消失不见了。

邦德提着手提箱，一位办事员正在看他的护照，然后便在旅客名单上划了一个记号。邦德向出境休息室走去，此时正好听见凯丝的声音，她在身后低声对办事员说着什么。不一会儿，她也走进了出境休息室，选了一个位于邦德和门之间的座位坐下。邦德不由暗笑。如果她盯梢的是一个马大哈，那的确是一个不错的位子。

邦德佯装看报，却从报纸的顶端观察着休息室里的旅客。

飞机座位几乎坐满了。因为他订票时间过晚，没有买到到卧铺票。休息室里大约有四十名旅客，看不到一个熟人。邦德的心放了下来。这些旅客当中有几个英国人和美国人，两个美国天主教修女和两个哭闹不停的婴儿，还有七八位看不出国籍的欧洲人。邦德环顾了一周，发现这真是一个大杂烩。可以说他和凯丝是都带有秘密使命的，但每个旅客何尝不是都带有各自不同的使命呢。

航空公司的航班调度员就在离邦德不远的地方坐着。邦德甚至能够听见她用电话向地面飞行指挥站报告的内容：“出境休息室里大约有四十位乘客。”在收到对方的意见回馈后，她把听筒放下，拿起扩音器的话筒，开始播登机通知。

邦德走在人流当中，和大家一起穿过水泥机坪走向双层波音客机。飞机的引擎发动了，冒出一股浓烟。空中小姐广播说，飞机下一站将降落在爱尔兰的香侬，旅客将在那里用晚餐，这期间飞机大约飞行一小时五十分钟。顺着两英里长的水泥跑道，王冠号疾驰而去，在夕阳中徐徐上升。

邦德点了一支香烟，悠然的抽了起来，翻开那本《高尔夫球术》，开始阅读。前排座椅上的乘客，把坐椅使劲向后靠过来，他的空间因而缩小了。他看了一眼前排座上的两个人。这是两位美国商人。左边那一位是个胖子，热得满头大汗，安全带在肚子上牢牢地系着，两只手紧紧地把公文包抱在胸前。公文包上贴着一张名片，上面写着："W·温特先生"。名片下方还用红墨水写着一排小字："本人血型是B。"

真是个胆小鬼，孬种。他肯定以为一旦飞机出了事，要让抢救他的人知道该用哪种血型替他输血。

霞光从机舱的窗子里照进来，却被一个走过来的身影给挡住了。邦德扭头看了看，原来是凯丝从他身边经过，从楼梯口向下层的酒吧走去。邦德很想跟她一起去，但最终还是克制住了。他又翻开了带来的那本书，读了一页，但根本就读不进去。他竭力控制着自己不要去想她，便重新从第一页读了起来。

过了大概一刻钟，他感到耳膜有点儿痛。原来飞机正在爱尔兰西海岸缓缓降落。没过多久，飞机便着陆于明亮的跑道灯中间，徐徐向停机坪滑行。晚餐有牛排和香槟，以及兑了爱尔兰威士忌的热咖啡，一层厚厚的奶油浮在它的顶部。机场的摊位上有各种小玩意供旅客购买。

飞机再次起飞了。邦德睡了一个长长的觉，他醒来时，飞机已到了位于加拿大东部的新斯科舍。他走到盥洗间，想洗尽一夜的辛苦和倦意，然后再回到那些还在睡梦中的旅客中去。当晨光溢满机舱时，他又回复到精神抖擞的状态了。

旅客们逐渐醒来，飞机里又慢慢有了生机。从飞机上望去，下面二万英尺的土地上，大大小小的楼群就如点缀在棕色地毯上的方糖，星罗棋布。一列冒着一缕缕白烟的火车在地面上蠕动着，一艘渔船在驶出海港时，激起了一片涟漪，就像羽毛一样。

飞机上开始供应早餐。也就是英国海外航空公司号称的"英国乡村早餐"。这时，空中小姐开始向每位旅客发放空白表格。这是由美国财政部制作的第6063号表格。邦德注意到表格的底部印有一行小字："凡有人故意隐瞒物品不报……当视情节轻重予以罚款或监禁处分。"于是他填上了自己的个人物品。

飞机似乎是一动不动地悬浮在半空中，唯一能让人感觉它在运动的，是机舱里上下移动的耀眼的白光。终于到了波士顿地区，紧接着又看到了新泽西州芭蕉叶状的立体交叉公路。当飞机缓缓降落于雾蒙蒙的纽约机场时，邦德的耳鼓又开始嗡嗡作响。终于到目的地了。

第7章　过头探路

一位大腹便便的海关人员非常慵懒地扶着办公桌站了起来，朝邦德站的地方走过来。邦德可以看见他身上那件灰色衬衣制服胳肢窝处的大片汗渍。一位小姐非常幽雅地从手提包里取出香烟盒，拿出一支香烟衔在嘴里。邦德听见打火机连续按了两下的叭叭声和合上盖子的声音。

“是邦德先生吗？”

“是的。”

“这是您的签名？”

“正是。”

“都是个人用品吗？”

“是的。”

海关人员动作熟练地从检关簿上撕下一张海关标签贴在了行李上，又撕下一张贴在了手提箱上。他手持检关簿，边检查装有高尔夫球棒的帆布袋，边朝邦德脸上瞟了几眼。

“邦德先生，功夫如何？”

邦德不明白他的意思，一时间有些不知所措，只好说，“这些都是高尔夫球棒。”

“我知道，”海关人员非常耐心地说，“我是问你打高尔夫的功夫如何？一局多少杆？”

邦德感到非常沮丧，他还不能马上适应美式俚语。“哦，大概八十几杆。”

“我可是一百杆呢，”海关人员一边很自豪的说道，一边把一张标签贴在了邦德的最后一件行李上。

“祝您假期愉快，邦德先生。”

“谢谢。”

一名行李工过来帮邦德运行李，邦德则跟在后面向出口的检查处走去。这可是最后一关了。检查员没怎么仔细检查，只是低头寻找标签，然后在上面又加盖了一个章，便挥手放行了，整个过程没耽误多长时间。

“是邦德先生吗？”一个长得有些尖嘴猴腮的人迎上来问道。

这个人的头发是泥灰色的，一双眼睛无精打采，身上穿着咖啡色的衬衫和深棕色长裤。

“我是来接你的，汽车就在外面。”早晨的阳光已经略显炎热，那人在前面引路，邦德跟在他的后面。邦德发现他裤子的后口袋有一块是凸起的，显然里面放的是一把小口径的连发手枪。邦德心想，美国人未免有点太猖狂了。这都是那些充斥着暴力的连环画和武打电影导致的后果。

一辆奥兹莫比尔轿车停在门外。邦德坐在了前座，把行李扔在了后座，那个来接他的人则去替他付给搬运工的小费。当汽车驶出机场，走在车水马龙的范怀克大街上时，邦德觉得是时候说点什么了。

“这里的天气怎么样？”

司机的眼睛一直注视着前方，回答道：“摄氏三十七八度吧。”

“可真不低，伦敦的气温最多不超过二十四度。”

“是吗？”

“接下来有什么安排？”

司机没有回答，只是看着反光镜，车子突然加速，驶向了大道的中央，超过了一大串的汽车。汽车开到了一块较空旷的公路上，邦德又问了一句：“我说，伙计，到底有没有什么安排？”

直到这时司机才看了他一眼说：“你要去见沙迪。”

“是吗？”邦德突然感到有些失落，真不知道还要等多久他才能有机会大显身手。前路可不是一片光明啊。他冒名顶替打入走私集团内部，还要想方设法顺藤摸瓜。只要略显不满或者行动过于独立，就会被踢出局，所以需要处处小心，事事留意，唯命是从，一点馅都不能露。他打定了主意。

汽车驶入了曼哈顿区，沿着哈德逊河滨大道穿过市区，停在了西四十六街。汽车旁边是一家首饰店。它隔壁的商店是用黑大理石镶着的门面。大理石的上方刻着一排很小的银色斜体字：“钻石之家有限公司”。要不是早有思想准备，邦德真是很难辨认清上面写的是什么。

汽车刚停稳，一个在街上卖花的人就马上跑了过来，问司机道，“一切还顺利吧？”

“当然，老板在吗？”

“在。需要我把你的车开回车库吗？”

“好的，谢了。”司机又转过身来对邦德说：“兄弟，到了。把你的行李拿下来吧。”

邦德下了车，把后座车门打开，拿出了手提箱，然后想再去拿高尔夫球袋。

“让我来吧，”司机在他身后说。邦德遵照他的话只拿了衣箱。司机拿起了球袋，车门“砰”的一声关上了。

门厅的角落里，坐着一个人。当邦德他们经过时，那人正在看《新闻杂志》的体育版。他抬起头和司机打了个招呼，但对邦德却没那么友好，恶狠狠地斜眼瞪着他。

“行李放这儿，可以吗？”司机对那人说。

“当然可以，”那人说，“放心吧。”

司机扛着球袋，和邦德站在门厅边的电梯口等电梯。电梯来了，他们上了四楼，进入了另一个门厅。那里摆了一张桌子、两把椅子，地上还放着一只黄铜痰盂。一股发霉的味道从屋里散发出来。

他们从破旧不堪的地毯走过，来到了一个镶着毛玻璃的门前。司机象征性地敲了敲门，根本没等里面回答便直接走了进去。邦德也跟了进去，并随手把门关上了。

邦德看见一个长着一头红发，有着一张大圆脸的人在办公桌前坐着，桌上还放着一杯牛奶。那人见他们进来，便站了起来。邦德这才发现他原来是个驼背。这样的人邦德以前可是从未见过。他想，这个模样要是用来吓唬手下的小喽啰许会很管用。

驼背从桌边慢慢地走到邦德身边，从头到脚仔细地来回打量着邦德，最后在他前面站住，直勾勾地盯着他的面部。邦德显得沉着镇定，也大方自然地端详着他。这个驼背的两个眼珠就像一对瓷球，没有一点神采，如同从死人脸上抠下来的一般；两只大耳朵又肥又厚，一张干瘪的嘴挂在鼻子下面；脖子很短，头就像插在身体中，根本看不到脖颈；两臂短粗，上身穿一件宽松的贵重丝绸衬衣。

“邦德先生，对于雇用的新人，我向来喜欢仔细观察。”他用又尖又高的声音说。

邦德礼貌地笑了笑。

“听伦敦方面说，你杀过人。我信。我能看出来你有这本事。再替我们干活，愿意吗？”

“那就得看是什么活儿了，”邦德回答说，“或者说，”他希望他的答话听起来不要太做作，“得看你出多少工钱。”

驼背发出一声尖笑。他转过身去非常粗鲁地对司机说：“罗克，把球拿来，切开。”他一甩胳膊，摊开了手掌，一把对开的小刀在手上放着，刀的把柄处用胶带缠着。是一把掷刀。刚才他露的那两下子倒是也干净利落。

“是，老板。”司机迅捷地接过小刀，单腿跪在地板上打开了球袋。

驼背重新回到办公桌前坐下，端起装牛奶的玻璃杯厌恶地看了看，三口两口就把牛奶喝光了。然后他看了看邦德，似乎在等待他说点什么。

“您有溃疡症？”邦德很同情地问道。

“这不是你该管的事！”驼背非常气愤地说，接着又冲司机大声嚷道：“还等什么呢？快把那儿只球给我放到桌上，切开。挖出球的号码下面的塞子就可以了。”

“老板，马上就好了。”司机说。他赶紧把六只高尔夫球捡起来放在桌上，其中的五只还用黑色包装纸包着。他拿起一只，用刀尖狠狠地扎了进去，旋转了一下，然后交给了驼背。驼背又在那儿挖了一下，三块约十至十五克拉重的原料钻石就被倒在了皮质的桌面上。

驼背用手指尖碰触了一下这些钻石。

司机继续卖力地挖着，终于十八块钻石全部倒在了桌上。这些钻石因为还未经琢磨，所以看上去并不怎么漂亮。假如这些都是上等钻石，加工出来的总价，邦德估计可达十万英镑，相当于近三十万美元。

“罗克，”驼背说，“就这些，一共十八块。把这些球棒拿走吧，让人送这位兄弟去阿斯特饭店。房间已经定好了。他的行李也顺便送到他的房间去。”

“好的，老板。”司机系上球袋，把它扛在肩上，向门外走去。

邦德在一把靠墙边的椅子上坐下来，正好面对着驼背。他点燃了一支香烟，抽了一口，又朝驼背看了一眼说：“如果您乐意的话，现在

就请把那五千美元给我吧。”

驼背一直在暗中观察着邦德的一举一动。他低下头，把桌上那堆钻石排成一个圆圈，然后又抬头看着邦德，尖声尖气地说：“邦德先生，五千美元一个子儿也不会少你的。说不定还会多一点。不过，安全起见，支付的方法得想一想。我们不打算付现金。邦德先生，你明白这是为什么。突然得到这么多钱，对于一个人来说是很危险的。说不定他会四处炫耀，还会肆意挥霍。如果引起警察的怀疑，询问他钞票的来源，他一旦回答不上来，可就麻烦了。你说是吗？”

“是的，你讲得很在理。”邦德没想到驼背是如此的稳健和精明。

“所以，”驼背接着说，“我和我的朋友们在支付报酬时一向很谨慎，极少会一次性全部付清。每次一般付的数目都不大。我们会想法让他得到更多的钱。当然你也一样。现在你身上有多少钱？”

“大概三英镑，还有一些零钱。”邦德答道。

“如果那样的话，你可以这样描述那五千美元的来源，”驼背说，“你今天见到了多年未见的老友特瑞，”他用手指着自己的胸脯，“也就是我。我们两个是 1945 年在伦敦认识的。那时我正在那儿处理一批陆军的剩余物资。记住了吗？”

“记住了。”

“我们在萨伏亚大酒店玩桥牌的时候，我欠了你五百美元，记得吗？”

邦德点点头。

“今天我们又在美国重逢了。说好用赌银币正反面的方法来销帐。如果你猜对了，我就要加倍偿还欠你的钱；如果猜错了，咱们就两清了。结果你赢了，所以你得到了一千美元。我是个诚实守信的纳税人，完全可以作你的证人。瞧，这是一千块钱。”驼背从裤子的口袋里掏出一个皮夹子，从里面抽出十张一百美元的钞票放在桌子上。

邦德拿起钞票，很小心地放进了上衣口袋里。

“还有，'驼背接着说，“既然来了美国，就得去看看赛马。于是我建议你去看看萨拉托加大赛，这是一年一度的赛马盛会，下星期一开始。'你觉得这是个好主意，于是便带着你那一千块钱去萨拉托加了。”

“好的。”邦德说。

“你到了那里，把赌注压在了一匹马上。你如果赢了，就可以赚五倍。很幸运，你一下子就赢了五千美元。这样，哪怕有人查问起这钱的来源，你也可以理直气壮地说是你赌马赚来的。并且有人作证。”

“但万一输了呢？”

“不会的。”

邦德没有再说下去。至少他已经知道，他们在赛马上会动手脚。他已经踏进了一个歹徒的圈子。他要打开那双毫无表情的瓷质眼珠的缺口，然后钻进去。

“那太好了，”邦德连声称赞，希望用几句奉承话作为敲门砖，“您真是见多识广，深谋远虑。为您这样的人效劳是我的荣幸。”

但瓷质眼珠并没有对这几句奉承做出任何反应。

“我打算在这儿呆一段时间再回英国。不知您这儿需不需要像我这样的人？”

驼背那双瓷质眼珠的视线从邦德的眼睛处慢慢移开，转而端详着他的脸部和胸部，好像是在马市上检查马匹一样。他又低头看了一会儿放在桌上的钻石，若有所思地把它从圆形改成了方形。

室内安静极了。邦德看着自己的手指甲。

“有这种可能，”驼背抬起头来答道，打破了屋里的寂静。“我可以再派你干点儿别的活儿。到目前为止，你还没有出过差错。好好干，安分守己点。赛完马后，给我个电话，我告诉你干什么。不过，一定要稳重，服从命令，明白吗？”

邦德紧绷的神经终于放松了一些。“我不会干过分的事的。我就是来找活儿的。你告诉你的手下，我不会耍花样的，我只要钱。”

不知道为什么，瓷质眼珠突然间变得十分恼怒。邦德担心自己说得太离谱了，反而弄巧成拙。

“你以为我们是什么人？”驼背尖声叫道，“难道是卑鄙龌龊的流氓帮吗？真该死！”他转而又无奈地耸了耸肩膀，“对于你这种英国佬，我们没办法让你了解这一切。好吧，记住我的电话号码：威斯康辛7—3697。记住下面我对你说的话，但是绝对不能说出去，否则小心你的舌头。”沙迪发出一阵刺耳的笑声，让人感到毛骨悚然。“星期二会进行第四次赛马，是三岁马匹 1.25 英里的比赛。在票快要售完的时候，你再下赌注，压上你的一千美元。明白了吗？”

“明白了。”邦德边回答边用铅笔在记事本上快速地记着。

“好的。”驼背命令说，“买那匹叫‘赧颜’的马，准没错。它脸上长着白斑，四只小腿也全是白色。”

第8章 旧友重逢

中午十二点半，邦德乘电梯下楼，走出了大门，外面的空气非常燥热。

他拐过弯，顺着人行道慢慢的向时代广场走去。走到“钻石之家”那用大理石镶的门前，他停了几分钟，透过衬了藏青鹅绒的两个橱窗，看里面摆放的首饰。一个橱窗里放了一套首饰：一个圆形的大钻石和一颗光彩夺目的菱形钻石耳坠，它们在阳光的照射下熠熠生辉。旁边有一块名片大小的金箔板，上面有一排花体字：“钻石恒久远”。

邦德笑了笑，心想不知道这四颗大钻石是谁带进纽约的。

邦德在街上无聊的溜达着，想找一家带冷气的酒吧，在里面坐一会儿，冷静地思考一下。他对这次接头非常满意。至少不至于像他想的那样被撵出去。他想起驼背的行为举止就觉得好笑。自负、虚荣、富有表演天才，这些都是他的特征，不过也不是个好惹的主。

转了几分钟，邦德感觉后面有个人在盯梢。他立刻停下来，站在了一个橱窗前面，转过头朝四十六街望去。路上只有一些闲杂人员在不慌不忙地走着，大多数人和他一样，都靠路上有阴影的这一边走着，并没有看到突然闪躲进商店的影子，也没有看见为了不被人发现，故意用手帕揩脸的人，更没有蹲下来系鞋带的。

橱窗中陈列着瑞士表，邦德看了看，然后转身接着往前走。他走了几步，又故意停下来看了看。还是什么事都没有。他继续走了一段路，便向右拐进了美洲大道，在这条路的第一家商行门前停下了脚步。那是一家女士内衣专卖店。里面背朝门口站着一个穿褐色西服的人，正低着头看模特儿身上的黑色吊袜。邦德把身体转过来，靠着柱子，懒懒地望着街上。

忽然邦德感觉有东西碰了一下他的手臂，紧接着一个粗鲁的声音说道:“嗨,英国佬,想不想请我吃饭?”那人用块硬东西抵着邦德的腰。

那是一个听起来很熟悉的声音。邦德斜着眼睛使劲往后看,想知道是什么东西搭在了他的右臂上。原来是一只钢钩。他突然一个急转身,伸出左手朝对方打去,速度如闪电般迅速。不料那人只用手轻轻一挡,就把他的左手给抓住了。这时,邦德察觉到那人并没有带枪,一个懒洋洋的声音对他说:“詹姆斯,别这样。真是冤家路窄,怎么又碰见你了?”

邦德连忙回头看去。原来是老朋友费利克斯•莱特。想不到又在纽约碰上他了。

“原来是你这个德州佬在暗中盯我的梢。”莱特原来是美国中央情报局的秘密情报员,邦德和他曾经在一起办过好几个案子。邦德上次见到他时,他因处理一起美国黑人的案子而受了伤,躺在佛罗里达的一家医院里,全身都缠着绷带,一只手臂和一条腿也毁了。“你在这儿干吗?是不是有病啊,大热天的逛街?”莱特问道。邦德掏出一块手帕擦了擦满脸的汗水说,“你吓了我一跳。”

“没那么严重吧?”莱特连嘲带讽地笑着说,“你那么不中用吗?怎么,丢了魂了,都分不清警察和流氓啦?”

邦德无奈地笑着说:“你这个间谍太倒霉了。我得罚你买酒陪罪。说说你怎么会在这儿?我想我们可有说不完的话了。是不是该请我吃个午餐?我知道,德州佬有的是钱。”

“没问题,”莱特满口答应。他收起钢钩放进右边衣袋,搂着邦德的臂膀,沿街向前走。这时邦德才注意到这个老朋友瘦得很厉害。“在德州,连跳蚤都请得起猎犬来陪它们玩。走吧,咱们去沙迪餐厅。”

到了餐厅,莱特领着邦德直奔二楼。一楼往往是演员和作家们聚会的地方。邦德发现莱特上楼梯非常费力,得扶着栏杆一步一步地慢慢走。邦德没好意思问他原因,独自在盥洗间洗手时,邦德对于刚才发生的一切才回过神来。莱特上一次做出了多么大的牺牲啊。左腿跛了,右臂干脆切除了,现在右眼角上方还能看出有一条不明显的疤痕,估计做过植皮手术。其他方面就没什么变化,灰色的眼睛依然炯炯有神,坚定不屈,满头如干草般的头发看不到一丝白发,从整个神情上,看不到一丁点伤残的苦瓜相。但是,只在他们一路走来的这短暂的时间里,邦德已经感到老友往日健谈的风格已经消失了,也许是因

为受了伤，也许是因为有任务在身。不过估计前者的可能性更大一些。

邦德回到餐桌时，半杯淡味的马提尼鸡尾酒已经放在了桌上，里面还漂着一片鲜柠檬。这是老朋友的脾性，邦德对老友微笑着表示谢意。他喝了一口，味道相当不错。

“里面加了点苦艾酒，”莱特说，“这是加州名产。不知道你是否喝得惯？”

“这是我第一次喝到这么好的苦艾酒。”

“我还给你要了份熏鲑鱼和红烧里脊牛肉。这儿的牛肉可是有口皆碑，可以吗？”莱特问。

“你说了算，你和我在一起进餐那么多次，你了解我的口味。”

“我已告诉他们菜慢点上。”莱特说着，从衣袋里取出钢钩在桌上敲了几下。“告诉我，你要和我的老朋友沙迪•特瑞做什么买卖？”莱特面带笑容地看着邦德说，“再来一杯马提尼如何，”他又向侍者要了一杯酒，然后挪了挪椅子，身子向前倾了倾。

邦德喝完了一杯马提尼，然后点燃了一根香烟。他非常谨慎地向四周看了一看，发现附近的餐桌上连一个人都没有，这才转回头来看着莱特。

“还是先谈谈你吧，老朋友，”他轻声地说，“这段时间你在替谁办事？还在中央情报局吗？”

“没有，”莱特说，“因为少了一只手，我只能坐办公室。我对他们说，还是想另外再干点外勤工作，他们便给了我一笔优厚的抚恤金，打发我回家了。后来平克顿找我帮忙，你知道的，就是那帮号称‘二十四小时服务’的家伙。我现在是他们的私家侦探。很有趣吧？我和那帮家伙相处得还不错。再干几年，我就领一笔养老金退休了。现在我主要负责调查赛马场里那些给马服违禁药品、赛马作弊、预测结果、马厩夜间值勤等勾当。这事还真不错，至少可以让我周游全国。”

“听起来真带劲，”邦德插嘴说，“我真不知道你对马还有研究。”

“我可没那本事，”莱特说，“不过，接触多了，慢慢也能了解一些。再说我调查的也并不是马本身，而是和马打交道的人。你最近怎么样？”他声音压得极低问道，“还在那家公司吗？”

“是的。”邦德说。

“这次是来美国办案子？”

“没错。”

“一个人来的？”

“对。”

莱特突然叹了一口气，然后便盯着马提尼鸡尾酒看了好长一会儿，终于还是忍不住说：“我说，你如果是孤身一人跟斯潘帮干，那你也太自不量力了。实话告诉你吧，我是提着脑袋在这儿和你吃午餐呢。干脆我把今天早上调查沙迪•特瑞的情况告诉你吧，或许我们还能互相支援。当然，这是你我私下里的交情，和我们的单位无关，对吗？”

“莱特，你知道的，我当然愿意和你同心协力，”邦德一脸严肃的说，“虽然我们现在是各为其主，但如果追赶的是同一只野兔子，为什么不互相支援呢。我问你，”邦德故弄玄虚的说道，“你最感兴趣的是不是那匹被叫作‘赧颜’的马？它的脸上有白斑、四条腿也是白的。”

“没错，”莱特没表现出丝毫的惊讶，“下星期二它要在萨拉托加马场比赛。我不明白这匹马儿怎么能和大英帝国的安全挂上钩？”

“他们让我把赌注压在这匹马身上，”邦德说，“赌注是一千美元，要是赢了正好抵我这一趟差的酬劳。”说完他从嘴里抽出香烟，用手捂着嘴小声解释道：“我今天早上才乘飞机到这儿，给斯潘先生带来了原料钻石，估计得值十万英镑。”

莱特此时两只眼睛眯成了一条缝，看得出来，吃惊不小。他吹了一声口哨说，“好家伙，你的胆子可真不小啊！我对‘赧颜’感兴趣，只是因为它是冒牌货。星期二参加比赛的那匹马根本不是‘赧颜’。‘赧颜’只出场过三次，成绩非常一般，所以他们就把真的‘赧颜’给毙掉了。这个替身本名叫‘霹雳火’，长相和‘赧颜’极像，脸上也有白斑，四条腿也都是白的，全身是彩色。他们去年花了整整一年的时间来纠正它与‘赧颜’的不同之处。据说是在斯潘在内华达州的牧场进行的。他们想靠它赚大钱。这是一场大赛，赌金高达两万五千美元。我敢打赌他们肯定会大赚一笔的。至少这匹马可以为他们赢五次，或者十次，甚至十五次。”

“我听说在美国赛马场上的每匹马，它的嘴唇上都打了戳，他们如何冒名顶替呢？”邦德有些疑惑。

“他们曾给‘霹雳火’的唇部做过植皮手术，把‘赧颜’的戳记植了上去。打戳记早已是过去的事了，平克顿的同事告诉我，现在赛马俱

乐部建议改用'夜眼'照相来鉴别马匹。"

"什么是夜眼?"

"就是你们英国人说的'胼胝',它是长在马匹膝部内侧的茧皮。不同的马的茧皮也都不一样,就好像人的指纹。但是,即便如此,依然无法避免作弊。等到所有的赛马都用夜眼的方法被照下来留影存档时,也许美国的歹徒已经想出了用药水改变茧皮的办法了。道高一尺,魔高一丈啊。"

"你怎么知道这样么多关于'赧颜'的内幕?"

莱特显出得意的神色:"我有内线,马厩的管理人员被我买通了。"

"那么这种舞弊行为,你拿什么办法制止呢?"

"走一步看一步吧。我准备星期天就去萨拉托加。"莱特忽然变得非常兴奋,"嘿,咱俩一起去吧。自己开车去。你可以住在一家汽车饭店——萨加莫尔汽车饭店。咱们不要住在一起,白天最好也别一起露面,晚上我们可以约在一个地方见面。你觉得怎么样?"

"好极了,"邦德说,"现在都两点啦,快吃饭,吃完了我把我的事告诉你。"

加拿大的熏鲑鱼当然和地道的苏格兰货不能相比。不过里脊牛肉却是名不虚传,非常嫩,只需用叉子就能把肉切下来。邦德吃了半只热带梨,然后开始小口地品尝咖啡。

"事情是这样的,"邦德一边喝着咖啡一边讲着事情的大致经过,最后说,"我猜,钻石走私是由斯潘兄弟负责,而钻石的加工与销售则是由'钻石之家'经办。你怎么看?"

莱特用他那残留的左手从烟盒里抖落出一支香烟,邦德用打火机替他点上了火。

"完全可能。'然后他停了一下,又说道:"不过,对于双胞胎的哥哥杰克·斯潘,我不是很了解。如果那个塞伊经理就是杰克,那我们可就是老相识了。我们那里掌握着这个匪帮全部成员的档案,而且对于凯丝,我也略知一二。她原本是个好姑娘,可惜在黑道混得年头太长了;她从一生下来就没过过好日子。她妈曾经是旧金山一家妓院的老板,生意还过得去,但由于走错了一步,一下子全完了。因为她妈不想再向当地黑社会缴纳保护费了,于是有一天,她决定支付给警察一大笔钱,以得到他们的保护。她真是愚蠢到了极点。一天晚上,当地黑帮派了一群手下把妓院给砸了。他们并没有去招惹那里的姑娘们，却把凯丝小姐给轮奸了。当时她才十六岁。从此以后她对所有男人都失去了信任，全无好感。那件事发生的第二天，她打开母亲的钱匣子，带了笔钱逃跑了。她孤零零一人在外谋生，做过女招待、舞女、摄影模特儿，就这样一直混到了二十岁。后来可能混得不好，又开始喝酒。她在佛罗里达州租下了一间屋子，整天除了酗酒，无所事事，当地人称她为'醉美人'。有一次，一个孩子不小心落水，正好被她看见了，她奋不顾身地跳进海里救起了孩子，报纸上登出了她的事迹，她一下子成了英雄。有位有钱的太太很欣赏她，资助她到医院戒酒，又带她环游世界。当她们游玩到旧金山时，凯丝和那个女人告别，又重新回到了她母亲那儿。不过她已经无法适应那种平淡的生活了，于是她又去了里诺城，在那里的哈罗德赌场找了个活儿。我们的朋友塞拉菲姆就是在那儿遇上她的。他对她一见钟情。她这种漠视金钱，不愿失身的态度让他非常喜欢。于是他把她安排在了拉斯维加斯赌城的冠冕大饭店。在冠冕大饭店，她已经干了两年，她轻易不去欧洲，除非有特别的任务。我觉得她本性是善良的，只是在受辱后没有好人引领她。"

邦德想起她孤独地在房间里欣赏《枯叶曲》的画面。似乎又看见那双忧郁的眼睛从穿衣镜中注视着他。"我喜欢她，"邦德斩钉截铁地说，此时他觉得莱特那双眼睛有些疑惑地凝视着他。他看了看表，然后对莱特说："看来我们两人要抓的是同一只老虎。不过每人抓住了老虎尾巴的不同位置。只要我们计算好时间，一同发力，后面一定有好戏看。我得回去了，我在阿斯特饭店订了个房间。星期天我们在哪儿会面？"

"最好别在这一带，"莱特说，"去普莱查广场附近吧。最好能早点儿，避开高峰时间。上午九点在公路站附近。那个公路站是运马的。万一我迟到，你顺便还可以去挑一匹马，这对到萨拉托加的用处大着呢。"

莱特付完帐后两人下了楼，街上依然是热气逼人。邦德一招手，一辆出租车停了下来。莱特拍了拍邦德的肩膀，邦德感到很温暖。

"还有一件事，"莱特一本正经地说，"对于美国的帮匪，也许你还没有真正了解。他们比你过去对付的那帮家伙可是厉害多了。实话告诉你，斯潘帮虽然名字起得怪里怪气，但帮里的人却是非常精明，他们机构灵活，而且还有保护伞。美国现在可是和以前不一样了。不

过别误会我的意思。那帮家伙实在是坏透了。你现在接的这个活儿也是臭气熏天的。"莱特松开手，邦德钻进了出租车，莱特又探着身子笑着说，"詹姆斯，知道为什么这么臭吗？是一股甲醛和臭娘们散发出的味道。"

第9章　烈火冷羡

"别在我身上浪费钱了，我可没那么容易醉。"凯丝小姐冷冷地说，"你为什么要我跟你喝这种伏特加与马提尼的混合烈酒，我可不想和你一起睡觉。"

邦德哈哈大笑，凯丝小姐的话一语中的。他要了酒，转过来对她说；"咱们再点些菜吧。鲜贝和猪蹄怎么样？也许吃过晚饭后你就会改变主意了。"

"听着，邦德，"凯丝警告他，"你要是真舍得花钱，就给我来份鱼子酱，还有你们英国人所说的炒肉排，再要一杯香槟。我极少和英国绅士用餐。你和我都要规规矩矩。"突然她的身子一倾，向邦德靠过来，一只手则压在了邦德的手上，"对不起，我不是来敲你竹杠的。这顿饭我请吧。我的意思是我们在一起吃饭的机会难得。"

"别傻了，蒂芬妮，"邦德笑着说，这是他第一次直呼其名，"为了这个约会，我已经等了好几天了。我要和你要一样的菜。钱不是问题，我现在已经捞到了一笔钱。我和特瑞有一笔五百美元的旧帐，今天上午我们决定用赌银币正反面的方法来处理这笔旧帐。要是我输了，旧帐就一笔勾销；要是我赢了，旧帐就要翻番。结果我赢了，赚了一千美元。"

当提到沙迪•特瑞时，凯丝的脸色突然起了变化。她粗声的说道："那好吧，就由你来付帐吧。"

侍者送来了马提尼鸡尾酒，同时还带来了一只空酒杯，里面放着几片鲜柠檬。邦德拿起柠檬，先往自己的酒杯里滴了几滴，然后便让它们沉到了杯底。他举起酒杯，从玻璃杯的上面朝她望过去，然后说："为这次任务顺利完成干杯！"

凯丝撇了撇嘴，一口气喝下了半杯酒，然后把酒杯重重地往餐桌上一放，冷冷地说："还不如说，为我刚刚从突发的心脏病中恢复而干杯；为你那糟糕的高尔夫球艺干杯。当时，我还以为你会拿出高尔夫球和球棒，当场给他表演呢。你真的八十多杆进洞？"

"哪有啊。当时我也吓了我一跳。不过你也好不到哪儿去，不停地打火。我敢打赌，你肯定叼错了香烟的头，点的是带滤嘴的那头。"

她笑了笑，承认说："你的听力还真不错。算你猜对了。好了，我们别再互相揭短了。"她将剩下的鸡尾酒一饮而尽。"看来，你的酒量也不过如此吗。再给我来一杯。你也该要菜了。难道你希望我在点菜之前就醉倒吗？"

邦德朝侍者招了招手，点了两道菜，又要了一些玫瑰酒。

"我将来要有儿子，他长大后，我一定要告诫他，"邦德说，"钱可以随便花，但千万不可贪杯。"

凯丝有些不耐烦地说道："别再唠叨这些了，换个话题吧，评价一下我的着装好不好？俗话说得好：'如果你不是看上了树上的梨子，干嘛要去摇梨树呢？'"

"我连树都摇不到，因为你不让我靠近树身呀？"

凯丝扑哧一声笑了，说道："邦德先生，你很会说话哟！"她的话里带着些风情。

"说到你今天晚上的装扮，"邦德带着几分欣赏地继续说，"真是太美了，犹如梦中情人。黑色天鹅绒是我最喜欢的，尤其是皮肤较黑的姑娘穿着的时候。你没染指甲，也没有浓妆艳抹，真是清水出芙蓉。我敢保证，你今晚是纽约市最美的姑娘。但我不知明天你又要和谁进行交易。"

凯丝端起了第三杯酒，眼睛在酒杯上盯了好一会儿，才慢慢地把酒喝完。她放下酒杯，掏出一支香烟，让邦德替她点着。她深吸了一口烟，慢慢抬起头，透过袅袅的烟气看着邦德，大眼睛一眨一眨，仿佛在说："我喜欢你。但你不能太着急，对我要尽量温柔些、好些。"

鱼子酱上来了。他们回过神来，又听见了餐厅里人们嘈杂的交谈声。

"想知道明天我要去哪儿吗？"当着侍者，她就谈起公事来，"我要回拉斯维加斯。先坐火车到芝加哥，然后乘飞机去洛杉矶，最后再回冠冕大酒店。你是怎么打算的？"

侍者知趣地走开了。两个人吃着鱼子酱，没有说话。邦德感到，现在这个世界上只剩他们两个人了。他已经找到了关键问题的答案。对于那些不重要的细枝末节，可以暂时抛开。

邦德将身体靠着椅背坐直。侍者送来了香槟酒。他尝了一口，冰凉并略带点草莓味。

“我要去萨拉托加，”邦德这时才回答说，“想去赌马，好赢一笔钱。”

“如果我猜得没错的话，这又是事先安排好的。”凯丝带着点刻薄的语气说。她喝了一口香槟接着说，“沙迪好像很欣赏你，可能想拉你入伙。”

邦德低头看着酒杯里淡红色的香槟酒。他感到，他和这个女郎中间慢慢升腾起了爱情的雾霭。他喜欢她，但是，他现在必须控制自己感情，好从她那里套出一些情况来。

“太好了，我希望如此。”他轻松地说，“不过，这究竟是个什么帮？”说完他赶紧点燃一支香烟吸起来，借此来掩饰自己内心的不安。他觉得她在用锋利的眼神看自己，他有些忐忑。但他那职业化的头脑还是迅速的冷静了下来，看看对方做何反应。

她说：“‘斯潘帮’”，是斯潘两兄弟建立的组织。在拉斯维加斯，是他弟弟，叫杰克的那位雇佣的我。没有人知道哥哥究竟在什么地方，有人说在欧洲。另外，还有一个代号 ABC 的人。我做钻石生意时，都是 ABC 发布命令。我的老板叫塞拉菲姆•斯潘，杰克是他的外号，他对赌博和赛马都非常感兴趣。他经营着拉斯维加斯的冠冕大酒店，另外，还有一家电讯公司。”

“你在冠冕酒店做什么？”

“只是在那儿工作。”她回答得很简单。

“喜欢那儿的工作吗？”

这问题真是太愚蠢了，她不屑回答。

“至于沙迪•特瑞，”她转换了话题，“老实说，他人不是很坏，只是有些奸诈。你和他握过手后，最好看一下有没有少一根指头。妓院、马匹兴奋剂之类的事都归他管。除此之外，他还管着形形色色的流氓、地痞、无赖，都是些亡命徒。”她的眼光有些凝滞。“用不了多久你就会领教到的。”说完她又添了一句，“我想，你会喜欢他们的。你们是一路货色。”

“见鬼去吧，”邦德生气地说，“我只不过是接了一笔买卖罢了。我总得挣点钱。”

“挣钱的方法有的是。”

“还说我，你自己不也是心甘情愿地跟着这帮家伙吗？”

“你算是说到点子上了，”她苦笑了一声，刚才那种刻薄的腔调荡然无存，“但是，请相信我，你要是跟斯潘那帮家伙签合同，就算跳进火坑了。我劝你还是三思而后行吧。你一旦入了伙，就千万不能出错，否则你就有罪受了。”

侍者又送上来一道菜，并打断了他们的谈话。这时店主走了过来：“你好，凯丝小姐，好久不见。拉斯维加斯一切可好？”

“迈克，”凯丝抬头冲店主微笑了一下，“冠冕还是老样子。”她又转头瞟了一眼餐厅，恭维道：“你这家小店看起来生意不错。”

“还好，”老板说，“只是营利税高了点，而且很少有像您这样漂亮的女顾客光临。您要多多捧场才是。”他又朝向邦德笑着问：“饭菜都合口吗？”

“好极了。”

“还请您多多惠顾，’他冲侍者打了个响指，吩咐道：“山姆，问问我这两位朋友，咖啡里面还要加点什么。”说完，他向他们点了点头，走向了另外一张餐桌。

凯丝要了一杯威士忌苏打水，加白薄荷油的那种，邦德也要了一杯。

甜酒和咖啡都端上来了，邦德接着说，“凯丝，我看，这样走私钻石也没什么难的。我们为何不多走几趟？有个两三趟，就能得到不少钱。移民局和海关那儿也没什么了不起，他们还不至于故意刁难吧？”

凯丝并没有正面回答他，只是说：“那你去和我的上司 ABC 说吧。我一直和你强调说，这帮人绝顶聪明。他们很重视这门生意，把它当作大事情来干。送货人一般都是新手，每次由我来护送并监视，但是我并不是唯一的监视人，路上还有其他人。我敢打赌，飞机上肯定还有别人在监视。我们的一举一动都逃不过他们的眼睛。”她越说越气愤，“还有，我和 ABC 从未见过面。在伦敦我都是按照事先的规定接通电话，电话那边是由录音机来传达行动命令的。我每次的报告，也都是通过电话录音转达。老实说，他们对人一向如此。你还有什么要说的？”

“明白了，他们的确想得很周到。”邦德装出一副佩服的模样，心

里却在琢磨着怎样才能从凯丝那儿套出ABC在伦敦的电话号码。

“那当然！”凯丝有点儿不耐烦地回了他一句。看来她对这个话题有点厌烦。她端起酒杯，把杯里的威士忌一饮而尽。

她似乎在借酒消愁，邦德看出来了，便提议道：“要不要再去别的地方转转？”

“不要。”她回绝得很干脆。“送我回家吧。我喝得差不多了。真讨厌，你为什么总是谈那帮无赖？不会谈点别的吗？”

邦德付了帐，默默地搀扶着她下楼，从饭店出来，清凉的感觉马上消失了，扑面而来的是闷热而搀杂着汽油和柏油味的夜晚。

他们坐在出租车里。凯丝缩成了一团，坐在后座的角落里，手撑着下巴，两眼往窗外漫无目的地看着。“我也在阿斯特旅馆住，”她说。

邦德默不作声，也呆呆地望向窗外。他暗自诅咒着自己现在的工作，真想直截了当地告诉她：“我爱你，跟我走吧。不要害怕。”她一定会答应的。可是他又不希望真的是这样。他的工作命令他要充分利用这个女人，但是无论如何，他绝不想把爱情当作手段来利用她。

车停在了阿斯特饭店门口，他扶着她下了车，在人行道旁站住。他给司机付车费时，她背对着他，然后他俩都很沉默地上了楼梯，就像一对刚刚争吵过的夫妇。

从服务台拿了房门的钥匙，她走到电梯旁对侍者说了声“五楼”，便进了电梯，面朝门站着。电梯在五楼停下了，她匆匆走出电梯，邦德尾随其后，她也没有反对。拐了几个弯，到了她房间的门外，她弯腰拿钥匙开了房门，然后转过身面对着邦德。

“听我说，邦德……”

看架式她似乎要进行一场慷慨激昂的演讲，但没想到刚开了个头就戛然而止了。她抬起头来望着邦德的眼睛。这时邦德才发现，她已是泪眼朦胧。突然，她用手搂住了邦德的脖子，叮咛道：“邦德，照顾好自己。我不想失去你。”然后她吻了一下他的脸上。这个深深的长吻里面蕴涵着激烈的情感，而不带一丝性欲的成分。

当邦德刚想去搂她并还她一吻时，她的脸色突然一沉，用力挣脱了。

她的手握住了门上的旋转柄，转身注视着邦德，含情脉脉，但却充满悲伤。

现在，你走吧。”她狠狠地说，然后门“砰”地一声被关上了，上了锁。

第10章　赛马前夕

整个星期六，邦德都是在阿斯特饭店开着冷气的客房中度过的。一方面是他想睡个觉，消消暑，但更重要的还是为了草拟一份上呈给M局长的电报稿。这份电报稿长约了一百多字，收报人是伦敦国际进出口贸易公司的总经理。当天的日期就是密码的基本字码。那天是八月四日星期六，所以密码便是八四六码。

在电报的最后，他指出，杰克·斯潘那里是钻石走私集团的起点，经过鲁弗斯·塞伊经理，最后到达终点塞拉菲姆·斯潘那里。沙迪·特瑞的办公室是这条线路的重要中转站。那里主要是接收走私货并送交加工，最后的经销可能是由“钻石之家”负责。

邦德希望伦敦方面马上对塞伊经理实行监控，他还报告说，似乎所有的走私行动都是由一个代号ABC的人在暗中指挥着。不过ABC究竟是什么人还不能确定，只知此人住在伦敦。只要能找到ABC，就能知道走私的起点在非洲的什么地方。

邦德表示要把凯丝当作突破口，继续追查直至摸清塞拉菲姆·斯潘的整个体系。

电报中也略微提了一下凯丝的历史。邦德亲自去西联电讯公司发电报，并要求加急拍发。回来后他冲了个澡，然后来到餐厅要了两杯伏特加掺马提尼的鸡尾酒，吃了些芙蓉蛋和草莓鲜果。他边吃边看萨拉托加本年度的赛马简报。

对于大赛中夺标呼声很高的那些名马，他格外注意。一匹是惠特尼先生的名叫“再来”的马，一匹是威廉·伍德沃德先生的名叫“祈求”的马。但报上没有提到“赧颜”。

用完餐，邦德步行回到了饭店，倒头就睡了。

星期日上午九点整，邦德站在了饭店门外的人行道上，手里提着手提箱，一辆黑色的跑车嘎地一声停在了他的面前。他把箱子扔在了车后座，自己则坐在了前排的莱特旁边。莱特伸手拉了一下风档上方

的控制柄，又按了一下仪表上的电钮，帆布顶篷便缓缓地向后伸展，罩在了车的后部。车子从中央公园地区迅速地驶过。

“萨拉托加离这儿大约有两百英里，”莱特开始开口说话了，此时汽车正沿着哈德逊河滨大道向北驶去，“哈得逊北部，属于纽约州，正好位于阿迪朗克山南部，离美加边境不远。我们沿着塔克尼克公路走，不需要开得太快，反正也没什么急事。我可不愿意吃罚单。纽约州的限速是每小时五十英里。而且这里的纠察又特别较真。不过如果真有急事的话，我们也可以不理他们那套。只要别让他们逮到，自然也就不会被罚。如果出庭时承认他们的摩托车竟然赶不上别人的车辆，他们自己也会觉得面上无光。”

“不过我估计，那些摩托车每小时怎么也能跑九十多英里，”一说公路飞车，邦德来劲了。他没想到这位缺胳膊断脚的老友居然敢在公路上大出风头。于是恭维说：“我真看不出这辆破车能跑这么快。”

前面的道路非常平坦。莱特从后视镜里看了一眼后面，然后把车加到了第二档，同时右脚向前蹬去。邦德立刻觉得头部紧贴着肩胛骨，脊椎骨使劲地抵住了靠垫。他瞟了一眼计速器——八十英里。莱特又用钢钩把车速推到最高档位，车速越来越快。九十英里，九十五英里，九十六英里，九十七英里。前方横卧着一座大桥，桥的前面有一段是环状引桥。莱特的右脚踩刹车，放松了油门踏板，车速降了下来，到了七十英里。车子稳稳地驶向环状引桥。

莱特侧过脸冲邦德笑道：“我还可以再加速大概三十英里。不久前，我花五美元试了车，最高时速可达一百二十六英里。”“我实在看不出来，”邦德带些怀疑地说，“你这是什么牌子的车？是不是出自司徒贝克厂？”

“是个混装品，说它是司徒贝克也可以，”莱特说，“底盘是司徒贝克的，发动机是凯迪拉克的。变速齿轮箱、刹车和后轴则是一家纽约市附近的小厂特制的。这种车的年产量很少。底盘是由法国世界级汽车设计师莱蒙罗维设计的。和你那辆老掉牙的宾利牌跑车比好多了！”说到这里，莱特笑了起来。他掏出了十美分，准备付亨利哈德逊河桥的过桥费。

汽车驶过大桥，又开始超速了。邦德说：“难道非得等你把车轮跑飞了，才能知道厉害。这种杂牌货，也就能蒙一蒙那些买不起名牌车的孩子。”

一路上，他们都在争论着英国和美国跑车孰好孰坏的问题。他俩一个说英国车好，一个说美国车也不错。直到汽车到了一个渡口，他们要付过渡费时，争论才停止。之后，汽车就在草原与丛林中蜿蜒前行。邦德惬意地在椅背上靠着。尽情享受着沿途这一段全球闻名的美丽风光，心里却还在想着凯丝小姐。她现在在做什么？萨拉托加赛马会后，自己怎样再与她见面？

中午十二点半，他们把车停在了贝斯克村，在那里的一家嫩鸡快餐店吃午餐。快餐店的外型是典型的西部木屋，里面的设备一应俱全：在长柜台里有各种名牌巧克力、棒棒糖、香烟、雪茄烟、杂志和小说。老式留声机擦得锃亮，如同传奇电影里的道具。屋子的大厅稀疏地放着十几张松木桌子，桌面已经被磨得非常光滑，墙边上还有十几个开放式的单间。菜单上特别推出了小店的两道名菜：炸子鸡和山涧鲜鱼，事实上那种所谓的“鲜鱼”在冰箱里至少已经放了几个月了，除此之外，店里还经营几种快餐。店里的两名女招待忙碌地来回奔走着。

这家店上菜的速度很快，炒鸡蛋、煎香肠以及烤面包的味道都还说得过去。他俩吃完饭，又喝了两杯冰咖啡，然后便匆匆离开了，继续赶路，去萨拉托加。

“这个赛马胜地，一年十二个月当中有十一个月都是死气沉沉的，”莱特边开车边说道，“平时，那里只是供人们洗温泉浴和泥浆浴的地方。据说这对风湿病和关节炎很管用。在淡季，它只不过是一个温泉治疗场。这里的人一到晚上九点，就都睡觉了。白天，在大街上至多也只能看见两个老头子在谈论一些诸如联邦饭店的大理石地面是黑色还是白色之类的无聊问题。八月，是这儿的黄金季节，一到这时候萨拉托加就会变得热闹起来。论规模，这儿的赛马大会在美国可是首屈一指的。像惠特尼和伍德沃德这样养名马的人都会来到这里。所有能出租的公寓全部对外开放，租金会骤增十倍。美国赛马场有个传统，看台要让赛马筹委会油漆一新，马场中央的池塘里也要放几只天鹅和一只印第安人的独木舟，并且打开喷泉。”

莱特继续说：“多年来，萨拉托加温泉一直被黑社会大老板们控制着。他们是靠手枪和棒球争来的。场外的马票经纪人要想有生意可做，就必须向大老板们缴纳保护费。它像赌城一样污秽下作。除了像

伍德沃德和惠特尼那样的养马富翁参加赛马外，黑帮也养着许多马匹。为了与伍德沃德和惠特尼较量，斯潘兄弟就经常放出黑马。如果每年在大赛中有冷门爆出，赢得头马，马主就可以一次性净赚五万美元。与马票经纪人的场外斗争相比，这可是要激烈得多。这些年来，萨拉托加的霸主已经更换了好几拨，就像那儿不断更换热泥的泥浆浴一样。”

公路的右侧立着一块大广告牌，上面写着：

“欢迎入住萨加莫尔饭店。这里可向您提供空调、电视、席梦思等设备；离萨拉托加仅五英里。”

第11章　赛马潜机

一到萨拉托加，邦德就感觉到身心愉悦。绿色的草原上到处都是高大的榆树，殖民时期建造的房屋依然整齐地排列着，甚至是十字路口都有着欧洲乡村的宁静。在这里，马匹随处可见。每当有马区要穿过马路时，警察往往会挥手让其它车辆先停下；有哄马匹出厩的；有骑马在镇郊的煤碴路上漫步的；有牵着许多马匹进入马场，在赛场跑道上进行常规训练的。各种浅色的人三五成群聚在街头巷尾，不时地传来阵阵马嘶声和马蹄声。

这个城镇似乎是一个英国纽马克城和法国维希城混合的产物。邦德觉得在这儿自己是个彻头彻尾的门外汉，但他却颇喜欢这种生活。

邦德让莱特在萨加莫尔汽车饭店停下了车，莱特把他放下，便开车去办自己的事情了。他俩约好见面只能在马场看台上或者在夜晚。还约好如果明天清晨“赧颜”在练习场作赛前最后测验的话，他们一定得去看看。莱特信心十足地说，只要他去马厩转一转，或者去餐厅溜达一圈，在傍晚前一定能搞到确切的消息。

在萨加莫尔饭店的大厅服务台，邦德办理了登记。他在表格上填上了：“詹姆斯·邦德，来自纽约阿斯特饭店。”一个戴着金丝眼镜的尖下巴妇人站在柜台的后面。她目不转睛地打量着邦德，觉得他和有些无赖没什么区别，在饭店花上三十美元住上三天，享受完齐全的设备后，临走前说不定还会顺手牵羊拿走几块毛巾或几条床单。尖下巴妇人把四十九号房间的钥匙交给了邦德。

邦德提着大皮箱，穿过草坪，来到了四十九号房间。这是间套房，里面的设备和美国所有的汽车饭店标准一样，只配有带扶手的椅子、书桌、衣柜和塑胶烟灰缸。厕所和淋浴标准很低，但也整洁干净。

邦德冲了个澡，换上一身干净衣服，走到街角的餐厅，吃了一顿快餐，喝了两杯威士忌。这是典型的美国汽车饭店的模式。他回到房间，在床上躺着看了一会儿《萨拉托加报》。赛马花絮栏中介绍了在本年度大赛中驾驭“赧颜”的骑手，他叫贝尔。

刚过十点钟，莱特回来了。他一瘸一拐地走进邦德的房间，身上带着一股酒味和廉价雪茄的烟味。

“收获真不小。”他点燃一支烟兴奋地说：“明天早上五点咱们就得起床。听说五点半有一次半英里的计时练习。我们去看看这次练习都是谁上场。登记表上说，‘赧颜’的主人叫皮萨诺，和拉斯维加斯冠冕大酒店的一位常务董事同名。他还有一个绰号，叫‘老迷糊皮萨诺’，很好笑吧。从前在帮会里，他专门负责为马匹注射兴奋剂。他还经常带针剂到墨西哥边境，交给接头人，然后再把药卖到东海岸各地。因为这个，联邦调查局逮捕了他，而且还判了刑，在圣昆廷监狱蹲了一年。出狱后，斯潘让他在冠冕饭店干活。现在又让他做了饲养员，混得真不错。我真想看看现在的他是一副什么德性。他在圣昆廷监狱关着的时候，曾经被人狠狠地揍过一顿，现在脑子变得有些迟钝了，所以人们叫他‘老迷糊’。‘赧颜’的骑师名叫廷格林·贝尔。这家伙工夫不错，人很正直。如果给他足够的钱，我想他倒是可以帮我们点忙。我打算找个机会把他约出来单独谈谈。‘赧颜’的教练可不是个什么好东西，他叫罗塞·巴德，肯塔基人，是训练跑马方面的专家。在南方的时候，他闯过不少祸，警方叫他‘小捣乱’。盗窃、抢劫、强奸，这些事他都干过，警方那儿都有记录。但是近几年，他好像走上正道了，专门替斯潘训练马匹。”

莱特举手一弹，手里的香烟头便从窗口飞进了水仙花圃里。他站起来，伸了个懒腰说：“要痛痛快快地在这儿放一把火，看看热闹。”

邦德有些疑惑不解地问道：“既然你都知道了，为什么不向筹委

会告发他们呢？你的主子到底是谁？”

“我收了那些名马主人的聘金，”莱特说，“他们答应，事成之后，会再依据成绩给我奖金。我不想出卖那些马厩的侍者，搞不好那些歹徒会要了他们的命。真正的‘赧颜’，兽医早就把它弄死了，几个月前就被火化了。我已经决定，对于这次赛马，我不想提起诉讼，只想狠狠地教训一下斯潘帮。你就等着看好戏吧。好了，明天早上五点钟我会敲门叫醒你的。”

“不必了，”邦德说；“我会准时在门口等你的。估计那时野狗还在对着月亮狂吠呢。”

邦德准时醒来。外面的空气非常的清新。他跟在走路一瘸一拐的莱特后面，穿过幽暗的榆树影子，直奔马厩而去。东方已现曙光，在马厩后面的野地上，炊烟袅袅升起，开始依稀听见钢桶的碰撞声和马夫喂马的声音，空气中能闻见一股咖啡和焦炭的味道。邦德和莱特走出树荫，向练习圆场的白漆木栏走去。马童们牵着一队披着毛毯的马群，从远处走过。可以听见马童使劲地吆喝着：“咳，懒家伙，腿再抬高一点。拿出点真本领来。”

“他们这是要去晨练，”莱特说，“这个时候教练是最紧张的。因为要记下时间，当面给马主演示他的训练成果。”

他俩靠在栏杆上。清晨的眼光照射在跑道对面的树丛上，树的枝头顿时被染上了一层淡淡的金黄色。只短短的几分钟时间，黎明就褪去了最后一丝暗色，天完全亮了。

突然，有三个人出现在左前方的树丛旁。其中的一个人牵着一匹栗色的高头大马，那马脸上长有白斑，下肢也是白的，就好像穿了四只白色长袜。

“别看他们，”莱特轻声地警告邦德，“把身子转过来，看着从那边走过来的马。那个驼背的老头儿叫菲茨西蒙斯，是美国最有名的驯马师。那些马都是伍德沃德的，它们中有不少都有望在这次大赛中夺冠。牵着‘赧颜’的马夫，不是别人，正是罗塞·巴德。后面那个穿淡紫色衬衣的就是老迷糊皮萨诺。嗬，那马可真漂亮。它脱了毛毯，似乎还不太习惯有些清冷的早晨。它猛的一转身，前蹄跳了起来，就跟疯了似的，马夫拼命拉住了它。它可千万别踢到皮萨诺先生。罗塞·巴德终于制服了它，让它平静了下来。罗塞·巴德松开了手，想让它放松一下。 现在他终于领着‘赧颜’走向了跑道的起点。罗塞•巴德骑上‘赧颜’漫步跑向跑道上代表八分之一英里的标杆处。现在他们掏出了马表，转头看向四周。他们看到我们了。詹姆斯，放松点儿。‘赧颜’一起跑，他们就注意不到我们了。好了，现在你可以转过身来了。‘赧颜’已经站在了跑道的起点，他们取出双目望远镜，准备仔细观看‘赧颜’起跑的动作。这次测验的赛程是半英里。皮萨诺站在了五号标杆旁。”

邦德转过身来，望向左边的跑道。在远处，他看到有两个胖子举着双目望远镜，透镜在晨光的照射下闪着光。他们的手中都拿着马表。

“起跑了。”邦德看见，一匹栗色马从跑道的尽头如离弦的箭一般向他们跑来。由于相隔太远，他们听不见响声，但没过多久，就听见跑道上响起了鼓点声，越来越强，到后来又变成了疾驰的马蹄声。那匹马拐了一个弯后，便飞一般地向远方的人影处奔腾而去。

当那匹马疾驰而过时，邦德感到一阵全身震颤的兴奋。那匹马呲牙瞪眼，鼻孔喘着粗气，全身都闪着光泽，用尽全力向前飞奔。骑在马背上的人就像是一只猫，弯着腰，弓着背，脸几乎贴到了马的脖颈。他们扬尘而去。在标杆旁守候的两个人，蹲在地上，按下了马表的按钮。

莱特用胳膊肘碰了碰邦德，两个人开始小心翼翼地沿着榆树影子往回走。

“跑得真不赖，”莱特感叹道，“比真正的‘赧颜’可好多了，就是不知道它听不听话。假如在大赛中也能发挥到这个水平的话，冠军绝对是它的。现在，我们去吃早饭吧。大清早就看见这帮混蛋，真是倒胃口。”说完他又自言自语道：“吃完饭，我得去找一下贝尔，问问如果让他跑一个技术犯规的头马，需要多少钱。”

吃过早饭，莱特又向邦德谈了一番他的计划，然后便去找贝尔了。邦德独自闲逛了一个上午，然后在马场吃了午餐，准备去观看在第一天下午进行的各场比赛。

天气非常好。邦德感到心情愉快，在萨拉托加真是大开眼界。看台上的观众们操着布鲁克林和肯塔基两地的混合语，谈论着各自的看法。马主们则躲在树荫里聊天。电动报告牌时不时地亮出数字，告诉大家当时的赌金总额和获胜概率。轧门的大门是机械启动的，保证了每场比赛的顺利进行。马场中央的池塘里有六只天鹅在游来游去，

一条印第安人的独木舟也在里面漂漂荡荡。人群中还夹杂着黑人。这种混杂成分是美国马场的一大特色。

与英国马场相比，美国马场的管理似乎更好一些，想要搞鬼，似乎没那么容易。但邦德知道，尽管马主和马场董事们绞尽脑汁设置了各种防护措施，但非法的电讯网还是会向全国各地转播每场赛马的结果，使得黑社会得到最大的红利。赛马和组织卖淫或吸毒一样，是黑社会的重要财源。

那天下午，邦德尝试了一下著名的芝加哥速赌赛法。每一场比赛，他都把赌注押在简报上推荐的最可能获胜的马身上。第八场赛完后，他赢了十五美元还多一点。

邦德回到饭店，冲了个澡，小睡了一会儿。然后转到了马匹拍卖所附近的一家小店，在那儿喝了一会儿酒，又吃了份煎牛排。然后便拿着一小杯威士忌，慢悠悠地朝马匹拍卖场走去。

拍卖场是个只有顶篷，没有围墙的木制白色围场，里面和体育场一样一圈圈地排着长凳，中间则是一块圆形的草地。一块银白色的幕幔挂在拍卖台的旁边。一有投标拍卖的马在霓虹灯的照射下被牵进草场时，操着田纳西口音的拍卖人就会简略介绍该马的情况及拍卖底价。还有两名穿燕尾服的助手配合他，拿腔拿调地不断提高售价。他们在走道中密切注视着每位买主和代理人的一举一动，哪怕他们微微的一点头或是轻轻地扬一下铅笔杆都逃不过那些人的眼睛。

邦德找了一个位子坐下。前面坐着一位贵妇人，身穿夜礼服，肩披着白貂皮围巾，骨瘦如柴。每当她开口喊价时，手腕上的珠宝首饰就会闪闪发光，叮当作响。她的身旁坐着一位穿着白色夜礼服，系着深红领带的中年男人，可能是她的丈夫，也可能是训马教练。

这时，一匹栗色马迈着碎步战战兢兢地走到了草地中央，一块号码布在屁股上挂着，上面写着：201。拍卖人开始扯开嗓子报价，“底价六千，有没有人出七千？好，这位先生出七千。七千三，七千四，七千五。难道这匹漂亮的纯种德黑兰马只值七千五吗？好的，八千，谢谢。有人出八千五。八千六，还有没有更高的价？”

场上这时安静极了，过一会儿，只听“砰”的一声，拍卖小锤在桌上敲了一下，拍卖人装出一副不太满意的神色，看着在场的富人们，“诸位，这匹两岁的好马难道就值这个价吗？今年夏天我还从来没这么卖过。好，现在有人出八千七，有谁愿意出九千？有没有人出九千，九千，九千？”这时，前排那个穿戴华丽的女人用她那干枯的手腕，从包里拿出金笔，在拍卖单上划了一条线。邦德看见，单子上印着：“第三十五届萨拉托加幼驹拍卖会，编号201，两岁栗色幼驹。”那贵妇人用她那浅灰色的眼睛又看了一眼小马，然后把金笔向上一扬。

“有人出九千。谁愿意再加一千凑成一个整数？有没有比九千多一点的？有没有人出九千一，九千一，九千一？”拍卖人停顿一下，又贪心地朝着整个围场扫了一眼，确信没有人出更高的价以后，便敲响了小锤，“九千元成交，谢谢你，夫人。”

看台上开始骚动起来，有的交头接耳，有的东张西望。那贵妇人似乎有些不耐烦，对旁边的中年男人小声说了些什么，那男人耸了耸肩。于是，有人牵着201号栗色幼驹走出了围场。接着第202号马被牵了进来。在强烈灯光的照射下，小马浑身战栗，面对一张张陌生的面孔和奇异的味道，它看起来有些胆怯。

邦德身后的座位上，似乎有人在扭来扭去。莱特走了过来，把头靠近邦德耳语道：“谈妥了。给他三千美元，他答应在最后冲刺时，故意和其他赛马相撞，造成技术犯规。就这样，明天见。”邦德又全神贯注地看了一会儿拍卖，然后便沿着榆树林向旅馆走去，心里担心着那位名叫廷格林·贝尔的骑师。玩这个小动作，他未免太冒险了，那匹马儿也太冤了，不仅冒名顶替，而且还在最后的时刻功亏一篑。

第12章　暗中取胜

邦德坐在马场看台上一个高高的位子上，用租来的双目镜居高临下地看着“赧颜”的马主皮萨诺，他正坐在下面的小吃摊上吃螃蟹。罗塞·巴德坐在皮萨诺的对面，他们吃着法兰克福香肠和德国卤菜，喝着大杯的啤酒。其他餐桌客人也都满了，两名侍者在皮萨诺的桌子旁侍候着，老板也不时过来打招呼。

皮萨诺的样子看起来和那些恐怖小说里的坏蛋有一拼。他的圆

脑袋像个气球，上面的五官都堆在一起，眼睛又小又圆，两个鼻孔又黑又大，红嘴巴又皱又湿的。他那肥胖的身体在一套棕色的西装里显得非常拥挤，西装的里面是一件白衬衫，在它的长尖领口上还打着一个棕色的蝴蝶结。他吃螃蟹的神情很专注，偶尔会看一看旁边的碟子，恨不得从那里再拨一点儿过来。

罗塞·巴德是浓眉宽脸，看起来很凶。他穿着带长条格的印度麻料西服，打着一条藏青色的领带。他只顾低头猛吃，头基本上没离开过餐盘。一盘吃完后，他才抬起头来，拿起了赛马安排表。

皮萨诺拿着根牙签剔着牙。冰淇淋送上来后，他又开始大吃起来。

邦德边用望远镜仔细观察着这两个人边想，他们到底有多大本事？邦德是个经历过大场面的人。他对付过的人，有冷酷而精于棋艺的俄国人；有精明却神经质的德国人；有沉默又阴险的中欧人；有敢死队的情报员。与这些人相比，眼前这帮家伙简直是小菜一碟。

第三场比赛的结果已经出来了。离决赛的时间还有半个钟头。邦德放下了望远镜，看起了赛马安排表，一会儿，跑道对面的显示板上就会亮出赔偿金数额和分红比例。

他把安排表又重新看了一遍："八月四日决赛的赌金已经上升至二万五千美元、第五十二轮比赛由三岁马参加。会员参赛费为五十美元；非会员参赛费为二百五十美元。第二名的马赌金所得为五千美元；第三名为二千五百美元；第四名为一千二百五十美元。剩余金额归头马。获胜的马主奖银质奖杯一个。总赛程为1.25英里。"安排表后面有参赛的十二匹马及其马主、教练和骑师的名字，除此之外，还有对各马胜算率的预测。

根据预测，夺冠呼声最高的有两匹马，一匹是一号，惠特尼的"再来"；另一匹是三号，威廉·伍德沃德的"祈求"，它们的胜算率评估分别是六比一和四比一；十号，皮萨诺的"赧颜"是十号，胜算率评估是十五比一，它的得胜希望最小。

邦德举起望远镜，又朝小吃摊望了望。那两个家伙已经走了。他又放下望远镜看着显示板，三号马已经被排在了第一位，胜算率已提升至二比一。"祈求"的位置有所下降。"赧颜"的胜算率则从二十比一升至十八比一。

还有一刻钟就要开赛了。邦德点燃一支香烟吸了起来，耳边不时的回响起莱特在马匹拍卖场对他说的话。他有些怀疑，不知道这样做是否有效。

莱特刚才去骑师休息室找廷格林·贝尔去了，他向他出示了私家侦探卡，连哄带吓地说服他必须输掉这场比赛。他说如果“赧颜”夺冠，他就会向筹委会检举，告诉他们这匹马是冒名顶替的。如果这样的话，廷格林·贝尔将被永远禁赛。同时莱特向他保证，如果贝尔照他的吩咐去做，他决不再提冒名顶替的事。他的意思是，“赧颜”必须获胜，但要让它因技术犯规而被除名。要做到这点，只需在最后冲刺时，贝尔故意去撞其他的马就可以了。这样一来，对方肯定会提出抗议，比赛结果将由裁判长根据现场的录像来裁决。廷格林·贝尔要耍这样一个花样很容易，而且人们也易于接受。谁都想跑第一，况且皮萨诺事先还承诺过，如果他获胜的话就额外再给他一千美元。马场上什么意外都可能发生，而倒霉的是恰好让他给碰上了。莱特事先已经给了他一千美元，答应事成之后再给他两千美元。

廷格林·贝尔毫不犹豫地答应了下来。他要求在下午六点比赛结束后，要马上派人去泥浆和温泉浴室给他送两千美元。每次赛马结束后，为了减轻体重，他都会去那儿洗泥浆浴。莱特同意了。邦德希望，假如“赧颜”真的能够按计划行事的话，去泥浆浴室送钱的事能交给他。

邦德对这个计划没有把握。

邦德举起望远镜环顾了一圈跑道，发现每隔四分之一英里处就有一根粗木杆，一共四根。木杆上面装着摄影机。每一场比赛结束后，也就几分钟的时间，纪录片就可以送到筹委会备查。最后一根木杆最关键，它将把最后拐弯处发生的情况记录下来。现在离比赛只有五分钟了，邦德左手一百码处就是起点，那里已做好准备。从那儿起，赛马要整整绕场一周然后再跑八分之一英里才能达到终点。邦德坐的位置处于终点的斜上方。对面的报告牌上显示“赧颜”的胜算率没有变化。参赛的马匹慢慢地向起点集合，夺冠呼声很高的一号“再来”最先到达。这是一匹黑色马，又高有大。骑师穿着淡蓝和棕色相间的制服，这身制服就代表着惠特尼马厩。当夺冠呼声最高的三号“祈求”上场时，赢来了观众席上的一片欢呼。“祈求”是一匹灰色马，骑师穿着代表伍德沃德马厩的白底带红点的衣服。一匹脸上有白斑，同时有着四只白腿的高大的栗色马走在跑道的最后。它的骑师脸色苍白，上身穿

着淡紫色绸质衣,衣服的前胸和后背都有一块菱形的装饰。不用问,这就是“赧颜”了。

当这些马儿向起点汇集时,邦德又瞟了一眼对面的显示牌。“赧颜”的胜算率忽然提高了:十七比一、十六比一。这不算什么,不必大惊小怪,再过一会儿,它就将变成六比一。也许再过一分钟,人们就回挤破售票窗口的,但只有邦德那一千美元钱还稳稳地放在口袋里。此时,听到广播中宣布,决赛即将开始。参赛的马都在栅栏中各就各位了。“赧颜”的身价继续攀升,胜算率不断提高:十五比一、十四比一、十三比一、十二比一……”最后停在九比一的时候,售票停止了。

场内响起了一阵铃声。马儿们如开闸的洪水一般冲出了栅栏,迅速地冲进看台前方的跑道。在马蹄掀起的烟尘之中,人们只能看到选手们藏在太阳镜背后的苍白的脸,不停耸动的马臀、有力的后腿以及一大堆让人迷惑的号码。邦德注意着跻身于前面的靠近内圈木柱的十号马。

冲在最前面的是五号黑色马,它已经把别的马落下了一大截。这场比赛难道真要杀出一匹黑马?邦德正想着的时候,一号马已经赶上来和五号马并驾并驱。三马号也紧跟其后,十号马也咬得紧紧的。前面的这四匹马形成一个方阵,其他的马则形成另一方阵,落后十号马大概有三匹马的距离。跑过第一个弯道,一号马已经超过五号跑到了第一位,三号“祈求’跑在第二位,十号马仍居第四位。这时,十号马开始奋勇直追,先超过了五号,又超过了二号,离位居第一的一号也只差半匹马的距离了。再跑过一个弯,三号马升到了第一位,“赧颜”位居第二,一号马跟在它后面,大概有一匹马的距离。“赧颜”拼尽全力追上去,和三号马齐头并进,同时跑上了最后的弯道。邦德此时紧张的屏住呼息,心想,到时候啦,快干哪!

此时,空气仿佛都凝固了,邦德似乎连白标杆上摄影机拍摄时发出的吱吱声都能听到。十号马跑在弯道的外侧,比跑道内侧的三号“祈求”稍稍领先。只见贝尔把头放得很低,低得几乎靠到了马脖的外侧,慢慢地超着三号马。这样做,他以后就可以为自己辩解说,他没有在跑道上看见三号马。两匹马现在越来越近了。突然,“赧颜”的头撞向三号,抬起四蹄向前冲去。三号马因这突然的一撞,落后了一步。“赧颜”抓住这个机会,向前猛冲,超过了三号马大概一匹马的距离。

看台上发出了一阵愤怒的吼叫声。邦德把望远镜放低一些，目不转睛地盯着冲在最前面的“赧颜”。“祈求”跑在第二位，大约落后“赧颜”五匹马的距离。“再来”紧随其后，居第三。

看台上的马迷们喊叫声不断，只有邦德在心中暗暗叫好，不错，干得真不赖。

这位骑师的花样做得如此巧妙。他把头埋得那么低，就连皮萨诺也不得不承认他看不见旁边的赛马。在最后一弯冲刺时，是个骑手都会靠向内侧的。他过了弯道后，头仍然放得很低，并猛抽了几鞭，就像什么事儿都没发生一样。

一会儿就要宣布大赛结果了，邦德耐心地等待着。一阵阵尖锐的口哨和喝倒彩声不时从场内传来。广播里宣布结果：“十号‘赧颜’领先五马距离；三号‘祈求’领先半马；一号‘再来’领先三马；七号‘波耶德洛’领先三马。”

这时，参赛的马匹都缓步来到了磅秤前，过磅称重。贝尔从“赧颜”背上滑了下来，顺手把马鞭扔给了马童，他看起来很高兴。当他背着鞍具走向磅秤台时，观众愤怒的喊声越来越高。

突然，吵闹声变成了全场的欢呼声。原来是显示牌上“赧颜”的名字旁边加了“异议”二字。不久，广播里大声通告说：“各位来宾请注意，三号‘祈求”的骑师卢克对于十号‘赧颜’提出了异议，检举十号骑师廷格林·贝尔存在技术犯规。请勿撕毁马票，我再重复一遍，请勿撕毁马票。”

邦德的手心里满是汗水，这时才掏出手帕擦了擦。裁判席背后的放映室里的情景，他都可以想象得出。心惊胆颤的贝尔站在一边，满肚子委屈的三号骑师则站在另一边。双方的马主不知道是否在场？皮萨诺那张肥脸上汗珠估计会流进脖子吧？

广播里又宣布：“各位来宾请注意：本次比赛中，十号‘赧颜’因有技术犯规而被判除名。三号‘祈求’获胜。这是比赛的最终结果。”

观众席上爆发出雷鸣般的掌声和欢呼声。邦德站起来离开了座位，朝酒吧走去，心里则想着给贝尔付钱的事。对于这件事，他还有点担心，但又转念一想，洗洗泥浆浴很平常，况且在萨拉托加也没人认得他。这事一干完，他就不再替平克顿工作了。哦，对了，还要给沙迪·特瑞打个电话，向他诉诉苦，告诉他不但五千美元没拿到，还连老本

都搭进去了。这次帮莱特戏弄这些家伙，真是太开心了，下次就该轮到他唱主角了。

他一边想着，一边挤出了人群，朝酒吧走去。

第13章　浴室中的喊声

邦德登上了一辆红色的长途汽车。在这辆车上，除了邦德，只有两位乘客。一位是个黑人妇女，身材干瘪；还有一位是个白人姑娘，坐在司机的旁边。那位姑娘的头发用一块厚厚的黑纱巾包裹着，纱巾一直披到肩上，就像养蜂人头上戴的纱罩。

汽车车身上涂写着“泥浆浴与温泉浴”的字样，挡风玻璃上也写着一排字：“每小时一趟”。这个时候没什么旅客。汽车在大街上转了一圈后，便驶入了一条沙砾道，穿过一个种植着棕树幼苗的林场，又走了半英里，再拐一个弯，下了小山坡，然后驶向一排被烟熏成灰黑色的楼房。一根红砖砌成的大烟囱矗立在房屋的中央，从它里面冒出淡淡的黑烟，袅袅上升。

浴室外面很安静。当汽车停在门外的杂草地上时，有两个老人和一个瘸脚的黑人妇女从大门的台阶上走下来，迎接客人。

一下车，一股令人作呕的硫磺味就直冲邦德的鼻腔。那是从地壳深处向外冒出的气味。邦德向旁边的几株树走去，坐在了树下的一张长凳上，从远处打量着这个建筑物。他想沉下心来静一会儿，猜测着他走进这儿的铁丝栅门后可能会发生的一切。他把心头的烦闷和厌恶努力的往下压。他心烦不是无缘无故的。

对于一个身体健康的大男人，要他和病人们混在泥里打滚，确实够为难的。他仿佛看见了自己脱光衣服，在这座破烂不堪的房子里，任他们摆布自己身体的情景。

汽车开始往回走。邦德一个人孤零零地站在大门口。四周静悄悄的。邦德这时注意到，浴室大门上方的左右两边都有一扇窗户，像是一双眼睛和一张嘴。此时，那两只巨大的眼睛似乎在瞪着他，看他敢不敢从大门里走进去。

邦德站起来，走进铁丝栅门，拾级而上，一推门进去了，只听大门砰的一声关上。

接待室是一间熏得黝黑的房间，邦德走进去时，感觉硫磺味更重了。服务台正对着大门。四周的墙壁上挂满了奖状。屋里还放着一个玻璃柜子，柜子里摆着用透明塑胶纸包好的一个个小包。柜子的顶上贴了一张广告，上面歪歪扭扭的写着：“本室供应泥浆，可带回家自行治疗。”除此之外，还有一张小纸片，上面写着除臭剂的广告：“专治狐臭，一擦就灵。”

柜台里，一位红头发的老太婆正坐在那儿看小说。听到有人来了，才慢慢地抬起头来，一只手指却扔按着自己刚才看的地方。

“需要帮忙吗？”

邦德望了望栅栏里说，“我想洗个澡。”

“泥浆浴还是温泉浴？”她的另一只手按在了票据簿上

“泥浆浴。”

“您可以买成本的票。这样便宜很多。”

“不，谢谢，只要一张。”

“一美元五十美分。”她撕下一张紫红色的门票，从小窗口递了出去。

“怎么走？”

“往右走，”她指道，“然后沿着通道往里走。您如果有贵重物品，最好存在这里。”说着就从小窗口递出来一只白色的大信封，“请在上面写上您的姓名。”她故意把头扭过去，好方便客人把衣袋内的物品装进信封。

二千美元不能放在这里，邦德想。他稍微犹豫了一下，便把信封又递回了小窗口说：“谢谢。”

“别客气，多谢光临。”

接待室的旁边有个木门。门的两边分别摆着一个白色的指路牌。每个指路牌上都画着一只手，手指指的方向则不同，指向右边的牌上写着“泥浆浴”，指向左边的写着“温泉浴”。邦德通过木门拐向右边，这是一条湿漉漉的水泥通道，顺着这条通道再向下走，走到头就看见了一扇圆转门。门内有一间高大的长方形屋子，屋顶上的天窗开着，屋的两旁是许多隔成单间的浴室。

房子里很热，硫磺味也很重。两个在门口收票的年轻人在桌旁玩着纸牌，他们赤身裸体，只在腰部围了一条灰毛巾。玩纸牌的桌上放着一只烟灰缸，里面盛满了烟蒂。旁边则放着一块木板，上面挂满了钥匙。邦德进门后，一位年轻人从木板上取下一把钥匙递给了邦德。

那人问道："买票了吗？"

邦德便把洗澡票交给了他，那人用手向后一指，扭头对邦德说："从那扇门进去。"说完他们又继续玩牌。

小隔间里很闷热，让人感到憋气，里面除了一条灰色的旧毛巾，什么都没有。邦德把衣服脱掉，把毛巾系在腰间，钞票折叠好塞进上衣口袋中，又在上面放了一条手帕。他又把枪背带挂在了衣钩上，然后走出单间并把门锁上了。

邦德万万没有想到，从门口一眼望去，里面竟是这副景象。在那一瞬间，他还以为自已撞进了太平间。还没等他反应过来，一个长着两撇稀疏胡子的光头黑人已经走到了他的面前，不停地上下打量着他。问道："先生，想治什么病？"

"没什么病，"邦德答道，"只是想尝试一下泥浆浴。"

"好的，"黑人说，"心脏有没有毛病？"

"没有。"

"好，那到这边来吧。"那个黑人带着邦德走过一条滑溜溜的水泥地，来到一条长木凳前。他们后面则是两个破烂不堪的淋浴隔间。一个满身泥巴的人站在莲蓬头下，一个缺耳朵边的伙计正拿着橡皮管给他冲洗。

"你稍等一下，我马上就回来。"那个黑人说着走开了。邦德看着他的背影，不由得起了一层鸡皮疙瘩。那双满是皱纹的鲜红手掌将要任意摆布他的身体。

邦德对黑人向来怀有怜悯之心。幸亏英国没有种族纠纷，可美国人却从学校开始就与种族问题结下了不解之缘。邦德观察起四周的设施来。这是一间用水泥建造的正方形房屋。屋顶上方挂着四只灯泡，都没有灯罩。电线上落满了苍蝇屎。灯泡的光线照在湿漉漉的四壁和水泥地上，忽明忽暗。墙边放着二十张矮桌。每张桌上都放着一个厚厚的长方形木箱。有一只木箱子空着，木椅在墙边靠着。邦德估计这个位子就是他的。那个黑人拿来了一条又脏又厚的床单铺在了木箱子里，然后用手把它抹平。一切准备就绪，他走到了屋子中间，从两排铁桶中提了两桶过来。桶里装的是热气腾腾的黑泥巴。他用手掌当勺子从铁桶里一勺一勺地舀泥巴抹在木箱底上，抹了大概有二英寸厚。他又走到一个浴缸边，浴缸里还有几个冰块在上面浮着。他从那里捞出来几条湿漉漉的毛巾，往胳膊上一搭，然后绕着屋子走了一圈，便开始用那又湿又冷的毛巾给躺在木箱里的客人擦汗。

屋里非常安静，除了胶皮管冲水的声音，什么都听不到。一会儿，皮管冲水的声音停止了，只听一个声音嚷道，"好了，威尔斯先生，今天就到这儿吧。"这时，看见一个浑身长满浓密汗毛、光着屁股的胖子颤微微地从淋浴间里出来，等着缺耳朵边的伙计给他穿上厚厚的绒质睡衣。他很匆忙地用干毛巾擦了擦身子，然后就从邦德进来的那个门走了出去。

随后，那个缺耳朵边的伙计也推门走了出去。阳光从敞开的门外照进来，邦德可以看见门外碧绿的草地和蔚蓝的天空。不一会儿，缺耳朵边的伙计就提着两桶热气腾腾的泥巴走了进来，用脚关上了门，然后把两只铁桶放在了位于屋子中间的两排铁桶旁边。

那个黑人此时向邦德走了过来，用手摸了摸箱内的泥浆，然后点点头说："先生，好了，可以洗了。"

邦德走过去，黑人把他身上的大毛巾取了下来，把他的钥匙挂在了旁边墙上的钩子上。邦德于是便赤身裸体地站在了他的面前。

"以前洗过这种泥浴吗？"

"没有。"

"我就知道，所以我为您准备的泥浆只有四十三度。如果是经常来这儿的老主顾，五十到五十五度的高温都受得了。躺进去吧。"

邦德爬进了木箱，一转身躺了下来。此时他的皮肤接触着热哄哄的泥浆。他慢慢地把身体舒展开，把头枕在了蒙着干净毛巾的木棉枕头上。

邦德躺好后，黑人开始往他身上抹泥浆，他一勺一勺地用手从铁桶里掏着。邦德感到这些深棕色的泥浆涂在身上是又粘又滑、还挺重，并且带有一股热腾腾的泥煤气味。他瞪大眼睛直勾勾地盯着黑人那两只油光发亮的手不停地移动着，在他身上抹来抹去。不知道莱特是否尝过这种泥浴的滋味？邦德一边想着，一边不禁暗自发笑。

邦德全身上下都被裹上了热乎乎的泥浆，除了脸和胸口还有着

本来的颜色。他感到一阵窒息，豆大的汗珠从额头上流了下来。

黑人弯下身子，把他的身体和手臂都用毛巾裹住了。现在邦德全身只剩下头和手指还可以活动了。接着，黑人还把木箱的盖子关上，只剩下邦德的头在外面伸着。

黑人从墙上取下一块石板，看了看墙上的大钟，在石板上记下了时间。正好六点钟。

"躺二十分钟，"他说，"感觉舒服么？"

邦德有些不情愿地哼了一声。

黑人自顾自地去干别的事了，邦德一声不吭地躺在那里，呆呆地望着天花板。汗水顺着头发淌了下来，流过眼睛。他在心里不停地在咒骂着莱特。

六点过三分，骨瘦如柴的贝尔从门那边走了进来，大摇大摇地朝屋子中央踱过来。

"嗨，贝尔，"那缺耳朵边的伙计热情地招呼说，"听说你今天不太走运？真是倒霉呀。"

"那些裁判就是一帮废物，"廷格林·贝尔生气地说。"你想我为什么要撞卢克？他可是我最好的朋友。我根本没必要那样做。我已经胜利在握了。喂，你这个黑鬼，"他把脚一横，拦住了黑人的去路，他正提着一桶泥浆往里走，"你得想个法子让我今天轻六两，明天还要去比赛呢。还有再给我订一盘炸牛排。"

那黑人从他的腿上跨过去，笑着道："我可以把你的脖子拧下来，那样你不就轻多了吗。我马上就过来。"

过一会儿，门又一次被推开了，刚才玩纸牌的那个人把头伸进来，向缺耳边伙计道："喂，布克，梅布尔要我告诉你，她接不通小食摊的电话，没法给你点菜，电话线好像出毛病了，打不通。"

"该死，"贝尔骂道，"告诉杰克，让他下趟班车来的时候给我带过来。"

"好的。"

门又被关上了。在美国很少有电话打不通的时候。邦德本该对此有所警惕，可他并没有留意，只顾盯着墙上的大挂钟。还要在这里关十分钟。黑人胳臂上搭着冷毛巾走了过来，他在邦德的头顶和前额上各放了一块，邦德顿时感到舒服了许多。"不久就可以交差了"，邦德想。

时间在一点一点地过去。贝尔躺进了邦德旁边的木箱里。邦德猜测，为他准备的泥浆恐怕有五十五度。

黑人又在石板上记下了时间，六点十五分。

邦德把眼睛闭上，思考着怎样把钞票转给贝尔。在更衣室？洗完澡后总得有个让人躺下休息的地方吧。在要走的时候？要不在汽车上？都不好，最好找一个没有人看见他俩的地方。

“大家不要动！别紧张，我们不会伤害其他人的。”突然间，一个十分凶狠的声音传了过来。

邦德蓦地睁开了眼睛。这不期而至的杀气腾腾的声音让每个人都浑身战栗。

小门已全部敞开。有一个人站在门边，还有一个站在浴室中央。这两个人手里都握着手枪，脸用黑面罩罩着，只在眼睛和嘴巴的位置挖了三个眼。

浴室内鸦雀无声，只听见两处隔间里喷水的声音。有两个赤身裸体淋浴的人还在这两处隔间里。他们透过水柱向外窥视，嘴巴大张着喘着气，披下的头发挡住了视线。缺耳边伙计翻着白眼呆住了，一个劲地拿着橡皮管冲着自己的脚浇水。

站在浴室中央的那人握着手抢走到了冒着热气的铁桶旁边，把提着两桶泥的黑人拦住了。吓得那黑人浑身发抖，就连手中的铁桶都跟着晃荡起来。

那人杀气腾腾地盯着黑人。邦德看见他将手枪用手指转了一个圈，握住枪管，反手一捣，用枪柄朝黑人的腹部用力地捅了一下。黑人哎哟叫了一声，两手一松，双膝一弯便倒在了地上，光光的头正好碰到那人的脚，就像在向他磕头。

那人往后退了一步，威胁着问道：“贝尔在哪儿？在哪只木箱里？”

黑人在地上跪着，抬起右手指了指。

那个人转过身来，走到邦德和贝尔所在的两个箱子之间。他先朝邦德的脸看了看，从黑面罩的小孔里可以看到他目光炯炯地朝下注视着。接着，他往左移动了两步，站在了贝尔的木箱旁边。

他纹丝不动地站在那儿，过了一会儿，猛地一跳，坐在了贝尔的木箱盖上，居高临下地看着贝尔的眼睛。

“好，很好，你这个该死的家伙。”他声音中有一丝丝的恐吓。

“什么事？”贝尔战战兢兢地问道。

“什么事？”那人讥讽地说道，能有什么事？别装糊涂！”

贝尔摇了摇头。

“这么说，你从未听说过一匹叫‘赧颜’的马？今天下午两点半钟有人故意技术犯规时，你也不在场吧？”

贝尔带点哭腔地说道：“天哪！那可不是我的错呀，谁都有可能碰上这种倒霉事。”那声音听起来就像一个孩子受罚时在抽泣。邦德缩着头听着。

“我的朋友可不这么认为，他觉得这里面很可能有人在捣鬼。”那人身子往前倾了倾，火气更大了，“我的朋友们认为，你是故意的。他们已经搜查过你的房间，从那儿搜出来一千美元的钞票。老实说，这笔钱是哪儿来的？”

话音未落，几乎就同时响起了一记清脆的耳光声和尖锐的叫喊声。

“说呀，杂种！要不说，我把你脑浆打出来。”说着传来了枪在木板上敲击的笃笃声。

贝尔发出颤抖的声音：“那是我自己攒的。就一千美元。我藏在灯座底下了。那是我自己的钱。我发誓。我说的是真的，我没说……”

那人哼了一声，用手举起了枪把。邦德注意到他大拇指的骨节上有一个大肉瘤。他慢慢地转动枪管，把枪拿稳，从木箱上滑了下来，看着贝尔，皮笑肉不笑地对贝尔说：“老弟，最近你比赛太多，太累了。”他轻声细语道，“应该好好休息休息，去疗养所好好休养一段时间。来，我来成全你。”那人边说边慢慢地退到浴室的中央，嘴里不停地低声唠叨着。邦德看见他提了一只装满热泥浆的铁桶，走了过来。

他走到贝尔的木箱旁，停下来，俯身望下去。

邦德感到四肢僵硬，仿佛那桶泥浆就要浇到他的皮肤上。

“老弟，听话，多休息一下。找个凉爽的房间，拉上窗帘，别让日光晒坏了你的皮肤……”

他话说完，四周死一般的寂静。那只提着铁桶的胳膊越举越高。

贝尔盯着那只铁桶，明白了将要发生的一切。他大声嚎叫着：“别，别这样，别……”

尽管室温很高，但当泥浆浇到贝尔裸露的脸上时，仍散发出一阵阵蒸气。撕心裂肺的惨叫声在室内回荡。

那人从木箱上下来，把空桶扔向那个缺耳边的伙计，但他没接，呆呆地任它落在地上。那人大步走到门边，又转过身来说："这可不是在闹着玩。不准报警。电话线已经被割断了。"他发出了刺耳的笑声。"趁着那家伙的眼珠没有被烫熟，赶快把他扒出来。"

门砰地一声关上了。两个蒙面人扬长而去。屋里一片寂静，只有管子里的喷水声。

第14章　电话索债

"后来怎么样了？"

坐在邦德饭店房间椅子上的莱特好奇地追问。邦德在房间里不停地踱着步，还不时从床头柜上端起装有威士忌的酒杯喝一口。

"后来吗，乱成一锅粥，"邦德描述说，"贝尔连哭带叫着试图从木箱里爬出来。缺耳朵的伙计慌手慌脚地用胶皮管向贝尔脸上浇着水，并求隔壁同事来帮忙。黑人还倒在地上呻吟着，那两位正在淋浴的客人光着屁股四处乱蹿，就跟掉了头的拔毛鸡一样。那两个玩纸牌的伙计赶忙过来，将贝尔的木箱盖掀开，抱起他跑到莲蓬头下。他差不多快窒息而死了。整个脸部都因为烫伤肿胀了起来，样子十分恐怖。淋浴间里有一个人似乎最先醒过神来，裹上大毛巾，掀开盖板把我们放了出来。我们有二十几人浑身带着污泥，但却只有一个淋浴头。有人赶紧开车进城去叫救护车。他们往黑人身上浇了一桶冷水，他慢慢地苏醒过来。我问旁边的人那两个突然闯进来的人是谁，但谁也不知道。他们猜测，可能是城外的匪帮。因为除了贝尔外，没有人受伤，所以也就没有人在乎这些了。大家只想快点儿把身上的泥冲洗掉，然后离开那个鬼地方。"说完，邦德又端起杯子喝了一口威士忌，并点上了一支香烟。

"那两个家伙身上有什么特殊标志吗？比如说身高、衣服，或者其他特征？"

"在门口望风的那个家伙不是很清楚，'邦德答道，"只看得出他

又瘦又小，穿着灰衬衣、深色长裤、拿的手枪好像是.45口径的。那个动手的人是个大块头，动作敏捷且不慌不忙。他穿着白条子棕色衬衣和黑长裤。既没打领带也没穿外套。脚上穿着一双擦得很亮的高级黑皮鞋。 手拿一把.38口径的左轮。没戴手表。哦，对了，”邦德忽然想了起来，“他右手大拇指的骨节上有一个红色的大肉瘤。他还不时用嘴去吸吮它。”

“是温特，”莱特马上判断出来，”另一个叫吉德。他们经常在一起干坏事。他们是斯潘兄弟手底下的头号打手。温特是个杂种，很下流，是个虐待狂。他有一个习惯就是总是不停地吸他的肉瘤。背地里人们都管他叫‘瘟弟’。温特不喜欢外出旅行，坐汽车和火车会晕，飞机更不敢坐，觉得那会将他带向死亡。所以如果非得让他外出办事，就必须额外付给他奖金。但是他作案时头脑却异常冷静。吉德长得很帅，朋友们都管他叫‘布菲’。他俩可能是同性恋，真可谓是黄金拍档。吉德最多也就三十岁，但却已是少年白头。他们办事时之所以戴面罩，原因也正在于此。不过总有一天温特那家伙会后悔没有请外科医生割掉那恶心的瘤子。你一提到这个特征，我就想到一定是他。我寻思得向警方揭发，让他们插手来管一管这事。放心，我肯定不会把你供出来。但是我也不会告诉他们‘赧颜’的底细，他们要查就自己查去吧。我估计现在温持他们可能在奥尔巴尼乘火车，让警察追追他们，给他们点颜色也好。”莱特走到门口，又转过身来对邦德说：“别担心，我一个小时之内就会回来，我们在一起好好享用一顿午餐。我得去打听打听贝尔被送到哪里去了，把他该得的那份给他，让他高兴高兴，可怜的家伙。待会儿见。”

邦德冲了个澡，穿好衣服，向中央接待厅的电话亭走去，他想给沙迪打个电话。“对不起，先生，占线，”接线员说，“要我继续拨吗？”

“是的。”邦德说。占线就说明驼背还在办公室，这他就放心多了，因为接通以后他可以理直气壮地说他一直在打电话，但一直占线。这样一来沙迪就不会质问他为什么不早点向他报告“赧颜”失利的消息。亲眼看见贝尔遭受的惩罚后，邦德不敢再轻敌了。

“你要威斯康辛的长途电话吗？”

“是的。”

“你要的号码通了，先生。讲话。纽约。”接着就听见驼背的尖嗓门，“是的。谁呀？”

“詹姆斯•邦德。我一直在打电话，但没有接通。”

“怎么？”

“‘赧颜’没有赢。”

“我知道了。是骑师搞的鬼。你想怎样？”

“我要用钱。”邦德说。

对方沉默了一会儿，然后说，“好吧，我马上给你电汇一千美元，就是我输给你的那一千美元，还记得吗？”

“记得。”

“在电话旁等着。过几分钟我再打给你，告诉你做什么。你住在哪儿？”

邦德告诉了他。

“明天一早钱就会汇到。一会儿再给你打电话。”电话挂了。

邦德走到服务台，看了会儿放在书架上的长篇小说。这帮家伙做事处处小心谨慎，颇为触动他。他们这样做倒是也很必要。每一次行动都要找 件合法的外衣披在外面作掩护。想想看，一个英国人，在这儿人生地不熟的，怎么可能从天上掉下来五千美元砸到他头上呢？除非从赌赛中发一笔横财。不知下一次又会搞什么赌博的花样？

电话铃响了。邦德急忙走进电话亭，关上门，拿起了听筒。

“是邦德吗？听我说，你去拉斯维加斯取钱。现在就去纽约搭飞机。我来付机票。坐直达班机去洛杉矶，然后再从洛杉矶转机去拉斯维加斯。我已经在冠冕饭店替你订了一个房间。听着，在冠冕俱乐部靠近酒吧的屋子里，放着三张赌台。星期四晚上十点过五分，你到中间那一张赌台，去玩二十一点。明白了吗？”

“明白了。”

“下最大注，每次下一千美元，只赌五次。然后你就离开赌台，不许再待下去。听懂了吗？”

“懂了”

“赌完后，在冠冕帐房兑现筹码。完事后，你就在那边待命，准备接受新的任务。明白了吗？重复一遍。”

邦德又给他复述了一遍刚才讲的话。

“好了，”驼背说，“千万不要胡说八道，万一出了差错，你可担待

不起。留意看明天早晨的报纸，你就会明白我的意思的。"说完，他便挂了电话。

邦德记得在他小时候就玩过二十一点。那是在同学的生日聚会上，大家一边吃着蛋糕，一边玩赌博游戏。每个孩子手里都有一把骨签当作筹码。赌金是一先令。如果翻出两张牌，一张十，一张A，庄家就得赔双倍。如果手中有四张牌一共是十七点，第五张来个四，就正好凑成一副"二十一点"。

邦德回忆着美好的童年。现在又要玩同样的游戏了。不同的是，这次坐庄的是一个坏蛋，筹码也从骨签改成了每注一千美元的金钱。他现在已不再是孩子了，成人就要玩成人的游戏。

邦德在床上躺着，眼睛盯着天花板，脑子里想着那座闻名世界的赌城，想象着它的样子。他不知道如何才能见到凯丝小姐。

他已经抽了五根香烟了，这时他才听见莱特一瘸一拐的走路声从过道传来。他走出屋子，和莱特一起穿过草地，钻进了汽车里。汽车驶出了旅馆，莱特在这一路上给他讲了事态的进展。

皮萨诺、巴德、温特和吉德等斯潘帮这伙人都已退了旅馆，甚至连"赧颜"也被装进了蓬车。他们准备横越美国大陆，投奔内华达州的牧场。

"案子已经移交联邦调查局，"莱特说，"但恐怕也只能是他们收集的斯潘一伙材料中的一部分。如果你不出面作证指认那两个枪手，谁也不会知道犯案人是谁。而且我相信美国联邦调查局对皮萨诺和他的马匹不会有任何兴趣。他们又会把调查工作委托给我们。我已经和总部联系过了，他们让我去趟拉斯维加斯，最好能够查出真"赧颜"尸骨的埋藏处。"

还没等到邦德发表自己的意见，汽车已经来到了萨拉托加高级餐室的门口。他们从那儿下了车，并让看门人把车子开到停车场。

"我们又能在一起吃饭了，"莱特高兴地说，"牛油煎炸的缅因州海虾，你大概还没尝过吧。不过，如果碰见斯潘手底下那帮家伙在这儿吃意大利通心粉，恐怕会倒我们胃口的。"

餐厅中大多数客人已用完餐，三三两两地朝幼驹拍卖场或其他地方走去。莱特和邦德找了一张位于餐厅角落的餐桌坐了下来。莱特点了菜，并吩咐侍者在上海虾之前，先来两杯掺苦艾酒的马提尼鸡尾酒。

"这么说，你也要去拉斯维加斯了，"邦德说，"真是太巧了。"他把沙迪在电话里说的话告诉了莱特。

"真的吗？"莱特说。"这也没什么巧的。你我都是顺腾摸瓜，而这一根根的腾都是伸向那座罪恶之城的。不过，我先得在这里做几天收尾工作，还要写一大堆报告。干我这份差使，得有一半的时间是在写报告。我在周末之前会赶到拉斯维加斯，做一番暗访。在斯潘家门口，我们不要常见面，只能抓机会交换交换情报。对了，我想起来了，"他补充道，"在那里，有我们一个得力的助手，名叫厄恩•柯诺，是个出租车司机，人很好。我会通知他你要来的事情，让他照顾一下。他就是拉斯维加斯人，对那里的情况再熟悉不过了。他知道他们老板今天是否在城里，清楚各种赌具和赌场的花样，知道哪家的吃角子老虎抽头最少，这些可都是最有价值的秘密情报。伙计，你在拉斯维加斯城会大开眼界的，以后你会觉得其他地方的赌场都太土了。销金大道上布满了赌场和夜总会，足有五英里长；五光十色的霓虹灯四处可见。与这些相比，百老汇只不过是一棵摇钱树罢了，摩纳哥的蒙特卡洛，"莱特很不屑地说，"不过是蒸汽机时代的产物而已。"

邦德笑着问道："他们的轮盘赌有几个零？"

"我估计两个。"

"这恐怕只是你的猜想。在欧洲，赌场抽头的百分比是不能随意变更的。销金大道上的霓虹灯虽然五光十色，但电费却是从另一个零支付的。"

"可能吧。在美国，双骰子赌场的抽头只有百分之一。"

"我知道，"邦德接着说，"'孩子也需要一双新鞋'，老板们都这么说。我倒是希望，做庄的希腊银行辛迪加老板们在巴卡拉牌的牌桌上已经拿到了九点这样的好牌，而且赌金是一千万法郎，但嘴上却仍在说'孩子也需要一双新鞋。'"

莱特哈哈大笑。他说，"玩二十一点可是你的拿手绝活。等你这次回到伦敦，就可以好好吹嘘一番你是怎样在冠冕酒店出尽风头的。"莱特喝了一口威士忌接着说，"但是，我想最好还是告诉你这地方的一些情况。这样在你想挖他们的金砖时，也好心里有底。"

"你说吧。"

"说他们有金砖，可不是乱说的。"莱特继续说，"你知道，在内华

达州的人们心目中有两座用金砖堆起来的金山，一座是里诺城，另一座就是拉斯维加斯。如果谁想发笔横财，那就买一张机票去拉斯维加斯或里诺吧。有时在那里真会撞到意想不到的财运。就在不久前，一个年轻人在沙漠饭店一口气连赢了二十八次双骰赌，他仅用了一美元的本钱，就赢了七百五十美元。那家伙拿了钱后撒腿就跑。直到现在，赌场都不知道他叫什么。沙漠饭店夜总会已经把他用过的那一对红骰子用缎子垫在下面陈列在的橱窗里了。”

“这种宣传是最好的广告。”

“这种好主意广告商也想不出来。赌场中有着各种各样的赌具，吸引着形形色色的赌徒。连那些老太太们都戴着手套在那里玩‘吃角子老虎’，你如果亲眼看见，就会相信我不是在吹牛。她们每人提一个装满了硬币的购物筐，站在赌机旁，不停地搬动杠杆，一天要玩十小时甚至二十小时都不休息。知道她们为什么要戴手套吗？是怕玩多了把她们的手磨破了。”

邦德听得半信半疑。

“当然，这么玩不累倒才怪呢。”莱特说，“歇斯底里症、心脏病、脑溢血，都是她们的常见病。为此赌场中还得专门设置二十四小时应诊的专用医生。但这些赌徒的脑子里想的只有钱，就连把他们送往医院的途中，嘴里还在不停地叫嚷着：‘中了！赢了！。’对于赌场的玩意，你会感到应接不暇的，那里有各式各样的豪华赌馆和赌徒俱乐部，花样繁多。有成排排列的吃角子老虎。就以某一家赌馆为例吧，每二十四小时他们就得耗用八十对骰子，塑胶扑克牌一百二十副。每天早晨，都得有五十部吃角子老虎机送去修理部修理。我可要提醒你，千万别玩晕了头，忘了你的任务和女朋友。我知道你好赌，我又碰巧了解一些那里的勾当，就告诉你一些，你也好有个准备。你记下这几点，就当是指路明灯吧！”

邦德听得饶有兴趣，掏出笔，从菜单上撕下一张纸，准备记录。

莱特眯起了双眼，望着天花板说：“双骰赌的抽头是百分之一点四，二十一点的抽头是百分之一，”他低头朝邦德笑了笑说，“你最擅长的轮盘赌抽头是百分之五点五。吃角子老虎机百分之十五到二十。你看，赌场的赚头有多大。每年大概有一千一百万人来斯潘经营的赌场参赌。按照上面的比率，如果每人的赌本平均起来是两百美元，你可以算算，每年他们能赚多少钱。”

邦德收起笔和纸，放进口袋说：“莱特，谢谢你提供的信息。不过你别忘了，我可不是去拉斯维加斯度假的。”

“詹姆斯，”莱特说，“你真行。不过我还是要啰嗦一句，你可千万不要存心去找便宜。他们在经营大赌场方面，有一整套的策略，对怎样防范老手也很有研究。我给你讲一个故事。前一阵子，有一个二十一点赌的战术发牌人想从中捞点油水。一天晚上，他拿了几张钞票塞进了自己的腰包。结果被他们发现了。你猜怎么着？第二天，有个人从博尔德开车去拉斯维加斯，走到半路，发现一个粉红色的东西伸出了沙面，但又不像仙人掌。于是他就停下车过去看看。”莱特说着用中指戳了戳邦德的胸膛。

“你猜是什么，原来那个粉红的玩意是一只胳膊，手里还握着一副被摆成扇形的扑克牌。后来警察到了那里，挖了半天，才把整个尸体都挖了出来，就是那个二十一点赌桌的发牌人。他们把他的头打烂了，然后把他埋在了沙漠里。故意露出握牌的手臂，无非是为了杀一儆百。怎么样？”

“够刺激。”邦德说。

莱特用叉子叉了一块海虾，边吃边说，“这个家伙也太笨了点。难道他不知道拉斯维加斯游乐场里早就装备了非常好的监视系统。赌场的天花板上装着许多电灯，每个灯泡都在一个圆窟窿里装着，光线从上面直射下来，把台面照得雪亮。这么多的强烈光线，是为了不要出现妨碍顾客视力的阴影。不过如果你仔细观察，就会发现，光柱是每隔一个洞才向下直射的。这是故意安排的。”莱特慢悠悠地摇晃着头说，“其实每个黑洞里都安有摄像头，楼上有一部电视摄影机，随时监视着下面的现场。如果他们怀疑某个发牌人，或某位顾客，就会把当时牌桌上的情形制作成影片。老板只需坐在楼上就可以仔细地观察到这些人发牌或打牌的动作。这些设施使他们的一举一动都在监视之下。其实这是每个发牌人都应该知道的事情。那个伙计也许是抱着侥幸心理，认为电视摄影机当时不会那么巧正好对准了他的台面。一念之差，送了性命。”

邦德笑着说：“我会当心的。可是我必须一步步向走私集团的核心靠拢。说实话，我得想办法先接近塞拉菲姆•斯潘先生，但我总不能

掏出一张名片直接去见他吧。莱特，我想告诉你，”邦德有点沉重地说，“突然间，我恨透了斯潘兄弟；我也讨厌那两个戴着黑面罩的枪手。用枪把捅那个黑人、用冒着热气的泥浆浇人，这种作法实在是令人作呕。要是他们痛快地揍一顿骑师，我不会觉得怎么样的。但是用热泥浆把人烫伤，就太恶毒了。皮萨诺和巴德也都不是东西。不知道是什么原因，我非常憎恨这帮匪徒。”邦德带着歉意说，“我觉得也得提醒你一下。”

“很好，”莱特说着把菜盘推到了桌子中间，“到时候，我会找机会来帮你一把的。另外我也会提醒厄恩，让他帮你多提防着点的。但你千万不要以为，招惹完斯潘一帮人后，还可以找个律师和他们打官司。那里是不讲什么法律的。”说到这里，莱特用钢钩敲了敲桌子。“咱们一人再来一杯苏打威士忌吧。那里是沙漠地带，供水困难，又干又热，你只能喝掺苏打的酒了。在那里，连室外树荫下的温度都高达五十度左右，何况你很可能连树荫也找不到。”

威士忌酒送上来了。邦德举起杯说：“莱特，在那儿我们可能很难见面，也没有人再向我介绍美国的生活方式了。顺便插一句，你在‘赧颜’身上搞的花样，真是棒极了。但愿你我能够同心协力，干掉斯潘。我想，我们能办到。”莱特看着邦德，感慨地说道：“我要替平克顿办事，招惹他们，对我没什么好处。跟这伙人对着干，关键是要抓住他们的把柄。如果我能找出那匹真‘赧颜’的尸骨，他们可就有好果子吃了。你可好，从英国飞来，跟他玩一阵子也就一走了之了。那班家伙不清楚你的底细。我可是在这儿土生土长的。如果我跟斯潘他们明目张胆、真刀真枪的干，他手下那帮家伙会来找我、甚至还会找我的家人和朋友们算帐的。他们不把我整惨是绝不会善罢甘休的。即使我杀了斯潘，可是很有可能等我回到家里，我妹妹一家人已经被人放火活活烧死了，那样的话我会是什么滋味呢？在这里，直到现在这种事情还有可能发生。凯劳维尔参议员的报告书里谈到，那帮歹徒现在不单单是经营酒业，而且已经骑在了州政府的头上，为所欲为。内华达州就是其中的一个代表。虽然现在报纸里、杂志上、书籍里、演讲会上都在大声呼吁，但是，”莱特笑道，“打抱不平，或许还得靠你那把真家伙！那把老枪你还用吗？”

“是的，”邦德答道。

“你还在00组？我的意思是你还有权先斩后奏？”

“是的。”邦德淡淡地说。

“好了，”莱特站起身来，“我们走吧，回去好好睡上一觉，让你这神枪手的神眼充分的休息。我猜想你很可能要用上它。”

第15章　飞往赌城

飞机在深蓝色的太平洋上空兜了一大圈，掠过好莱坞，穿过金黄色的卡金隘门，越过赛拿山脉。

邦德坐在机舱里从飞机的小窗户里俯瞰着下面：绵长蜿蜒的种满椰树的公路，大型的飞机制造厂，高级别墅前面的绿色草坪上配备的环绕式浇水装置，电影制片公司的外景设施——西部牧场，城区街道，小型的赛车场以及四桅帆船等。飞机在飞越了崇山峻岭后，来到了洛杉矶南部上空，下面暗红色的沙漠一望无际。

飞机飞行在巴斯托上空，下面有一条通往科罗拉多高原的铁路。飞机又向右绕过卡利科山脉继续飞行。山越来越多。飞过群山后，马蒂安的一块肥沃绿洲出现在眼前。飞机开始缓缓下降，在座位上方亮起了一排字：“请系好安全带，请勿吸烟。”

一下飞机，邦德就感到一股热浪迎面扑来。飞机距离装有空调的机场大楼仅有五十码距离，但走这样短的一段路已使他汗流浃背。走过玻璃门，邦德看见在墙边排列着许多吃角子老虎机。旅客们纷纷从口袋里掏出硬币往里塞。于是各种各样的图案便开始飞快地转动起来。邦德掏出零钱，五分、十分、二十五分试了个遍，结果停在了两朵樱花的图案上，只吐回了三枚小钱。

大厅的旁边，有一部机器，像是饮水机，但上面却写着“氧气柜”。邦德好奇地走过去，想看看上面的说明，“请吸纯氧，有益健康，无毒副作用。帮助提神、提气，具有消除疲劳、情绪紧张及其他症状之功效。”

邦德想检验一下广告吹嘘的功效，便投进去一枚二十五分的硬币，然后在嘴上带上胶皮面具。他按说明，按了一下电钮，慢慢地吸了

一分钟的氧。他感到这和吸冷空气并无二致，没有一点特殊之处。一分钟后，机器响了一声，自动停了，邦德拿下面罩，走开了。

邦德感到脑袋略微有点晕，此外没任何其他感觉。他朝一个站在身旁的男人笑了笑。那人的腋下夹着一只皮包，里面装着刮胡工具，也礼貌地冲他笑了笑，然后转身离开了。

广播中通知旅客们去领自己的行李。邦德领了行李，提着箱子，走出了大厅。外面烈日当空。

“你是去冠冕酒店吗？出租车司机主动问道。

“是呀。”

“上车吧。”

邦德上了车，出租车驶出机场，沿着高速公路一直往前走去。

车厢里有一股熏染已久的雪茄烟味。邦德打开了车窗。外面的热浪迎面扑来，他连忙又把窗子关上了。

司机很和善的对邦德说：“邦德先生，别开窗子。车里的冷气虽然不是很明显，但总比外面凉快一些。”

“谢谢。”邦德答道。“我想你就是莱特的那位朋友吧。”

“是的。”司机回答道：“他可是个大好人。他告诉我让我照应着你。能够为您服务，非常荣幸。准备待多长时间？”

“现在还不敢说，”邦德答道，“估计也就几天而已。”

“我倒有个主意，你听听怎么样。”司机建议道，“不要误会，我可不是在打你的主意。如果你身边带了一些钱，而且我们又需要在一起合作，我建议你最好包下我的出租车，按天计费，五十美元一天。这样能保证我的收入，而且对大酒店的看门人也好说一些。除了这个主意，我想不出可以接近你的其他办法。你如果包下我的出租车，哪怕他们看见我在机场接你时一等就大半天，也没什么可说的了。在这里疑神疑鬼的狗杂种多着呢。”

“行，’邦德马上表示同意，而且非常信任他。“就这么办吧。”

司机乘机又向他交代了几句：“邦德先生，我告诉你，这帮家伙疑心重着呢。您看上去是来这儿游玩的观光客，他们就会开始算计了。无须你开口，他们早就看出你是个英国人了。他们会问一连串的问题：这个英国人来这儿是干什么的？他是做什么的？他长得可真壮，咱们得好好瞧瞧。”他又侧过身小声问道，“在机场大厦里，你有没有注意到有个人一直在你附近溜达，胳膊底下还夹着一个装刮胡子设备的皮包。”

邦德马上想起了站在氧气柜边的那个人。“没错，有这么一个人。”他真后悔自己当时怎么光顾着吸氧了，没有对他提高警惕。

“我敢打赌，他肯定是在给你拍照，”司机说，“他带的那个皮包里有一部十六毫米摄影机。只要将皮包的拉锁稍稍拉开一点，用胳膊一夹，机器就开始工作了。估计他拍了有五十英尺左右，正面侧面都拍了。今天下午照片就会送到他们总部，一起送去的还有你行李里的物品清单。你从外表看起来似乎没有带枪，可能是挂在腋下了，而且那家伙又很扁。一旦被他们发觉你身上带着枪，你一到赌场，就会被一名枪手死死地盯住。今天晚上也许就会下达命令。你一定注意身边穿外衣的人。在这个地方穿外衣，目的只有一个，就是藏枪。”

“多谢了，”邦德不禁有些恼火，“看来这帮家伙组织得很严密，我得加倍警惕才是。”

汽车驶向著名的赌博街。路的两旁除了偶尔出现的旅馆广告，都是沙漠。逐渐地开始看见加油站和汽车饭店如雨后春笋般冒了出来。有一家汽车饭店还配有用透明玻璃砖砌成的游泳池，他们路过时，正好看见一位姑娘一头扎进了清爽碧绿的池中，激起了一串水花。他们又经过一家带有餐厅的加油站，门前贴着非常醒目的广告：“加油站自助餐厅。提供热狗、牛排、肉饼及冷饮。”外面停着两三部车，应该是有人在里面用餐。女招待一律都穿着比基尼泳衣和高跟鞋。

天气酷热难耐，连个树荫都见不到，只在汽车饭店门前院子中有几棵椰子树。迎面开来好几辆车，它们的镀铬风档框上反射出道道白光，刺得人睁不开眼。邦德的眼睛也被晃得不舒服，衬衣已经被汗水渍湿透，紧贴在身上。

“现在进入赌博街了。”司机介绍说。

“知道了。”邦德说。

“这是弗拉明戈酒店。”当车子驶过一排低矮的现代化旅馆时，柯诺说道，“这是西格尔的产业，建于一九四六年。有一天，他带着他那肮脏的钱，从海岸边来这儿转悠。那时，拉斯维加斯还在发展中，不过已经修建了不少赌馆、妓院和高级游乐场。西格尔不甘人后，认定他在这儿大有油水可捞，于是就在此开了旅馆。这是一家名叫‘沙洲’的

俱乐部。现在老板是谁还没搞清楚。刚刚盖好两年。经理叫殷杰克，曾经在纽约市的科帕俱乐部干过。听说过他吗？”

“没有。”邦德回答说。

“那是威尔伯·克拉克的‘沙漠饭店’，是由克利夫兰和辛辛那提两个组织共同出资兴建的。那边是撒哈拉俱乐部，是一个最新式的赌场。开张第一天就输了五万美元。说了你都不相信，按这儿的规矩，凡是新开张的赌场都要请各家的大赌棍来捧场。那一天晚上是宾客迎门，好不热闹，而且还能享受开业的优惠。但可笑的是庄家并不赚钱，钱一个劲地往客人口袋里钻。庄家一下子就赔了五万。”司机又朝左边的一个大篷车指了指说，“那家饭馆是当时西部开发时期的风格。值得一看。那边是‘雷鸟’夜总会。街对面就是本地最大的赌场——冠冕饭店了。我想你对于斯潘先生的家底应该很清楚，就不用我多说了。”他把车速放缓，最终停在了冠冕饭店的对面。

“我只是知道个大概。”邦德答道，“如果你有空，我很愿意听你给我详细讲一讲他们的情况。现在干什么？”

“随便你。”

外面的太阳火辣辣的。邦德只想赶快躲进房里，吃顿午餐，然后游游泳，或者休息一下。

柯诺又发动了汽车。汽车穿过马路，滑过一排浅红色水泥建筑，然后停在了一个大玻璃门前。身穿天蓝色制服的侍者走了过来，为邦德打开车门，并拿了箱子。车门外酷热难当。

当邦德侧身走过玻璃大门时，听见柯诺对侍者说：“英国来的大阔佬。包了我的车子，按天计费，一天五十美元，不错吧？”

邦德走进了玻璃门，也就走进入了塞拉菲姆·斯潘的冠冕大饭店，冷气扑面而来。

第16章　无所事事

邦德去一家装了空调的餐厅吃午餐，它的旁边是一个游泳池，呈腰子形状，有许多顾客在他的眼前晃来晃去，但从他们的身材看，适合穿泳装的实在是少之又少。邦德顶着火热的日头走过二十码的草坪，回到了自己的房间。他脱光了衣服，赤身裸体的往床上一躺。

冠冕大饭店一共有六座大楼，分别以宝石的名字命名。邦德住的是"土耳其玉厅"的底层。房间的墙壁是蛋青色的，窗帷和沙发套是藏青色的；各式各样的现代家俱像是用金子做的一样；床边有一部收音机，窗前有一台十七英寸的电视机；窗外还有一个客人进餐的宽大的遮阳凉台；室内非常安静，空调也没有一点声音，屋子舒适极了，邦德很快就进入了梦乡。

他睡了足足有四个小时。藏在床头柜底下的钢丝录音机这段时间可是白白浪费了几百英尺的钢丝带。

邦德醒来时已是晚上七点半了。他打了一个电话询问凯丝小姐："请转告她，邦德先生电话找她。"邦德在屋内的所有声音都被录音机记录了：走动的声音、洗澡时莲篷头喷水的声音以及七点半钟出门时钥匙锁门的声音。

半小时后，敲门的声音又被录了下来。一会儿，门开了。一个侍者打扮的人送来了一篮水果。篮子里还放着一张卡片，上面写着："本店经理部敬赠。"他走进房间，迅速地来到床头柜旁，拧下了两只螺丝，从录音机上取下一卷钢丝带，然后换上了一盘新带子。他把水果篮放在衣柜上，关好房门，走了出去。

录音带在以后的几小时中只是默默地转动着，什么声音也没录下。

邦德独自一人在冠冕大饭店的长吧台上坐着，在品尝着掺了伏特加的马提尼酒的同时，也在用行家的眼光观察着这座富丽堂皇的赌厅。

邦德注意到，在拉斯维加斯，一种新的建筑风格正在流行，可以称之为"镀金的捕鼠机"建筑学派。这种设计风格的目的就是为了吸引"老鼠"们进入赌场，让他们心甘情愿地自投罗网。

赌场有两个出口，一个出口通往大街，一个通往客房大楼和游泳池。不管你从哪个口进入赌场，或者是从哪个口出去，哪怕是去买包烟，或去餐厅喝杯酒吃顿饭，或去理发室，或上健身馆，甚至是去上厕所，你都要经过两排吃角子老虎机和一排赌桌旁边。一旦你置身其中，听着机器咔咔作响的声音，或从某处传来的银角子塞进缝隙时的响声，又或是那换币姑娘发出的银铃般的"满贯啦！"的喊声，这时候，

“老鼠”肯定按捺不住要钻进笼子。如果一个人经过双骰赌台时，眼见着轮盘滴溜溜地打转，或是银元在二十一点赌桌上叮当作响，见到这种乳酪居然还不上钩，那这个人一定是个铁打的老鼠。

在邦德看来，只有对最糟糕的乳酪流口水的老鼠才会上这种钩。这种陷阱既粗俗又下流。吃角子机发出的咔咔嚓嚓的噪音，只会刺激人的神经。它就像一艘已经报废的旧轮船在运往废料厂准备拆卸的路上发出的声音，不会有人去给它上润滑油，也不会有人对它进行维修，只是等着它被拆卸后拿去卖废铁。

再看看那些赌客，他们站在吃角子老虎机面前卖力地扳动着杠杆。如果当时他们能看见自己那副模样，都会讨厌自己的。他们一旦从小玻璃窗口看见自己交了好运，不等转子停下，就赶忙塞进另一个硬币。这样，那些噪音就会永无休止地从该死的老虎机里传出来，令人作呕。

假如幸运地碰上个满贯，银币就会像小瀑布一样从机器里泻出，进入在下面接着的小杯子里，有些还会蹦到地上。这时赌客就顾不上面子不面子的了，跪下来，在地上爬来爬去的找滚动的钱币。就像莱特说的，喜欢玩吃角子老虎机的大多是那些上了年纪并且家庭比较富裕的主妇们。她们站在机器前，像极了养鸡场中的老母鸡。听着动听的音乐，吹着凉风冷气，在那里一动不动，直到把身上的钱全部花光。

“满贯了！”一位换币姑娘突然激动地叫道。几个女人马上抬头望去。看到此情此景，邦德想起了俄国生物学家巴甫洛夫用狗做过的试验。听着银铃般的叫声，那帮妇女的嘴角连唾液都流了下来，正像是试验中的狗。

这种场面，邦德不想再看下去了，于是转过身来，专心喝他的鸡尾酒，远处传来了乐队的演奏声。他的前面大约还有五、六家店面，其中一家的招牌是用淡蓝色霓虹灯拼成的“钻石之家”字样。邦德叫来了一个侍者，问道：“斯潘先生今晚来过吗？”

“没有，”侍者回答，“他一般要到第一场结束后才来，大概十一点左右，您认识他？”

“只是听说过，不怎么熟。”

邦德付了酒钱，向玩二十一点的三个赌台走去。他停在了中间的那个台子旁。看来这应该就是他要找的那张。十点过五分再过来。他看了看手表，才八点半。

这是一张不大的台子，呈腰子形状。庄家站在凹进去的位置，身子抵着台边，把两张牌发到赌台上标着八字的台面上。赌注大多是在五枚至十枚筹码之间。每枚筹码值二十美元。发牌人是个四十多岁的中年人，面带微笑，身上穿着发牌人的制服，上身穿着白衬衣，袖口扣得很紧，领子那儿系着一条黑色领带，这种领带是西部赌客常见的，头上戴着一顶绿遮檐帽，下身则穿着一条黑色长裤，为了防止裤子磨损，腰前还系了一块绿围裙。

发牌人沉着老练地发着牌，赌台周围很安静，只偶尔听到有人招呼身穿黑绸制服的女侍来一杯酒，或买一包烟。两位赌场大班坐在赌厅中央，腰间别着手枪，用鹰一般的目光监视着各台赌局。

二十一点的赌法很痛快，但单调乏味程度却不亚于吃角子老虎机。邦德看了一会儿，便去了赌场一边的“吸烟室”。四个穿着西部牛仔装的“巡警”在场内东走走，西逛逛，似乎无所事事，实际上他们是在奉命维持全场的秩序。他们每个人的屁股后面都吊着一支插在枪套里的左轮手枪，皮带上则别着五十发锃亮的子弹。

邦德心想，这地方的警卫还挺森严的。他沿着一排赌台走出了大厅，来到一家霓虹灯显示叫“彩色宝石餐室”的餐厅。

餐厅呈扁圆形，有些低矮。里面有着浅红色的墙壁和灰白色的家俱。餐厅里的人不多，稀稀落落地坐着。女侍者走过来，领邦德在一个角落里的餐桌旁坐下。她弯腰整理了一下餐桌花瓶里的花，然后冲客人笑笑便离去了。十分钟后，另一位女侍走过来，在桌上放了一条小面包和一块黄油，还有一只装着菜裹肉片配桔汁酪和芹菜茎的碟子。又过了一小会儿，一位年纪稍大的女侍送上了菜单，然后说了一句“马上就来”，便匆匆地朝厨房走去。

邦德在餐厅坐了足有二十分钟，他点的烧蛤蛎和炸牛排才端上来。在等待的这段时间里，他又要了一杯掺伏特加的马提尼酒。

“酒一会就来。”女侍说。邦德心想，这儿的服务员倒是很有礼貌，就是动作太慢了。不过菜上得虽慢，味道倒还不错。邦德边吃边琢磨着今晚的行动。他很讨厌自己现在扮演的这个角色。他指望着第一次活儿的报酬在不久之后就能拿到，而拿到报酬后如果他还能入大老板斯潘的法眼的话，可能会接到一个长点儿的活儿，但也只能是和帮里那些十七、八岁的小伙子瞎混，自己根本没有主动权。他先是被拨到

萨拉托加，然后又被送到这个赌场。大名鼎鼎的邦德，在这个鬼地方，住人家的，吃人家的，还有人暗中监视，被人在背后议论动作是不是稳重，外貌够不够老道，能不能胜任这一桩小事……真是够窝囊的。

邦德使劲咬着牛排，就像是在咬着斯潘的手指一样。他暗暗诅咒着这份可恶的差使。过了一会儿，他才渐渐平静下来，心想，自己到底是在担心什么呀？这趟差最关键的部分就在今晚。现在自己已经伸入到走私集团的核心，成为了斯潘大本营的座上客。而斯潘和伦敦的杰克以及那位 ABC，他们几个不正是全球最大走私活动的幕后指挥者吗？自己怎么老跟自己过不去呢？或许是因为一时情绪上的厌恶，或许是因为以一个陌生人的身份，和这帮卑鄙下作但却又有权有势的家伙们厮混得太久，或许是对这种富丽堂皇却又充满了火药味的恶棍大本营产生了强烈的反感。

邦德一边喝着咖啡，一边为自己做着总结。这主要还是因为冒名顶替的时间太久的关系。他来这里，本来是想跟斯潘帮和拉斯维加斯好好干一场的，现在看来还是时候未到。他看了看手表，正好十点。他点上一支香烟，站起身来，走出餐厅，走向赌场。

这场比赛的玩法只有两种，或者采取被动战术，顺其自然；或者采取主动战术，加快事态的发展。

第 17 章　收回工钱

赌场中的气氛似乎发生了一些变化，安静了许多。乐队、玩吃角子的女人们都已经不在了，只有少数几个赌客还散落在一些赌台上。轮盘赌台边上多了两三位穿着夜礼服的漂亮小姐，她们是花五十美元雇来撑场面的。一名醉汉在双骰赌的赌台边拼命地吆喝着。

好像还有点什么不一样的地方？啊！凯丝！刚才他观察过的那张二十一点赌台边的发牌人竟然换成了凯丝。他真是万万也想不到。

难道她在冠冕饭店就干这个？

邦德朝四周看了看，惊奇地发现三张二十一点赌台的发牌人全都换上了漂亮姑娘。她们青一色的西部牛仔打扮——灰色的衬衣,短短的灰呢裙,脖子上围着一条黑色大手帕,背后吊着墨西哥式宽边灰呢帽,腰间系着一条带钉子的宽边皮带,脚上穿着肉色尼龙长袜和半长筒的黑色皮靴。

邦德再次确认了一下时间,然后信步踱进赌场。真想不到他们是让凯丝来作手脚送给他那五千美元。他们选择这个时机肯定颇下了一番功夫。隔壁演奏厅的著名小歌剧还未散场;赌台上只有他这一个客人;当她与他玩二十一点时,没有其他赌客在场。

十点过五分整,邦德轻轻地走到了赌台边,找了一个正好与发牌人面对面的位子坐下来。

“晚上好”

“你好。”凯丝淡淡地冲他笑笑说。

“最大注下多少?”

“一千美元。”

邦德掏出十张一百美元的钞票放在了台上。这时一位赌场大班走了过来。他看都没看邦德一眼,只对漂亮的女发牌人说,“凯丝小姐,也许客人想玩一副新牌。”说着,便交给凯丝了一副新牌。

凯丝打开了新牌的包装纸,然后把旧牌交给了大班。赌场大班往后退了几步,似乎对监督这张台面没什么兴趣。凯丝熟练地轻轻拍打牌盒,把纸牌取了出来,然后将其分成两半放在了桌上,洗牌的动作干净利落。邦德看出这两半纸牌并没有真正错开。她拿出纸牌放在桌上请客人切牌,邦德随便切了一下,然后便坐在一旁欣赏她熟练的单手顺牌技术。

牌整理好了,但是实际上,别看折腾了这么久,放在她面前的纸牌的次序一点没变,和原包装盒中的次序一模一样。邦德不禁暗暗佩服她蒙混过关的手法是如此高明。

他抬起头看着凯丝那双灰色的大眼睛,想看看她会不会泄露出一点同谋的迹象。

这时,她发给他了两张牌,然后给自己也分了两张。邦德警告自己,一定要加倍小心,千万不能失手把纸牌原定的次序搞乱了。

台桌上印着一排白字,是玩二十一点的规则:“庄家必须抽够十六点,不得超过十七点。”邦德估计,他们已经为他安排了大满贯的机

会。但就怕半路上杀进一位爱管闲事的赌客。这样的话邦德每次都将得到二十一点，而发牌人自己分到的总是十七点。

邦德看了看发给自己的两张牌，一张十，一张 J。他朝发牌人摇摇头，表示不要了。她翻开自己的两张牌，一共是十六点，于是又要了一张，是老 K，结果给胀死了。

发牌人的身旁放着一只木箱，里面盛着一些筹码。不一会儿，赌场大班送来了一块价值一千美元的大筹码。凯丝拿到后，随手就丢在了邦德的面前。邦德把这块大筹码放在了压宝线上，换回现金，装进了衣袋里。她又发给他两张牌，分给自己两张。邦德的两张牌加起来一共是十七点。他又摇摇头表示够了。她的牌一共才十二点，于是又要了一张，是张三，加起来才十六点，还不是够大。她又要了一张，这次是张九，加起来有二十四点，又胀死了。赌场大班又拿着一块一千美元的筹码走了过来。邦德捡起来放在了口袋里，把原来的那块仍然留在压宝线上。第三盘，他得到的两张牌加起来共十九点，她得到了十七点，按照桌上写的二十一点的规矩，庄家不能再要了，她又输了。于是邦德的口袋又装进了一块筹码。

这时，赌场的大门打开了，客人们用过了晚餐，三三两两地走了进来。很快，他们就会把赌台围得水泄不通。这是他的最后一局，玩完以后他必须马上离开这里，也不得不离开凯丝。凯丝有些不耐烦地看了他一眼。他从桌上捡起分给他的两张牌，一共二十点。她也翻开自己的牌，是两张十点，这局平了。邦德不禁笑了起来。这时，有三个赌客走了过来，坐在赌桌边的凳子上。她连忙给他重新发了两张牌。这次，他得到十九点，而她却是十七点。他又赢了。

赌场大班这次干脆直接把第四块筹码从柜面上扔给了邦德，带着一脸不屑的表情。

“天啊！”一位新来的赌客不无羡慕的嘟囔着。邦德将第四块一千美元的筹码收好，起身离开了赌台。他冲凯丝微微点了点头，说：“谢谢，你分的牌真是太妙了。”

“我也是这么认为的。”那位赌客在一旁接着说。

凯丝盯着邦德，不露一点声色地说：“多谢光临。”她低头沉思了片刻，然后彻底洗了一遍纸牌，拿到刚来的赌客面前，让他切牌。

邦德转过身，慢慢地离开了赌台，心里却还在想着凯丝。他偶尔侧过身，远远地打量着这位姑娘，她穿着西部牛仔装，样子看起来又骄傲又直爽的。她的清丽动人肯定也能吸引别的赌客。果然，不一会儿就来了八位老主顾，他们环桌而坐，还有不少人站在外面，盯着她看。

邦德越想心里越难受。他走到酒吧台边，要了一杯波本威士忌和本地泉水，祝贺一下自己刚刚赚到五千美元。

侍者取出来一瓶戴软木塞的泉水，威士忌就在手边放着。“这泉水是哪儿来？”邦德惊奇地问。

“是从博尔德水坝用大卡车运来的。”侍者一本正经地说，“每天一趟，您不用担心它的质量。”他解释说，“这可是地道的矿泉水。”邦德往柜台上丢了一块银币，尝了一口说，“确实是矿泉水。好了，钱不用找了。”

他手里端着酒杯，背靠吧台坐在高凳上，在心里盘算着下一步的计划。现在他已经领到了工钱。沙迪曾经特意叮嘱过他，收到钱后立即离开，千万不可再去赌。

邦德心想，要是完全听沙迪的，到头来他只能还是一个让人使唤的听差。只有大干一番，才能引起他们的注意。

邦德喝完酒，穿过赌场，向最近的一张轮盘赌台走去。只有几个小赌徒在那里，赌注下得也很小。

“这里最大的赌注是多少？”他向赌台旁边一个秃了顶的管理员问道。那人正从轮盘字槽中取象牙球，看起来死气沉沉的。

“五千美元，”管理员无精打采地答道。

邦德从口袋里掏出那四个一千美元的筹码，又取出十张一百美元的钞票放在管理员的身旁：“我买红。”

管理员马上在高椅上坐直了身子，瞟了邦德一眼，然后把四块筹码放进了红格框里，又用手中的长杆推了推，把它们聚拢在一起。他又数了数钞票，然后把钞票从一条缝中塞进抽屉，又从筹码匣里取出一块一千美元的大筹码，也用长杆推进了红格框里。这时，管理员在桌子下的膝盖向上一抬，按响了电铃。赌场大班听到铃声后，便朝轮盘赌这边走了过来。此时管理员已经开始旋转轮盘了。

邦德点燃了一支香烟。他看上去异常冷静，手都不抖一下，心里别提多痛快了。他终于开始主动进攻了，而且有必胜的信心。轮盘转速慢了下来，象牙球啪地一声掉进了一个窄槽。

“三十六，高单双色，买红的赢钱。”

管理员拿着长杆把输家的筹码都拨到了面前，并且从中拨出一部分给了赢家，然后又从筹码匣里取出一块很大的筹码非常小心地放在了邦德的旁边。

“我买黑，”邦德说。管理员把价值五千美元的大筹码饼放进了黑格框，又把原来在红格框中的五枚一千美元的筹码拨给了邦德。

这时，赌台周围的客人们开始窃窃私语，一些别的赌台的客人也跑到轮盘台来看热闹。邦德察觉到了在他的脑袋后面，一些人正用古怪的眼色盯着他，他不管他们，只是死死地注视着赌场大班的眼睛。那双眼睛带着敌意，像毒蛇似的盯着他，目光中流露出了惧怕的神色。

邦德故意冲他笑了一下，轮盘又迅速的转动起来，白色的象牙球开始逆时钟方向旋转。

“十七。黑色，低单，买黑的赢钱。”管理员高声宣布着。周围的赌徒们发出一阵唏嘘之声，火辣辣的目光直勾勾地盯着又一块五千美元的大筹码从匣子里取出来，送到邦德面前。

邦德还想再玩一把，但转念一想，还是先歇一盘吧。

“这次，我先退场。”他对管理员说。管理员看了看邦德，把在台桌上放着的那块大筹码推给了他。

除了那位赌场大班，现在场上又多了一个人牢牢地盯着邦德。那人的目光就像是相机镜头，锐利无比。他那红红的嘴唇上叼着一根粗大的雪茄，如同一支枪管对着邦德。他的那副模样活像一只凶狠而贪婪的老虎监视着栓在栏杆上的驴子。危险随时可能降临。那人虽然面色苍白，但从他那方方的额头、剪成小平头的卷发以及突出的下巴来看，不难发现他和他伦敦的哥哥的某些相似之处。

轮盘再次旋转起来，这次象牙球既没有朝红色字码也没有朝黑色字码的沟槽走，而是掉进了两个绿圈组成的 0 号。0 号代表庄家通吃。邦德望着那两个绿圈，不禁暗自庆幸，如果再玩一把的话，他肯定是全盘皆输。

“双零。”管理员喊了一声，然后用长杆把台面上所有的赌注都聚拢到了一起。

邦德决定再赌最后一次。要是这盘赢了，他就带着斯潘拱手奉送的这两万美元悄无声息地离开。他又抬起头看了看大老板塞拉菲姆。

他那镜头般的目光依然在虎视眈眈地注视着他，而那根如枪管般的粗雪茄也还在咄咄逼人地对准他。他那张苍白的脸上没有任何表情。

“我买红。”说着邦德递给了管理员一块五千美元的筹码，管理员把筹码压在了红格框里。

这样做会不会太刺激他们？没关系的，这个赌台的赌本肯定不止两万美元。

“五，红色，低单，买单的赢。”管理员喊道。

“不玩了，我准备现在就取走赌注。”邦德对管理员说，“多谢。”

“请再次光临。”管理员非常冷淡地说。

邦德的手在衣袋里不停地拨弄着他刚刚赢来的那四枚大筹码，挤出了在他身后围得里三层外三层的人群，径直走向赌场边的兑换处。“请给我换成五张一千美元的现钞和三张五千美元的汇票。”他把四块大筹码递给钢栏杆后面的出纳员说。出纳员接过了筹码，把他要的汇票和钞票递给了他。邦德接过钱，把它塞进了口袋里，又转过身走到服务台前说：“请给我一个航空信封。”服务员把信封递给他，他走到靠近墙边的写字台旁，把三张汇票装在了信封里，并在信封上写下了收信人的姓名和地址：“英国伦敦摄政公园国际进出口公司经理亲启。”然后又到服务台买了张邮票，贴了上去，做完这些以后，他把信封塞进了一个印着“美国邮政”字样的缝槽里。他心想，邮政系统应该算美国最神圣的地方了，它的安全应该没有什么问题。

邦德看了看表。差五分就到十二点了。

他又最后往这个赌场扫了一眼，发现凯丝已经不在了，估计是下班了。在她原来的位置站着另一位小姐。斯潘先生现在也不知道去哪里了。他走出赌厅，穿过草坪，回到了自己的房间，锁上了门。

第18章　飞车激战

“你干得怎么样？”

第二天晚上，厄思·柯诺开车载着邦德走在赌博街上时问。

“还不错。”邦德说，“我玩了几回轮盘赌，赢了他们一大笔冤枉钱，不过我相信这对于他们来说只不过是九牛一毛，算不了什么。”

“他可真是个狂人，一个疯狂迷恋西部生活的狂人。”司机说，“他买下了九十五号国道旁的一个废墟。那地方过去本是垦荒边民的居住区，后来也不知什么原因，人全跑了，那儿就变成了一座死城。他看上了那地方，把它整修一新，铺上了木板的人行道，搞了精美的沙龙和酒吧，还开了一家木制旅馆，专门供下属休假用，甚至把小火车站都改装成了西部风格。这附近还有个城镇，叫作斯佩克特维尔，是个靠银矿发达起来的鬼地方。那里的工人掘出的银矿砂据说价值几百万美元，都是用一条小铁路运到五十英里开外的赖奥利特城。那个城镇本来也是个被人遗弃的废墟，不过现在可是不一样了，已经成了观光点，那里有座房子，是用废威士忌酒瓶搭起来的，很有意思。大量的矿砂都堆在那儿，运矿砂的铁路起点也是那儿，银矿砂就是从那里运往西海岸的。斯潘老板很会琢磨，他自己有辆火车，是由一部老式的‘高原之光’型火车头和一辆早期的火车车厢拼接而成的。平时火车车厢就停在斯佩克特维尔车站，一到周末，斯潘老板就会亲自开火车带手下人去赖奥利特城，痛痛快快地玩一晚上。他们喝香槟，吃鱼子酱，还有乐队伴奏和舞女表演，还可以看烟火，真够刺激的。可惜我也只是道听途说，没亲眼见过。”说着，司机把车窗放下，朝路边吐了一口痰，然后接着说，“你说得对，斯潘老板有的是钱，他就是这样大肆挥霍的。我说的也一点没错，他是个不折不扣的狂人。”

邦德心想，原来是这样。难怪他打听了一整天，都没打听到斯潘先生和他手下人的去向。原来星期六那天，他们全都坐着火车去赖奥利特城游玩了，而那个时候他在做什么？呆在冠冕饭店里游泳，睡懒觉，随时等着人来向他找麻烦。虽然偶尔他也会发现有穿制服的巡警多看了他两眼，但这也无妨，大概在他们眼中，他也只不过是冠冕的一位普通顾客。

早上十点钟左右，邦德游了个泳，吃过早餐，便去理发店理发。那里没几个顾客，除他之外，就只有一个胖男人躺在理发椅上。那人身上还穿着紫色厚绒的晨衣，右手垂下，非常惬意地让一位漂亮姑娘为他修剪着指甲。修剪指甲的那位姑娘粉面桃腮，剪着一头非常亮泽的短发。她自顾自地坐在小板凳上做着活，看起来非常专注。

邦德坐在理发椅上，从镜子里观察着那个胖男人，发现理发师对这位胖客人很是殷勤，照顾得非常周到。他小心翼翼地掀开敷在胖客人脸上的热毛巾的一角，然后又轻轻地去掀另一角；他用一把小剪刀仔细地剪去他耳朵里的耳毛，然后又低声下气地问道："先生，您的鼻毛还剪吗？"胖了只是轻轻地哼了一声，于是他又非常谨慎地掀起了他在鼻子附近的毛巾，用小剪刀细心地修剪起了鼻毛。

胖子的鼻毛修剪完后，理发室中显得很安静，除了邦德头上的剪刀声，以及修甲姑娘把修剪工具放回小瓶时偶而发出的碰撞声，什么都听不见。邦德的发理完了，理发师摇着椅子的手柄，椅子慢慢升高了。

"先生，看看怎么样？"理发师拿着一面镜子照着邦德的脑后问。

正在这时，听见了一声低沉的"哦"声，打破了理发室里的寂静。

估计是理发椅升起的时候，修指甲姑娘那只拿削刀的手有些滑，伤到了那个胖子的手。那位胖子一下子就坐了起来，掀开敷在脸上的毛巾，把那只伤到的手指放到嘴里不停地吮吸。然后身子一歪，抄起手来重重地打了那姑娘一巴掌。打得那位姑娘从矮凳上摔了下来，倒在地上，修剪工具撒得到处都是。那胖子怒气冲冲地咆哮着："把这个婊子给我开了。"他吼叫着，同时还不忘又吸吮起那只把被划破的手指。他趿拉起拖鞋，踩着撒落在地上的修剪工具，走了出去。

"是的，斯潘先生。"理发师冲着斯潘的背影大声喊道。然后，他开始教训起那个正坐在地上哭泣的姑娘，对她破口大骂。邦德转过身来轻声劝他说："别骂她了。"说着，他掀掉围在脖子上的毛巾，从椅子上站了起来。

理发师看了他一眼，显然很吃惊。他没有想到，在这儿竟然还有打抱不平的客人。他的骂声马上停止了，连忙改口说："好的，先生。"然后，他弯下腰开始帮那姑娘收拾地上的修剪用具。

邦德付理发费时，听到那个姑娘在为自己辩解："卢西恩先生，这真不是我的错。他今天好像特别紧张。手指在不停地颤抖。是真的，他的手指抖得特别厉害。以前他从没这样过。可能是神经过于紧张了。"

斯潘先生这样紧张，邦德暗暗高兴。

一路上，邦德都在想着上午发生的事，柯诺大声讲话的声音打断了他的思路："先生，后面有尾巴，而且是两辆车，一前一后紧咬着不放。别回头！看见前面那辆黑色雪佛兰轿车了吗？里面坐着两个人，

车上还装了两面后视镜，他们已经观察我们有一段路程了。后面还紧跟着一辆红色小车，是一辆带活动座椅的金钱豹牌跑车，车里也有两个人，车后座上还放着高尔夫球袋。这帮家伙我认得，是底特律紫色帮的人，他们喜欢穿淡紫色的衣服，说话一嘴娘娘腔。对高尔夫球，他们毫无兴趣。他们喜欢的只有一样东西，那就是手枪。你可以向外看看，装着欣赏风景，但一定要注意他们的手，说不定会掏枪的。我想办法甩掉他们。准备好了没有？”

邦德照做了。柯诺突然猛踩油门，关掉了电门。一刹那，排气管如同一支步枪般朝后面冒出了一股白烟。这时邦德注意到车上那两个家伙把右手伸进了夹克衣袋里，准备掏枪。邦德转身对柯诺说：“你说的一点没错。”过了一会儿，他又说：“柯诺，还是我自己来对付吧。我不想连累你。”

“见鬼，”司机马上打断了他，“我才不怕他们呢。只要你同意出钱帮我修车子，我就能想办法甩掉他们。可以吗？”

“这里是一千美元，做你修车的费用。”邦德说着从口袋里掏出了一张一千美元的钞票，塞进了柯诺的衬衣口袋里，说，“谢谢你，柯诺。我倒要看一看，你用什么方法甩掉他们。”

邦德取出了藏在腋下的手枪，握在手里。他心中暗想，总算让我等到这个时候了。

“好吧，老兄。”柯诺兴奋起来，“我早想找机会跟这帮家伙算算账了。我受他们的气，可不止一两天了。准备好，我开始了。”

前面出现了一条宽敞平坦的大路，往来车辆也非常稀少。夕阳照在远处的山峦上，将其染成了一片桔红色。天色渐渐暗了下去，马路上的光线也越来越弱，这时候，司机们往往会拿不定主意，不知道究竟要不要开亮车灯。

汽车稳稳地向前行驶，时速大概四十英里。黑色的雪佛兰汽车走在前面，与它隔了有二十米左右，它的后面紧跟着那辆金钱豹牌跑车。突然，柯诺猛的用力踩死了刹车，车子轮胎吱吱地叫了几声，便擦着地皮慢慢停住了，邦德猛地被向前甩了一下。那辆金钱豹根本来不及刹车，前面的挡泥板、车灯和水箱散热屏都一头朝出租车撞了上来，铁片和玻璃碎片四处翻飞。刹车之后，出租车车身仍向前滑了一下。司机眼疾手快，马上挂好排档，一踩油门，把金钱豹甩开了，然后沿着公路加速行驶。

“让他们继续享受撞击的快感吧！”厄恩·柯诺对自己的表现非常满意，得意扬扬地对邦德说，“看看他们现在怎么样？”

邦德扭过头朝后望去，带着几分猜测说，“水箱散热屏肯定被撞裂了，前轮的两个挡泥板也全撞坏了。挡风玻璃上似乎有花纹，估计是给撞破了。”夜色渐浓，金钱豹的情形已经看不太清了。邦德继续说，“车上的人全都下来了，正在卸前轮挡泥板。我想，要不了多久他们就能带伤上路了。不过我们的头开得很好。接下来你还有什么高招？”

“下次可没这么容易了。”司机大声地说，“刚才我们已经向他们宣战了。当心！最好斜躺下。我们前面那辆雪佛兰车已经停在路边了。说不定他们会朝我们开枪的。好吧，看我的。”

车子突然飞快地向前蹿。柯诺用一只手转动着方向盘，身体倾斜着，眼睛死死地盯着前方的公路。

当他们的车飞快地经过雪佛兰车时，只听“嘟”的一声，之后便响起了两声清脆的枪声。马上一些玻璃碎片就落到了邦德身旁。柯诺一边咒骂着一边表演着他高超的车技，汽车斜着往前溜了一段，接着便又继续飞速向前行驶。

邦德在后座上跪着，用枪托在后窗玻璃上砸了一个洞。后面雪佛兰车像条疯狗一样紧追了上来。它的头灯全部打开了，晃得人睁不开眼。

“坐稳了，”柯诺用低沉的声音说道，“我要来个急转弯，把车停在前面大楼的一侧。他们一追过来，你就朝他们开枪，狠狠地打。”

邦德用手紧紧地抓住椅背。伴随着轮胎吱吱的叫声，汽车开始向一边倾斜，随后又恢复了平稳，突然刹住了。邦德立即打开车门跳了出去，蹲伏在车门边，把枪高高抬起。雪佛兰的车灯射在了他们的侧面。但一会儿，车便转了个弯，朝着他们的方向驶过来，轮胎因为超压而发出刺耳的声音。邦德心里想，到时候了，要趁它还没有站稳，狠狠地揍它。

啪，啪，啪，啪。邦德连开四枪，子弹飞向二十米外的目标，发发中的。

雪佛兰一头冲向路旁的石头，车身倾斜，又撞向一棵树，随即被弹回来撞到了路边的电线杆上，然后转了一个圈，最后四脚朝天翻在了地上。

邦德躲在一边洋洋得意地看着这一幕，表演真是精彩！他先是听

到一阵金属碎裂的声响，接着看见从引擎盖里开始向外喷吐火焰。有人在努力从车窗向外爬，但火舌已经沿汽油管烧向了真空泵，然后又沿着车架烧着了油箱。等到整个车身都被火舌吞没时，车里的人就在劫难逃了。

邦德想穿过公路看个究竟，突然出租车里传来了柯诺的呻吟声。他扭头一看，发现厄恩•柯诺从驾驶座上滑落了下来。邦德赶忙打开了车的前门，把柯诺搀扶出来。他的左臂被打伤了，血迹溅得到处都是，衬衣也被血染红了一大片。邦德费了半天劲才把他扶到了副驾驶的座位上，厄恩睁开眼有气无力地说，“快，兄弟。”他咬紧牙关，“快，快开车。那辆金钱豹快追上来了。带我去看医生。”

“好的。”邦德钻进汽车，坐在驾驶座，轻声地安慰柯诺说，“放心吧，我会照顾你的。”他挂上车档，迅速从烈焰熊熊的雪佛兰车旁驶过，一堆旁观者看得目瞪口呆。车子快速驶上了公路。那些旁观者从不同方位向着火的汽车聚拢，看着火焰直冲云霄，却束手无策。

“一直往前开。”厄恩忍着剧痛喃喃地说，“前面就是博尔德水坝了。你从后视镜看看，后面有动静吗？”

“有一辆亮着车前灯的车子，紧紧跟在我们后面。”邦德说，“有可能是那辆金钱豹。离我们的距离大概有两栋楼远。”他把油门踩到底，车子飞一样在宽敞的公路上疾驰。

“就这么开。”厄恩•柯诺说，“我们得先找个地方躲一躲，想办法把他们甩掉。我有个主意。前面不远，就是这条路和九十五号公路的汇合处，那儿有一个露天汽车电影院。再开快一点，向右急转，看见那排汽车尾灯了吗？咱们就钻到那里面去。对！顺着沙地向前开，好，进入汽车队伍了，前灯熄灭，稳住！好的，刹车！”

出租车在五六排汽车队伍中的最后一排停下了。车前面是一副混凝土搭建的宽银幕。屏幕上一个男人正和一个女人说着话。

邦德转过头，看见车旁整齐地排列着金属线。只要坐在汽车里的人把金属线插入汽车扬声器的插孔，就可以欣赏到电影里的声音了。仅仅过了一会儿，就又来了一辆汽车，开到了最后一排，停在了他们车的后面。这辆车的底盘不像金钱豹车的底盘那么低。不过现在夜色正浓，想要看得很清楚非常困难。邦德转过身子望向身后，重点盯着入口处。

一会儿，走过来一个漂亮的女招待，她的脖子上吊着一个盘子。

“每人收费一元。”她边说边伸头探脑地往车里看，数数车里有多少乘客。她的右臂上挂了一大堆听筒。她从中抽出一只，把一头插入插孔中，另一头递给邦德。耳边立即响起了屏幕上那对男女热烈的交谈声。

“需不需要可口可乐、香烟和棒棒糖？”女招待一边收钱，一边做着小生意。

“不需要，谢谢。”邦德答道。

“多谢光临。”女招待说完便走向后面的汽车。

“老兄，看在上帝的份上，把扬声器关掉吧！”柯诺从牙缝里挤出这句话，然后又低声说道，“我们在这儿再待一会儿，然后就去找个医生，把这该死的子弹给挖出来。”说这话时，他的声音很微弱。一直等到那个女招待走远了，他才把头靠在了车门上，身子在前座中斜躺着。

“厄恩，再忍耐一下，很快。”邦德的手在扬声器上摸索着，一会儿便摸到了开关，然后把它关掉了。此时看见屏幕上的那个男人正准备动手打那个女人，女的愤怒地开口大叫，但是任屏幕里的女人如何大声，他们也一点都听不见了。

邦德又转过脸来，睁大眼睛观察着后面，但什么情况也没发现。他又转过头来打量着两旁的汽车，依稀看见一辆车内有两个人的脸贴在一起，后座上堆了一些东西，看上去只是模糊不清的影子；另外一辆车上是两个成年人，正津津有味地看向前方，不时还端起酒瓶喝一口酒。

忽然，邦德闻到了一股熟悉的气味，是刮脸用润肤水的玫瑰香味。就在这时一个黑影从地上站了起来，用手枪枪口对着他的脸。车窗外，还有一个人正在向厄恩•柯诺靠近。那人轻声说：“伙计们，别出声，别动！”

邦德朝站在他身旁的那个看了一眼，他肥头大耳，眼睛似乎充满笑意，但笑里却又寒气逼人。那人俯下身子对邦德说：“出来！英国佬，放聪明点，要不你这位朋友可就没命了。我的枪管上可是安了消音器。走，一起出去兜兜风吧。”

邦德回头看了看，一根黑色的枪管正顶着柯诺的脖子。他打定了主意。“好吧，听着，柯诺，我想与其我们两人都出去，倒不如我一人去方便些。我去去就回，别着急，回来我就带你去看医生。你一定要多保重。”

“快点！”那个胖子说。他边说边打开了车门，他的手枪一直对着邦德的脸部。

“抱歉，伙计，”柯诺说话有气无力，“我还想……”他话还没说完，后脑就重重地挨了一枪托。他身子向前一扑，倒了下去。

邦德咬紧牙关，在衣袖里使劲收紧两臂的肌肉，最后成了铁疙瘩。他的脑子不停地转动着，思考着能否有时间拔出手枪。他轻蔑地眯眼斜视着那两只正对着他的枪，估测着距离。有没有可能呢？两个歹徒大张着嘴用凶狠的眼睛死死地盯着他。只要他稍有动作，两个歹徒的手枪就会一齐开火。邦德有些沮丧。他拖延了足足有一分钟才举起了双手，慢慢离开了出租车，心里却仍在考虑着如何寻找机会拔枪反击。

“往门口走，”那个肥头大耳的人从右边推了邦德一下并轻声命令道，“放自然点。我保护着你呢。”他把枪收了起来，手插进了衣袋里。另外一个家伙走在他左边，老是用右手贴着他的裤腰。

三个人走得很快，一会儿便走出了大门。这时一轮明月从山后慢慢地升起来，在苍白的沙土地上，把他们的影子拉得很长很长……

第19章　身陷魔爪

邦德一眼就看到了停在大门外墙根处的金钱豹跑车。他坐在驾驶座右边的位子上，手枪已经被缴去了。有一大堆高尔夫球杆在肥头大耳的人身旁放着。他威胁说：“想要命的话，就不要东张西望。枪正对着你呢。”

“你们这部车子，原来可真是漂亮啊。”邦德满是讥讽地说道。再看看现在，放下了被整个砸碎的挡风玻璃，前轮挡泥板也被统统卸掉，水箱上还有一块镀镍皮向后翘着，活像一只燕尾。“你们让我坐这部老爷车去哪儿呀？”

“马上你就会知道的。”司机说。他长得骨瘦如柴，嘴的样子看上去很凶残，脸颊上还有一块烧伤的疤痕。他调转车头，朝市区驶去，穿过霓红闪烁的大街，驰向山区。沙漠地区的公路蜿蜒曲折，就像一条玉带，一直伸向山中。

邦德注意到了路旁竖立着的一块路标，上面写着“九五”字样。他知道，车子正在九五号国道上行驶，准备开向斯佩克特维尔城。为了防止沙土和小虫飞入眼帘，他尽量弯着腰坐在座位上。此时他的脑海里开始想象着自己即将到来的命运，以及如何替朋友报仇。

原来这两个家伙加上雪佛兰车上的那两个家伙都是斯潘先生派来捉拿他的。可真够看得起他的，居然派出了四员大将。他一定是听说了邦德在赌场上的表现。

汽车在笔直的公路上疾驰着。邦德看见车速表的指针一直在八十英里左右徘徊。突然间，邦德觉得有些糊涂，他们为什么要挟持他呢。

难道斯潘帮真的已经把他看成了眼中钉？对于在赌场中玩轮盘赌，他完全可以找理由辩解说没有听清楚这一条禁赌的命令。至于为什么要和这四个人发生搏斗，那完全是因为他把他们当作了敌对匪帮派来的盯梢。“如果你要找我，为什么不直接给我打个电话呢？”邦德觉得自己理由十分充足。

他应付这四位打手的表现至少可以证明，他能够胜任斯潘先生交代的任何事情。邦德自信，这次来美国是不虚此行，因为他马上就要到达他的终极目标，也就是连接着塞拉菲姆•斯潘和他伦敦哥哥的这条钻石走私路线的终点站。

邦德趴伏在跑车的前座，眼睛一直注视着仪表上的亮点，陷入了沉思。他在思考着如何应付即将到来的问话。他能套出走私集团的秘密吗？如果可以的话，又能套出多少呢？他又想到了厄恩•柯诺，也不知道他现在怎样了？

他根本没有考虑自己的安全，没去想他孤身一人深入虎穴会遇到什么样的危险，也没去想自己应该如何脱身。他压根就瞧不起这帮家伙。

路上大约走了两个小时，邦德一直在心里演练着接受斯潘先生盘问时可能会用到的台词。忽然，他觉出车速放慢了。他抬头望了望仪表板，原来汽车已经熄火了，只是在凭借着惯性开向一面铁丝网编成的高围墙。墙的中间有一扇大门紧闭着，门上挂着的一只大灯泡正好照亮下面的牌子。牌子上写着：“斯佩克特维尔城。非请勿入。内有恶犬。”汽车停在了一间位于水泥坪上的铁皮哨所边。铁皮哨所旁还装了一只门铃。门铃下面用红笔写着：“来人请按门铃并说明来意。”

那个骨瘦如柴的司机下车走到哨所旁，伸手按了一下门铃。过了

会儿，只听一个很清脆的声音问道："谁呀？"

"弗拉索和麦尔尼格尔。"司机大声答道。

哨所里有人应答了一句什么，然后只听咔嗒一声，高高的紧闭着的铁丝网大门便慢慢地打开了。汽车驶进大门，经过一块大铁板，然后驶上了一条狭窄的土路。邦德又回头看了看，只见大门又慢慢地关上了。

汽车在土路上大约走了一英里。这是沙漠中的硬石土路，在它两旁除了零星点缀着的仙人掌之外，看不到其他任何植物。前方出现了一片光亮。汽车拐过一座小山，顺着下坡路行驶，一会儿便来到了一片灯火辉煌的建筑物前。建筑物的旁边，是一条窄轨铁路，它在月光的映衬下，笔直地通往遥远的地平线。

汽车经过了一排灰色房子——从它们挂的招牌看，应该是杂货店、药房、理发店、银行等，在一个门外点着煤气灯的房屋前停下了。房门的上方挂了一块金字招牌。招牌上写着两排字，上方写的是："绯嘉德音乐沙龙"，下方是："供应啤酒和烈酒"。

这个沙龙有着一扇老式的弹簧门，从外面能看见自门中斜射出来的黄色的灯光，这灯光把门前的街道都照亮了，也照亮了停在路边的两辆熊猫牌老式汽车；邦德又听见蹩脚的钢琴声从室内传出，弹奏的是一首名叫《不知谁在吻你》的通俗歌曲。这曲子使他不犹想起了西部影片中的许多场景：堆集着木屑的厅房，供应烈酒的酒吧以及穿着长统网眼丝袜的歌女。

"英国佬，快出来！"司机喝斥道。三个人的身子都有些僵硬，慢慢地从车子里挪了出来，脚踩在了木板铺成的人行道上。邦德的大腿已经麻木了，他趁机按摩了一下，同时窥视着另外两个人的脚。

"快点呀，胆小鬼。"麦尔尼格尔边说边用手枪轻轻碰了一下邦德的肘部。邦德慢慢舒展开有些僵硬的四肢，同时用眼睛仔细地估测着距离，以便捕捉动手的最佳时机。这时两扇弹簧门突然朝他迎面转了过来，他稍一迟疑，便察觉到弗拉索将枪口抵在了他的脊梁上。

邦德迅速行动起来，他挺直身子，来了一个虎跳，蹿向正在摇晃的弹簧门，不偏不倚正好扑在了麦尔尼格尔的背上。屋子里灯火通明，但却空无一人，只有一部留声机在不停地转动。

邦德伸出双手，把麦尔尼格尔的上臂抓得牢牢的，然后又用力一举，对方的双腿便离开了地面。邦德又拖着他来了一个大转弯，然后便把他用力甩向了刚进门的弗拉索。弗拉索还来不及反应，就已经和麦尔尼格尔重重地撞在了一起，整个房子都随之震动起来了。弗拉索受到这意外的强烈冲击，来了一个后仰便向门外跌去。

麦尔尼格尔反应还算迅速，他立即从地上反弹起来，举起了手枪，扑向邦德。邦德的左手一把抓住了他的肩，腾出来的右手则狠狠地打向他握枪的手。麦尔尼格尔没有站稳，脚一滑，跌倒在地，正好撞在了门柱上，手枪也掉在了地板上。

弗拉索此时从地上爬了起来，将手枪伸进了弹簧门的夹缝中。那根枪管在灯光的照耀下呈现出蓝黄相间的颜色。他追寻着目标，不断地瞄准，那枪管就像是一条不停地寻觅着猎物的蛇头。这时邦德来了兴致，他斗志昂扬，浑身热血沸腾。一个俯冲，他抄起了麦尔尼格尔掉在地上的手枪，啪、啪、啪，朝着大门打出了一连串的子弹。这时他看见弗拉索的枪管在两扇门之间夹着，枪口对着天花板射出了成串的子弹。弗拉索重重地倒在了门外，不再动弹。

麦尔尼格尔纂紧拳头，照着邦德的脸打来。此时邦德的一只脚还在地上跪着，他来不及站起来，只能尽量把头部降低，以免打着眼睛。麦尔尼格尔一拳把邦德的手枪打落在了地上。

两人就这样徒手格斗了一两分钟，你来我往，互相都不服气，就像是两只正在恶斗的猛兽。邦德仍是单腿跪地。突然，他觉得有个人影子从眼前一闪而过。他集中所有的力量用肩向上一扛，对方便被高高地顶起，然后又摔了下来。邦德连忙趁势躲开，蹲起。麦尔尼格尔躺在地上，却将膝盖伸向了邦德的下颏，并用力向上一顶。邦德于是两脚朝天的向后倒去，牙床和头骨都受到了猛烈的撞击和震荡。

此时只听麦尔尼格尔大叫一声，又用头撞向了邦德。他的双臂合起，拳头握紧，朝邦德的身上砸过来。

邦德连忙将上身扭转了过去，于是麦尔尼格尔的头狠狠地撞在了邦德的肋骨上，如铁锤一般的拳头则击在了邦德的胸腔上。

邦德发出了一声痛苦的呻吟，眼睛则盯着麦尔尼格尔那抵着肋骨的脑袋。他使劲一扭身，肩部便退到了手臂的后面，然后抡起一记左钩拳。麦尔尼格尔稍稍抬了一下头，他的右拳又实实在在地打在了对方的下巴上。

这两拳打得可真不轻，麦尔尼格尔摇摇晃晃，转了两圈，然后便四仰八叉地倒在了地上。邦德轻身一纵，站起身来，如猛虎一般扑向了麦尔尼格尔。他骑在他身上，左右开弓，拳头如雨点般落在了麦尔尼格尔的头部，直到把他打昏过去。邦德一只手抓住他的手腕，一只手抓住他的一只脚踝，把他使劲往外拽，然后用尽全身力气，将他的整个身子向屋子中央抛去。

麦尔尼格尔的身体直冲留声机飞去，只听见一阵沉闷的撞击声，留声机和音箱都被撞坏了，发出一阵雷鸣般的震颤声。

邦德大口大口地喘着粗气，两腿一个劲地打颤。他感到精疲力尽。站着喘息了一会儿，他才将伤痕累累的右手慢慢提起，并理了一下被汗水浸透了的湿漉漉的乱发。

“好样的，詹姆斯。”

这时，一个女人的声音突然从酒吧方向传来。

邦德把头慢慢地转过来，发现屋里不知什么时候进来了四个人。他们靠着桃花心木镶黄铜边的柜子站成了一排。后面是货架，上面堆着许多亮晶晶的酒瓶，一直堆到了天花板。

站在中间的那个人向前迈了一步。他就是塞拉菲姆·斯潘，斯佩克特维尔城的头目。他趾高气扬地站在那里，一动不动。

塞拉菲姆一身西部牛仔的打扮，身上穿着镶有银线花纹的牛仔装，脚登镶着银色马刺的马靴，擦得锃亮发光，腿上还绑着一副带有同样的银线花纹的宽边护腿褡裢。一双大手在两支长管左轮手枪的象牙枪把上握着。手枪则插在了挂在大腿上的枪套中。他的腰间系着一条黑色的宽腰带，上面的子弹排得密密麻麻。

他这身打扮着实可笑，可他自己却是一副一本正经的模样。一颗硕大的脑袋微微向前探着，眼睛眯成了两条缝，从里面射出冷冷的光。

邦德发现这四个人当中还有凯丝，估计刚才说话的就是她。她穿了一套上白下黄的牛仔装，双手叉着腰，那样子看上去就像西部影片《粉脂金枪》里的女主角。她注视着邦德，眼睛里闪耀着光芒，两片骄艳欲滴的嘴唇微微张开，气喘吁吁，仿佛刚刚被人吻过一样。

另外两个人正是那天闯进萨拉托加温泉浴室整治贝尔的那两个坏蛋。他们仍然戴着面罩，每人手里都握着一把 0.38 口径的左轮手枪，枪口正对着邦德那还在上下起伏的胸部。

邦德感到神思有些恍惚，于是他掏出手帕，擦了擦脸上的汗水。在这间灯火辉煌的高级酒吧里，到处都是擦得锃亮的黄铜器物，还有各种各样的啤酒和威士忌广告，所有这一切都让邦德感到头晕目眩。

“把他带走。”斯潘先生突然发话，打破了沉默，“给底特律打个电话，告诉他们，因为马虎大意吃了亏。让他们多派几个人手过来，派些能干的。找几个人把这里收拾一下。听清了吗？”

斯潘先生说完，便转身离开了酒吧。凯丝冷冷地看了邦德一眼，仿佛在对他说，让你不听我的劝告，这可不能怨我，然后她也跟着离开了酒吧。

那两个戴着面罩的打手走在邦德的后面，此时其中的那个高个走到他前面说：“你听见了吗？”邦德没有回答，只是默默地走在凯丝的后面，那两个打手尾随其后。

酒吧的旁边还有一个门。邦德推开门走了进去，发现里面原来是小火车站的候车室。那里面摆了几张长木凳，墙上还贴着火车时刻表和禁止吐痰的标语。“向右拐！”一名打手喝斥道。邦德往右一拐，来到了一扇弹簧门前。他推开门，看到了外面用木板搭成的站台。他突然停下了，吃惊地看着前面，甚至连抵在他腰间的枪口都忘记了。

他看到了世界上最漂亮的一列老式火车，起码他自己是这么认为的。火车头是十九世纪七十年代生产的“高原之光”牌机车。月台上的煤气灯亮如白昼，发出一阵阵的嗞嗞声；火车头上的黄铜管、汽笛的钟形顶盖以及锅炉上方的车铃都闪着耀眼的亮光。这辆老式蒸汽车头是以柴火为燃料的，一股浓烟从它那高大的球饰状烟囱里喷出。车头上有三盏黄铜皮风灯，一盏位于大烟囱的下方，剩下两盏分别位于车头左右两边。在车头两侧的主动车轮上方用花体字写着“炮弹号”几个大字。

车头后面的火车车厢是褐红色的。车厢的车窗是拱门状，透过车窗，可以看见车厢里的奶黄色桃花心木衬板。车厢的中部挂着一块椭圆形的牌子，上面用花体字写着“美女号”。

“英国佬，没见过这么漂亮的火车吧？”一个打手不无炫耀地问道，“现在，给我进去！”因为嘴巴上蒙着黑绸面巾，所以他讲话听起来有些瓮声瓮气。

邦德慢慢地走过月台，登上位于车厢尾部的瞭望台，它是完全由

黄铜管栏杆围成的。没想到自己是以这样的方式生平第一次享受了百万富翁的生活。他第一次意识到塞拉菲姆•斯潘这个人比他估计的要厉害得多。

火车车厢内部装饰完全是维多利亚时代的，富丽堂皇。一盏水晶灯吊在车顶，四周是一些壁灯；从桃花心木板墙上反射回来的灯光，落在的银质器具和雕花的花瓶上，映衬得它们更加闪闪发亮；窗帘和地毯都是紫红色的；与奶黄色的天花板和百叶窗形成对比；天花板上还绘制着一幅幅精美的壁画，壁画的周围装饰着由在蓝天白云中飞翔着的小天使组成的花环。

火车车厢中有一间专门的会客室和一间餐室。餐室的餐桌上还放着两套已经用过的酒菜盘子和餐具。桌子中间放着满满一篮水果。银质冰酒器里还有一大瓶已经打开的香槟。餐室后面是一条过道，非常狭窄。过道上有三个门，邦德猜想，有可能是两间卧室和一间盥洗室。他一边在车厢里四处打量着，一边被打手押着，走进了会客室。

斯潘先生在会客室的一个小壁炉前站着。他的两旁都是书架，架上陈列着精装的皮面书籍。在会客室中间小书桌旁的一张红色扶手椅上，凯丝小姐直直地坐着。她嘴里叼着一根香烟，大口的吸着，看起来既呆板又紧张，她是想用这种方法来掩饰内心的空虚与慌乱。

邦德向前走了几步，径直坐在了一张舒服的座椅上。他稍稍地转了一下椅背，与他们二人面对面。他翘起二郎腿，从衣袋里不慌不忙地掏出香烟和打火机，点上一支烟，深深地吸了一口，然后把烟从嘴里慢慢地吐出来，发出一声长长的嘘声。

斯潘先生嘴里衔着一根雪茄烟，不过已经快熄灭了。他取出雪茄说道："温特留下，吉德退下，我刚才吩咐的事要马上去做。"这命令听起来就像是是用牙齿咬断了一截芹菜，然后吐在了地上。他又转过身来，用恶狠狠的目光盯着邦德，慢吞吞的问道："告诉我，你到底是谁，究竟要干什么？"

"如果我们准备继续谈下去的话，是否能给我一杯酒润润嗓子？"邦德并没有接他的话。

斯潘先生瞪他一眼，那眼神冷冷的，然后说："温特，给他倒点酒。"

邦德转过头去，也用和斯潘先生一样的口气对温特说："威士忌兑泉水，一样一半。"

打手生气地哼了一声，皮鞋重重的踩在地板上，向餐室走去，地板发出吱吱的响声。

邦德不愿意像犯人受审一样回答斯潘老板刚才的提问。他在脑子里又重温了一遍在汽车上编好的故事，觉得似乎还可以说得过去。他坐在椅上，边抽烟边用火辣的目光上下打量着斯潘先生。

温特把酒端来了，朝邦德手里狠狠一塞，由于用力过猛，有一小部分酒撒在了地毯上。“谢谢你，温特。”邦德举起酒杯喝了一大口，味道真不错，于是他又喝了一口，然后把酒杯放在了地上。

他抬起头来，眼睛直视着那张严肃里透着几分紧张的脸，很轻松地说：“我这个人一向不喜欢受人摆布。交给我的差事我办了，该领的报酬我也领了，剩下的就是我自己的事了。我想用酬金赌赌钱，这碍别人什么事了。我是碰巧赢了钱，我也有可能输得一干二净呀。你连说都不说一声，就派来一帮弟兄对我前后夹击，这太不够意思。要是你真想找我，打个电话就可以了，何必费这么大劲，派人在我汽车后面盯梢呢，这样太不友好了。谁让他们不问青红皂白就向我开枪，所以我也只好不客气了。”

邦德看见此时塞拉菲姆那张苍白而冰冷的脸，在旁边那些精制皮面书籍的衬托下，犹如石刻的雕像一般。“恐怕你的消息有点滞后吧，”斯潘先生低声道，“想知道点最新情报吗？还是让我来告诉你吧。我们昨天收到了伦敦打来的一封电报。”他边说边把手伸进衬衣口袋里，慢慢地掏出一张纸来，眼睛却直勾勾地盯着邦德。

邦德感到事情有些不妙。这份电报肯定不会是什么好消息。他现在的感觉就和他在平时一打开电报就看到“深表遗憾”几个字时的感觉一样。估计是凶多吉少。

“这是我伦敦的朋友发来的。”斯潘先生的眼睛从邦德身上慢慢的移开，然后低下头看着电报说：“听清楚了，上面写着：‘已查清彼得•弗兰克斯已被警方以某种罪名扣押。请检查生意是否受到损害。要不惜一切代价捕获冒名顶替者并除掉。回电。’”

车厢里异常安静。斯潘先生的目光从电报又转向邦德，他目光炯炯地瞪着邦德，“唔，先生，现在知道我为什么要把你请上山来了吧。我想，你现在不会感到冤枉了吧？”

邦德咽了一口唾沫，一时有些不知所措。就在这一瞬间，他恍然

大悟。这次来美国的目的就是要了解钻石走私集团的内幕。现在他们等于不打自招了。这个走私集团的头子就是斯潘两兄弟,走私线的两端分别由他俩控制着。他现在已经把走私路线的来龙去脉摸清楚了。剩下唯一要做的事情就是要想法子向M局长报告这一信息。他端起酒杯,猛喝了一口,把剩下的酒一口喝完了。他把杯子重新放回地板。剩下的冰块在杯底嘎嘎作响。

他瞅了一眼斯潘,说道:“是我自告奋勇代替彼得•弗兰克斯来美国的。他不愿意冒这个险,正好那时我手头正紧。”

“别说这些废话,”斯潘先生说,“你就算不是警察,也一定是个私家侦探。不久我就会弄清楚的。你是什么人,你在替谁办事,你在泥浆浴室里和那个狗杂种骑师搞了什么鬼,你身上为什么要带枪,在哪儿学会的打枪,你是怎样和那个伪装成出租车司机的平克顿侦探搅在一起的,所有这些我都会调查清楚的。从你的样子和你的行为看,你就是一个十足的侦探。”说完,他又转过身去,对着凯丝怒气冲冲地嚷道:“你这个傻婆娘,怎么会中了他的计?真是想不通。”

“去你的。”凯丝愤怒地把他顶了回去,“是ABC派他来的,而且他活儿干得也不赖。难道你认为当时我应该让ABC再来考验他一下吗?那可不是我的活儿。老兄,我可不吃你这一套。何况这家伙说不定讲的是真话呢。”她说完以后瞟了一眼邦德。邦德不禁打了个寒颤。

“那么,我们走着瞧吧,不久一切都会清楚的。”斯潘先生心平气和地说,“等这家伙跪下向我们苦苦哀求时,一切就都清楚了。我倒要看看他到底有多大本事。”斯潘又冲邦德身后的温特说,“温特,叫吉德过来,让他把大皮靴也带来。”

“大皮靴?”

邦德静静地坐在那儿,积蓄着体力与勇气。在斯潘先生面前为自己辩解,纯粹是白费力气。逃跑吗?可周围五十英里之内都是沙漠地带,他现在这个样子根本跑不出去。比这更糟糕的处境,他以前也经历过。只要他们暂时不除掉他,只要他死死咬住、不吐露任何实情,他就有可能获得厄恩•柯诺和莱特的援助。说不定凯丝小姐也会助他一臂之力的。他扭过脸看了看她。她此时正低着头,仔细的看着她的手指甲。

两名打手站在了邦德的身后。

“把他拖到月台上去。”斯潘先生大声命令道。邦德注意到他讲话时，舌头会从嘴角边伸出来，然后轻轻地舔了几下他那两片薄嘴唇，“照布鲁克林的老规矩，给他整个八成。明白了吗？”

“明白了，老板。”温特嚎叫着，声音犹如贪婪的饿狼。

那两个带着黑面罩的打手走到邦德对面的双人沙发旁，并排坐下。然后他们把大皮靴放在地毯上，开始解鞋带。

第20章 黑夜火焰

邦德朦胧中感觉到，自己似乎全身都被黑色的蛙人装紧紧包裹着，勒得浑身上下没有一处不痛。真是太不像话了，海军部在订做蛙人装以前，为什么不量量他的尺寸呢？海底暗流汹涌，四周漆黑一片，他行走起来非常困难，随时都有撞到珊瑚礁的危险。要想躲开那些该死的珊瑚礁，他只能不停地划水。可是，突然间好像有什么东西抓住了他的臂膀。到底是什么呀？怎么摆脱不了呢？……

“詹姆斯，詹姆斯，醒一醒！”凯丝狠狠心，用力捏紧并使劲摇动着邦德那只血渍斑斑的臂膀。邦德终于慢慢地睁开了眼睛。原来他是睡在了月台上。他朝凯丝看了一眼，发出一声颤抖的叹息。

她对他使劲地又拉又拽，生怕他再晕过去。他似乎明白了她的心思，翻了个身，用手掌和膝部努力地撑住身体。他的头耷拉着，就像一只受伤的野兽。

“可以起来走吗？”

“等一下，”邦德从那满是血液凝块的嘴里吐出这一含混的声音，连他自己听着都觉得陌生，就更别提凯丝了，或许她根本就没听清楚。于是他又重复了一句，“等一下。”他想尽量弄清楚，他的伤势在受刑后究竟糟糕到了什么地步。手和脚似乎还有知觉，脖子也能自由转动。他看得见月光投射在月台上的影子，也能听见凯丝的说话声。他似乎没有什么致命伤，只是不想动而已。他的意志力似乎已经丧失了，现在只想好好的睡一觉。只有这样，他肉体上遭受的痛苦才能够减轻一点。他想起刚才的情景：四只大皮靴同时在他身上不停地踩踏

着，碾磨着，他似乎又听见了那两名戴着黑面罩的打手在蹂躏他时发出的得意的嚎叫声。

一想起狠毒的斯潘先生和那两个打手，邦德的心头就涌上了一股求生的欲望。他使尽全声力气说“没事”，好让她宽宽心。凯丝轻声说：“现在我们是在火车站的候车室里。我们必须向左转，出门，走到月台的尽头。詹姆斯，听明白了吗？”她伸手擦了擦他额头上的汗，并把湿透了的头发向两旁拨了拨。

“我只能跟在你身后慢慢地爬。”邦德告诉她。

凯丝站起身来，推开了房门。邦德咬紧牙关，忍着剧痛爬到了月光满照的站台上。当他看见月台上的那一滩血时，心中的怒火腾的一下起来了。他颤微微的站了起来，摇晃了几下晕沉沉的头。凯丝搀着他，一瘸一拐地沿着月台慢慢朝坡下的铁道起点走去。

一辆机动压道车停在了铁道边。邦德站住看着压道车，问：“有汽油吗？”

凯丝往站台墙根指了指，那里放着一排汽油桶。“我灌它一桶，”她轻声答道，“这压道车是他们用来检查路线的，我会开。你赶快上车，我去扳岔道制动柄。”她显得很兴奋，几乎笑出了声。“下一站是赖奥利特城。”

“上帝，你的本事可真不小。”邦德向她轻声耳语。“引擎发动时噪音会很大。等一下，我们得想个办法。你带火柴了吗？”邦德此时身上的伤痛似乎已经好了一大半。不过当他侧过脸，看见一排木板房时，呼吸突然变得急促起来。

凯丝穿着一件定做的衬衫和一条西裤。她在裤袋里摸了一下，摸出一只打火机递给邦德。“你有什么主意？”她问，“我们必须马上离开，一分钟都不能耽搁。”

邦德跌跌撞撞地走到墙根边，把五六只汽油桶盖都拧开了，他提着油桶向旁边的木板墙和木板月台走去，狠命的往上面泼着汽油。倒完后，他走到凯丝面前说：“快发动引擎！”他很费力地弯下腰去，在铁轨附近捡到了一张旧报纸。这时，压道车的引擎发动了，发出一阵很响的突突声。

邦德打着打火机，点着那张旧报纸，猛力地扔向汽油桶。只听“轰”的一声，火焰一下子就蹿了起来，差一点连他自己也被烧着了。

他赶紧向后退了几步，跨上了压道车。凯丝使劲一踩离合器的踏板，压道车便开始沿着铁道往下开去。

压道车下发出咔嚓的一声响，车身随之扭动了一下，原来是个铁路岔道，车子过了这个岔道，便安然地朝赖奥利特城驶去。车速一直保持在每小时三十英里左右。邦德的眼前，凯丝披散的金发在飞舞，仿佛一面迎风飘扬的金色旗帜。

邦德回头张望，看见站台已淹没在熊熊大火之中。他此刻仿佛听见了干木板在火中发出的噼啪作响声以及人们从睡梦中惊醒时发出的惊叫声。他恨不得这把火能把温特和吉德那两个狗杂种一块儿烧死，还要烧着"炮弹号"列车，然后再点着堆积在车后面拖车里的柴火，让斯潘老板和他的那些老古董一起玩蛋。

不过，邦德和凯丝此刻也不是万事大吉了。现在几点了？邦德深深吸了几口夜晚清凉的空气，想让自己尽快真正的清醒过来。月亮低低地挂在天上。大概是下半夜四点吧？邦德忍痛向前跨了几步，坐在了凯丝的身旁。

他伸出一只手，搭在凯丝的肩上。她转过脸来看了他一眼。"这样逃走的经历可真带劲，感觉像是在演武侠电影。"她扯开嗓门嚷道，引擎的突突声和铁轨上传来的格达声使她不得不提高音调，"你感觉好点了吗？"她看着他那伤痕累累的脸说，"你的样子可真吓人。"

"没那么恐怖吧，至少骨头还没碎。我猜这就是所谓的八成吧？"邦德苦笑了一下。"挨点踢踩总比挨枪子好。"

凯丝仍心有余悸。她回忆说："看着你在那儿受罪，我在车厢里也只能装作无动于衷。斯潘一直呆在车上，边听着他们折磨你边监视着我。后来他们打累了，就用绳子把你绑上锁在了候车室，兴高采烈地回去了。我在房间里耐着性子等了一个钟头，才开始忙起来。最困难的就是怎么让你醒过来。"

邦德搂着她的肩膀说，"我对你的一片心，你以后会了解的。可是，凯丝，你怎么办呢？万一我们俩再被他们捉住，你就会陷入困境了。我问你，蒙着黑面罩的那两个家伙，就是温特和吉德吧？他们两个是什么人？他们到底想干什么？我很想和他们两个再较量较量。"

凯丝实在不忍心再看邦德那肿胀的嘴唇。她扭过头去说："他们的真面目，我也从未见过。他们总是在脸上罩着面罩。我只知道他们

是从底特律来的，专干这种肮脏龌龊、令人发指的差事。他们现在肯定正忙着找我们两个呢。不过，你不必为我担心。”她抬起头凝视着他，脸上露出了笑容。“现在我们只能乘这辆破车了，先去赖奥利特城，设法在那儿搞一辆汽车，然后去加利福尼亚。我身上带了不少钱。我得给你找个医生。你需要时间休息休息，再买两套衣服，洗个澡。对了，你的枪我也带来了。你和那两个家伙在沙龙打架时，把那里全砸烂了。一个伙计在清理现场时，捡到了这把枪。我趁斯潘睡觉时，偷了这把枪和候车室的钥匙。”说着，她解开衬衣钮扣，向裤腰里摸了摸。

邦德接过了手枪，感觉枪柄上还残留着姑娘的体温。他卸下弹夹，发现里面只有三粒子弹了。还有一粒已经上了膛。他将弹夹重新装好，上上保险，然后把枪别在了裤腰带里。直到这时，他才发现，自己的外衣已经不见了踪影，衬衣的一只袖子也被撕成了破布，迎风飘动。他一把撕掉了破袖管，随手将其丢在了车外。他朝裤子口袋摸了摸，香烟盒已经空了，但护照和皮夹却还好好地在左边口袋里放着。他把它们掏出来，借着月色，看见护照和皮夹里的钞票居然原封不动地保存着，虽然已经破了。

夜静极了，四周只有车子行驶时引擎发出的咔咔声以及车轮与铁轨摩擦时发出的响声。邦德往前方望了望，银色的铁轨一直蜿蜒着伸向远方。远处似乎有一条岔道在那儿交汇，路边竖着一个小小的扳道杠杆。往右走的岔路通向黑黢黢的斯佩克特维尔山区。左边则是一望无际的大沙漠。远远望去，依稀可见仙人掌丛，发出蓝幽幽的光。两英里外，是九十五号公路，月色将其照成了铁灰色。

现在是下坡道，压道车可以顺着地势非常轻快地滑动。这种车的控制机件很简单，只有两个操纵杆，一个是刹车操纵杆，一个是手握式驾驶操纵杆。凯丝操纵着驾驶操纵杆，以每小时四十英里的速度驶向前方。邦德强忍着剧痛，回头看着那直冲云宵的火光。

车子就这样走了将近一个钟头。突然，铁轨上隐约传来一阵阵非常低沉的嗡嗡声。听到这声音，邦德一下子警惕起来。他有些不放心，又扭过头去察看，发现在他们的车子和正在燃烧的站台之间，有一个什么东西似乎在朝他们逼近。

这强烈的刺激使邦德的头皮有些疼。他对凯丝说：“你看看，是不是后面有人追上来了？”

她回头向后看了看，并没有回答，继续开着压道车向前滑行。

他们又仔细地听了听那嗡嗡声。确实是从铁轨传来的。

“是‘炮弹号’追我们来了。”凯丝用低沉的声音说。说完，她加大速度，扳开电门，引擎开始发出很大的嗡嗡声，压道车快速向前驶去。

“炮弹号’最快能开到多少？”邦德问。

“五十英里左右。”

“离赖奥利特城还有多远？”

“差不多三十英里。”

邦德在心里盘算了一下，然后说：“成败在此一举了，火车离这儿还有多远我们也看不清。压道车的速度能不能再快些？”

“不能了，”她说，“打死也快不了了。”

“会有办法的，”邦德安慰着凯丝，“你只管把车开快，一直往前跑就是了。没准儿他们火车头上的烟囱会被烧坏的。”

“是有可能，说不定还会颠断‘炮弹号’的钢板，而修理工具却落在了家里呢。”

压道车继续向前开着，他们俩没有再说话。十五分钟后，邦德已经可以清楚地看见后面火车头的大灯，它的灯光划破夜空，把方圆五英里左右的地方都照亮了。一串串的火星从火车头顶部的球形大烟囱中不断地冒出来。

“要是火车头的劈柴这时用完了多好！”邦德这样想着，全当自我安慰。他十分小心地问凯丝小姐：“我们的汽油够用吗？”

“我想应该没什么问题，”凯丝说，“我加了整整一桶油。这车才跑了一个多小时，怎么也用不完一加仑油的。不过，这车没有油量表，不清楚现在还剩下多少。”

她的话音还未落，上天似乎有意要捉弄他们似的，引擎突然发出了咔咔两声响，然后又恢复了正常。

“混蛋，”凯丝问了一句，“你听到了吗？”

邦德没有回答，他的手掌心一个劲儿地冒冷汗。

接着，又听到了一阵“啪、啪、啪”的声音。

凯丝把加速器使劲儿地拉下来，嘴里还念叨着：“啊，亲爱的小引擎，我的小宝贝儿，请你乖一点吧。”感觉就像在哄孩子。

引擎似乎听懂了她的话一般，“啪啪”的响了几下，便不作声了。

它用力地带着他们继续向前滑去，二十五英里……二十英里……十英里……五英里。凯丝用尽全身的力气扭着加速器，并用力地踢了一脚机壳，但压道车还是逐渐地慢了下来，终于一声不响地停在了轨道上。

邦德也忍不住骂了一声。虽然浑身疼痛，但他还是不得不离开座位，一瘸一拐地走到车尾的油箱处，从裤袋里掏出一块满是血迹的手帕。他拧开油箱盖，将手帕拧成一条绳，轻轻送进了油箱，一直送到了底部，然后再将手帕抽出来摸了摸，又闻了闻，手帕上面连丁点油星都没有。

“完了，”邦德心里沮丧极了，“现在我们只能再想想别的办法了。”他环顾了一下四周。左边是一片沙漠，平坦开阔，毫无隐蔽之处，并且离公路至少还有二英里。右边是群山，离这儿还不到一英里远，倒是个藏身之处，就是不知道能藏多久。但眼下似乎也只有这一条路可走了，听天由命吧。此时邦德感到脚下的铁轨路基开始颤抖起来。他回过头去看了一眼离自己越来越近的灯光。离这儿还有多远呢？大概有两英里吧。斯潘会发现这辆压道车吗？他能不能及时刹车呢？压道车有没有可能让火车出轨？对了，那辆火车头前面有一个巨大的排障器，轻而易举地就能够把压道车掀到一边去，比叉去一堆干草困难不了不多。

“凯丝，快来”邦德大声嚷道，“我们得快点往山上逃。”

她去哪儿了？邦德一瘸一拐地围着压道车找了一圈，也没见到凯丝的影子。原来她去前面勘察了一下路轨情况。这时，她气喘喘吁吁地跑了回来，“前面有一条铁路岔道，”她上气不接下气地说，“我们得想办法把压道车推过岔道，然后再把道闸扳过去，这样他们的火车就会往另一条路开，我们就不会被发现了。”

“天哪，”邦德现在的反应似乎有些迟钝，虽然他心里还在怀疑这法子是否行得通，但嘴上仍说，“这办法倒不错。来，帮我一把。”说着，他弯下身子，用力地推着压道车，全身疼痛难忍。

只要压道车在轨道上滚动起来，推着就不费劲了，他们只要跟在车后面，不时地推两下就行。车子通过了岔道的交叉点，此时邦德又用劲推了一把，它便继续向前走了大约二十码。

“快过来，”邦德边叫凯丝边一瘸一拐地走到立在铁轨旁的扳道杠杆处。“我们一起来扳杠杆，让‘炮弹号’跑到那条道上去。”

他们站在杠杆旁边，一起费力地扳着杠杆。邦德的肌肉由于用力而隆起，一阵剧烈的疼痛向他袭来。

那根杠杆估计在这块荒野中站了至少有五十个年头了，全身都已经生锈。邦德费劲地掀动着那已经锈住的杆柄，铁轨交汇处的尖形道轨便一点点地脱离了原来的轨道。

费了九牛二虎之力，道轨终于被扳了过去。由于太过用力，邦德感到头晕眼花。

此时，扫过来一道强光。凯丝急忙拉了他一把。他赶紧爬了起来，磕磕绊绊地跑回压道车旁。就在这时，只听一阵雷鸣般的吼声，那列冒着火星的钢铁巨兽向他们疾驰而来。

“快趴下，别动！”邦德大声喊道，然后用力一推，凯丝就被推到了压道车背后。他自己则迅速地跑到了铁轨的路基旁，叉开双腿，掏出手枪，手臂平伸，仿佛一个参加决斗的人，眼睛则死死地盯着车头上的那个大灯。

“上帝，这怪物可真大呀！它是会拐弯还是会照直冲过来呢？要是直冲过来非得把我们碾成烂泥不可！”邦德心里这样想着。

列车冲了过来。

“啪！”什么东西打在了旁边的路基上，司机室的窗口旁也有一道小的火花闪烁着。

“啪！啪！啪！”连着飞来了一串火花，子弹打在钢轨上，又反弹向夜空。

“啪！啪！啪！”列车的震动声夹杂着子弹从风中穿过时的尖叫声一起传进了邦德的耳朵。

邦德仍然举着枪，但却没有还击。手枪里只有四发子弹。他要找准机会然后再开枪还击。

火车离他只有二十码了，此时车头轰隆隆地冲上了岔道。由于运动过于剧烈，拖车上的劈柴不停地朝邦德的方向坠落。

当那高达六英尺的机车车轮碾上岔道的路轨时，发出了一阵刺耳的金属磨擦声，一股蒸气和火苗从机车里冒了出来。邦德朝驾驶室里看了一眼，看见斯潘一手握着栏杆，一手紧握着驾驶杠的长柄，脸上现出一副得意的神色。

“啪！啪！啪！啪！”邦德对准这个魔鬼将四发子弹连续射出。刹

那间，那张苍白的脸便痉挛似地朝天扭去。一会儿，那辆庞大的机车从他身旁疾驰而过，朝黑黢黢的斯佩克特维尔山麓中驶去。车头的大灯照亮了黑暗的天空，自动警铃发出一阵哀鸣。

邦德把手枪塞进了裤袋里，在原地矗立着，目送火车远去。他的头顶飘过一缕黑烟，把月亮都遮住了。

凯丝跑了过来，站在他的身旁。他们注视着那还在不停地从高大的烟囱里往外冒的火舌，聆听着在山岭中不断回响的机车吃力前行的声音。蒸汽车头突然倒向一边，不久便消失在了大岩石的背后。凯丝紧张地牢牢抓住他的手臂。只听一阵隆隆声从山谷深处传来，闪出一片红光，是“炮弹号”在向山崖深处坠落。

突然烈焰燃起。几秒钟后，传来钢铁碰撞的声音，如同一艘战舰在剧烈的海浪中触礁搁浅一样，接着是一阵震天动地的巨响，脚下的地壳仿佛都跟着震颤了起来。然后便是各种各样的声响混杂在一起的回声。

只一会儿工夫，各种声音就全都消失了，大地重新恢复了平静。

邦德仿佛刚睡醒一样地深深叹了一口气。那位平日里不可一世的黑帮老大就这样完蛋了。钻石走私路线的终点也因此戏剧性地划上了句号。双簧剧已经缺了一个人，只剩下伦敦那位唱独角戏了。

“我们赶紧离开这儿吧！”凯丝气喘吁吁地说，“我受不了啦。”

精神一旦放松下来，疼痛就又开始向邦德袭来。“好吧，我们走吧。”只要他一想起那个已经和他心爱的机车一起完蛋的大白脸，就有说不出的高兴。他感觉如释重负，但他不确信自己是否能够走完这一段路。我们得走到公路上去。这一段路可不好走。”

他们花了整整一个半钟头才走完了这两英里的路程。当他们走到公路的水泥路面上时，邦德感觉全身像散了架似的。如果没有凯丝同行，他根本不可能走到公路上来。要是只有他一个人，走在那满是仙人掌和岩石的地面上，他肯定会打转跌倒，消耗掉所有的体力，最后在烈日的烘烤下一命呜呼。

凯丝把脸靠在他的肩膀上，与他窃窃私语。她解开衬衣的纽扣，撩起衣角把他脸上的汗水拭去。

她不时地抬头望向公路的两边。虽然才是清晨，但阳光却已经开始在沙漠地区施展它的威力了。热浪的光芒已开始在天边闪烁。

一个钟头后，她匆匆地爬了起来，将衬衣下摆塞进裤子，往公路中间跑去。透过还未散去的雾霭，她依稀看见一辆黑色小车从遥远的拉斯维加斯谷地向她疾驶而来。

小车停在了她的面前，从车窗里伸出一个长着乱草般的黄发和鹰钩鼻的头来。他用他那双淡灰色的眼睛上下打量着凯丝，又看了看依然躺在路边的邦德，然后说："早上好，女士，我叫莱特，在这样美好的清晨，有什么可以效劳的？"

第21章 免生是非

"……我进城之后，马上就给厄恩·柯诺打电话，谁想到他却住进了医院。因为他突然遭了祸，他太太正感到不知所措，于是我立即开车去了医院。在医院，厄恩给我讲了事情的全部经过。我想，詹姆斯也许这时正需要我，于是便马上开车连夜赶来了。当我到达斯佩克特维尔城时，看见那里火光冲天。我想，肯定是斯潘先生在玩点火的游戏。于是就想走近去看看到底是怎么回事，正好他们铁丝网的大门也开着。

"说了你可能都不信，镇子里连一个人影都看不到，只看到一个瘸腿的家伙，满身伤痕，正顺着土路连滚带爬地逃跑。那家伙看上去有点面熟，好像是底特律城的弗拉索。从厄恩那儿我得知，是两名歹徒绑架了詹姆斯，其中的一个就是弗拉索。从那家伙那儿，我多少知道了点实情，根据他的话我判断，我应该立即去赖奥利特城。我用车把弗拉索拉到了大门口，然后告诉他，救火队马上就到。我顺着公路往前开，没想到走到半路被这位姑娘给拦住了。感觉她就像是从天上掉下来的。就这样，我们又碰到一起了。"

莱特说这番话时，邦德一直是闭着眼睛听着，心想，看来我不是在白日做梦，而是实实在在地靠在莱特的跑车后座上。凯丝的手臂垫在他的头下，莱特在前面开车。现在的当务之急是先找个医生，洗个澡，吃点东西，再找个地方好好睡上一觉。邦德把头稍微挪动了一下，他觉出凯丝在用手指抚弄他的头发。那么，这的确是真的了。他一直

默不作声，闭目养神，听着他们的谈话以及汽车在路面上行驶时发出的嗞嗞声。

凯丝讲了一遍刚才的经过，莱特听完后不禁吹了一声口哨。“天啊，”他说，“毫无疑问，你们捅了斯潘帮这个大马蜂窝。天知道将来会发生什么？蜂巢中的马蜂，绝不会只在窝边嗡嗡叫两声就善罢甘休的，它们肯定会立即采取行动进行报复的。”

“是啊，”凯丝说，“斯潘老板是拉斯维加斯黑帮头目之一。这帮家伙关系非常铁，是名副其实的难兄难弟，何况还有沙迪以及温特和吉德那两个下作的打手。我们最好还是赶快去加州。不过接下来我们又该怎么办呢？”

“到目前为止，我们的速度还不算慢，”莱特盘算着，“十分钟后，我们就能到达比蒂镇，然后再沿着五十八号国道走，用不了半小时就可以进入加州地区了。我们再穿过死谷，翻过群山，就到达了奥兰查。在那里，我们可以稍微歇一歇，帮詹姆斯找个外科医生，吃顿饭，再洗个澡，休息休息。然后我们就沿着六号国道走，直奔洛杉矶市。那段路可是不近，不过估计最迟中午，我们就能到达洛杉矶。到了那里，你们两个就可以痛痛快快地休息一下了。我觉得，你们最好还是尽快离开美国。那帮家伙可能会想尽一切办法来捉拿你们的。一旦被他们发现了行踪，想逃脱可没那么容易。我想，你们两个最好是连夜乘飞机到纽约，明天就去伦敦。等到了英国，詹姆斯会有办法帮你安排好的。”

“我看这个安排可以，”姑娘表示赞同，“不过，这位邦德先生到底是什么人？我至今都没搞清楚他的来历，他是不是侦探？”

“亲爱的，关于这个问题，你最好还是问他自己吧。”邦德听见莱特非常严肃地说，“不过有一点你大可放心，他会好好照顾你的。”

邦德心里暗自发笑，之后谁也没有再说话。他昏昏沉沉地睡了过去，直到汽车进入加州，他才醒了过来。汽车在一个叫作“赛普莱医师”的诊所门口停了下来。

外科医生为他清洗了伤口，涂抹了一些药水，然后又擦上了防炎膏和橡皮膏。他们洗过澡，又吃了点东西，便钻进汽车继续赶路了。凯丝小姐此时仿佛又恢复了她的老作风，话中带刺、爱理不理的。莱特车开得很快，达到了每小时八十英里，在蜿蜒如带的山路上疾驶着。邦德此时唯一的任务就是注意后面有没有交通警察。

没过多久，车子便开始轻快地沿着林荫大道向前行驶，放眼望去，在路的两旁，一边是绿油油的草地，另一边是高大的椰子树。莱特驾驶的司徒贝克车满身尘土，夹杂在闪闪发光的名牌车流中，显得非常俗气。到黄昏时，他们已经是焕然一新，换上了崭新的衣服，买了新的衣箱。他们把衣箱寄存在了饭店的门厅，自己则躲在了幽暗凉爽的贝佛利饭店的酒吧里，悠然自得。尽管邦德的面孔伤痕累累，却丝毫没有引起人们的注意。估计是因为在加州什么装扮的人都有，演员也很多，或许人们把他当作了一位特技演员呢。

桌上放着一瓶马提尼酒，旁边有一部电话机。莱特一口气往纽约打了四个长途电话。

“好了，总算是办妥了，”他放下电话长出了一口气说，“我的朋友已经给你们订好了船票，是伊丽莎白王后号轮船。由于码头工人罢工，航期延误了，明晚八点才能开船。明天上午会有人去拉瓜迪亚机场接你们的，这样的话，你们下午随便哪个时间都可以登船。詹姆斯，还记得你留在阿斯特旅馆的东西吧？他们会一起带给你的，包括那只出过风头的高尔夫球杆袋。至于凯丝，华盛顿方面已经答应给她发一份护照。到时候来机场接你们的是一位国务院的官员。当然，还需要你们填几份表格。”

“这些都是中央情报局的一位老同事给安排的。另外，这件事已经登在了今天的晚报的头版头条，用的标题似乎是‘废墟山村付之一炬’之类，但是他们好像并没有发现斯潘老板的尸首。邦德的大名也没有见诸报端。一位同事对我说，警方还没有关注到你。可是另一位侦探却向我透露说，斯潘帮那帮家伙正在到处找你，而且把你的容貌特征也都告诉了手下的弟兄们。宣称谁要找到你，就给谁一万美元的赏金。所以你还是尽快离开吧，你们两人最好分头登船。尽可能掩饰身份，上船后不要露面，要一直呆在房舱里。那帮家伙是不会善罢甘休的。现在的比分是三比〇，真是太丢人了。”

邦德不无钦佩地说道：“你们平克顿社的效率还真是高啊。能够大难不死，我感到很高兴。我过去一直认为，美国的歹徒不过是一群西西里岛的小坯子，一天到晚除了喝喝啤酒，吃吃烤饼，也搞不出什么名堂来。最多也就是周末的时候成帮结队地闯进汽车行或者百货店抢一笔钱，然后去赌场赌一把。现在看来他们的人手还挺多的，而

且心狠手辣，坏事做尽。”

凯丝冷笑一声说：“你还是多多小心自己的脑袋吧。我们能够平安地登上船，就算是奇迹了。他们本事大着呢，千万不能轻敌。要不是钢钩队长伸出仗义之手，我们早就没命了。”

听到这话，莱特噗哧笑了。他低头看了看表，招呼他们：“快走吧，你们这对冤家，该启程了。你们去机场搭飞机，我今晚还得赶回拉斯维加斯呢，去找我那位默默无言躺下的老朋友‘赧颜’的埋骨之处。你们如果还有话要说，最好到二万英尺的高空去说吧。飞机会让人变得豁达、开朗，没准儿你们一下飞机就如胶似漆了！有两句成语怎么说来着？‘同病相怜’、‘患难见真情’嘛。”

莱特开车把他们送到了飞机场，下车后，他和凯丝用热烈拥抱来告别。望着他一瘸一拐往回走的背影，突然一阵悲伤涌上邦德的心头，他哽咽无言，心里就像打翻了五味瓶。凯丝赞叹道：“你这位朋友可真好。”“砰”的一声，莱特关上了车门，汽车走上了去沙漠都市的漫漫长路。

“是呀，患难见真情嘛，”邦德答道，“莱特就是这样的好哥们。”

莱特挥手向他们告别时，那只钢钩闪着光。广播里传出班机准备起飞的通告：“前往芝加哥和纽约的旅客请注意，环球航空公司第九十三号班机现在开始检票，请到第五号入口登机。”于是他们随着人群挤进了玻璃门，开始了一段横跨美洲大陆和大西洋的旅程。

客机飞行在黑暗的美洲大陆上空。邦德很舒服地躺在卧铺上，期待自己早点进入梦乡，以便能够暂时忘记身上的疼痛。他想到了就睡在下铺的凯丝小姐，又想到了这次行动的整体进展。

邦德自己心里清楚，他是真心爱上了凯丝小姐。但是她心里也是这么想的吗？当年在旧金山，夜晚歹徒们破门而入的阴影是否仍然深深地刻在她的记忆里？现在她对男人的厌恶心理还是那么强烈吗？那一夜的罪恶难道真的会毁掉这个女子一生的幸福吗？

在他们共同度过的这二十四小时里，在瞬间的真情流露中，邦德似乎已经找到了问题的答案。他发觉，在她那硬朗的假面背后，这位热情的姑娘在不时地偷看自己。的确，走私犯、赌台管理员等许多假面具她都曾经戴过。这一切毋庸置疑。她就像是一朵经历了风吹雨打的花朵，现在正等待绽放。可是他真的做好准备了吗？如果向她求婚，就要一生相伴。结为夫妻之后，绝不可随便说散就散。他的职业和日常生活是否会因这婚姻而受到影响呢？

邦德在铺上翻来覆去，努力不去想这些问题。不能太着急了，这个时候来谈婚姻未免太早了。再等等，走一步看一步吧。一心不得二用。于是他非常坚决地把这个问题从大脑中剔除了。他应该多考虑一下 M 局长付托的这件还未完成的任务。

到目前为止，毒蛇的一头已经被他斩断了。但这究竟是它的脑袋还是它的尾巴呢？很难说。邦德认为，伦敦的杰克•斯潘和那位神秘莫测的 ABC 才是钻石走私集团的真正幕后指挥者。塞拉菲姆•斯潘不过是负责接收走私钻石，他的位置不是独一无二的，完全可以由别人来顶替。凯丝的逃走也没什么大影响。她自首的话，沙迪•特瑞可能会被牵连进来，但是他可以想办法暂时避避风头，等风暴过去后再露头。而杰克•斯潘以及他经营的“钻石之家”现在却还是毫发无损。必须尽快从凯丝那里获得 ABC 的电话号码，然后才好抓他。但很有可能沙迪•特瑞已经发觉邦德带着凯丝一起逃走了，估计他会马上将详情电告伦敦，通知他们改变联络方式。如果是这样的话，邦德认为，下一个目标就应该是杰克•斯潘，只有通过他来逮捕 ABC，才能挖出在非洲的走私源。也就是说只有抓到了 ABC，才能找到走私集团的起点。邦德决定，一上伊丽莎白号轮船，就立即起草给 M 局长的详细报告，希望情报局和伦敦警察厅能够共同协助破案。这样一来，警察厅瓦兰斯的手下可就有忙活的了。到那时，邦德就没什么事了，白天可能会一直忙着写报告，处理办公室里的例行文件，晚上可就完全属于自己了，他可以在他位于国王大道的公寓中和凯丝尽情地聊聊天。对了，他得马上给女佣梅小姐拍个电报，让她作好迎接他们的准备。要买些鲜花，再买些洗澡用具，还要晒晒床单……。就这样想着想着，邦德睡着了。

飞机飞行了整整十个小时，终于来到了拉瓜迪亚机场上空，准备着陆。

现在是星期天早晨的八点钟，机场上人并不是很多。邦德和凯丝刚下飞机，就见一位官员从柏油道上迎了上来，领着他们从边门走进了候机室。候机室里还坐着两位年轻人，一位是平克顿社的侦探，另一位是国务院的官员。在等待行李送出来的空当，他们愉快地谈论着旅途的见闻。拿到行李后，他们又一道从侧门离开了候机大厅。一辆

红色的轿车早已等候在外面,发动机在不停地响着,后座的窗帘也已经拉了下来。

他们把邦德和凯丝安排在了平克顿人士的公寓，他俩在那里等了有好几个钟头,午后四点钟左右,邦德和凯丝终于先后通过有护栏的跳板登上了伊丽莎白号巨大的黑色船舷。他们被安排在了M层甲板,不过是两间房舱。一进房间,他们便立即锁上了房门。

但是,就在凯丝和邦德先后登上船舷时,一名码头卸货工却以飞快的速度溜进了海关办事处的公用电话亭。

三小时后,一辆黑色轿车停在了码头边,从车里下来两个人,看样子像是两个美国商人。他们非常匆忙地走进了移民局和海关办事处,在广播里通知送行的人离开甲板之前,非常及时地办好了登船的所有手续。

在这两个商人当中,其中一个是年青人,长得很帅,头上戴着顶帽子,防雨罩的帽檐下露出了一绺白发。他的手里提着一个手提箱,箱子的标签上写着,“B•吉里奇”。

另一个商人则长得又高又胖,一双小眼睛露出紧张的神色,鼻子上还架着一副带有双焦距镜片的眼镜。他热得满头大汗,用大手帕不停地抹着脸上的汗珠。他的手里也提了一个手提箱,标签上写着,“W•温特先生”。并且下面还用红墨水注明:“本人血型为B”。

第22章　心心相印

晚上八点整，伴随着伊丽莎白号轮船的汽笛发出的足以使纽约曼哈顿区的摩天大楼玻璃震颤的巨大吼声，这艘巨轮被拖船拖着慢慢地离开了码头,转了个方向,以每小时五海里的速度沿江而下。

在白玫瑰灯塔旁,轮船稍微停了一下,让领港员下船。然后伊丽莎白号就会载着乘客穿过海口,驶向海洋。在介于北纬四十五度与五十度之间的海域中，轮船沿着一条狐线破浪前进，驶向大西洋的彼岸,英国南部的南安普敦港。

邦德在自己船房的桌前静静地坐着，聆听船在风浪中破浪的声音，不犹想起了以前自己乘坐这艘轮船航行的经历。那是在战争年代，他乘坐的轮船要返回战火熊熊的欧洲，航行到南大西洋中时，与德国的潜水艇不期而遇了，于是就玩儿起了捉迷藏的游戏。尽管现在这次航行似乎多少也有点危险，但和那次航行比起来，可就好得多了。现在的轮船上面都安装着各种导航电子设备，轮船就如同东方君王一样，前后都有步卒和骑士保驾。对邦德来说，这次旅行遇到的最大麻烦也不过是消化不良和疲劳而已。

他拿起了电话，想打给凯丝小姐。当凯丝听出是他的声音时，发出了意想不到的叫喊，“我最怕出海了。现在我们才到哈德逊运河，我就开始晕船了。

“我也是。”邦德对她说，“一个人躺在屋子里，没有一点胃口，只想吃点镇静剂，再喝点香槟酒。恐怕这两三天之内我都会这样的。我真想请个医生来给我看看，或者请个土耳其浴池的按摩师给我好好治疗一下。不过这几天最好还是别不露面，这对我们有好处。在纽约他们能安排我们赶上这班船，已经很不容易了。”

“好吧，不过你得答应我，每天都要给我打电话。”凯丝撒娇地说，“只要我感觉稍微好一点，能吃进去一点鱼子酱时，你就得陪我去大餐厅吃饭。可以吗？我会乖乖听话的。”

邦德听她这么一说，哈哈大笑起来，说：“如果和我讲条件的话，我也有交换条件。听好了，我要你好好回忆回忆关于伦敦的 ABC 的所有交易情况。他的电话号码以及其他有关细节都要告诉我。至于这件事的前因后果，以及我对它发生兴趣的原因，等我身体稍微好些的时候，就会尽快讲给你听的。在我们呆在房间里的这段时间，我们要互相信赖才行。你看这条件如何？”

“好吧。”姑娘想也没想就一回答应了下来。看起来她是已经下定决心要浪子回头，与过去完全决裂了。他俩在电话里谈了足足有十分钟。除了还不知道 ABC 的详细消息外，在别的方面还真是大有进展。

邦德打完电话，按电铃叫来了乘务员，要了份晚餐，吃完后便开始着手草拟当晚就要发出的电报稿，并把它译成指定的代码。

夜色渐沉，轮船静静地行驶着。船上共有三千五百人，轮船就像一个临时城镇，人们在这镇上要共同度过五天的海上生活。和其他人口

密集的地方一样，在这个城镇中也会有许多事情和案件发生，诸如盗窃、斗殴、诱奸、酗酒和欺诈，说不定还会有一两个婴儿出生，或者会有人自杀。平均在每一百次横穿大西洋的航程中，就会有一次谋杀案件。

当这座钢铁城镇乘风破浪向前行进时，当夜晚的海风疾速地绕着桅杆呼啸时，没有人知道船上的无线电通讯天线此时正把不同的电文传送给英国港的电台值班员。

东部标准时间晚上十点整，值班报务员发出去了一份电报，电文如下："伦敦哈顿公园钻石之家转交 ABC：目标在船上。如需采取措施，速告。并告酬金。温特。"

一小时以后，伊丽莎白号的报务员正在为手里刚刚拿到的一封长达五百五十字的电报而叹气。它是发给伦敦摄政公园国际进出口公司业务经理的。就在这时，他收到了从英国电台发来的一封简明电报，收报人是"伊丽莎白号头等舱乘客温特先生"，电文如下："望速除掉凯丝，酬金两万美元。其他对象抵英后再处理。ABC。"

报务员从客人名单中找到了温特先生的名字，然后把电报装进信封，送到了位于邦德和凯丝下面一层的一间房舱中。两位乘客正在舱内玩纸牌。当侍者送完电报准备离开时，听到那个胖子把脸贴近那个有一绺白头发的同伴耳边诡秘地说："哎，伙计，你知道吗？两万美元哪，够咱们花一阵子了！"

船已经在海上航行了三天，邦德和凯丝约好要在观景厅喝酒，然后再一同去餐厅吃饭。那天中午，海上风和日丽，波澜不兴。邦德正躲在房舱里吃午饭，此时收到了一张纸条，是用轮船信笺写的，从上面圆润的笔迹判断，应该是出自女人之手。上面写道："今天设法见一次面。勿误。"

虽然只有短短的三天，但这短暂的分别还是让彼此格外想念。但当邦德到了酒吧间，找了一个幽暗的角落与凯丝见面时，却发现她一肚子怨气。

"这是什么鬼地方？"她讥讽道，"你是不是觉得和我在一块儿丢人呢？我这身衣服可是好莱坞最流行的，你为什么要把我拉到这个阴暗的角落来？你以为我是老姑娘没人要吗？我本来想在这船上找点玩的，可你却把我藏起来，好像生怕我会传染给别人什么病似的。"

"好了，好了，你说够没有？"邦德有点不耐烦地说，"你总是能让别人对你束手无策。”

“你希望女孩子在这艘伊丽莎白王后号轮船上干些什么？难道是钓鱼吗？”

听到她这么说，邦德不禁笑了起来。他抬手叫来一名侍者，要了两杯带鲜柠檬片的伏特加和淡味马提尼鸡尾酒。

凯丝说：“我给我的一个姐们写了封信。来，我给你念念。”说着，她拿腔拿调地背诵起来：“亲爱的阿姐，我现在和一位长得很英俊的英国佬在一起，我们玩得很痛快。但与我相比，他更感兴趣的似乎是我们家的珠宝，真是可恶。我该怎么办呢？迷惘的小妹敬上。”她突然转变了态度，用她的手掌轻轻压住邦德的手，温柔地说：“詹姆斯，听我说。我真的很高兴。我喜欢呆在这儿，我想和你在一起。更喜欢这个无人的角落。我刚才的话，你千万别往心里去，我是太高兴了，所以想和你开个玩笑。你不会在意吧？”

凯丝上身穿了件奶白色的丝质衬衣，下身穿着深灰色的棉毛混纺裙子。她的皮肤由于长时间的日晒变成了淡淡的咖啡色。她身上没有佩戴任何首饰，只是在手腕上戴着一块别致的女式表。那只放在邦德手背上的棕色小手连指甲油都没有涂。灿烂的阳光把她的头发照得金灿灿的，也把那对充满了无限柔情的灰色眼睛照得更加明亮。她嫣然一笑，是那么的可爱，牙齿如白玉一般。

“不会的，”邦德连忙说道，“怎么可能呢？凯丝。你的一切我都非常满意。”

她看着他，轻轻地点了点头。这时候，邦德要的酒送来了，她连忙把自己的手从邦德手上拿开，并且从酒杯的颈部冲他做了个鬼脸。

“我可以问你几个问题吗？”她一本正经地说，“第一个问题，你究竟是做什么的，老板是谁？当时在伦敦那个旅馆里，我第一次见到你时，我就感觉你像个骗子。但是等你离开后，我又觉得你不大像是那种人。我也曾想过要给 ABC 打个电话，说说我的怀疑，以免将来遇上什么大麻烦。可是，不知道为什么，我偏偏就没有那样做。詹姆斯，把一切都告诉我吧，老老实实交待清楚。”

“我在替政府做事，”邦德对她说，“他们下决心要摧毁钻石走私集团。”

“你是密探吗？”

“不，我只是一名公务员。”

“好吧。那么，等我们到达伦敦后，你打算如何处置我呢？要把我关起来吗？”

“没错，不过不是监狱里，而是我公寓的空房间里。”

“那还差不多。我还希望我能成为英国女王陛下的臣民，可以吗？”

“我也希望，我想我们应该能帮你办到。”

停顿了几秒钟，她突然又问道：“你结过婚吗？或者有没有跟别人同居过？”

“没有。不过风流韵事倒是有过的。”

“噢，原来你是个喜欢跟女人睡觉的男人。那么，你为什么不结婚呢？”

“因为我更喜欢单身生活，它更适合自己。据我了解，大多数的婚姻不是 1＋1=2，而是 1+1=0。”

凯丝仔细想了想，说：“听起来似乎是有点道理，不过这要看你希望的加法是什么样的，是要往圆满这方面加，还是要往破裂这方面加。如果你想打一辈子光棍的话，这一生也算不上圆满吧？”

“那么，你怎么样？”

她没想到他会突然反问自己。“可能是因为我过去一直过着非人的生活，所以还从未考虑过这个问题。”她回答道，“你觉得我到底应该嫁给谁？沙迪•特瑞吗？”

“世上可嫁的男人多着呢。”

“胡说，根本就没有。”她似乎有点生气，“或许在你看来，我不该跟那帮坏家伙搅在一起，其实我自己也是这么认为的，可是我错就错在从一开始就跨进了邪恶之门。”渐渐地，她的怒火熄灭了，变得楚楚可怜。“詹姆斯，人难免会有走错路的时候，我也一样。而且时常是被逼无奈的。”

邦德紧紧地握住了她的手。“凯丝，我明白，”他安慰着她，“关于你的情况，莱特已经对我说了一些了，所以我一直都在尽量避免和你谈论这方面的事。你也不必太过自责，现在一切都过去了。在船上，我们过的只是今天，今天，知道吗？”为了缓和气氛，他转换了话题，“好了，现在跟我说说，你为什么叫蒂芬妮呢？在冠冕大酒店担任赌台管理员的滋味如何？你的牌艺是和谁学的？怎么那么娴熟？既然你能把牌玩得那么好，我想，学别的技术也一定不在话下。”

“多谢夸奖，”凯丝带着一丝挖苦说，“我玩牌的手艺的确还可以。至于我为什么叫这么个名字，那是因为我老爸知道我妈生了个丫头，心里非常难受，于是扔给我母亲一千美元和一块蒂芬妮美容公司生产的粉饼，就去海军陆战队当兵了。在攻打硫磺岛的战役中，他阵亡了。于是我母亲就给我起名叫蒂芬妮•凯丝，并且开始带我外出谋生。一开始她只是养了几名应召女郎，后来胆子就越来越大……”

“这种经历，你听起来是不是有点儿不舒服？”她既骄傲又有些自卑地说。

“不要这么想，”邦德坦然道，“你又没去当应召女郎。”

她耸了耸肩，继续说，“后来一伙歹徒闯进了我家，把那儿砸了个稀巴烂。”说到这里，她举起酒杯，一口气把剩下的马提尼酒都喝光了。“这样，我就只好独自一人出去闯荡了，最开始我就干一些女孩子常做的工作。有一天，为了找活儿干，我跑到了里诺城。那儿有一个学校，叫赌场管理学校，正好在招生，我就签约进了那家学校。我在那儿拼命地学习。我主修的是双骰子、轮盘台和二十一点。赌台管理的收入还不错，每周能赚二百美元。男人们大都喜欢女发牌人，女顾客也感觉用女发牌人要安心一些，因为觉得女发牌人对人比较和蔼。或许女人容易给人们留下这样的印象。不过，什么事一旦干久了，就觉不出有什么好玩的了。这差事也一样，并没有想象中的那么好混。”

说到这里，她停了一下，然后又笑着对他说：“我的故事讲完了，现在该轮到你啦。我想再要杯酒，然后慢慢地听你告诉我，究竟什么样的女人才能和你相加？”

邦德又要了两杯酒，然后点上一支香烟，说：“我想，首先她应是爱我的，而且还要会做法国菜。”

“天啊，要是给你找个既会炒菜又能和你睡觉的老太婆，你要不要？”

“哦，当然不，女人该有的，她样样都不能少。”邦德打量着她说，“并且，她还要有金色的头发，灰色的眼睛，一张厉害的嘴巴，完美的身材。此外，她还必须会讲各种各样的笑话，懂得如何打扮，还要会玩扑克牌等等。这些特点，我想要找的那个女人都得具备。”

“如果你能找到这样的女人，你会和她结婚吗？”

“也未必，”邦德说，“老实说，我也算结过一次婚了，不过娶的是一位老头子。他姓氏的开头一个字母是M。如果我要再和一位女性结婚的话，就必须先跟他办理离婚手续。不过到目前为止，我还没有下定决心跟他一刀两断呢。再说了，也不知道那个女人和我结婚后，会不会成天在我耳边唠叨，让我在厨房里不停地干这个，干那个。两个人一旦步入婚姻，就免不了要吵嘴，‘这明明是你做的！还想赖吗？胡说！那可不是我’，如果我的耳朵边每天总是充斥着这样的唠叨，这种日子会让我发疯的。我只会一心想溜之大吉，最好是公家能派我去日本出差。如果那样的话，夫人就只能独守空房了。”

“你想要孩子吗？”

“我喜欢孩子，会要几个吧，”邦德直截了当地说，“不过我想最好还是在我退休之后。要不然，孩子可就有苦头吃了。干我这行，每天都在提着脑袋过日子。”他看了看酒杯，然后拿起来一饮而尽。“凯丝，你是怎么想的？”

“我想，在回到家的时候，看见客厅的桌子上摆着一顶男人的帽子，这是每个女人都希望的，”凯丝若有所思地说，“可惜的是，在帽子底下，我从来没有发现过一个看着顺眼的面孔。一旦落入阴沟，你就会知道那个滋味了。你自己都已经是蓬头垢面，狼狈不堪了，哪还有精神和兴致再东张西望啊。得过且过吧。为斯潘兄弟们干活时，我从来都是吃穿不愁，而且还能存一些钱。可是女孩子要想在那帮人里找到一个真心对自己好的，简直是白日做梦！因此你不得不经常在自己的房门外贴上‘请勿打扰’之类的提示语。那种生活，我现在已经过得非常够了。百老汇歌舞班的姑娘们中间流传着一句俏皮话：‘如果你在你要洗的这堆衣服里找不到一件男人的衬衣，那你洗这堆衣服就会感到非常乏味。’”

听到这句幽默的话，邦德被逗得哈哈大笑：“唔，好了，现在一切都过去了，你已经脱离了阴沟。不过，塞拉菲姆怎么样？那天，在火车上，我看……”

邦德的话还没说完，就见凯丝的眼睛里闪出一道愤怒的光，一下子从餐桌旁站了起来，转身就走。

邦德心里暗暗咒骂着自己，赶紧从钱包里掏出钱放在帐单旁边，然后便匆匆地跟了上去。一直追到甲板上，他才赶上了她。“凯丝，你得让我把话说完哪。”邦德焦急地说。

她转过身来，一脸委屈地面对着他，“你怎么能这样呢？”说这话时，晶莹的泪珠就在她的眼眶里打转，“这么美好的一个夜晚，你怎么忍心破坏它呢？”说完，她再也控制不住，两行泪水顺着脸颊流了下来。她转过身去，面朝窗户，手伸进提包里找手帕。把眼泪擦干后，她又说：“你真是让人费解。”

邦德伸出双臂环抱着她。“我的宝贝，”他知道，这场误会，只有用爱才能化解，当然甜言蜜语也是少不了的。“我绝没有想让你伤心的意思。我只是好奇而已。那天晚上，还记得我们在‘炮弹号’上度过的那个可怕的夜晚吗？说实话，当我看见桌上摆了两套餐具时，我的心如刀割般疼痛，与之后所受的皮肉之苦相比，真是有过之而无不及呀。我只是随便问问罢了。”

她这时抬起头望着他，有些将信将疑。“你的意思是……”她死死地盯着他的眼睛问道，“你那时就爱我？”

“别装傻了，”邦德说，“难道你一点儿也没看出来？”

这个问题她没有回答，而是转过身去朝着一望无际的大海。船舷附近，有几只海鸥在上下翻飞。沉默了片刻，她说道：“有一本叫做《爱丽斯漫游奇境》的书，你读过没有？”

“小时候读过，怎么了？”

“我很喜欢上面的一段话，经常默诵，”她说，“‘啊！小老鼠，你可知道怎样才能使我脱离这个泪池？我在这里面不停地游来游去，已经累得精疲力尽了。啊，小老鼠！’还记得这一段话吗？我原本以为你会为我指出一条逃脱的道路，但没料到你却反手一击，我心里怎么会不生气呢？”她飞快地往他脸上扫了一眼说，“不过，我知道你不是要故意伤害我的。”

邦德静静地看着她那不停开合的樱唇，情不自禁地吻了上去，但她却没有给出热烈地回应。不过她的眼里终于又流露出了笑意。她挽着他的胳膊，往敞开了门的电梯走去。“先送我下去，”她说，“我要回房间重新打扮一番。我得好好化化妆，才能去公共场所抛头露面。”她用力挽着他的胳膊，粗声说道，“现在，你是不是也该回去好好洗个热水澡呢？我想，作为女皇陛下的臣民，最起码要做到这一点吧。你们英

国人不是最标榜浴室文明吗？”

邦德先送她回了房间，然后再回到自己的房里。他先洗了个热水澡，然后又用冷水冲了一下。洗完后，他静静地躺在床上，回味着她刚刚说过的那些话，不由得会心微笑了。想必她此时也正在浴缸里，望着水龙头发呆，心里想着我这个英国佬。

这时传来了一阵敲门声。侍者端着一个托盘走了进来，把它放在了桌上。

“这是什么？”邦德问。

“是厨师送的，让您尝尝味道。”侍者毕恭毕敬地回答，然后躬身而退，随手带上了房门。

邦德从床上下来，想走过去看看盘子里盛的究竟是什么东西。看到后，他忍不住笑了起来。托盘上放着一小瓶香槟酒和一只小火锅。火锅里面盛的是吐司和煎牛排。托盘上还放着一小盘法式调味汁。除了这些东西以外，托盘里还有一张纸条，上面用铅笔写着：“这炸牛排和法式调味汁均出自凯丝小姐之手，我并没有帮她的忙。”下面的落款是：“厨师”。

邦德给自己斟上了一杯香槟，在牛排上涂了一层厚厚地调味汁，开始大吃起来。然后他拿起了电话。

“蒂芬妮吗？”

他听见电话那头传出了非常得意的笑声。

“我说，这道煎牛排和法式调味……”

他话未说完，就挂了电话，让她也体味一下猜测的感觉。”

第23章　船中乐趣

晚上十一点，伊丽莎白号轮船的阳台餐厅里剩下的客人寥寥无几。月光如水一般泻在这片漆黑的海上，轮船缓缓地向前行驶着，大海仿佛在轻轻地叹息。

在餐厅靠近船尾的地方，一对男女紧紧地依偎在一起。轮船在轻轻地摇动,大海连同海上的一切似乎都要入睡了。

现在有充足的时间来谈情说爱了。不必再斗嘴,也不必再海誓山盟。夜色已深。他俩站起来朝门口走去。

他们站在通往甲板的电梯间门口。凯丝说:“詹姆斯, 我有个主意。我们可不可以再去喝点掺薄荷糖和奶油的热咖啡?我早就听说过,这种大轮船上有一种‘航程预测赛会’,类似于赛马赌法,我们不如去试试手气,说不定还能乘机捞上一把,怎么样?”

“好啊,一切听你安排。”邦德把她搂得更紧了,他俩慢步走向休息厅。在经过舞厅接待室时,看见琴师正在调试着乐器。“别让我去买什么赌票。那纯粹是让他们捞钱的玩意儿。百分之五的抽头要作为慈善会基金,这样一来,中奖机率恐怕比拉斯维加斯还要低。”

吸烟室里几乎没有人。他们找了个角落坐下了。屋子另一端的一张长桌子上,放着一个盒子,里面装着各种航程号,还有一把小木锤,是主持人裁定时用的,以及一个装着凉水的玻璃瓶。一个侍者在桌边忙着布置拍卖会会场需要用的东西。

他们刚才进来时,屋里很多桌椅还是空着的。可是就在邦德向侍者要咖啡的当口,侧门突然敞开,一下子涌进来一大群客人,不一会儿,就进来了有一百多人,坐满了吸烟室。

拍卖会的主持人听口音应该是英国中部人, 大腹便便、喜欢说笑。他穿着晚礼服,襟上还别着一朵红色的石竹花。他站在了那张长桌后面,示意大家安静,然后开始宣布船长所预测的今后二十四小时内这艘轮船的航行距离。根据船长的预测,航行距离将应该介于七百二十海里与七百三十九海里之间。凡是低于七百二十海里的数字都叫作低线,而超过七百三十九海里的数字叫作高线。主持人继续说:“各位女士、各位先生,让我们大家拭目以待,看看今天有没有人能够打破本船航程预测赛的最高奖金记录——二千四百英镑!”室内此时响起了热烈的掌声。

一位侍者端来一只方盒, 站在了一位看起来非常富有的女人面前,由她从盒里抽出了一张纸条。侍者接过纸条,把它递给了主持人。

“女士们、先生们,今天的第一个数字就非常富有挑战性,是七百三十八。这个数字与船长预测的最高限非常接近。今晚到场的有不少是生面孔, 我想我们大家一定都感受到了, 现在海面上是风平浪

静，那么，这就是一个非常吸引人的数字了。女士们、先生们，关于七百三十八号，我来开个价吧。五十英镑怎么样？有没有哪位先生或女士愿意花五十英镑买下这个如此幸运的号码？那边那位女士说二十，对吗？好吧，我们总算有个底价了。还有哪位愿意添一点？那位太太说二十五，好的，谢谢。好的，有人说三十英镑了。哦，四十英镑。好的。我亲爱的朋友罗布莱加到四十五英镑了。谢谢你，查理。还有哪位想给七百三十八号再加码？五十。谢谢你，夫人。好了，现在我们又回到了我最初报的那个数字。有没有人愿意出比五十英镑更高的价钱？哪位愿意再多出一点？这个号头可是很接近高线。今天海面可是风平浪静。只有五十英镑？有没有人出五十五英镑？有人出吗？好，五十英镑成交了。”说着，他举起锤子在桌上“砰”地敲了一下，成交了。

“这个主持人还不算差。”邦德解释说，“这个号头不错，价钱也比较公道。如果一直是这样的好天气，而且又没出什么事的话，一定会有很多人买高线的，说不定会超出‘一大包’。大家都觉得在这种好天气，二十四小时内轮船航行七百三十九海里以上肯定没问题。”

“‘一大包’是什么意思？”凯丝不解地问道。

“一包是二百英镑，或者再多点。我估计一个普通号头怎么着也值一百英镑。不过，第一个号头总是会便宜一些，因为此时观众的热情往往还不够。这种赌博，买头号其实是最好的玩法。”

等邦德解释完时，主持人已经一锤敲定了第二个号头，一位看起来非常激动的漂亮姑娘以九十英镑的价格买下了这个号。她身旁一位头发花白、皮肤白皙的老绅士给她出了钱。

“詹姆斯，我也要买一个，”凯丝有点不服气，“你对女朋友太不够意思了。瞧瞧人家。”

“你没看见他头发都白了吗？”邦德辩解道，“估计有六十了。男人一过不惑之年，女色就诱惑不了他了。那时他的嗜好除了大把大把地往外掏票子就是没完没了地讲故事了。”说到这儿，他笑眯眯地看着她。“幸亏我现在还没有到四十。”

“别耍贫嘴，”凯丝冲他挥了挥手，“我常听人说，找情人要找个上点岁数的男人，看起来你也不像是个守财奴呀。难道是因为女皇的臣民在轮船上公然聚赌，触犯法律……？”

“轮船只要离岸三英里，就算航行在公海上了，谁也管不着。”邦德解释说，“但是，轮船公司对于此类活动的管理还是非常谨慎的。我念给你听，”他从桌上拿起了一张桔黄色的纸片，原来是一张《轮船航程预测赛会简章》。他念道：“……为避免误会，轮船公司重申对上述赛会的立场。本公司限制本船休息厅管理人员或其他工作人员参与航程预测会。”邦德抬了抬眼皮。“瞧，他的意思是说，他们自己不能参与这种赌博。再看看下面写的：‘轮船公司建议由乘客推选代表组成一个委员会，以对赛会起到监督作用。只有在空闲之余，并受到聘请，休息厅管事才可协助委员会工作，主持拍卖事宜。’他们可真滑头，把一切问题和责任都推到委员会身上了。再听听下面讲些什么。’他接着往下念，“本公司特别提示：赛会上的金额不得超过国家有关外币及英镑支票进入国境之最高限额。”

邦德放下纸片说，“除了这些，他们还有很多明堂呢。”他笑着说道，“如果我刚才为你买下那张号头，万一中奖，你就会赢得两千英镑，不过问题是你用什么办法才能带走它呢？你要是想保住那笔钱，就只能把支票塞在吊袜带里混过海关，这是唯一的出路。这不是让我们重抄旧业吗？不过没关系，这次是我陪你一块儿冒险。”

邦德这番劝告凯丝听了有点讨厌，于是挖苦地说：“过去，有人给我讲过一个故事。故事说，在一个匪帮中，有一个对所有赌博都非常精通的老坏蛋，名叫阿布德巴。他可以算出赛马的赢家比率以及定号头的百分比。所有动脑子的算计，他都能算出，所以人们都管他叫老妖怪。你不愿意为朋友花钱，而且还用一番臭理论来搪塞，从这些行为来看，恐怕你可以称得上第二号老妖怪了。好吧，”她耸了耸肩膀说，“为女朋友再要一杯酒，这不算过分吧？”

邦德向侍者招了招手，要了杯鸡尾酒。凯丝这时凑近他的耳边低声说道：“其实我已经不想再喝了。你替我喝了吧。我希望今晚自己能和星期天的晚上一样清醒。”说完，她坐直了身子。“看看，又在搞什么名堂，”她有些不耐烦地说，“我倒是想看看热闹，要不然就太无聊了。”

“马上就有好戏看了，”邦德安慰她道。这时，主持人提高了嗓门，室内的观众们也都屏住了呼息。“女士们，先生们，”主持人用动人的声调说，“在这儿，我要提出一个非常宝贵的问题。有没有人愿意出一百英镑的价钱，来选择是‘远程’航行还是‘近程’呢？我想我不说大家也都心知肚明。现在外面风平浪静，微波不兴，我估计今晚应是‘远程’更

受人青睐。那么有谁愿意出一百英镑买‘远程’或者‘近程’呢？谢谢，这位先生。好，有人出一百一十，一百二十，一百三十。谢谢，夫人。”

“一百五十英镑！”距离邦德坐的位置不远的一个男人喊到。

“一百六十英镑！”这次是个女人的声音。

“一百七十英镑！”刚才那个男人又单调地叫到。

“一百八十英镑。”

“两百英镑。”

听到“两百英镑”这个价钱，邦德不由转过头去朝后面望了望。

喊价的是个大胖子，不过他的头却又小又圆，一双鼠眼看上去既冷酷又尖利。他手里拿着一副望远镜，正聚精会神地眺视着主持人。他的脖子又短又肥，汗水顺着头发的根部一直往下流。他的左手从口袋里掏出一块手帕来擦汗，从左颊擦到颈后，再由右手接过手帕继续擦，把整个头部擦了一个遍，连沁出汗珠的鼻尖也没有放过。

这时，只听有人喊道：“两百一十英镑。”

听到这个价，那个胖子的下巴稍稍动了动，然后用美国腔稳稳地叫道：“二百二十英镑。”那声音听起来似乎有点耳熟，记忆之键在邦德的脑海里咚地敲了一下。怎么回事？他眼睛盯着那个胖子，脑海里却在四处不停地搜索，想寻找到记忆的标签，这模样？这语气？在哪儿见过呢？在英国还是在美国？

他一时无法确定，再看看坐在他身旁的那个男人，怎么也有一种似曾相识的感觉？他看起来应该很年轻，但却长得有点怪，一绺白发长在头顶上，浅棕色的眼睛，长长的睫毛，长相很英俊，但那又宽又薄的嘴巴以及上面的塌鼻子却把它破坏殆尽了。此时，他正咧着嘴笑，那张嘴就如信箱的投信口一样。

“两百五十英镑。”那个胖子又机械地继续加码。

邦德把脸转过来问凯丝：“那两个人你以前见过吗？”她注意到他眼神里流露出来的焦虑，“没有，”她回答得斩钉截铁，“从来没见过。你觉得他们有什么不对吗？”

邦德又瞟了那两个人一眼。“没有，”他有些犹疑地说，“没有，我想没有什么不对的地方。”

一阵热烈的掌声过后，主持人眉开眼笑，他轻轻地敲着桌面说：“女士们，先生们，这次可真热闹啊。这位穿着漂亮的粉色礼服的太太愿意出三百英镑。"观众们转过脸去，伸长了脖子寻找张望，互相打听着，想知道她究竟是什么人。此时，主持人又转向大胖子，问道："先生，您加到三百二十英镑，可以吗？"

"三百五十英镑。"大胖子答道。

"四百英镑。"穿粉色礼服的太太尖声叫道。

"五百英镑。"这声音听起来异常冷漠，让人打心里感到冰凉。听起来简直走了调。

此时穿粉色礼服的太太跟她身旁的男人开始激烈地辩论。那男人看上去怒气冲冲，看了看主持人，然后摇了摇头，表示放弃。

"还有没有人出更高的价钱，五百英镑？"主持人问观众。显然他知道，这个价钱是大伙儿哄抬出来的最高标价。"再等一等，看还有没有人出更高的价钱，"木棰"砰"的敲了一下，"好的，五百英镑卖给那边的那位先生，大家一起鼓掌祝贺他吧。"他带头鼓起掌来，大伙儿也跟着一起鼓掌，尽管从心底里说人们都希望穿粉色礼服的女士赢。

大胖子抬起屁股，欠了欠身，脸上一点儿也没有显现出对大家的掌声表示感谢的神色。

"现在我们按老规矩问一下这位先生，您愿意要远程还是近程？"人们都认为主持人讲的纯粹是废话。这不是明摆着的事吗。

"近程。"

刚才还非常嘈杂的休息室突然变得鸦雀无声，接着便响起了人们一片嗡嗡的议论声。显而易见，在这种风平浪静的情况下，人们一定会都买远程。伊丽莎白号轮船现在的速度至少每小时有三十海里。他却偏偏买近程。难道有什么秘密他事先已经知道了？或者是他贿赂了船上的船员？又或是他能预知不久轮船将会遇上大风暴？

主持人用手指轻轻地敲着桌面，等到大家都安静下来，他又重复地问了一声，"我再问您一次，您是说要买近程吗？"

"没错。"

"砰砰"，主持人又在桌面上敲了两下，"女士们，先生们，如果这样的话，我们将继续售卖'远程'，夫人。"他一个劲儿地冲着穿粉色礼服的太太额首，"请您给远程开个价钱，可以吗？"

邦德对凯丝说："真是怪，太奇怪了！现在海上一点风浪都没有，怎么要出那么高的价钱买近程呢？"他接着说，"唯一的解释就是他们

心怀鬼胎,早就知道要出事。或者是有人告诉他们要出事。”他转过身去又看了那个人一眼，然后回过头来说道:“他们好像注意到我们两个了。”

凯丝的头掠过邦德肩头也朝那边看了看。“现在他们没有注意我们,”她说。“你怎么看出来那两个人没安好心呢?我看那个长着一绺白头发的有点笨手笨脚。那个大胖子还时不时地吸吮自己的大拇指,看起来有点神经兮兮。他们葫芦里究竟卖的什么药?”

“吮大拇指?”邦德问道。他边说边用手拢了拢头发,在记忆里使劲地寻找着。

如果她给他时间再想一会儿,也许他就想起来了。可是这会儿,她抓过来他的手,把身体靠过去,金色的头发轻拂着他的脸,娇声娇气地说:“我在这儿呆得有些腻了。咱们去别的地方转转,好不好?”

于是他们起身离开了这间嘈杂的休息室,朝楼梯口走去。邦德的手搂着她的纤腰,她的头则依偎着他的肩膀,两人各怀心思往舱房走去。

在走到凯丝的门口时，她并没有去开门，而是仍然拖着他往前走。她轻声说道:“我要去你的房间……”

邦德没有回答,一直往前走,两人走进舱房时,他一把关上了门,然后转过身去,紧紧地搂抱着她,温柔地呼唤着:“宝贝。”他捧起她的脸,深深地吻了下去……

第24章　生死搏斗

电话铃突然急促地响了起来,在这之前,邦德只清楚地记得,临睡前凯丝柔柔地说:“宝贝儿，别朝左侧睡觉，那会使心脏负担加重的。最好转过来睡。”他听话地翻过了身子,房门砰地一声关上了。于是他便迷迷糊糊地睡着了,她的轻声耳语、海洋的叹息以及轮船微微的颤动统统都被他带进了无边的黑暗。

电话铃声乍起,响彻了这间漆黑安静的小屋。邦德从梦中醒来,嘴里骂着拿起了听筒，只听电话那头一个声音说:“先生，实在对不起，把您吵醒了。我是电讯室的报务员。我们刚刚收到了一份发给您的电报，上面写着‘加急件’字样。是我给您在这儿读一下，还是给您送过去？”

“给我送过来吧，谢谢。”邦德说。

他把电灯打开，下了床，使劲地摇了摇头，想让脑子尽快清醒过来，刚才两情相悦的回忆早已消失得无影无踪了。

他走进浴室，把水开开，在莲蓬头下冲了足有一分钟，然后匆匆地擦干了身体，穿上了衣服。

有人在轻轻地敲门。他把门打开，接过电报，坐在桌旁，开始阅读电文。读着读着，他的眼睛就逐渐眯成了一条缝，头皮也感觉开始发紧，并且还隐隐作痛。

这是英国情报局参谋长发来的电报，电文如下：

1. 我们秘密搜查了钻石之家塞伊经理的办公桌，发现了一封温特从伊丽莎白号上发给ABC的电报，说他已查明你和凯丝在船上，请示该如何行动。ABC回复温特的电稿中要求干掉凯丝，报酬为两万美元；

2. 我们认为ABC即塞伊经理，其法文姓名的缩写字母正好是ABC；

3.估计塞伊已获悉警方的搜查，已于昨天飞往巴黎。据国际刑警总署报告，此人现已抵达北非的达喀尔。这一情报证实了我们的推测，即塞拉利昂矿场就是钻石走私集团的起点，然后经边界再运至法属几内亚。我们已派人严密监视在塞拉利昂的某外国牙科医生；

4.堪培拉式喷气飞机已由空军在博斯库姆基地备好，你明晚抵达后要搭机飞往塞拉利昂。

看完参谋长发来的电报以后，邦德半天都没回过神来，就在椅子上僵直地坐着。

他一把抓过电话说：“接凯丝小姐的房间。”

那边传来了电话接通的声音，但却没有人接电话。他连忙放下听筒，打开门，沿着走廊跑向她的房间。门开着，里面却没有人。床上的用品都放得整整齐齐的，看起来似乎没有人睡过。灯还亮着，她的手提箱好好地放在门边的地毯上，睡衣和其他东西散落在手提箱旁的地上。估计是在她从他的房间回来之前，已经有人预先藏在了门后，当她进

来的时候，或许是被人一棒子打晕过去的，然后又会是什么样的呢？

他往浴室里看了看。也没有人。

邦德在屋子中央来回地踱着步，像被人从头到脚浇了一身凉水。现在自己该怎么办呢？凶手在杀人灭口之前，一定会先审问她的，他们要问出她知道些什么，泄漏出去了什么，并且还要了解有关邦德的情况。估计是把她带到他们的房舱去了，这样一来就没有人会打扰他们了。即使是在半路上碰到了人，也只需摇摇头说，“昨晚她喝酒喝得太多了。谢谢，不必帮忙，我自己能行。”但是他们在哪个房间呢？

邦德一边沿着过道匆忙地跑，一边看了看手表。现在是下半夜三点钟。她离开自己的房间时，大约是两点多钟。要不要报告船长呢？算了，那还要再费一番口舌去解释，肯定会耽误时间的。即使报告了，那帮人肯定会说，“亲爱的先生，在我们看来，这条船上不大可能发生这样的事。”然后就会例行公事地安慰他一下，“当然，我们还是会尽力的……”警卫长还会露出一副怀疑的神态，他会以为是邦德喝多了或者是小两口吵架了。他甚至还会怀疑他是不是为了赢得“近程’赌赛，而想故意延缓轮船的航速。

是啊，如果有人失踪，甚至可能落海的话，船肯定会因此而降低航速的，说不定还会干脆停下来。

邦德赶紧跑回屋中，找出乘客名单，在上面飞快地寻找着。温特，哦，找到了，第四十九号房舱，正好是邦德脚下的那层房间。突然间，邦德觉得自己的脑门像是被谁打了一巴掌。温特与吉德，他们不就是带着面罩去泥浆浴室教训骑师贝尔的那两个家伙吗？他重新复核了一遍乘客名单。四十九号房舱，没错。同屋还有个叫吉里奇的乘客。想当初他从伦敦飞往纽约的时候，在英国海外航空公司的班机上，他见到的不正是那个大胖子和那位有着一绺白头发的少年吗？那人在公文包上写着：“本人血型为 B”。那时他还觉得他是个惜命的胆小鬼呢。原来这两个家伙是派来暗中监视他和凯丝的。莱特也曾经向他介绍过这两个打手的情况，“他的外号叫瘟弟，坐车会晕，所以很讨厌外出旅行。没请外科医生割掉他拇指上的那个粉瘤，总有一天他会后悔的。”他清楚地记得，那个长了红色粉瘤的拇指，扣住左轮手枪，指着躺在木箱中的贝尔。刚才在拍卖会上，他也听凯丝说过，“那个大胖子在不停地吸吮他的大拇指。”他突然明白了为什么那两个家伙会出那么高的价钱买下

“近程”。原来他们早就已经计划好了一起命案,想利用它来发笔意外横财。假如发现船上有人失踪,肯定会怀疑是落水了。此时轮船就会停下来四处搜寻,这样那三千英镑奖金自然就落到了他们的腰包里。

肯定没错,他们就是来自底特律城的温特与吉德。

过去发生的一幕幕从邦德的脑海中闪过,就像是在看栩栩栩如生的影片一样。他立即找出自己的小公文包,把它打开,从里面取出了手枪的消音器,然后又从橱柜下面掏出了手枪,在枪口上套上了消音器,心里则盘算着有可能出现的情况。

他找出了船票,仔细地研究着印在船票背面的客舱平面图。四十九号舱就在他这间房舱的底下一层。能不能一枪打断他房舱上的门锁呢?趁他们还来不及反应的时候制服他们?不行,这个方案没多大把握。他们很有可能会同时锁上了门并挂上门闩。能不能告诉船方有关凯丝失踪的事,让他们打开四十九号舱旁边那个房舱,在那里的客人们还在瞪大眼睛问“是怎么回事”时,他从侧门闯进四十九号呢?

邦德把手枪掖进了腰带里,打开舷窗的横栓。他侧着身子举起腿想让肩部先通过洞口,发现窗台上还有一英寸多的边沿。他探头朝下面望去。下面在八英尺与九英尺之间的地方,有两个圆孔,透着微弱的灯光。夜晚一片寂静,海面上也是波澜不兴。舷窗正好位于轮船背光的一面。不知道下面房舱的两个舷窗有没有上闩?

邦德又重新回到屋里,揭下床上的白床单,把它撕成两半,然后打了个结把它们连起来,这样长度一定够了。如果这次行动成功的话,他要把四十九号的白床单拿回来,让乘务员把丢失的床单记在温特的帐上。

如果万一他失败的话,那就没什么可说的了。

邦德把床单拧成一股绳,又使劲扯了几下,看看它是不是结实。看来没什么问题。他把绳子的一头牢牢地拴在舱口的铰链上,然后看了一下手表。从他接到电报到现在,才过去了十二分钟。不知道出事的时候到底是几点?他咬紧牙关,慢慢地把床单顺了下去,然后自己也爬出了舷窗。

千万不能胡思乱想,不能往下看,也不能朝上看。不要担心自己打的结不结实,肯定承受得住的。他小心翼翼地往下慢慢滑去。

晚风轻拂,下面波浪的澎湃声随风入耳。顶上的桅杆间不时发出唏

嗦的响声。遥远的天边挂着几颗闪亮的星星，随着两只桅杆徐徐移动。

不要害怕，不要想这艘巨轮，不要想下面那漆黑幽深的海洋，不要想那会把你的身体截断的四叶螺旋桨。就当自己是个顽童，正从苹果树上往下爬。这里是安安静静的果园，下面是软软的草坪。

邦德收回思绪，把注意力都集中在了自己的两只手上。他感觉自己就像是一只昆虫趴在粗糙的墙壁上。他的脚踝和粗糙的涂料互相摩擦着，脚尖小心地往下试探，寻找着舷窗的边缘。

终于碰到了。他感觉右脚尖似乎是触碰到了一个窗口的凸起。不能再往下滑了。他用脚尖继续试探着，慢慢地挪动，终于到了玻璃窗前，触到垂下的窗帘了。他现在只需将身子再往下滑一点点。最困难的时候就要过去了，胜利已经在望了。

他又往下滑了一点，使自己的脸部正好对着舷窗。他的一只手臂抓住了舷窗的凸缘，用来分担一下床单承受的力量，然后放下了两臂。他全身紧绷，以便积蓄力量穿过舷窗，准备着朝下方最后的一跳。他的右手还必须在腰边放着，以便能够紧紧握住枪柄。

微风轻轻吹动窗帘，拂过他的面颊。房舱传出了模糊的交谈声。他用力屏住呼吸，凝神静听，把自己刚才的历险，以及脚下的滚滚波涛都抛到了九霄云外。

只听一个男人说了句什么，一个女人带着哭腔答道:“没有。”

过了一会，听见了一声非常清脆的掌掴声，女人不由叫了出来。因为声音来得突然，邦德的身体不由自主地向室内倾斜，仿佛有根绳子在往下拉他似的。他决定从舷窗跳下去。他不能预料如果自己越过三英尺直径的玻璃框的话会碰到什么。他只能尽量地保护自己。他的左手捂在额前以保护着头部，右手则仍然按着腰带上的枪柄，猛地一下冲向舷窗。

还好，只是掉在了一个衣箱上，他顺势翻个跟头，站了起来，往前跨了几步，弯下腰低低地蹲在地上，右手握住枪瞄准了目标。他嘴唇紧闭，手由于用劲过度而发抖。

透过准星看去，那双鼠眼一会儿左一会儿右地乱窜。这把漆黑的手枪刚好竖在了那两个家伙的中央。

“别动!”邦德大喝一声，猛地站起身来。这突如其来的吼声让屋里的人都愣住了。现在他已完全控制了局面。黑洞洞的枪口已说明了一切。

“谁让你来的？”大胖子怒气冲冲地问道，“这里没你的事。”从他的语词中判断，这个家伙还没搞清楚他来此的目的，只是半信半疑，并没感到有什么紧张，也看不出惊讶。

“是来凑热闹的吗？”那家伙又补充了一句。

大胖子穿着短袖衬衣，坐在穿衣镜旁的凳子上，满脸都是汗水，一双老鼠眼睛不停地眨巴。凯丝坐在离大胖子很近的一只皮面矮凳上，身上的衣服已经都被扒光了，只剩下一条肉色的紧身裤。大胖子那肥壮的大腿紧紧压在她的双膝上。她的脸上有红红的手印，肯定是挨了巴掌。她转过身来看着邦德，眼神有些茫然，两片嘴唇大张着，似乎不敢相信刚才发生的一切。

长着一绺白发的家伙在床上躺着休息。他用一只手腕撑起身体，另一只手则准备从腋下的枪套里抽枪。他目光呆滞地望着邦德，两片嘴唇咧着，像极了信箱缝。他用牙齿紧紧咬着一根牙签，就像是毒蛇口中的舌头。

邦德的枪口正对着这两个人的中央，眼睛没有片刻离开这两个人。“凯丝，跪下，慢慢离开那个人。低下头到屋子中央来。”他说，声音听起来既紧张又低沉。

他并没有去看她，眼睛依然死死地盯着那两个家伙，他们依然一个坐在凳子上，一个躺在床上。凯丝慢慢脱离了射击范围。

“詹姆斯，我好了。”她的声音中既有兴奋又有希望。

“站起来，到浴室去。关上门。躺进澡盆里。”

他眯着眼睛，用余光斜视着她，看她是否在按他的吩咐做。她站起身来。这时他看到她那白皙的背上也隆起了一个通红的手掌印。她走进了浴室。嘎吱一声关上了浴室的门。

现在她不会有被四处横飞的流弹打中的危险了，也看不见那即将发生的搏斗了。

那两个家伙大概相距有五码远。邦德想，如果他们两个同时对自己发起攻击，估计他可能会吃亏。一个人要同时对付两个人，即便能以最快的速度杀死其中的一个，也来不及阻止第二个人掏枪还击。虽然到目前为止他还控制着局面。但他心里明白，只要第一颗子弹射出去，局势如何发展马上就会变得难以预料。

“四十八，六十五，八十六。”大胖子的嘴里不停地念叨着这些数

字。这些都是黑话密码，是用五十多种美式足球的数字组成的。他们在用这种方式互相传递信息。同时他蹲下了身子，手非常迅速地朝腰带上的手枪伸去。

就在这时，躺在床上的那个家伙突然来了个大转身，双腿对着邦德，通过变换身体的姿势使身体的目标变窄，以便减小中弹面积。他放在胸前的手也悄悄地伸向了腋窝。

“啪！”邦德射出了一颗子弹，因为枪上带着消音器，声音非常轻。那个有着白色头发的青年身上立刻出现了一个黑红色的窟窿。

“啪！”那个白发青年的手指轻轻地抽动了一下，临死前还不忘打一枪，子弹打到了床底下。

蹲在地上的大胖子发出惊恐的尖叫声。他抬起了头，眼睛望向邦德的枪，死死地盯着那黑黑的枪口，生怕它开火，子弹随时会打在自己身上。他还未举起枪，即使射击最多也只能打到邦德的腿部或者打到邦德背后的白墙。

“把枪扔掉！”

胖子乖乖地把手枪扔到了地毯上。

“站起来！”

大胖子听话地站了起来，吓得浑身发抖，盯着枪口的眼睛，惊恐地慢慢移向自己的手帕。

“坐下！”

邦德一直保持着高度地警惕。大胖子看了他一眼，表现得非常顺从，身子慢慢地向后转去，两手则高高地举过头顶。他慢吞吞地往回走，当走到椅子旁边时，缓缓地转过头来，似乎是要坐在椅子上。

他面朝邦德站着，把手很自然地垂下，并随意往后一甩，右手似乎比左手甩的幅度要更大一些。突然，他右手又向前挥动，一把匕首便从指尖飞了出去，屋里闪出了一道白光。

“啪。”

子弹和飞刀同时射出，从屋子划过。两个人不约而同地躲向一边。但结果却完全不同，大胖子的身子突然向后仰倒，一只手在胸口上使劲地抓着，一个劲儿地翻白眼。而邦德只是受了点轻伤，他满不在乎地往衬衣上看了一眼，刀柄在上面微微颤动，刀柄旁的血印也在逐渐扩大。

大胖子倒在了椅子上，但伴随着刺耳的断裂声，大胖子那肥胖的身体如一堆烂泥般轰然倒地。

邦德朝他看了一眼，然后便将目光转向了敞开着的舷窗。他默默地注视了一会儿那被微风吹拂的窗帘，深深地吸了几口海上清新凉爽的空气。舷窗外波涛汹涌。这样的良辰美景，如今完完全全属于他和凯丝了，而那两个横七竖八躺着的家伙对此已经无福消受了。经过刚才的激烈战斗，他的神经和肌肉异常兴奋，直到很长一段时间后才慢慢地放松了下来。

他从衬衣上拔下了飞刀，连看都没看它一眼，便用手拨开窗幔，狠命地将它扔进了漆黑深邃的大海里。他一直凝望着大海，关上了手枪的保险，把它别在了腰带上。此刻，他才突然感到右臂有些沉重。

房舱里一片狼藉。他有些不知所措，两只手下意识地在裤子上抹了抹，然后便向浴室走去，轻声叫道："凯丝，是我。"他打开了浴室的门。

凯丝似乎没听见邦德的呼喊，两手仍然紧紧地捂着耳朵，乖乖地躺在浴缸底部。直到邦德从浴缸中把她扶起来，拥她入怀时，她都仍然不敢相信跟前的一切。她在他怀中紧紧地依偎着，用手从他的两颊一直慢慢地摸到胸膛，似乎是在证实这一切并不是梦。

当她的手触到他受伤的肋骨时，他微微朝一边闪了一下。她马上挣脱出了他的怀抱，仔细地看着他的面部以及被血迹染红的手指和衬衣。

"天哪，你受伤了。"她惊叫起来，但马上就又清醒了。她帮他脱掉了衬衣，用肥皂和清水洗净了伤口，又找来了死者的剃刀，将干毛巾割成了几条，帮他把伤口包了起来。

邦德帮她捡起了扔在地板上的衣服，并递给了她，让她仍然在浴室里呆着。她在浴室中所要做，就是尽量擦掉她可能留下的所有指纹，他则要回到舱室中，收拾一下现场。

她亮晶晶的大眼睛使劲地睁着，木然地站在那里，一点反应都没有，甚至在邦德吻她时，她也是愣愣的。

邦德宽慰地朝她笑了笑，然后走出了浴室，随手关上了门。他要着手清理现场了。首先他仔细地思考了一下他要干的活儿和干活儿的顺序，一切都要以轮船在南安普顿靠岸时警察来这里调查的着眼点和想法为依据。

他先将沾有血迹的衬衣脱掉了，然后找来一只烟灰缸裹在里面，

把它们从舷窗扔进了大海。他又从衣袋里取出来一块手帕，裹在手上，打开衣柜的抽屉，从里面找到了白发青年的一件白衬衣。他穿上这件白衬衣后，又站在房间里想了好长时间。然后他费劲儿地抱起大胖子，将他放在了椅子上，又把他的衬衣脱去，拿到舱口边，从腰上拔出手枪，对着衬衣胸口部位的小孔又开了一枪。这样一来，在衬衣枪孔的四周就出现了一圈火花熏烟，看上去就像是自杀的。做完这一切，他又将衬衣给大胖子重新穿好，仔细地擦掉枪上的指纹，然后将枪柄在死者右手指上摩擦了几下，又把枪塞进了他的手里，并让他的食指扣在扳机上。

他稍事休息，然后走到门背后，取下了吉德的上衣，把它套在了吉德的身上，又将尸体吃力地拖到了舷窗的下端，费劲地扛起来，从舷窗孔仍进了大海里。

邦德用手帕把刚才触摸到的舷窗边缘的手印擦掉，喘着气再次打量了一下小屋周围。他又走到小方桌旁，将其掀翻，让桌上的扑克牌散落一地。他又掏出大胖子裤子口袋里的钞票，与纸牌混在了一起。

经过这样的一番布置，案子似乎就已真相大白了。只有吉德射进床铺底下的子弹似乎没有恰当的解释，但也可以被看作是在搏斗中不小心飞出的流弹。他的手枪里一共射出了三颗子弹，地上的弹壳正好也是三颗。其中两发已射进了吉德的身体。现在他可以拿走床上的白床单了。但如何解释这一损失呢？也许警方会认为床单被温特拿来裹吉德的尸体了，并且一同丢进了海里。温特因为打牌冲突，误杀了同伴，事后自己追悔莫及，觉得没法交待，于是便举枪自杀了。

邦德想，他的这个布置在警察到来之前，是不会有什么问题的，而等到他们上船来检查时，他和凯丝早就已经离开轮船，远走高飞了。现场唯一的证据只有邦德的那支手枪。但这种枪和英国情报局外勤人员用的所有枪都一样，没有任何可以区分的序号。

他整理完这一切后，叹了口气，拿上床单，让凯丝悄悄地返回了自己的房间。最后他又割断了吊在舷窗外的床单，收拢起屋内多余的枪、子弹夹和枪背带，将它们一起抛入了大海。

当邦德穿过房舱往浴室走时，看了看躺在椅子上的死尸，他朝上翻着白眼，仿佛在对他说："世上没有什么东西是一成不变的，但你给我的死亡却真的是永恒的。"

第25章　炮轰匪首

天气真是热，让人不停地出汗，身上粘乎乎的，非常不舒服。有个人已经在霸王荆树荫底下呆了好长时间，似乎是在等人，看上去已经有些不耐烦了。这可能是他最后一次送货了，他们得找个人接替他了。他会好好跟他们谈的，把自己的苦衷都说出来。他那儿新来了一个牙医助手，但对牙科似乎一窍不通，感觉像是个侦探。他身上的特征说明了这一点：他的眼睛总是东张西望、鼻子底下长着两撇焦黄的小胡子、手里总是拿着一只烟斗、指甲清清爽爽。难道他们当中有谁被逮捕了？或者是有人招供了？

他不耐烦地变换了一下姿势。飞机为什么还不来，怎么搞的？他无聊地从地上抓起一把土来，扔向了地上的蚂蚁群。本来整齐的蚁群队伍立即被打乱了。紧接着，蚂蚁又重新组织了队伍，开始向两边疏散，后继的蚂蚁也源源而来。它们开始忙碌地清除路上的障碍，过了没多久，蚂蚁纵队的运输线上又开始正常运行起来了。

那个人干脆脱下了皮鞋，拿鞋底朝蚂蚁运输队狠狠地砸去。蚁群队伍再次骚乱起来，但没过多久，蚂蚁便越过同伴的尸体，排着一条整齐的黑色纵队继续向前挺进了。

那人气得骂了一句非洲的土话，然后穿上了皮鞋，样子有几分无奈。他站起身来，手扶树干，又用大皮鞋不停地踩着蚂蚁群。

过了一会儿，他似乎忘掉了对黑蚁的憎恶，把头伸向北方，好像在聆听着什么。终于来啦。他赶忙又回到灌木树下，拿起工具包，从里面摸出了四只手电筒以及装原料钻石的口袋。

就在一英里以外，停靠着一辆军用卡车，在它旁边的矮树丛中，架设着测音器，此时已经停止了测音工作。有三个人在不断报告着有关飞机的数据："距离三十英里。速度一百二十，高度九百英尺。"

邦德就站在旁边，他低头看了看表。"他们会面的时间好像都是在每月月圆那天的午夜。"他说，"现在飞机大约已经迟到十分钟了。"

“看来是这样的。”站在他身旁的弗里敦守军军官转过身来说：“下士，去检查一下，千万不能让金属反光从伪装网里露出来。像这样的月色，什么都能看得一清而楚。”

这辆卡车上面盖着伪装网，在法属几内亚的一条土路旁的灌木丛里停着。那天晚上，当测音器在一条路上测听到牙医的摩托车声时，他们便一路跟踪过来了。摩托车停下后，因为他们不能再利用摩托车的响声来掩护自己，于是便把卡车也立即停在了树丛里。他们将卡车、测音器以及架在附近的四十毫米口径的防空小炮全部都用伪装网盖住了，静静地等待着。他们也说不准，和牙医碰头的人，究竟是乘坐什么交通工具？摩托车、马、吉普还是飞机？

现在，从远处的空中传来了一阵嗡嗡声。邦德笑了一下，说：“原来是架直升飞机，别的飞机不会发出这种声音的。只要飞机一着陆，我们就卸下小炮上的伪装网。也许我们得给它一炮，以示警告。扩音器的开关打开没有？”

“打开了。”测音器旁边的下士答道，“直升机速度很快。估计一分钟后，我们就能看到它了。看见那边刚刚拧亮的手电了吗？飞机可能就在那儿着陆。”

邦德朝那四个小光点看了一眼，然后又抬起头望向广袤的非洲夜空。

终于来了，走私集团里最后一员也是最先露面的一员大将！邦德曾和他在伦敦海顿花园的珠宝店中见过一面。他既是斯潘帮的核心人物，也是华盛顿治安当局最关注的匪首。对邦德来说，只有这个人和那个可恶的沙迪•特瑞才是他决意要抓到和要杀的人，而其他的人都是冤鬼，是他不得已才动手的。他想起了在绯嘉德酒吧大打出手的情景，还有在轮船上被他干掉的那两个底特律枪手。他现在可以称得上是杀人不眨眼了，M局长派他去美国一趟，只是让他帮助查清钻石走私集团的来龙去脉。可是，不知道为什么，总是那么的不顺，每次见到这帮家伙，他们总是想要他的性命或者想杀害他的朋友。他们总是这样的粗鲁，逼得他无路可退才还击的。在拉斯维加斯，那两个开雪佛兰车的死鬼，根本不问青红皂白就向他开枪，他的朋友厄恩•柯诺也跟着遭了殃。后来那两个开金钱豹车的打手，一见面就给了厄恩一棍，而且到了沙龙后，还是他们先开了枪。塞拉菲姆•斯潘先让他的打手穿着大皮靴在他的身上狠命踩踏，弄得他遍体鳞伤，后来他自己又开车追他，在火车上向他开枪，这可就不能怨他了。温特和吉德这两个狗杂种，不但把贝尔骑师整得半死，后来还又要杀他和凯丝。上面七个人，他先后打死了五个。但这并不是因为他嗜杀成性，而是被逼无奈。在莱特、厄思•柯诺和凯丝这三位好友的协助下，他才算是吉星高照，幸免于难。

现在最后一个坏蛋就要从空中着陆了。他才是罪魁祸首，是他命令七个手下人追杀他和凯丝的。根据M局长的分析，也就是这个人，开辟了钻石走私路线，贩卖钻石，并且使这个非法行当一直都生意兴隆。

邦德从南安普顿港一上岸，马上就赶往了博斯库姆机场。在机场，他用空军专线和M局长通了一次电话。当时他要搭乘堪培拉式专机前往西非的弗里敦，飞机马上就要起飞了。M局长只给了他几句话的指示，听起来他似乎有些疑虑。“你能平安归来，我很高兴。”

“多谢局长关心。”

“晚报上登了有关伊丽莎白女王号轮船上发生了两条命案的消息，是怎么回事？”M局长说话的语气中充满了怀疑。

“那两个人是匪帮匪派来暗杀我们的枪手。他们在旅客名单上登记的名字是温特和吉里奇。听乘务员说，他们俩是因为打扑克牌时发生了口角，转而相互残杀的。”

“你觉得乘务员的话可信度高吗？”

“听起来蛮有道理的。”

M局长停顿了一下，接着问，“警方也是这样认为的吗？”

“我还没来得及见他们。”

“我去跟瓦兰斯谈谈。”

“好的，局长。”邦德说。他知道，这种表达方式是M局长的惯用风格。如果这件事真是邦德干的，M局长希望在办案时，不要将邦德或者英国情报局牵扯进去。

“无论如何，”M局长又说，“那些人终归是些无足轻重的小角色。现在你要抓的是杰克•斯潘，或者叫作塞拉菲姆，也就是那个叫ABC的家伙。据我们了解到的情况，他正沿着走私路线去它的起点，很可能是去关闭这条走私路线的，或许还会顺便干掉他的同伙。在这条走私路线起点的接应人是一名牙医。你要想办法抓住他们。两星期前，

我已经派 2804 号去给那个牙医当助手去了。弗里敦当局也认为，对于当地的情形，他们已经弄清楚了。我希望这个案子能快点结束，好让你早点回来。这儿还有很多事等着你去办呢。现在这个案件牵涉的范围太广，最初我就不太愿意插手。不过，好在我们现在已经得到了较好的结果，这只能说我们的运气不错。”

“是这样的。”邦德说。

“那位凯丝小姐是怎么回事？”邦德的话还没说完，M 局长便问道。“我跟瓦兰斯已经交换了意见。他表示，如果你仍然坚持自己的看法的话，他们就不打算对此再过多地关心了。”

M 局长的语气听起来似乎是漠不关心。

邦德尽力装得很严肃地答话：“凯丝小姐正乘坐一辆汽车赶往伦敦。我打算先让她住在我的公寓里。在那儿，梅小姐会好好照顾她的。我相信，她自己也会照顾好自己的。她不会出什么问题的，您尽管放心。”说完，邦德急忙从口袋里掏出了一块手帕，擦了擦脸上的汗水。

“好的，”M 局长也一本正经地答道，“那就这样吧。祝你好运。”停顿了一会儿，M 局长又接着说话，不过声音突然变粗了：“你要自己多多保重。你所做的一切我都很满意。工作报告以后再补。看起来你制服那帮家伙很有办法。再见，詹姆斯。”

“再见，局长。”

邦德仰起头望着北方，天空中有絮状的高积云。此时，他很想念 M 局长，也更想念凯丝。他多么希望这是最后一战啊，但愿一切顺利吧，如果那样的话，他就可以高高兴兴地返回家乡了。矿场来的送货人，拿着手电筒，站在场地上耐心地等待着。终于来啦，飞机终于飞来啦。它似乎是从月亮那边飞来的，噪音和之前一样巨大。这噪音也是让他金盆洗手的原因之一。

直升机开始降落了，它在着陆场地上方二十英尺的高处盘旋着。只见一只手臂从机舱中伸了出来，用手电筒打出了一个摩尔斯电码的 A 字母，下面的人也立即用手电筒打出了 B 和 C 字母。这时直升机的主旋翼开始倾斜，一会儿，那只庞然大物便轻巧地着陆了。

直升机掀起了厚厚的尘上，直到尘埃渐渐落定后，送货人才拿开了蒙在眼睛上的手，看着驾驶员从飞机的小梯子上走了下来。他头上戴着飞行帽，眼睛上罩着飞行风镜。这个人他以前从没见过，个子比之前那个德国人高多了。他是什么人呢？他边想边慢慢地走了过去。

“货带来了吗？”驾驶员冷冷地问道。他的两道眉毛又直又黑，从下面射出两道寒光。他的头稍微转了一下，月光正好照在了风镜的玻璃上，他的眼睛被藏了起来，只能看到黑色飞行帽上的两个银色光圈。

“拿来了，”送货人说起话来有些紧张。“可是，那个德国人怎么没来？”

“他再也不会来了，”两个银色光圈盯着送货人说。“我就是 ABC，是来亲自关闭这条路线的。”驾驶员操一口美式英语，语气里透出坚定和沉着，并且像铁一样生硬。

“哦。”送货人不再说什么。

送货人把手伸进衬衣口袋里，掏出一个已经被汗水浸的湿漉漉的小包，，像捧着贡品一样，，将小包用双手递了过去。

“快给我加些汽油。”

这语气就像是监工在向苦力发号施令。送货人赶紧去执行命令。

送货人默不作声地干着那人交待的工作。他心想，这个人看起来可是不好惹。他熟悉全部的业务流程，听他讲话也是一副一言九鼎的样子。

他扫了一眼驾驶员站的地方。看见那人正站在扶梯旁，一只手在梯子上搁着。

“我对全部业务一向是要进行彻底的检查的，在我看来……”驾驶员的话没说完，就戛然而止了，嘴里发出了咆哮的声音。

驾驶员举起了手枪。送货人嘴里的“啊”声还没发完，三颗子弹就朝他飞了过来，只见他翻身倒在了地上，身子往上挺了一下，便躺在地上一动不动了。

“不许动！”突然，有个声音从喊话器里传来。这声音经过扬声筒的放大，显得特别空旷。“你被包围了。”喊话声加上飞机发动机的声音，混成了一片。

驾驶员飞快地爬上扶梯，砰的一声将机舱门狠狠地关上了。引擎发出了怒吼的声音，直升机的主旋翼开始旋转起来，不停地在加速，直到最后变成了两个闪着银光的大圆盘。直升机的身子扭动了一下，然后便腾空而起，飞向空中。

在灌木丛中行驶的军用卡车猛地一下刹了车。邦德一个健步跳

上了小炮的控制台。

“下士，把炮口摇上去。”他对炮位上的一位下士说。邦德一只眼睛眯起来盯着瞄准仪，手扳开了射击栓的保险，并将射击机柄放在了“单发”的位置上。他慢慢仰起头来，“再向左偏十米位！”

“我来装曳光弹。”站在邦德旁边手捧两排黄色炮弹夹的军官说。

邦德的脚踏在扳机踏板上。此时直升飞机正好位于瞄准仪的中央。“拿稳点，放！”他吩咐道。

“砰！”

曳光弹发着光，在天空懒懒地划出了一道弧线。

弹着点偏左偏低。下士仔细地扭动着两只杠杆进行精确的调整。

“砰！”

曳光弹在空中又划出了一道完美的曲线，很不巧，子弹只是擦着了直升机的顶部，然后便飞了过去。邦德俯下身去把机柄扳到了“自动连发”的位置。他的手臂非常沉着，这便意味着命中率将是百分之百。他又要扮演阎王的角色来索命了。

“砰！砰！砰！”

黑色的夜空中不断划过红色的光素，但似乎对直升机并无大碍，它仍就朝着月亮的方向再继续上升。它转了个身，开始前北飞去。

“砰！砰！砰！”

突然，直升机尾翼附近闪过了一道黄色的光，紧接着便传来了一声爆炸声。

“目标命中。”邦德身旁的军官边说边举起了红外线望远镜望向直升机。“尾旋翼被削掉了，”他兴奋地说道，“看哪，整个飞机座都在跟着主旋翼打转呢，驾驶员肯定被转得晕头转向了。”

“还要继续射击么？”邦德把瞄准仪对准了旋转着的飞机，问那位军官道。

“我看没什么必要了，先生，”军官答道，“我们最好捉活的，不过好像……是的，直升飞机已经失控了，在快速往下冲。估计是主旋翼出毛病了。它掉下来了！”

邦德的眼睛离开了瞄准仪，抬头向那边看去。

是的。直升飞机从空中迅速下落，离地面大约还有一千英尺的距离。引擎仍然在轰鸣，不过主旋翼已经不听使唤，在空中无力地扇动着翅膀旋转着，飞机跌跌撞撞地栽了下来。

杰克•斯潘，这个曾经下令要暗杀邦德并且曾经拍电报要干掉凯丝的坏蛋，这个在邦德去海顿花园钻石之家调查时，在那间炉火熊熊的接待室中趾高气扬的家伙，这个钻石之家伦敦分部的经理，这个每月去巴黎旅游一次，并且经常去森林戴尔镇打高尔夫球的高尚绅士；这个M局长眼里的所谓"模范公民"，这个就在几分钟前还亲手杀死自己一名同伙的歹徒，现在也该让他享受一下生命中最后时刻的舒服了。

此时直升机座舱中的情景，邦德都可以想象得出：斯潘一手紧握着操纵杆，另一只手用力地推动油门，眼睛则死死地盯着高度表的指针，看着那可怕的指针显示在短短几秒钟内飞机就跌落了好几百英尺，他一定是惊恐万状吧。那价值几十万英镑的钻石原料就要变成压舱的石头了。他一直以来都视作护身符的手枪现在也无用武之地了。

"飞机马上就要落地了。"下士仰头看着空中的飞机说。

"马上他就要去见阎王了。"军官自言自语道。

直升机在落地之前来回不停地晃动着。大家都屏住呼息等待着。只见直升飞机晃晃悠悠地向地面扑来，接着猛地向前一冲，冲进了灌木丛中，就像是不共戴天的仇敌一样。旋翼深深地插进了树干里，发出巨大的声响。

直升机坠地时的回声还没有完全消逝，灌木丛林深处又传来了一声空旷的巨响。紧接着一个大火球突然蹿向空中，使得月光都黯然失色了。周围的荒野也都淹没在了冲天的火光之中。

军官第一个反应过来。"天哪！"他慢慢地取下了夜视望远镜，转身对邦德说："先生，本次任务已经划上了句号。要想到达飞机坠落的现场，只有等明天早上了。而且找到飞机残骸，也需要我们在丛林里花上好几个钟头。我们必须先和法国部队进行交涉。不过，不必担心，我们的关系一向很好。倒是总督府方面，得和达喀尔当局好好谈谈。"军官心想，又要有一大堆报告等着他了。一想到公文写作，他就立刻感到浑身没劲。他是个讲求实际的人。今天已经把他们累得够呛了。"先生，不如我们先打个盹吧？"

"你们先睡吧，"邦德说，然后抬起手腕看了看表。"最好睡在卡车下面。再有四个钟头，就要出太阳了。现在我还不觉得累。我来看着吧，如果火势有蔓延的迹象，我就叫醒你们。"

那位军官看了看这位既神秘又重要的人物。一封加急电报，这位谜样的人物就如从天而降般地来到了他们身旁，他是那样地冷静，那样地沉着，但同时又是那样地神秘。他一刻不停地指挥着这场战斗，看不出疲倦，就如铁打的的金钢一样……算了，不想了，其实这一切还不都是伦敦方面的事，跟弗里敦有什么关系呢。“谢谢，先生。”那军官说着，跳下了卡车。

邦德慢慢地抬起脚，离开了扳机踏板，靠在控制台的椅背上，眼睛盯着一直在眼前跳动的火焰，手不自觉地伸向衣服口袋，在里面摸索着打火机和香烟。他摸出一支香烟来，把它点燃了。

好了，钻石走私线到此终于完全断绝了。这就是它的终点了。邦德深深地吸了一口烟，然后发出一声长长的叹息。一共六条人命。大功告成。

邦德抬起手来，擦了擦额头上的汗水，接着把垂在眼前的一缕头发往后理了理。在红红的火光映衬下，他的面孔显得更加的严肃、消瘦，他的眼睛看起来也更加的疲惫。

斯潘帮的命运结束于这个血红的句点。他们的钻石走私也就此结束了。可是在失事现场的熊熊大火中，钻石的生命却不会消失。在大火熄灭之后，经过加工处理，它们依然会放出眩目的光芒。它们的存在就如死亡一样是永恒的。

邦德脑子里突然浮现出了那个静静地躺在伊丽莎白女王号轮船房舱中的大胖子的尸体。看来他那双睁着的眼睛里显示出的真理并不全面。死亡是永恒的，但除此之外，钻石同样也是永恒的。

邦德从炮位上跳了下来，走向跳跃的火焰。他脸上出现了一丝令人难以捉摸的微笑。那些关于死亡和钻石的真理对他而言未免过于严肃与神圣了。在他看来，这只是又一次的冒险，他只是用自己的一腔热血和旺盛的精力砍断了那只伸向钻石的魔爪。

图书在版编目（CIP）数据

太空城：金刚钻/（英）弗莱明著；徐建萍译. —西安：陕西师范大学出版社，2009.1

（007 谍海系列）

ISBN 978-7-5613-4569-6

Ⅰ.①太… ②金… Ⅱ.①弗…②徐… Ⅲ.长篇小说-作品集-英国-现代 Ⅳ.I561.45

中国版本图书馆 CIP 数据核字（2009）第 011992 号

图书代号：SK9N0016

责任编辑：周 宏

版型设计：刘晓娟

出版发行：陕西师范大学出版社

（西安市陕西师大 120 信箱）

邮 编：710062

印 刷：北京温林源印刷有限公司

开 本：787×1092 1/16

印 张：20

字 数：296 千字

版 次：2009 年 4 月第 1 版 2009 年 4 月第 1 次印刷

书 号：ISBN 978-7-5613-4569-6

定 价：26.80 元